Sophies Spiegel

ROMAN

TINA SABALAT

Zu unserer Besserung bedürfen wir eines Spiegels.

Arthur Schopenhauer

1. Buch:

In einer anderen Welt

– 1 –

»La'Isa?«

Die unbekannte Stimme klang nah, doch Sophie reagierte nicht. Obwohl sie nicht schlief, sondern nur noch vor sich hin dämmerte, seitdem dieser Alptraum sie aus ihrem unruhigen Schlaf gerissen hatte. Keuchend nach Luft ringend, weil glitschig-kalte Seide sich auf ihren Mund gepresst und ihr den Atem geraubt hatte. Ja, sie war wach und die Stimme nah, doch es war nicht ihr Name, der genannt worden war, also rührte sie sich nicht.

»La'Isa, hörst du mich?«

Eine Hand fasste Sophie an der Schulter und schüttelte sie. Sanft, aber nachdrücklich. Sophie knurrte und zog den Schlafsack fester um sich: wahrscheinlich einer dieser Punks, denen dauernd die Zigaretten ausgingen. Sophie hatte keine Zigaretten – und auch keine Lust, das zum X-ten Mal zu wiederholen.

»La'Isa, bitte.«

»Ich heiße nicht Larissa«, grummelte Sophie. »Was willst du?«

»Ich möchte mit dir sprechen.«

»Keine Lust. Ich bin müde. Verpiss dich.«

Obwohl er harmlos war, kam ihr der Fluch nicht flüssig von den Lippen: Er klang wie ein auswendig gelernter Text, vorgetragen von einer schlechten Schauspielerin. Aber hier wurde geflucht, also tat Sophie es ebenfalls. Dass sie in Johnnys kleinem Reich dennoch eine Außenseiterin war und dies auch bleiben würde, hatte sie nach nur einem Tag verstanden. Sie hatte das akzeptiert und war ein Stück zur Seite gerückt, um nicht noch mehr zu provozieren, als es ihre reine Anwesenheit schon tat. Besser gesagt ihr ganzes Gebaren, das nicht nur in der Sprache, sondern von den Klamotten bis zu Gestik und Mimik 'gutes Elternhaus' herausbrüllte. Ja, für Sophie war dies nur eine Durchgangsstation, ein Unterschlupf für ein paar Tage, für die anderen dagegen eine Art Zuhause. Und so beschränkte sie sich auf den Platz, den man ungeladenen Gästen zubilligte.

»La'Isa, hör mir doch zu ...«

Die fremde Stimme verstummte, auch die Hand verschwand von Sophies Schulter, denn jetzt näherten sich schwere Schritte der dunklen Ecke etwas abseits vom Kreis der ständigen Logiergäste, in der Sophie sich zusammengerollt hatte.

»He, was bist'n du für ein Freak?«

Diese Stimme erkannte Sophie: Sie gehörte Johnny, dem selbsternannten Hausvater der aufgegebenen Fabrikhalle im Norden Londons, in der jede Nacht knapp drei Dutzend Straßenkinder Zuflucht fanden. Zwei Pfund pro Nase war Johnnys Preis, Sophie hatte ihren Schlafplatz für fünf Tage im Voraus bezahlt. Na ja, 'Schlafplatz' war übertrieben – es handelte sich um eine leidlich trockene Stelle auf dem rauen Betonboden, wo sie ihre Isomatte hatte ausrollen dürfen. Das Geld herzugeben, hatte Sophie geschmerzt, denn sie hatte das Haus ihrer Eltern nicht nur heimlich und mitten in der Nacht, sondern auch nur mit gerade mal dreißig Pfund in der Tasche verlassen. Aber die Alternative wäre gewesen, sich unter eine Brücke oder auf die nächstbeste Parkbank zu legen – und dass man das als Mädchen von sechzehn Jahren besser nicht tun sollte, wusste Sophie. Auch wenn sie zum ersten Mal von zuhause abgehauen war und somit ein Newbie in Sachen Leben auf der Straße.

»Verzeihen Sie bitte mein Eindringen, ich möchte ...«

Das war erneut die unbekannte Stimme, doch Johnny unterbrach sie mit einem begeisterten Aufschrei.

»Ha, was hast du denn da an? Das ist ja endgeil!«

Sophie erkannte, dass an Schlaf nicht mehr zu denken war, seufzte, schlug den Schlafsack zurück, setzte sich auf und rieb sich die Augen.

»Kommst du gerade von 'ner Convention, oder was? Hobbits und so?«

Johnny fingerte neugierig an den Kleidern des Fremden herum, und als Sophie den Mann jetzt genauer betrachtete, musste sie ebenfalls an die jüngste Verfilmung von 'Der Herr der Ringe' denken: Diesen Typen hätte man mit der würdevollen, aufrechten Haltung seiner schmalen Gestalt, der bleichen Haut, seinen seltsam alterslosen, ebenmäßigen Gesichtszügen und diesen pechschwarzen Augen problemlos ins Elbenreich stellen können. Okay, er hatte keine spitzen Ohren, trug jedoch ein schneeweißes, wallendes Mönchsgewand unter einem ebenfalls weißen Umhang. Vorn hielt diesen eine silberne Brosche zusammen, die Sophie an die keltischen Fibeln aus dem Museum erinnerte, und dieses Stück schien nicht wesentlich jünger zu sein. Die bügelglatten, hellblonden Haare fielen dem Mann weit den Rücken hinunter und glänzten im flackernden Licht der Neonröhren so glatt und kalt wie das Seidentuch, von dem Sophie eben so plastisch geträumt hatte. Sie schauderte.

»Echt krass, die Kutte! Hast du die selber gemacht? Bist du auch so'n Hobbit-Spinner?«

Der Fremde wich vor der forschenden Hand zurück, was Sophie ihm nicht verdenken konnte: Johnny hatte die Statur und das Temperament eines Nashorns, er ging immer geradewegs auf alles los.

»Das sollte ein Kompliment sein«, übersetzte Sophie, weil sie das Gefühl hatte, dass der seltsame Mann keine Silbe von dem verstand, was Johnny redete. »Deine Kleidung gefällt ihm.«

Der Fremde sah von Sophie zu Johnny und beugte knapp, aber würdevoll und nicht unfreundlich seinen Kopf.

»Ich danke Ihnen für die schmeichelhaften Worte«, erwiderte er, was Johnny ein begeistertes Grunzen entlockte, als wäre das eine schauspielerische Einlage gewesen, die er gern würdigte. Dann wurde er ernst.

»Und jetzt spuck's aus: Was willst du hier, Meister Elrond?«

Der Mann runzelte seine ebenmäßige Stirn, was aussah, als habe ein Block weißen Marmors plötzlich Risse bekommen.

»Ich bin Gin'Sah«, korrigierte der Fremde, wobei er das S scharf betonte und das A hauchig auslaufen ließ.

»Klar. Und ich Théoden, König von Rohan«, spöttelte Johnny. »Noch mal: Was willst du von der Kleinen?«

Er wies mit dem Finger auf Sophie, die sich zwar trotz ihrer nicht beachtenswerten Körpergröße von einem Meter neunundsechzig nur ungern 'Kleine' nennen ließ, aber dennoch für Johnnys Beistand dankbar war. Jetzt wie auch an den Tagen davor, wo erst ihr Rucksack, dann ihr Handy, ihre Lederjacke und schließlich ihre Stiefel die Aufmerksamkeit der anderen Bewohner dieses illegalen Asyls auf sich gezogen hatten. Ähnlich einem Schwarm Elstern, der sich um einen neuentdeckten Haufen glänzender Dinge versammelte – gierig und schreckhaft zugleich.

»Ich möchte lediglich mit ihr sprechen«, antwortete der Fremde, Johnny verschränkte die Arme vor der tonnenförmigen Brust und musterte ihn von oben bis unten, mit äußerst skeptischer Miene.

»Um zwei Uhr nachts.«

»Die späte Stunde verdeutlicht die Dringlichkeit meines Anliegens«, erwiderte der Fremde, was Johnny ein widerstrebend zustimmendes Wiegen seines kahlrasierten Schädels entlockte.

»Mädel, kennst du den Typen?«, wandte er sich an Sophie, die schüttelte den Kopf.

»Soll ich ihn wieder ins Auenland verfrachten?«

Das war ein durchaus ernst gemeintes Angebot: Gestern hatte Johnny einen Junkie mitsamt Pitbull an die frische Luft befördert, indem er sie jeweils am Ohr gepackt und hinter sich her geschleift hatte. Sie hatten heulende Geräusche von sich gegeben und versucht, Johnny zu beißen – beide ohne Erfolg.

»Bitte. Es ist wichtig«, sagte Gin'Sah, und seine Stimme klang, als wäre es ihm sehr, sehr ernst.

»Okay«, seufzte Sophie, alles andere als begeistert. Sie hatte nicht die geringste Ahnung, was dieser seltsame Mann von ihr wollte – da er jedoch nicht wie ein Sozialarbeiter, ein Detektiv oder sonst jemand aussah, den ihre Eltern auf die Suche nach ihr geschickt hatten, siegte ihre Neugier.

»Na gut«, lenkte Johnny ein. »Aber leise, die Leute hier brauchen ihren Schlaf. Meister Elrond, ich bin gleich da vorn, und wenn du die Kleine auch nur schief anguckst, bist du schneller draußen, als du 'Mittelerde' sagen kannst. Klar?«

»Gewiss«, erwiderte der Fremde.

Johnny nickte noch einmal, um seine Drohung zu bekräftigen, schlenderte dann zu dem betagten Ohrensessel hinüber, den er wer weiß woher in die alte Fabrik geschleppt hatte. Er hockte oftmals tatsächlich darauf wie ein König auf seinem Thron, aber wenigstens passte er auf. Alkohol war verboten in Johnnys schäbigem Reich, Drogen ebenso, doch das war Sophie recht: Sie brauchte nur für ein paar Tage ein Dach über dem Kopf, und da war Johnny die beste Wahl. Das hatten zumindest die Kids behauptet, die immer vor dem Hauptbahnhof abhingen und aussahen, als wüssten sie von den Gefahren, die ein Leben auf der Straße so mit sich brachte. Und der Tipp war gut gewesen: Es war leidlich trocken bei Johnny, viel wichtiger aber war, dass man sicher sein konnte, weder betatscht, beklaut noch angepöbelt zu werden.

»Ich heiße nicht Larissa. Oder wie hast du mich genannt?«, fragte Sophie nun und musste sich den Hals verbiegen, um der hoch über ihr aufragenden Gestalt des Fremden ins Gesicht blicken zu können.

Gin'Sah sank geschmeidig in die Knie. »La'Isa. So lautet dein Name bei uns.«

Er sprach leise, hatte sich Johnnys Ermahnung wohl zu Herzen genommen.

»Aha. Nun, hier lautet er anders.«

Sophie striegelte sich mit den Fingern durch die vom unruhigen Schlaf zerwühlten Haare: Gott, sie brauchte dringend eine Dusche, sie konnte selbst riechen, wie sie stank. Und dieser Geschmack in ihrem Mund ... Scheußlich.

»Haben meine Eltern dich geschickt?«, erkundigte sie sich, um auf Nummer sicher zu gehen. »Damit du mich nach Hause bringst?«

Gin'Sah schüttelte den Kopf. »Nein.«

»Willst du mir etwas verkaufen? Drogen?«

Wieder erntete sie eine verneinende Bewegung des schönen Elbenhauptes.

»Nein. Dergleichen gibt es bei uns nicht.«

Sophie runzelte die Stirn. »Was meinst du mit 'bei uns'? Bist du von irgendeiner Sekte? Dann hau lieber schnell ab, Johnny ist auf fromme Sprüche fast noch allergischer als auf Dealer. Gute Nacht.«

Sophie machte Anstalten, sich wieder in ihrem Schlafsack verkriechen zu wollen, doch Gin'Sah griff mit kühlen Fingern nach ihrer Hand.

»La'Isa ...«

»So heiße ich nicht, verdammt!«

Der Mann zuckte zurück, als Sophie ihren Arm wegriss, aber es sah eher aus, als hätten ihn die scharf gezischten Worte verletzt: Ein schmerzlicher Ausdruck huschte über sein Gesicht, machte seine Augen noch schwärzer.

»Bitte verzeih mir. Ich weiß, dass du nicht La'Isa bist«, sagte er mit Trauer in der Stimme. »Sie ist tot.«

»Tot?«

Das kleine Wort ließ Sophie aufmerken, hatte sie es doch in den letzten Wochen selbst so oft gebraucht. Mal ebenso traurig und leise wie dieser Mann, dann wieder laut und wütend oder gar verzweifelt und tonlos. Nur war es ein anderer Name, den sie dazu genannt hatte: Julian.

Gin'Sah nickte als Antwort auf Sophies Frage, griff in einen

Lederbeutel, der an einer Kordel um seine Hüfte hing, und zog ein postkartengroßes Täfelchen aus Holz heraus. Es war auf einer Seite bemalt, und er strich mit dem Finger zärtlich über das Porträt, bevor er es Sophie reichte.

»Das bin ich«, sagte diese zögernd. Nach langen Sekunden, in denen sie verwirrt auf das Bildnis geblickt und erst die schmale Nase, dann die türkisfarbenen Augen und schließlich diesen kleinen Mund mit der etwas zu vollen Unterlippe wiedererkannt hatte. »Aber so eine Frisur hatte ich noch nie.«

Gin'Sahs Blick flatterte hoch zu ihren grob von eigener Hand geschnitten, stümperhaft schwarz gefärbten Strähnen, dann hinunter zu den kunstvoll geflochtenen, blonden Zöpfen des Mädchens auf dem Bild.

»Ja, das bist du. Und: Nein, das bist du nicht.«

»Redest du immer wie ein Orakel?«, schnappte Sophie, der die stumme Aufmerksamkeit von Johnny Mut und eine freche Zunge machte, dann seufzte sie: Der Mann war vielleicht komisch, aber auch freundlich. Traurig. Und hier mindestens so fehl am Platze wie sie selbst, nur dass es ihn scheinbar aus einer längst vergangenen Zeit hierher gebeamt hatte, sie dagegen nur aus einem der besseren Viertel von London.

»Hör mal, ich bin echt müde. Was willst du von mir?«

Der Fremde ließ das Bild in seinem Beutel verschwinden, dann ruhten seine Augen wieder auf Sophie.

»Ich möchte, dass du mich begleitest. Du kannst uns bei etwas sehr Wichtigem helfen.«

»Warum ich?«

»Weil du noch lebst und La'Isa tot ist. Diese Konstellation ist selten, und wir besitzen nun den Trank.«

Den Trank? Sophie rückte ein Stück nach hinten, zur Sicherheit, denn das klang wieder ziemlich schräg, nach Drogen oder Ähnlichem. Doch sie wollte sich nicht zudröhnen, sondern nur Druck auf ihre Eltern machen. Auf ihre Mutter, die nicht verstehen wollte, dass sie seit diesem besonderen Tag vor vier Monaten andere Dinge im Kopf hatte als die Schule. Auf ihren Vater, der nicht einsah, dass der Besuch bei einem schultertätschelnden Psychologen das Loch nicht zu stopfen vermochte, das Julians Tod in ihr Leben und ihr Herz gerissen hatte. Ja, sie war nur hier wegen ihrer Eltern, die mit Internat drohten und gerade auf die harte Tour lernen durften, wie es sein würde, wenn Sophie weg war.

»Hast du Angst? Das musst du nicht.« Gin'Sahs Augen waren wieder klar, die Trauer wie weggewischt, auf seinem Gesicht lag nun ein warmes Lächeln. »Ich habe dir jemanden mitgebracht. Jemandem, den du kennst, und dem du mehr vertrauen dürftest als mir.«

Er hob einen Arm und machte eine Winkbewegung zu der dunklen Halle hinüber, kurz darauf schälte sich dort eine Gestalt aus der Schwärze. Sie war groß, schlank, wahrscheinlich männlich, ihre Kleidung glich der Gewandung Gin'Sahs, zumindest im Schnitt: eine hellbraune Mönchskutte mit ebensolchem Umhang – der Neuankömmling trug jedoch eine weite Kapuze, so dass Sophie sein Gesicht nicht erkennen konnte.

»He, Meister Elrond, was wird das hier? Hast du deine ganze Sippe mitgebracht, zum Sturm auf Mordor?«

Johnny eilte erneut durch die Halle, mit Schritten, die dank seiner Springerstiefel so laut waren wie die des Verhüllten unhörbar. Und Sophie registrierte, dass Johnnys dröhnende Stimme ein paar Logiergäste geweckt hatte: Gestalten regten sich unter Decken, Flüche inklusive. Das war nicht gut: Die Nachtruhe war heilig in dieser Halle – und wenn ihre Besucher Ärger machten, würde Johnny nicht zögern, Sophie gleich mit vor die Tür zu setzen.

Gin'Sah hob erneut die Hand, der Neuankömmling blieb stehen.

»Wir reden nur«, sagte Gin'Sah beruhigend, Johnny sah von ihm über Sophie zu der nun regungslos verharrenden Gestalt, schüttelte dann den Kopf.

»Das sind mir zu viele. Deine Entscheidung, Kleine: Geh mit den Freaks raus oder schick sie weg. Hier stört ihr.«

Sophie zögerte. Sie wollte nicht mit den beiden gehen, denn sie kannte sie nicht. Und sie waren seltsam. Sahen seltsam aus, trugen seltsame Sachen, zogen Fotos von toten Töchtern aus der Tasche und sprachen wie Leute in einem alten Theaterstück. Aber genau das machte sie wiederum so interessant.

»Zeig dich«, sagte Gin'Sah, bevor Sophie sich entscheiden, geschweige denn hatte antworten können, und der zweite Fremde schlug die Kapuze zurück.

Sie enthüllte ein Gesicht mit hohen Wangenknochen, grünen Augen und einer geraden Nase unter sandblonden Haaren. Es war ein Gesicht, das Sophie kannte, das sie geliebt hatte. Und von dem sie sicher gewesen war, dass sie es nie wieder erblicken würde. Denn als sie es das letzte Mal gesehen hatte, waren die Lider über dem erstarrten Blick von den geübten Händen eines gleichgültigen Bestatters geschlossen worden. Und der Junge hatte nicht gestanden, sondern gelegen. In einem Sarg. Den Kopf auf dem Seidenkissen ruhend, die Lippen blutleer, die Haut kalt und grau.

Sophie starrte den Jungen an, fassungslos, vor Schreck wie versteinert. Und als sie endlich begriffen hatte, was sie da sah, *wen* sie da sah, spürte sie, wie ihr Herz stehen blieb: Es schmerzte nicht, es beschleunigte sich nicht, es hörte einfach auf zu schlagen, von einer Sekunde zur anderen. Sophie griff sich an die Brust, schnappte erschrocken nach Luft – dann wurde ihr schwarz vor Augen und sie sackte bewusstlos in sich zusammen.

– 2 –

Als Sophie erwachte, war es immer noch Nacht. Die stille Dunkelheit wurde von einem einzelnen Licht gestört – ein warmer, ruhiger Schein, anders als das flackernde Neonlicht der Leuchtstoffröhren in der Fabrikhalle. Sie öffnete die Augen und sah nach oben. Nein, das war nicht die staubgraue, feuchte Betondecke, sondern eine saubere, weiß getünchte Wand. Sophie richtete sich auf und sah, dass man sie auf einem Bett mit weicher Matratze und dicken Kissen abgelegt hatte. Lange Vorhänge bewegten sich vor einem weit geöffneten Fenster im warmen Nachtwind und machten schleppende Geräusche auf dem Boden, das Licht kam von einer verschnörkelten Glaslampe auf dem Nachttisch.

Sophie schwang die Beine über den Rand des Bettes und stand auf, musste aber sofort Halt am Bettpfosten suchen: Sie fühlte sich schwach, ihr Kopf schwirrte. Eine Nachwirkung der Ohnmacht, oder war sie etwa krank? Drei Nächte hatte sie auf dem eisigen Boden der Fabrikhalle geschlafen, vielleicht war sie erkältet und fieberte. Hatte sie nicht sogar geglaubt, Julian gesehen zu haben? Hatte sie sein Gesicht nicht auf das dieses zweiten Fremden gestülpt? Gesund klang das nicht, eher nach

Halluzinationen – entweder also Fieber, oder sie wurde langsam verrückt.

Sophie ließ einen längeren Blick durch den Raum schweifen. Außer dem Bett gab es eine Kommode, einen Schreibtisch mit vielen Schubladen sowie einen Stuhl, über Letzterem hing ihre Lederjacke. Wie in einem Krankenhaus oder Hotel sah das Zimmer nicht aus, denn es befanden sich einige persönliche Dinge darin: Auf dem Sekretär standen ordentlich aufgereiht Bücher hinter einer kleinen Sammlung Muscheln und Parfümflakons. Über der Kommode hing ein Bild, an einem Wandhaken luftige Tücher. Die Möbel wirkten zart und zerbrechlich, gemacht aus weiß lackiertem Holz – ein Mädchenzimmer, das bewiesen auch die drei Porzellan-Puppen, die am Fußende des Bettes saßen und mit matten Kulleraugen ins Nirgendwo starrten.

Sophies Aufmerksamkeit kehrte zu dem Bild zurück – und sie erschrak, als sie darauf das Mädchen erkannte, dessen Porträt ihr der seltsame Fremde in der Fabrik gezeigt hatte. Ja, das war wiederum sie selbst mit dieser kunstvollen Flechtfrisur! Jünger als heute, vielleicht vierzehn, etwas molliger auch, aber dennoch: unverwechselbar! Neben ihr stand ein großer, dunkelhaariger Junge von etwa sechzehn, den sie noch nie gesehen hatte, sowie eine unbekannte Frau – und Gin'Sah. Sophie starrte auf das Gesicht des Mannes, dann erneut auf das Mädchen. Der Pinselstrich war fein, das Gemälde fast so realistisch wie eine Fotografie, daher gab es keinen Zweifel: Hier hing ein Bild, auf dem eine jüngere Ausgabe von ihr selbst abgebildet war, im Kreise einer völlig falschen Familie. Und dieses Bildnis befand sich in einem Zimmer, das einem Mädchen zu gehören schien. Einem *toten* Mädchen? *Diesem* toten Mädchen?

Sophie schwindelte erneut, wusste jedoch dieses Mal ganz genau, woher diese Schwäche rührte – von einem klammen Gefühl in ihrem Magen, das nichts anderes war als Angst. Sie schlich zu der nur angelehnten Tür und spähte hinaus: ein halbdunkler Flur, von dem weitere Räume abgingen. Etwas klapperte, und als Gin'Sah aus einem der Durchgänge trat, huschte Sophie zurück hinter die Tür und presste sich an die Wand. Sie hielt die Luft an, hörte ihr Herz wummern – und die Schritte des Mannes in einem anderen Zimmer verschwinden. Sie wartete eine Minute, bis sie sich rührte, doch die fühlte sich an wie ein ganzes Jahr: mit einem heißen Sommer, der ihr Schweißperlen auf die Stirn trieb, und einem kalten Winter, der ihr Schauer über den Rücken jagte. Hatte dieser Typ sie aus der Fabrik entführt? Den wachsamen Augen von Johnny entrissen, als sie ohnmächtig gewesen war? Alles wies darauf hin. Und scheinbar hatte er sie mitgenommen zu sich nach Hause – in das Zimmer, in dem seine tote Tochter gelebt hatte, der Sophie zum Verwechseln ähnlich sah. Oh Gott, das war nicht gut!

Sophie fröstelte erneut, und in ihrem Kopf gab es nun nur noch einen einzigen Gedanken: Nichts wie weg! Sie riss die Lederjacke vom Stuhl, die ihr so kostbar war, weil Julian sie nur wenige Tage vor seinem Tod in ihrem Zimmer vergessen hatte, schlüpfte hinein und registrierte wie schon so oft erst verwundert, dann glücklich, dass sie noch immer nach ihm duftete. Sie schlich zum Fenster, lehnte sich hinaus und erblickte eine schmale, unbekannte Straße, gepflastert mit Steinplatten, gesäumt von flachen Häusern und altmodischen Laternen mit mildem Licht.

Sie befand sich im Erdgeschoss, und bevor sie nachgedacht oder gar einen Plan geschmiedet hatte, war Sophie schon durch das Fenster geklettert. Sie landete in einem Blumenbeet, und als trockene Erde zwischen ihren Zehen kitzelte, bemerkte sie, dass Gin'Sah ihr die Stiefel ausgezogen hatte. Doch die Nacht war warm, und sie würde hoffentlich Hilfe finden, bevor sie sich Blasen lief. Ja, Hilfe war das richtige Stichwort! Sie brauchte jede, die sie bekommen konnte, denn sie war entführt worden. Von einem Fremden, der einen Ersatz für seine tote Tochter suchte und irgendeiner Sekte angehörte, wenn Sophie seine komische Kleidung und dieses Gerede von Tränken und Konstellationen richtig deutete.

Ihre Augen irrten die Straße hinauf und hinunter. Kein Mensch zu sehen, verlassen und still, die Fenster der anderen Häuser waren dunkel. Kein Wunder, es war mitten in der

Nacht, und ... Moment! Sophie erstarrte, als sie wenige Meter entfernt etwas wahrnahm, verborgen in einer Nische: ein schneller Wischer von einer Bewegung, wie der Flügel eines Vogels. Sie kniff die Augen zusammen. Nein, kein Vogel – ein Stück Stoff flatterte dort im Nachtwind, nicht weiß, aber dennoch hell, vielleicht beige. Oder hellbraun?

»Julian«, flüsterte sie in Erinnerung an das Gewand, das der zweite Fremde getragen hatte, stieß sich von der Mauer ab und ging zögernd auf die Gestalt zu. Auch diese löste sich aus ihrem Schatten und machte ein paar Schritte – doch in die falsche Richtung, nämlich weg von Sophie.

»Julian!«

Sie rannte los. Ihre nackten Füße patschten auf die Steine, als sie der eilig entschwindenden Silhouette folgte, ihre Gedanken wirbelten ebenso rasch auf und ab wie ihre Beine. War es doch keine Halluzination gewesen, als sie in der Fabrik geglaubt hatte, Julian zu erkennen? War er es wirklich? Wenn er es war, warum hatte er sich versteckt? Warum lief er vor ihr weg? Vor allem aber: Warum war er hier, warum war er nicht tot?

»Julian!«

Er bog mit wehenden Gewändern um eine Ecke, Sophie spürte ihre Fußsohlen brennen, als sie auf den rauen Steinplatten scharf in die Kurve ging. Diese Abbiegung, noch eine und noch eine, von einer menschenleeren Gasse in die nächste, die immer gleichen nachtschlafenden Häuschen links und rechts: Der Umhang flatterte wie ein Banner vor ihr im Wind, der Abstand wurde groß und größer.

»Julian! Warte doch!«

Sophie hörte selbst, wie bettelnd ihre Stimme klang, doch die Gestalt reagierte nicht: Sie lief und lief und lief, in einem unglaublichen Tempo, als flögen ihre Füße über den Boden, als gebe es kein Gewicht, keinen Körper, den es vorwärts zu tragen galt. Sophie fiel Meter um Meter zurück, obwohl sie so schnell rannte, wie sie konnte – und als sie um die nächste Ecke bog, war Julian verschwunden.

Sophie eilte dennoch die Straße hinunter, spähte in die

Gassen, die von ihr abgingen, wie auch in die Eingänge der Häuser. Und flüsterte dabei seinen Namen, als könnte sie Julian so hervorlocken. Vergeblich, verlassen und dunkel gähnten ihr Hauseingänge und Abzweigungen entgegen. Sie lief aus und presste sich eine Hand in die stechende Seite: verdammter Mist! Mist, Mist, Mist! Sie richtete sich auf, atmete tief ein – und gab einen kleinen, spitzen Schrei von sich, als eine Bewegung in ihrem Augenwinkel sie zusammenschrecken ließ. Sophie fuhr herum, und vor ihr stand Julian: Mit einem Gesicht, das nicht glühte von der Jagd, sondern noch immer so blass und kühl war, wie sie es in Erinnerung hatte. Aus dem Sarg, am Tag seiner Beerdigung. Ein Keuchen entrang sich ihrer Kehle, das sie selbst nicht einordnen konnte: Schrecken? Überraschung? Freude? Sie machte zwei, drei Schritte auf Julian zu, wollte ihm um den Hals fallen, ihn an sich drücken, sich davon überzeugen, dass sie nicht träumte, nicht völlig durchgeknallt war – doch er wich zurück. Rascher und geschmeidiger, als Sophie es jemals bei einem Menschen gesehen hatte, mit abwehrend erhobenen Armen.

»Was zum ...«, setzte sie an, aber Julian legte einen Finger auf die Lippen. Sie verstummte. Dann bedeutete er ihr, sie möge ihm folgen, und wandte sich zu einem Gebäude rechts: eine Art Kreuzgang mit steinernen Statuen in Nischen, in der Mitte schlief ein Garten mit Blumenbeeten und müde plätscherndem Brunnen.

Julian führte sie in die hinterste Ecke und hockte sich auf eine Bank, Sophie sank mit bebenden Gliedern neben ihn und konnte ihren Blick nicht von ihm wenden: Es war unglaublich, ihn wiederzusehen, ihn tatsächlich und leibhaftig vor sich zu haben. Nachdem sie vier Monate lang jeden Tag auf die wenigen Fotos gestarrt hatte, die sie von ihm besaß, und die doch nie die erhoffte Erinnerung an glückliche Tage brachten, sondern immer nur neue Tränen.

»Wie kann das sein?«, wisperte sie jetzt mit einem aufgeregten Zittern in der Stimme. »Du bist doch tot! Ich hab dich gesehen, ich war auf deiner Beerdigung!«

Julian antwortete nicht, aber seine klaren, grasgrünen

Augen lagen auf ihr und schienen ebenso viel von Sophie aufnehmen zu wollen wie sie von ihm: Sie wanderten über ihr Gesicht, ihre verunstalteten Haare, die zu große Lederjacke und die schmale Jeans bis hinunter zu ihren bloßen Füßen. So hatte er sie auch angesehen, als sie sich in der Schule gegenseitig umgerannt hatten, beide hoffnungslos verspätet für die erste Stunde. Doch damals hatte ein Lächeln seine Miene erhellt, während er ihr aufgeholfen hatte, als würde ihm gefallen, was er da sah – heute blieb sein Gesicht leer. Aufmerksam, aber leer.

»Es war ein Autounfall«, flüsterte Sophie weiter, obwohl das klang, als wolle sie Julian an seinen eigenen Tod erinnern, und daran, dass er unmöglich hier sein konnte. »Ich habe gesagt, du sollst nicht mit Sean nach Hause fahren, erinnerst du dich? Ich habe dich gewarnt!«

Julian schwieg noch immer, Sophie griff nach seiner Hand – doch er riss sie weg, wiederum blitzschnell, bevor ihre Haut die seine berühren konnte.

»Was hast du? Rede mit mir!«

Verzweiflung in ihrer Stimme, denn mittlerweile verstand sie nichts mehr: Warum er weggelaufen war, warum er sie nicht umarmen wollte, warum er nicht sprach.

Julian hob eine Hand in einer Geste, als bitte er um Geduld. An seinem Gürtel hing ein Beutel, wie ihn auch Gin'Sah gehabt hatte – aus diesem zog er einen Bleistift sowie ein Notizheft. Schlug es auf, schrieb etwas hinein und reichte es Sophie. Sie nahm es, sah auf die ordentliche Schrift, ohne den Sinn der Worte wahrzunehmen, dann wieder auf Julians Gesicht. Sein so unglaublich lebendiges, unglaublich reales Gesicht, das zu sehen sie nach wie vor völlig verstörte und die immer gleiche Frage durch ihren Kopf jagte: Wie war das möglich?

Julian nickte nachdrücklich auf das Heft hinunter, Sophie drehte sich widerstrebend zum Licht und entzifferte das Geschriebene.

Ich kann nicht mit dir sprechen. Und ich bin NICHT Julian.

»Aber du siehst so aus wie er«, antwortete Sophie, erstaunt und trotzig. »Ganz genau so! Nur deine Haare sind länger, und

...«

Sophies Augen wanderten über die sandfarbenen Strähnen, die ihm sonst so widerspenstig in die Stirn gefallen waren und die nun glatt und lang den Rücken hinunter fielen. Viel zu lang, um in vier Monaten gewachsen zu sein. War das ein Hinweis darauf, dass der Junge recht hatte, dass er wirklich nicht Julian war? Aber das Muttermal ... Ja, er hatte sogar diesen kleinen Leberfleck an der Schläfe, und so etwas gab es nicht zweimal, nicht einmal bei Zwillingen!

Der Junge nahm ihr das Heft ab, kritzelte erneut einige Worte hinein.

Ich sehe genau so aus, dennoch bin ich nicht er. Ich habe nur das Äußere mit ihm gemein. Bitte, glaube mir.

Die Fragezeichen wuchsen. »Wenn du nicht Julian bist, dann ... kennst du mich gar nicht, oder?«, erkundigte sie sich zögerlich, und obwohl Sophie die Antwort ahnte, hoffte sie, dass sie anders lauten würde. Doch der Junge schüttelte wie erwartet den Kopf und machte aus ihrem Herzen einen schweren, schwarzen Klumpen.

Ich sah dich nie zuvor. Ich weiß, dass du Julian geliebt hast, aber ich kenne dich nicht und ich habe keine Gefühle für dich. Er zögerte, ergänzte dann: *Es tut mir leid.*

Nicht Julian. Keine Gefühle. Und es tat ihm leid. Sophie atmete tief ein, versuchte, sich in den Griff zu bekommen, diese bodenlose Enttäuschung herunter zu schlucken, die nach der unverhofften Wiedersehensfreude umso gnadenloser war. Und um ihren schwirrenden Kopf zu klären, denn wenn das hier nicht Julian war, war alles noch viel seltsamer!

»Warum kannst du nicht reden?«, fragte Sophie den Jungen, und wenige Sekunden später las sie die Antwort in dem Heft.

Ich vermag durchaus zu sprechen, aber nicht mit dir. Nur mit meinesgleichen.

»Und wer sind deinesgleichen?«

Er zögerte, warf Sophie einen prüfenden Blick zu, als wolle er abwägen, ob sie die Wahrheit vertragen könnte. Seine Augen versenkten sich in ihren und Sophie registrierte die selbst im matten Licht unverwechselbaren Goldpünktchen rund um die

Pupille – ein weiterer Beweis gegen das, was er eben behauptet hatte. Das *ist* Julian, sagte alles in ihr, Kopf und Herz und Bauch, das ist *doch* Julian!

Der Junge nickte schließlich, als habe Sophie die Prüfung bestanden, dann notierte er etwas. Ein Wort nur, aber mehr bedurfte es gar nicht, um Sophie erneut schwindeln zu lassen und aus der harmlosen Angst in ihrem Magen ein gefräßiges Ungeheuer zu machen.

Tote.

***

»Tote?!?«

Seltsamerweise zweifelte Sophie keine Sekunde daran, dass wahr war, was er da sagte. Sie verspürte weder Unglauben noch Zweifel – und rückte trotzdem erschrocken ein Stück zur Seite. Das geschah ganz instinktiv, doch als die Augen des Jungen sich daraufhin sichtlich trübten, bereute sie das sofort: Es zeigte so deutlich nicht nur ihre Furcht, sondern noch stärker eine Abneigung, die sie indes gar nicht empfand.

»Tut mir leid, du hast mich erschreckt. Du siehst nicht tot aus. Du bist zwar blass, doch das warst du ja ...«

'Schon immer', hatte sie sagen wollen, verstummte aber. Das ist nicht Julian!, hämmerte sie sich in ihren Kopf und ahnte dabei, dass das vergeblich war, dass sie diesen Fehler wieder und wieder machen würde.

»Du sagst also, du wärst nicht Julian. Und hättest außer dem Aussehen nichts mit ihm gemeinsam.«

Der Junge nickte.

»Aber du bist ebenso tot wie er.«

Das wurde ebenfalls bejaht.

»Aber wie kannst du hier sein, wenn du tot bist?«, fragte Sophie, obwohl das sehr seltsam klang – der Junge antwortete ihr jedoch schnell, als sei das eine Frage, auf die er gewartet hatte oder die zu beantworten ihm leicht fiel.

Ich bin hier, weil es keinen Platz gibt, an den meine Seele gehen könnte.

»Ist ... *mein* Julian auch hier? Kann ich ihn sehen?«

Sophies Stimme klang hoffnungsvoll, denn noch war das kleine Flämmchen in ihrer Brust nicht ganz erloschen. Doch sie erntete nur ein Kopfschütteln und neue Worte im Heft.

Nein. Er hat einen solchen Ort, deswegen ist seine Seele aus deiner Welt verschwunden.

Sophie runzelte die Stirn. »Meine Welt? Was meinst du damit?«

Du bist jetzt in einer anderen Welt, schrieb er weiter, *nämlich in meiner. Gin'Sah hat dich mitgenommen.*

Sophie war erneut versucht, einen sicheren Abstand zwischen sich und diesen Jungen zu bringen: Was sie zu hören bekam, wurde immer verrückter. Dass sie nicht machte, dass sie wegkam, lag allein an diesem Gesicht, das sie völlig in seinen Bann gezogen hatte. Und es gab noch eine Frage, die sie stellen musste. Weil sie logisch war und sich aus dem ergab, was er zuvor gesagt hatte, auch wenn sie dieser Sache mit dem Sprechen widersprach.

»Aber ... ich bin nicht auch tot, oder?«, erkundigte sie sich und dachte mit Schaudern an ihre Ohnmacht in der Fabrikhalle – die vielleicht gar keine Ohnmacht gewesen war, sondern ihr Tod.

Sorge dich nicht, schrieb der Junge, nach einem raschen und entschiedenen Kopfschütteln, für das Sophie ihm unendlich dankbar war. *Du bist am Leben, denn diese unsere Welt beherbergt nicht nur Tote.*

»Und ... Gin'Sah?«

Auch er lebt.

Sophie merkte, dass sie die Luft angehalten hatte, wer weiß, wie lange schon. Nun seufzte sie erleichtert und besann sich auf das, was der Junge eben geschrieben hatte – über seine Welt, in der die Toten blieben.

»Du sagtest, Julian sei nicht mehr da, weil er nach seinem Tod gegangen sei. Was genau meinst du damit? Wohin soll er denn gegangen sein?«, verlangte sie zu wissen, was den Jungen traurig lächeln ließ.

An einen Ort, an dem seine Seele nach dem Tod zuhause sein kann.

Ein Jenseits.

Ein Jenseits. Sophie dachte über dieses Wort nach, die Augen auf das Heft gesenkt. Kein Begriff, der in ihrem täglichen Wortschatz vorkam, auch wenn sie sich nach Julians Tod gefragt hatte, wo er wohl wäre. Ob es ihn doch noch gab, irgendwie, irgendwo – zumindest *etwas* von ihm. Einen winzigen Teil, der aber dennoch er war. Oder ob der gnadenlose, vom Aufprall an diesem Baum brutal verformte Stahl des Autos alles ausgelöscht hatte, was Julian einmal ausgemacht hatte. Jenseits ... Was war das? Der Ort, an dem das Leben nach dem Tod stattfand, wenn man an dergleichen glaubte. Himmel, Elysium, Paradies, Nirwana.

»Wieso hat deine Welt kein Jenseits?«, fragte Sophie, der Junge streckte die Hand nach dem Heft aus.

Das weiß ich nicht, kritzelte er hinein, mehr nicht.

»Versuch doch bitte, es mir zu erklären. Ich begreife schon nicht, wo ich hier bin. Was das mit 'eurer Welt' bedeuten soll.«

Er schrieb erneut, länger diesmal.

Es gibt eure Welt und unsere. Sie existieren zeitgleich und auch am gleichen Ort, sind in manchen Dingen voneinander abhängig, in anderen nicht. Und sie sehen anders aus, weil wir sie unterschiedlich gestaltet haben.

Sophie ließ mit gerunzelter Stirn einen Blick durch den Garten wandern und musste bei genauerem Hinsehen zugeben, dass sie dergleichen in London noch nie gesehen hatte. Es gab dort zwar jede Menge alte Gebäude aus verschiedenen Epochen, aber diese Architektur war grundsätzlich anders. Zu geschwungen die Bögen des Kreuzganges, zu flach das Dach, zu fremd die Kleidung der steinernen Statuen. Und: Dieser Kreuzgang sah nicht so alt aus, wie er es in ihrer Welt automatisch gewesen wäre, denn neue Bauten bestanden aus Stahl, Beton und Glas, nicht aus Stein auf Stein auf Stein.

Wir sind hier keine fünfhundert Schritte von dem Ort entfernt, an dem du geschlafen hast, stand in dem Heft, als Sophie sich erneut darauf konzentrierte, sie riss erstaunt die Augen auf: Das Fabrikgelände, in dem sich Johnnys Kinderasyl befand, war riesig. Es bestand aus zahllosen halbzerfallenen Hallen, überwucherten Bahngleisen und einem brackigen Kanal – dort gab es weit und breit keine derartige Siedlung, geschweige denn so einen Garten! Das einzige Grün dort waren die Brennnesseln, die aus dem aufgesprungenen Beton wucherten, und dass man Johnnys zugigen Schlafsaal den wohnlichsten Teil der Anlage nennen konnte, besagte schon alles.

»Warum existieren diese zwei Welten?«

Die Antwort auf diese Frage kennt niemand. Wir wissen von euch, doch ihr ahnt nichts von uns.

»Weshalb habt ihr uns denn nie gesagt, dass es diese Welt gibt? Und euch?«

Der Junge zuckte mit den Achseln, jedoch eher unwissend als gleichgültig. Seine Augen baten Sophie um Verzeihung, dass er ihr die Antwort schuldig bleiben musste, ein Ausdruck, den sie nur schwer ertrug: In ihrer Phantasie war Julian immer glücklich gewesen, wenn sie sich wieder sahen, er hatte ihr ernstes Gesicht und ihren Schmerz weggelacht, weil es ihm gut ging. Trotz allem, was passiert war. Sophie schluckte, rief sich ihr 'Das ist nicht Julian!'-Mantra ins Bewusstsein und konzentrierte sich auf diese Sache mit den zwei Welten.

»Wie unterscheiden sie sich?«

In vielen Dingen, in anderen wiederum gar nicht. Wenn wir etwa ein Haus bauen, tun wir das nach den gleichen physikalischen Gesetzen. Aber wie wir die Gebäude gestalten, entscheidet unser Verständnis dessen, was wir schön finden oder was unsere Art zu leben benötigt. Daher sehen die beiden Welten anders aus. Aber wir unterscheiden uns nicht nur in solchen banalen Dingen. Wir denken, dass unsere Welt die ideale Welt ist ...

Er hielt inne, strich das 'ideal' durch und klopfte sich selbstvergessen mit dem Stift gegen die Unterlippe, während er nachdachte. Eine Angewohnheit, wie es schien, und zwar eine, die Sophie von Julian nicht kannte: Er hatte sich immer mit dem Zeigefinger an der Nasenwurzel gerieben, wenn er grübelte, als er könnte damit sein Gehirn zum schnelleren Arbeiten anregen. Das Reiben hatte Sophie als liebenswert empfunden, während dieses Klopfen ihr nach kurzer Zeit richtiggehend wehtat: Als würde mit jedem Auftreffen des

Stiftes auf dem weichen Gewebe der Satz 'Julian ist tot' Silbe für Silbe für Silbe in ihren Kopf gehämmert.

Sie musste den Blick abwenden, denn sie empfand plötzlich eine unsägliche Wut auf diesen Jungen. Wie konnte es sein, dass er hier war, Julian jedoch nicht? Warum war er in *diese* Welt geboren worden, wo der Tod nicht das Ende war – während Julian in einer hatte leben müssen, wo Sterben das gleiche war wie auf immer verloren?

Sophie spürte, wie ihre Hände sich zu Fäusten ballten und zwang sich zu einem tiefen Atemzug. Ja, es wäre besser, einen Julian zu haben, der nur schriftlich mit ihr sprechen konnte – besser, als völlig ohne Julian zu sein! Aber war es die Schuld dieses Jungen, dass er hier war oder dass seine Welt so verschieden war von ihrer? Dass jede seiner Bewegungen Sophie an einen anderen Menschen denken ließ? Sophie schloss die Augen. Was würde dieser Junge empfinden, wenn sie ihm gestand, wie sie fühlte? Dass sie sich nur für ihn interessierte, weil er aussah, wie er aussah? Er weiß das, sagte etwas in ihr, denn genau deswegen hat Gin'Sah ihn mitgebracht in die Fabrik, hat ihn vielleicht sogar hierher geschickt. Dennoch: Es war ungerecht, so zu denken.

Sophie straffte sich, öffnete die Augen. Der Junge schrieb wieder in seinem Heft, sie beugte sich zu ihm hinüber und las mit.

... denken, dass unsere Welt so etwas ist wie die beste aller möglichen Welten. Ihr macht so viele Fehler, es gibt so viel Leid in deiner Welt. Wir tun stets das Richtige, das, was gut ist.

»Aber wie könnt ihr erkennen, was das Richtige ist?«

Er zögerte erneut, zuckte dann überfordert mit den Schultern.

Jemand sagte mal, es könne ein Experiment sein, notierte er. *Zwei Welten, zwei Arten zu leben, eine würde zugrunde gehen. Doch das glaube ich nicht,* fügte er rasch hinzu, als Sophie entsetzt die Augen aufriss – weil 'zugrunde gehen' schrecklich klang, nach Endzeit und Apokalypse.

Es muss einen Sinn haben, dass wir euch kennen, ihr uns jedoch nicht, schrieb er weiter. *Ihr seid so etwas wie ein schlechtes Vorbild, das uns anhalten soll, auf unserem Weg zu bleiben. Vielleicht tun wir das Richtige, weil wir sehen können, was ihr alles Falsches tut.*

»Also ist hier« – Sophie deutete wage auf den Garten und meinte damit doch ungleich mehr – »alles perfekt?«

Nein, nicht alles.

»Wegen dieser Sache mit dem fehlenden Jenseits«, schlussfolgerte Sophie und erntete ein entschiedenes Nicken.

Ja. Daran hängt viel. Mehr, als man auf den ersten Blick vermutet.

»Und ihr wisst nicht, warum eure Welt genau da anders ist.«

Nein, aber natürlich gibt es Theorien. Eine besagt, dass wir einstmals ein Jenseits hatten, jedoch vergaßen, wie man hineingelangt. Eine andere behauptet, es läge daran, dass ihr Religion habt, wir dagegen nicht. Dass das der Grund sein könnte, warum wir nicht so sterben wie ihr.

»Wieso habt ihr keine Religion?«

Sie birgt viele Gefahren. Erinnere dich an die unzähligen Kriege, die religiös begründet wurden. Die Kreuzzüge. Hexenverbrennungen oder die Inquisition.

»Du weißt viel von meiner Welt«, bemerkte Sophie.

Wir studieren euch.

»Unter dem Motto 'Wie man es nicht machen sollte'.«

Auf diese Bemerkung kam ein Nicken als Antwort, garniert mit einem entschuldigenden Lächeln, das Sophie die Seele aufriss: Das war hundert Prozent Julian! So hatte er immer gelächelt, wenn sie sich gestritten hatten und er so oft derjenige gewesen war, der als Erstes die weiße Fahne hisste.

»Okay, nochmal«, bat sie den Jungen. »Es gibt zwei Welten, ihr habt mich aus meiner mitgenommen in diese. Eure Welt besitzt kein Jenseits, aber niemand kann erklären, warum. Und da es euch fehlt, bist du hier, obwohl du tot bist. Während Julian aus meiner Welt verschwunden ist, weil wir ein Jenseits haben.«

Der Junge nickte bekräftigend, somit hatte Sophie zumindest die Fakten richtig zusammengebracht. Begriffen hatte sie das Ganze allerdings nicht wirklich, klang das alles doch zu absurd. Parallele Welten, so was gab es nur im Kino! Andere Kleidung, seltsame Frisuren und komische Häuser, das war noch lange keine Bestätigung dafür, dass er die Wahrheit sagte! Aber er muss das auch nicht beweisen, erkannte Sophie mit Schaudern: Dass sie ihn sehen konnte, war der nötige Beweis, denn in ihrer Welt wäre es unmöglich. Wenn er wirklich tot war, wie er behauptete, denn dafür war ein bisschen Blässe kein Beleg. Sophies Augen fuhren über sein Gesicht, seine Brust. Blinzelte er? Nein. Füllte er seine Lungen mit Luft? Nein. War er also tot? Vielleicht. Wahrscheinlich. Er sah aus wie Julian und war tot wie Julian – war aber nicht Julian.

»Wer bist du?«, erkundigte sie sich schlicht, was den Jungen lächeln ließ, als würde ihn diese Frage freuen.

Ich heiße Lan'The.

Sophie wartete auf mehr, doch der Stift bewegte sich nicht weiter. Aber das war keine Erklärung, nur ein fremd klingender Name. Sie warf dem Jungen einen fordernden Blick zu und deutete nachdrücklich auf das Heft.

Julian und ich sind Spiegel – so nennen wir das. Unsere Ähnlichkeit ist stärker als die von eineiigen Zwillingen, wir sind körperlich absolut identisch. Jeder von euch hat ein solches Abbild in dieser Welt. Wird in eurer Welt ein Mensch geboren, erscheint er auch hier. Und wenn einer von euch stirbt, stirbt sein Spiegel bei uns. Unsere Welten sind somit verknüpft, ohne euch gäbe es uns nicht.

»Du bist also gestorben, als Julian gestorben ist?«

Ja.

»Genau so? Bei einem Unfall?«

Es war zwei Uhr morgens gewesen, die Jungs hatten zu viert im Auto gesessen. Am Steuer Sean, der kaum eine Woche seinen Führerschein besaß und ebenso lang diesen viel zu schnellen Wagen fuhr. Ein Baum, ein Brand – drei Jungs tot, einer wie durch ein Wunder unversehrt. Doch Julian hatte zu den Toten gehört, Julian war von einem Augenblick auf den anderen nicht mehr da gewesen.

Sophie schüttelte die Erinnerung an das verkohlte, von den Blechscheren der Feuerwehr auseinandergerissene Wrack ab und konzentrierte sich auf Lan'Thes Antwort.

Wir brechen zusammen, wenn unser Spiegel stirbt. Wo immer wir gerade sind. Unser Herz hört auf zu schlagen.

»Einfach so? Ohne ... Vorwarnung?«, fragte Sophie, Lan'The nickte, dann huschte der Stift zum wiederholten Mal in raschem Tempo über das Papier.

Werden wir alt, können wir uns denken, dass der Tod näher kommt. Doch stirbt unser Spiegel durch ein Unglück, sehen wir das nicht kommen.

»Werdet ihr denn krank, wenn wir erkranken?«

Nein.

»Und falls hier jemand einen Unfall hat?«

Wir verfügen über eine bessere Konstitution. Manche sagen, wir würden gar nicht sterben, tätet ihr es nicht.

Sophie runzelte die Stirn. In diesen Worten schien ein gewisser Vorwurf zu liegen, obwohl Lan'The sie nach wie vor unbefangen ansah: Ihr seid schwach, ihr bringt alles Leid in diese Welt.

»Okay«, sagte sie, »ihr sterbt also, wenn euer Spiegel stirbt. Und dann?«

Wo sich bei euch Körper und Seele trennen, das eine zerfällt und das andere fortgeht, klammern sich unsere Seelen an ihre Körper. Aber sie vermögen nicht alles zu halten, nur eine hohle Silhouette. Die Lebenden nehmen Abschied von uns, dennoch bleiben wir in dieser Welt. Wir können uns zeigen, doch wir gehören nicht mehr zu dieser Gesellschaft.

Sophie starrte auf das Papier. Sie war erschöpft und hatte das Gefühl, dass ihr Gehirn viel zu langsam arbeitete: Sie sprach mit einem Toten, der irgendwie noch lebte. Der Julians Spiegel war, aber nicht Julian. In einer anderen Welt, am gleichen Ort.

»Was meinst du mit 'Silhouette'?«, fragte sie schließlich. »Du siehst doch ganz normal aus.«

Lan'The warf Sophie wieder einmal diesen prüfenden Blick zu, als wolle er abschätzen, was er ihr zumuten konnte. Dann hob er seine Hand, senkte sie auf die ihre hinab – und hindurch. Es fühlte sich an, als würde ein kühler Hauch über ihre Haut streichen und die kleinen Härchen aufrichten: Sophie schauderte und war trotzdem fasziniert. Die Hand sah doch so massiv aus, nach Fleisch und Blut und Knochen!

Sie hob ihre Finger an Lan'Thes Gesicht, hielt jedoch inne,

als er zurückzuckte, schnell wie ein Wimpernschlag. Sie berührte schließlich erst den Stoff seines Umhangs, der sich absolut real anfühlte, hob dann neuerlich die Hand, fragend und zögernd. Lan'The nickte, schloss die Augen, und Sophie strich vorsichtig über seine Wange. Nein, nicht über, sondern *durch* seine Wange, denn sie spürte so gut wie keinen Widerstand, als ihre Hand durch ihn hindurchging, nur wieder diese leichte Kühle: Als hielte man die Hand aus dem Fenster, hinaus in den Nachtwind.

Gespenstisch, dachte Sophie, ein anderes Wort fiel ihr nicht ein: Es fühlte sich absolut gespenstisch an.

»Wie geht das?«, flüsterte sie. »Wie kannst du hier sitzen, in dieses Heft schreiben und trotzdem so ... sein?«

So neblig, so geisterhaft, hatte sie sagen wollen, doch das hätte sehr negativ geklungen, nach Gespenstern und Erscheinungen. Und dieser Junge hatte nichts von einer Spukgestalt an sich, er war ein Mensch. Nicht aus Fleisch und Blut, sondern in einem anderen Aggregatzustand. Wie Dampf ein anderer Zustand von Wasser war, ohne dass man ihn deswegen fürchten musste.

Wir können die Dinge anfassen oder benutzen, die uns ins Grab gegeben werden, wie Kleidung, Stift und Papier, schrieb Lan'The. *Wäre dieser Stift nicht mit mir begraben worden, könnte ich ihn nicht halten. Meine Hände würden durch ihn hindurchgehen wie deine Finger durch meine Haut.*

»Warum ...« Sophie zögerte, fand den Einfall, der ihr gekommen war, schrecklich banal, sprach ihn aber doch aus, weil Lan'Thes Augen sie ermutigten. »Warum lasst ihr euch nicht mit Handschuhen begraben? Dann könntet ihr alles anfassen.«

Lan'The lachte. Er warf den Kopf nach hinten, seine Brust hob und senkte sich in schnellem Rhythmus, ohne dass ein Laut aus seiner Kehle kam. Oder besser: Ohne dass ein Laut aus seiner Kehle kam, den Sophie hören konnte. Schallte da gerade ein Ton durch diese Welt, den nur Ohren vernehmen konnten, die aus diesem kühlen Nachtwind gemacht waren? Der kleine Schauder, der nun Sophies Rücken hochkroch, entstammte der Ahnung, dass sie es hier mit Dingen zu tun hatte, die sie niemals zur Gänze würde begreifen können.

Eine gute Idee, aber wir sind schrecklich schwach. Ich vermag selbst mit umhüllten Fingern nur leichteste Gegenstände zu bewegen, eine Tür zu öffnen ist bereits unmöglich. Daher können wir nicht arbeiten, nichts zu dieser Welt beitragen. Und selbst wenn wir es könnten – ein Toter braucht kein Essen, kein Feuer und keine Kleidung, wozu sollte er arbeiten und den Lebenden ihr Brot nehmen?

Sophies Augen hingen an seiner Hand, saugten jedes Wort, das er in dieses Heft schrieb, mit einer Wissbegierde auf, die sie lange nicht mehr verspürt hatte.

»Erzähl weiter«, bat sie, als er stockte. »Erzähl mir, wie es ist, tot zu sein.«

Er sah auf, mit einer Traurigkeit in seinen Augen, die Sophie ihre Frage bereuen ließ – und die in ihrer Eindringlichkeit schon Antwort genug war.

»Entschuldige«, bat sie. »Aber für mich ist das hier völlig fremd, ich möchte nur verstehen, was du bist. Wie du dich fühlst.«

Lan'The zögerte, nickte, schrieb weiter.

Meine bloße Hand durchdringt alles, wäre ich nackt, könnte ich durch Wände gehen. Durch Mauern, Bäume, Steine. Nur auf der Erde kann ich laufen, egal auf welchem Belag und egal ob mit Schuhen oder ohne, so unlogisch das auch klingt. Doch dabei berühren meine Füße den Boden nicht – ich tue meine Schritte, dennoch machen meine Schuhe niemals einen Abdruck. Ja, so ist die Welt für einen Toten: Wie Sand, durch den du gehst, ohne ihn zu spüren und ohne eine noch so flüchtige Spur darin zu hinterlassen.

Ein eingängiges Bild, das Mitleid in Sophies Brust ergoss, bis sie eine unerträgliche Enge im Hals verspürte und Zuflucht zu einer wiederum ganz banalen Frage nahm.

»Bewegst du dich deshalb so schnell?«, erkundigte sie sich in Erinnerung an die Jagd durch die Gassen oder sein Zurückzucken eben, Lan'The nickte.

Wir sind wie der Wind, so flink und leicht. Weil nur die Seele bleibt, mit dieser dünnen Silhouette und allem, was zu ihr gehört, wie Gefühlen, Sehnsüchten oder Angst.

Eine Pause, in der er nachdachte.

Tot zu sein bedeutet auch, zu vermissen, fuhr er dann fort. *Meine Eltern. Freunde. Ich vermisse es, in die Schule zu gehen ... Ja, selbst das Lernen vermisse ich. Doch noch stärker sehne ich mich danach, zu essen oder zu trinken. Ich brauche ich nichts dergleichen, weil ich keinen Körper besitze, trotzdem fehlt es mir. Geschmack. Das Gefühl von etwas Süßem oder Saurem, Heißem oder Kaltem auf der Zunge.*

Er zögerte wieder kurz, schrieb dann aber mit Nachdruck weiter.

Es gibt einige, die sagen, Tote seien auf das Wesentliche reduzierte Menschen. Ohne störende körperliche Bedürfnisse, nur Geist. Das mag so sein, doch wenn du vorher einen Körper hattest, ist dieser Nebelleib eine Qual. Nach meinem Erwachen bin ich mit dem Kopf gegen Mauern gerannt und habe meine Hände tief ins Feuer gehalten, nur um Schmerz zu empfinden. Vergeblich.

Sophie wollte ihm mitfühlend eine Hand auf den Arm legen, hielt sich aber in letzter Sekunde zurück.

»Und was tust du? Wenn du eigentlich nichts tun kannst?«

Warten.

»Auf was?«

Auf den richtigen Tod. Auf ein Ende. Einen Neuanfang. Auf etwas, das anders ist als dieser Zustand, denn er ist unerträglich.

»Das verstehe ich«, erwiderte Sophie, eigentlich nur so dahin und aus Freundlichkeit, doch dann merkte sie, dass sie es tatsächlich begriff. Weil es dazu nicht viel brauchte. Wie sehr hatte es ihr eben wehgetan, diesen Jungen, den sie für Julian gehalten hatte, nicht umarmen zu dürfen – und wie schlimm musste diese Sehnsucht erst für ihn sein? Ihm erging es mit allen so. Und schlimmer noch: Er würde nie wieder einen Herzschlag, die weiche Haut oder auch den festen, warmen und Halt gebenden Körper eines anderen spüren. Ja, Sophie verstand, warum es unerträglich war, und als sie erkannte, dass dieser Zustand für die Toten dieser Welt ewig andauerte, tanzten schwarze Punkte vor ihren Augen.

»Was wollt ihr von mir? Ich bin wegen dieser Sache mit den Toten hier, nicht wahr?«, fragte sie, und bevor Lan'The darauf hatte antworten können, vernahm Sophie eine sanfte, freundliche Stimme, die sie mittlerweile kannte.

»Wir hoffen, dass du unsere Tür zum Jenseits findest und öffnest«, antwortete ihr Gin'Sah.

Sophie wand den Kopf: Er stand unter einem der Torbögen, ebenso aufrecht und stolz wie die Statuen, der Nachtwind zupfte an seinen hellblonden Haaren und dem im kalten Mondlicht womöglich noch weißer leuchtenden Stoff seines Gewandes.

»Warum?«, stieß Sophie hervor, »was habe ich damit zu tun?«

Gin'Sah kam mit geschmeidigen Schritten näher, kniete sich vor Sophie und sah ihr besorgt ins Gesicht. Er hob eine Hand, strich fürsorglich eine Haarsträhne aus ihrer Stirn – sie registrierte erleichtert die Wärme, die von dieser Hand ausging: Er war lebendig, wenigstens er!

Gin'Sah ließ seine Finger eine Sekunde an Sophies Wange ruhen, als ahnte er, was ihr durch den Kopf geisterte.

»Weil dein Spiegel in unserer Welt vor dir gestorben ist. La'Isa, meine Tochter«, sagte er. »Das ist äußerst selten, denn eure Welt birgt so viel mehr Gefahren.«

»Ist sie auch ... so?«

Sophies Stimme klang brüchig und Lan'The schlug die Augen nieder, als schäme er sich für seinen Zustand, was Sophie tief ins Herz schnitt, denn es war nicht seine Schuld. Es war Seans, aber er war ebenso tot, und somit gab es niemanden mehr, auf den sie ihre Wut schleudern konnte.

»Entschuldige«, sagte Sophie und legte ihre Hand nun doch auf Lan'Thes Arm, der sich durch den Stoff so nachgiebig anfühlte wie ein mit wenig Luft gefüllter Ballon. »Ich kann das nicht in die richtigen Worte fassen.«

Lan'The lächelte, Sophie musste erneut wegsehen, weil dieses Lächeln zu viel Julian enthielt.

»Ist La'Isa ... hier?«

Gin'Sah nickte. »Sie sind alle hier.«

Sophies Augen irrten durch den nächtlich dunklen Garten, als würden weitere Tote hinter den Büschen lauern. Ihr Blick blieb an einer verschleierten Mädchengestalt mit gesenktem

Haupt hängen – nur eine von vielen Statuen, aber mit diesem Wissen plötzlich so schrecklich bedeutsam.

»Dies ist ein besonderer Ort«, erklärte Gin'Sah, dessen Aufmerksamkeit nichts zu entgehen schien. »Ein Garten der Begegnung, den Tote an ihrem Todestag aufsuchen und ihre lebenden Familienangehörigen treffen. Doch ich fürchte, ich habe mich falsch ausgedrückt: Ich wollte sagen, dass La'Isa noch in dieser Welt weilt, nicht, dass sie in der Nähe ist.«

»Aber ich kann sie sehen?«

Ein trauriger Schatten wanderte über Gin'Sahs Gesicht.

»Sie zeigt sich uns nicht«, sagte er. »Ihr Tod war ein schrecklicher Unfall, es mag sein, dass sie wütend ist auf den Schuldigen. Auf mich.« Er nickte, als Sophie erschrocken erstarrte. »Ja, es war meine Schuld, und sie hätte allen Grund, mich nie wieder sehen zu wollen.« Er verstummte, lächelte dann. »Wer weiß? Wenn sie erfährt, dass du hier bist, zeigt sie sich vielleicht.«

Gin'Sahs dunkle Augen versenkten sich in Sophies und sie fand nichts als Wohlwollen darin.

»Du solltest dich ausruhen. Ein Bett steht bereit, du kannst essen, baden, frische Kleider anziehen. Morgen früh bringe ich dich zum Rat, dort wird man dir erklären, wie du uns helfen kannst, und du wirst Antworten auf all deine Fragen bekommen.«

Das Angebot war verlockend, zumindest der erste Teil mit Essen, Bett und Bad, denn Sophie war müde, hungrig und seit Tagen ungeduscht. Dennoch, etwas mehr musste sie bereits heute wissen.

»Ich soll euren Toten also das Jenseits zeigen. Weil ich aus einer Welt komme, in der es eines gibt.«

Gin'Sah bejahte mit einem knappen Senken seines würdevollen Kopfes. »Du wirst als erster Mensch der anderen Welt in unserer sterben. Deine Seele wird den Weg zu eurem Jenseits suchen, unsere Toten werden ihr folgen. Und dort Eingang finden, dessen sind wir uns gewiss. Unsere Welten sind verknüpft, untrennbar, durch das Leben und somit auch durch den Tod: Wenn du unseren Toten den Weg weist, werden sie Frieden erfahren.«

»Ich soll also ... sterben?«

»Ja, aber nur vorübergehend.«

Die Angst in Sophies Brust wurde härter, kälter, greifbarer.

»Das habt ihr noch nie gemacht, oder?«, fragte sie, ihre Stimme war voller Zweifel. »Das ist ein Experiment.«

»Ja.«

»Und ... wie? Wie soll ich sterben?«

»Du wirst den Schierlingsbecher trinken.«

– 3 –

Eine Ewigkeit verging, bis Sophie in dieser Nacht Ruhe fand. Der Schlaf wollte einfach nicht kommen, obwohl sie so schrecklich erschöpft und das Bett denkbar bequem war. Doch in ihrem Kopf wirbelte es die Gedanken umher wie auf einem kunterbunten Karussell: schrill, laut und so rasant, dass sie keinen richtig fassen konnte. Tote und Jenseits und Lan'The und Julian und La'Isa und Schierling und Sterben. Und die andere Welt natürlich.

Als Sophie jetzt ins morgendliche Sonnenlicht blinzelte, fühlten ihre Augen sich klebrig und geschwollen an. Es brauchte einige Zeit, bis sie realisierte, wo sie war: in Gin'Sahs Haus, La'Isas Zimmer. Nicht weit entfernt von da, wo sie wohnte, und dennoch ganz woanders.

Sophie lauschte auf die Geräusche in der Wohnung und auf der Straße. Leise Stimmen irgendwo, ein paar Vögel raschelten und tschilpten in den Büschen vor dem Fenster – ruhiger als Sophies Welt war diese hier auf jeden Fall. Sophie horchte auch in sich hinein und stellte fest, dass sie sich eigentlich gut fühlte, und das war nicht nur der Nacht in dem warmen Bett zuzuschreiben. Etwas Anderes, etwas Neues hatte die ewig gleichen Gedanken an Julian und diese schwere, schwarze Trauer ein Stück zur Seite geschubst, und die Erwartungen an den heutigen Tag kribbelten bereits jetzt wie emsige Ameisen durch ihre Adern. Zum Rat sollte sie gebracht werden, über die Toten wollte man mit ihr reden. Über die Toten? Über ihren eigenen Tod traf es wohl besser!

Sophies Magen sackte ab, als habe ihn ein zu schneller Aufzug hinab in ein Stockwerk mit dem Namen 'Angst' befördert, tief unten im Keller, und ihre wohlige Schläfrigkeit war von einer Sekunde auf die andere verschwunden. Ja, sie hatte Angst vor dem, was sie heute erwartete, vor dem, was man mit ihr vorhatte. Doch die Angst war seltsam lebendig, seltsam aufputschend, und Sophie ahnte, dass das mit Julian zusammen hing. Oder besser gesagt mit seinem Spiegel, mit Lan'The. Gin'Sah hatte ihr versichert, dass sie ihn wiedersehen würde, als er sie gestern Nacht zu seinem Haus geleitet hatte – und Sophie freute sich darauf, auch wenn er nicht der war, nach dem sie sich wirklich sehnte.

Sie schlug die Decke zurück, schlüpfte in Jeans und T-Shirt, hielt vergeblich nach ihren Stiefeln Ausschau und tapste schließlich auf bloßen Füßen in den Flur, noch immer lauschend. Stimmen kamen aus einem Raum rechts, Sophie identifizierte Gin'Sah und eine Frau, fremde Silben vermischten sich mit bekannten zu einer unverständlichen Sprache. Das vertraute englische 'th' war vorhanden, benutzt zusammen mit vollen Vokalen und Schnarrlauten – die Sprache ähnelte wohl am meisten dem Altenglisch, das Sophie aus der Schule kannte, dennoch verstand sie nichts. Das Gespräch wurde leise geführt, klang aber durchaus lebhaft: Gerade war die Frau an der Reihe, und ihr Monolog entbehrte nicht einer gewissen Schärfe.

Der Raum besaß nur einen Vorhang vor dem ungewohnt runden Durchgang, Sophie klopfte gegen die Wand und trat ein, als die Stimmen verstummt waren.

»Guten Morgen«, sagte sie, während ihre Augen das Zimmer musterten: Flache Bänke mit dicken Polstern darauf umstanden einen niedrigen Tisch aus dunklem Holz, an den weißen Wänden hingen handgewebte Teppiche. Es sah irgendwie orientalisch aus, fand Sophie, wie in einem Hotel, in dem sie mal in Tunesien gewesen war. Aber nicht fremd oder besonders anders als in ihrem Zuhause. Blau, Sonnengelb und Rot beherrschten die Stoffe – inmitten dieser kräftigen Farben nahm sich Gin'Sah mit seiner weißen Kutte und den hellen Haaren fast ungesund bleich aus.

Er hatte mit einer braunhaarigen, zierlichen, ausgesprochen hübschen Frau seines Alters gesprochen, die Sophie von dem Familienbild in La'Isas Zimmer wiedererkannte. Und als er sich jetzt Sophie zuwandte, geschah dies mit einem Lächeln und einer Verbeugung, zu der er die Hände vor dem Bauch verschränkte, so dass die Fingerspitzen der aneinandergelegten Handfläche nach unten wiesen.

»Sophie«, sagte er, »wie schön. Tritt ein, fühl dich wie zuhause. Dies ist La'Shi, meine Frau.«

La'Shi trug ein dunkelblaues Kleid mit einem prachtvollen Silbergürtel darüber, zwei dicke Zöpfe fielen ihr meterlang und glänzend auf den Rücken. Und das Lächeln, mit dem sie sich Sophie zuwandte, gefror in knisternder Zeitlupe zu Eis, als ihre Augen auf deren Antlitz trafen. Sie taumelte einen Schritt nach hinten, Gin'Sah griff nach ihrem Arm, Besorgnis im Blick.

Sie hat geglaubt, ihre Tochter wäre wieder da, dachte Sophie, als die Frau sich abwandte, die Hände vor das Gesicht schlug und Sophie damit an ihr eigenes Entsetzen erinnerte, als der totgeglaubte Julian vor ihr aufgetaucht war. Und an die Enttäuschung, als sie hatte begreifen müssen, dass dieser Junge nicht Julian war, dass dieser Junge sie weder kannte noch liebte.

»Tut mir leid«, sagte Sophie.

»Das musst es nicht«, erwiderte Gin'Sah schlicht, »es ist nicht deine Schuld.«

Er strich seiner Frau über den Rücken, sie ließ sich auf die Polster sinken, als fehle ihr die Kraft zum Stehen. Dann fühlte Sophie sich kaum merklich am Ellbogen gefasst und aus dem Raum geführt.

»Komm, begleite mich«, sagte Gin'Sah. »Du wirst hungrig

sein. Aber erst einmal solltest du dich erfrischen.«

Der sanfte Druck an ihrem Arm beförderte Sophie zurück in den Flur und vor eine hölzerne Tür.

»Das Bad«, erklärte Gin'Sah überflüssigerweise, als Sophie zögerte: In ihrem Kopf formulierte sich eine Frage, die sie eigentlich schon gestern hätte stellen müssen, die aber über diese Sache mit Julian und den Toten vergessen worden war.

»Darf ich dich was fragen?«, erkundigte sie sich trotzdem vorsichtig, Gin'Sah nickte ermutigend.

»Gewiss. Ich will dir alles sagen, was du wissen möchtest.«

»Wenn du der Vater von La'Isa bist und La'Shi ihre Mutter – warum erkenne ich niemanden von euch? Du bist meinem Vater in keinster Weise ähnlich.«

»Euere Spiegel erscheinen hier, sobald ihr geboren werdet«, antwortete Gin'Sah. »Es gibt Orte, überall auf der Welt, die wir Mutterschreine nennen. Dort finden sich Schalen aus Stein, in denen die Kinder wie aus dem Nichts auftauchen. Nackte, schreiende Bündel, keine Minute alt.«

Aus dem Wohnzimmer drang ein unterdrücktes Schluchzen. Gin'Sah sah zu dem Durchgang, schob Sophie dann bestimmt ins Badezimmer und schloss die Tür hinter ihnen.

»Verzeih, La'Shi geht all das sehr zu Herzen«, sagte er entschuldigend, fuhr dann in seiner Erklärung fort. »Die Kinder, die in den Mutterschreinen erscheinen, werden adoptiert. Geburten gibt es bei uns nicht, das macht unsere Welt abhängig von eurer. Die Kinder werden in der Reihenfolge ihres Erscheinens vergeben, und so kann es sein, dass ich La'Isa meine von Herzen geliebte Tochter nenne, auch wenn sie dies in deiner Welt nicht ist.«

Sophie nickte langsam. »Ich habe eine Schwester. In meiner Welt. Cathryn. Also ist Cathryn ... nein: der Spiegel von Cathryn hier bei anderen Eltern?«

»So ist es. Aber ich glaube, dass wir unseren Söhnen und Töchtern ebenso viel Liebe geben, wie ihr das vermögt.«

»Ganz bestimmt«, erwiderte Sophie, was Gin'Sah zu freuen schien, dann ließ er sie allein.

***

Das Bad besaß eine in den Boden eingelassene, steinerne Wanne, tief, jedoch nicht besonders groß, so dass man in ihr hocken musste. Das Wasser plätscherte reichlich, aber nur lauwarm aus einem Hahn – die kochend heiße Dusche, nach der Sophie sich gesehnt hatte, fiel damit aus. Die bereitgelegte Zahnbürste war aus Holz, die Zahnpasta verbarg sich in einem Döschen, die Seife roch nicht so blumig, wie Sophie es gewöhnt war, sondern herb nach Kräutern. Sie fand ein Fläschchen mit einem Öl, das sie statt einer Creme verwendete, und da nirgends ein Föhn zu sehen war, musste sie sich damit begnügen, ihre nassen Haare mit einem Kamm zurecht zu striegeln. Die Frisur, die das ergab, machte Sophie selbst nicht sehr glücklich, hätte ihre Mutter jedoch zweifelsohne wieder zum Weinen gebracht, begleitet von einem geschluchzten 'Ach Kind, was hast du nur getan?'

Das Kleid, das Gin'Sah ihr hingelegt hatte als Austausch gegen ihre muffigen Fabrik-Klamotten war hellblau, bodenlang, oben schmal und unten weit, mit einem runden Ausschnitt und engen Ärmeln bis zum Handgelenk. Um die Hüfte wurde eine Lederkordel geschlungen, die Schuhe waren braune Ballerina aus weichem Leder. Die Sachen passten ihr wie angegossen, und Sophie wusste nur zu gut, warum das so war: Sie hatten La'Isa gehört. Ja, sie hatte im Bett einer Toten geschlafen und trug ihre Kleider. Aber das war erträglich, wenn es der Preis dafür war, Lan'The wiederzusehen.

Nach dem Bad wartete in einem stillen Esszimmer mit einem Tisch und hochlehnigen Stühlen aus dunklem Holz ein Pfannkuchen auf Sophie, der bitter nach Vollkorn schmeckte. Dazu gab es Kompott und einen müsliartigen Brei, dem ein paar Löffel Zucker gut bekommen wären, sowie Milch. Als Sophie satt war und nur noch halbherzig getrocknete Obststücke aus dem Müsli pickte, ging irgendwo im Haus eine Tür und rasche Schritte eilten durch den Flur heran.

»Mutter, bist du hier?«

Der Junge, der in das Esszimmer trat, kam Sophie dumpf bekannt vor, und seine Frage half ihr, eins und eins zusammenzuzählen: Er war La'Isas Bruder, der in einer jüngeren Version zusammen mit den Eltern auf dem Bild in ihrem Zimmer abgebildet war. Jetzt mochte er etwa achtzehn sein, und seine Augen weiteten sich überrascht, als er Sophie erblickte. Im Gegensatz zu seiner Mutter fing er sich jedoch rasch und musterte Sophie, als wäre sie nun wirklich die Letzte, die er sehen wollte.

Er hatte kastanienbraune Haare, die wie bei Gin'Sah bis über die Schultern fielen, allerdings von einigen Wellen bewegt. Helle Haut mit Sommersprossen, tiefblaue Augen, kräftige Kieferknochen und ein Mund, der spöttisch wirkte – oder amüsierte er sich etwa über sie? Gutaussehend war er, befand Sophie nüchtern, als besähe sie sich das Foto eines Fremden in einer Zeitschrift, sehr sogar, auch wenn sein hochmütiger Gesichtsausdruck mit diesem hochgereckten Kinn das nicht gerade positiv unterstrich. Der Junge trug die hier übliche Gewandung in der gleichen Farbe wie Lan'The, diesem hellen Braun, und war mehr nur als ein Stück größer als Sophie. Seine Beine schienen da aufzuhören, wo sie im Ganzen endete: Kein Wunder, dass er so eingebildet war, von dieser Höhe konnte er auf alles und jeden herabsehen.

»Was ist deinem Haar geschehen?«, fragte La'Isas Bruder anstelle einer Begrüßung, Sophie fühlte sich überrumpelt.

»Wie bitte?«

»Deine Frisur, sie sieht abscheulich aus. Was ist damit geschehen?«

Ähnlich wie sein Vater sprach er das Englisch langsam, aber sehr korrekt – als beherrsche er es eher theoretisch als praktisch, als habe er es eher aus Büchern denn durch praktische Übung gelernt.

»Bist du Friseur, oder was?«, schnappte Sophie, weil ihr spontan nichts Besseres einfiel, woraufhin sich die Stirn des Jungen fragend furchte.

»Was ist ein Friseur?«, erkundigte er sich – in einem Tonfall, als sei es ihre Schuld, dass er das nicht wusste.

Sophie lächelte. »Nachdem du mich nach meiner *Frisur* gefragt hast und ich einen *Friseur* erwähnt habe, wird das wohl jemand sein, der Haare schneidet.«

Sie gab die Suche nach essbaren Bestandteilen in der Müsli-Matsche auf und schob die Schale auf den Tisch.

Der Junge schnaubte abfällig. »Jeder vermag Haare zu schneiden. Nur derjenige nicht, der deine geschnitten hat.«

»Gib mir eine Tube Gel, dann sieht das schon anders aus. Aber so was habt ihr hier ja nicht.«

»Eine was wovon?«

Sophie seufzte und schenkte dem Jungen unter hochgezogenen Augenbrauen einen Blick.

»Vergiss es, das verstehst du eh nicht. Hast du wenigstens das Wort 'Tube' schon mal gehört?«

»Nein.« Der Junge verschränkte die Arme vor der Brust, Sophie triumphierte innerlich ein wenig: Sah aus, als würde sie Boden gutmachen.

»Gibt es in diesen Tuben vielleicht auch etwas, das den Schmutz aus deinem Haar entfernt?«, fragte er dann jedoch, was ihm Sophie zähneknirschend als einen Punkt anrechnen musste, während sie sich um einen absolut unbewegten Gesichtsausdruck bemühte.

»Das ist schwarze Farbe, kein Schmutz. Und das bleibt so.«

»Warum?«

Eine harmlose Frage, doch Sophie spürte, wie ihre Wangen zu glühen begannen. Und das war mehr als nur ein weiterer Punkt für ihn, das war ihr Schachmatt. Seine veilchenfarbenen Augen weiteten sich für eine Sekunde: Er hatte die Röte bemerkt, und Sophie wurde wütend. Was hatte dieser Typ gegen sie? Er kannte sie nicht einmal!

»Vielleicht soll das genauso aussehen, wie es aussieht«, gab sie zurück, »schon mal daran gedacht?«

»Warum um alles in der Welt solltest du *so* aussehen wollen?«

Weil meine Haare der einzige Teil meines Körpers sind, den ich schmerzlos verstümmeln kann. Weil Schwarz die Farbe der Trauer ist. Weil ich hoffe, dass die Haare nachwachsen, dass mit den Löchern und der Farbe die Trauer verschwinden wird. Und damit mein Schmerz. All das hätte Sophie sagen können, aber es kam ihr nicht über die Lippen: Es war persönlich, ganz schrecklich persönlich, und es ging diese eingebildete Sommersprosse absolut nichts an.

»Leck mich«, gab sie zurück und warf den Löffel in das Müsli, was die Miene des Jungen noch mehr verfinsterte: Um Schimpfworte zu verstehen, schien sein Englisch zu reichen.

»Mundet es dir etwa nicht?«, erkundigte er sich in herausforderndem Tonfall, als hätte er das krümelige Zeug zusammengerührt.

»Nein. Es schmeckt wie Sand mit Quark.«

Er öffnete den Mund, zweifelsohne, um ihr entsprechend zu antworten, als Gin'Sah in die Küche trat.

»Ah, ihr habt euch schon kennen gelernt«, sagte der, und Sophie konnte der Gelegenheit nicht widerstehen, um dem Jungen noch einen mitzugeben. Auch wenn sie sich schon selbst zusammengereimt hatte, wer der Neuankömmling war.

»Nein«, antwortete sie, »haben wir nicht. Wer bist du eigentlich?«

Letzteres richtete sie in unschuldigem Tonfall direkt an den Jungen, der straffte sich.

»Na'Bao«, sagte er, mehr nicht. Sophie legte abwartend den Kopf schräg, der Junge presste die Lippen zu einem schmalen Strich zusammen. Die Stille währte zehn, zwölf Sekunden, dann räusperte sich Gin'Sah vernehmlich.

»Ich bin Gin'Sahs und La'Shis Sohn, La'Isas Bruder«, ergänzte Na'Bao und vollführte unter den strengen Augen seines Vaters sichtlich widerwillig die steife Begrüßungsverbeugung, die Sophie schon von Gin'Sah kannte.

»Wo warst du?«, fragte Gin'Sah seinen Sohn, der nun scheinbar der Höflichkeit gegenüber Sophie genüge getan hatte. Na'Bao antwortete in der Sprache dieser anderen Welt und erntete Worte, die aus dem sonst so bedächtigen Mund Gin'Sahs ungewohnt scharf klangen. Der Junge erwiderte etwas in einem ähnlichen Tonfall und Sophie fand ihn mittlerweile unerträglich, unverschämt und arrogant.

»Wir brechen jetzt auf, du wirst uns begleiten«, sagte Gin'Sah auf Englisch, nachdem der Streit ein oder zwei Minuten hin und her gegangen war. Minuten, in denen Na'Baos Miene immer trotziger geworden war und sich Gin'Sahs kühles Gesicht tatsächlich ein wenig erhitzt hatte.

Als wäre es die finale Höchststrafe, Sophie länger ertragen zu müssen, verzog der Junge erneut den Mund und antwortete seinem Vater wieder in seiner Sprache. Die Worte kamen schnell und drängend, seine Gestik in Richtung Sophie war vorwurfsvoll. Er verstummte indes mitten im Satz, als Gin'Sah eine Hand hob und aus funkelnden Augen einen Blick abschoss wie einen kalten, schwarzen Blitz.

»Genug. Deine Mutter ist unpässlich, und es ist nicht tragbar, dass ich allein Sophie geleite. Zudem dürfte es deinem Ruf nützen, wenn du dich mit ihr zeigst. Wenn du bereit bist, brechen wir auf«, fügte Gin'Sah an Sophie gerichtet hinzu, was diese mit Wucht zu dem zurückholte, weswegen sie hergeholt worden war.

War sie bereit? Nein, ganz und gar nicht. Die morgendliche Vorfreude auf das Wiedersehen mit Lan'The war verflogen, sie fühlte sich wieder fremd und allein in dieser Welt. Kam das von dem, was Na'Bao da wieder aufgewühlt hatte mit der blöden Frage nach ihren Haaren? Ja, aber nicht nur. Sie solle sterben, hatte Gin'Sah gestern Nacht gesagt, und das klang auch in der besten aller möglichen Welt gefährlich. Was war das überhaupt, die beste aller möglichen Welten? Keine ideale Welt, das hatte Lan'The ja zugegeben. Nein, 'die beste aller Möglichen' war weniger als ideal, weil es hier immer noch Dinge gab, die aus Ideal eben nur das Bestmögliche machten. Also schlechte Dinge. Dinge, die schief gingen.

Als Sophie nun aufstand, fühlte sie sich so zitterig, als stände sie kurz vor der wichtigsten Prüfung ihres Lebens. Gin'Sah hatte einen dieser Kapuzenumhänge über dem Arm getragen, im gleichen hellblau wie ihr Kleid, legte ihn Sophie um die Schultern und fädelte dann vorn die silberne Fibel ein, als helfe er einem Kind beim Anziehen. Seine klugen Augen fuhren über ihr Gesicht, und Sophie spürte, dass er sich um sie sorgte. Und ihre Angst erkannte.

»Der Rat wird dir deine Fragen beantworten. Man wird dir alles erklären und dich zu nichts zwingen«, sagte er sanft, und Sophie nickte, weil sie nicht wusste, was sie hätte antworten sollen.

***

Ein sommerlicher Morgen wartete draußen, doch Gin'Sah hatte Sophie die Kapuze ihres Umhanges tief ins Gesicht gezogen. Noch jemand, dem meine Haare nicht gefallen, dachte sie resigniert und war versucht, die warme Hülle trotzig abzuschütteln. Als ihr auf dem Weg zum Sitz des Rates nun jedoch die ersten Menschen begegneten, ahnte sie, dass er das aus anderen Gründen getan hatte: Die Frauen trugen sämtlich hochgetürmte, verwirrend geschlungene Flechtfrisuren, ähnlich der La'Isas auf dem Porträt. Hatte Sophies selbstgemachter Punklook in den Straßen Londons niemanden geschockt, wäre er hier zweifelsohne höchst auffällig gewesen, vielleicht sogar eine Provokation.

Gin'Sahs Hand lag erneut leicht an ihrem Oberarm, Na'Bao hielt sich erst ein paar Schritte hinter ihnen, schloss nach einem scharfen Blick seines Vaters aber auf. Sophie registrierte, dass sie La'Isas Bruder wirklich nur bis ans Kinn reichte, und wünschte sich, sie trüge ihre Stiefel: Der Absatz würde sie ein paar Zentimeter in die Höhe heben, das grobe Profil hätte für einen selbstbewussten Gang sorgen können. Diese Schläppchen zwangen sie zu einem mädchenhaften Trippelschritt, der sie irgendwie noch kleiner machte.

Während die Drei durch die sonnigen Gassen gingen, fragte Sophie sich, warum Na'Bao eben so unfreundlich gewesen war. Gut, sie hatte vorher erst zwei weitere Menschen aus dieser Welt kennen gelernt, nämlich Gin'Sah und Lan'The, doch beide waren ganz anders als dieser Junge. Zurückhaltend, höflich. Na'Bao dagegen wirkte gereizt und angespannt. Nein, mehr noch: Als würde unterschwellig etwas in ihm brodeln, wie eine Lavakammer unter der starren, aber gefährlich brüchigen Oberfläche eines Vulkans. Auch jetzt hatte er die Hände tief in die Taschen seines Gewandes gerammt, als wären sie zu Fäusten geballt und er könne sich nur mit Mühe zurückhalten, sie zu benutzen – die Frage war nur, gegen wen oder was.

»Vorsicht Stufe«, vernahm Sophie Gin'Sah und realisierte, dass sie auf eine Treppe zusteuerten, die von dieser Wohnstraße in eine weitere hinunterführte.

Hatte er bemerkt, dass sie seinen Sohn angestarrt hatte? Hoffentlich nicht, das wäre zu peinlich! Sie schwor sich, den Jungen ab jetzt mit ebensolcher Verachtung zu strafen, wie ihm das so mühelos bei ihr gelang, und zudem, sich diese fremde Welt anzuschauen: Was wollte sie erzählen, wenn sie in die ihre zurückgekehrt war? Dass es da einen Typen gegeben hatte, der sie wegen ihrer Haare angemacht hatte? *Wenn* sie zurückkehrte. Ja, das war das entscheidende Wort, realisierte Sophie, als die Angst sie erneut im Magen kitzelte, und so mussten nun Menschen, Gebäude und Straßen nicht nur dafür herhalten, sie von Na'Baos brodelnder, schweigsamer Gestalt abzulenken.

***

Im Tageslicht sah die Stadt noch idyllischer aus als in der Nacht. Die einstöckigen Häuser wirkten wie aus einem Feriendorf, mit sanft gerundeten Mauern aus gelbem Stein, flachen Schindeldächern und weiß umfassten Fenstern, hinter denen sich Vorhänge im Sommerwind bewegten. Ganz leicht nur, als wollten sie nicht zu hektisch wirken. Blumen blühten in Beeten, die Wege strahlten blitzsauber, die Luft roch nach Heu – ein Geruch, den Sophie in einer Stadt lange nicht mehr wahrgenommen hatte. Es gab keine Fahrzeuge in den Gassen, aber es waren einige Menschen unterwegs, gemessenen Schrittes, als könne nichts sie zur Eile antreiben.

»Sehen alle eure Städte so aus?«, fragte Sophie beeindruckt, Gin'Sah antwortete mit gedämpfter Stimme.

»Sprich bitte leiser«, bat er, »ich möchte nicht, dass du

Aufmerksamkeit erregst.«

»Kann hier jeder Englisch?«

»Nein, kaum jemand.«

»Sprecht ihr in dieser Welt alle eine Sprache?«

»Nein, wie bei euch hat jede Chora ihre eigene Mundart. Doch wir reisen sehr wenig, so dass man in diesen Straßen nur selten fremde Sprachen vernimmt. Und unweigerlich auffällt, wenn man anders spricht.«

»Was ist eine Chora?«

»Ihr würdet es als ein Land bezeichnen, selbst wenn viele Choras größer sind als eure Länder. Die, zu der diese Insel gehört, heißt Cydona. Sie umfasst all das, was ihr Europa nennt, bis zur Grenze, die euer Fluss Wolga bildet.«

Das war auf halbem Wege nach Sibirien, erinnerte Sophie sich an die entsprechende Erdkundestunde.

»Zu deiner ersten Frage«, fuhr Gin'Sah fort. »Ja, die Städte in dieser Chora sehen ähnlich aus, allerdings variiert die Bauweise nach den klimatischen Gegebenheiten.«

»Ich meinte eher, ob sie so sauber sind. Und so ruhig.«

Gin'Sah bog zielgerichtet von einer Straße in die andere. Sophie ahnte, dass sie sich unweigerlich verlaufen würde, gäbe man ihr den Auftrag, zu ihrem Ausgangspunkt zurückzukehren: Die Gassen waren einander zum Verwechseln ähnlich, Straßenschilder oder Hausnummern nirgends zu sehen.

»Nun, dieses Viertel besteht aus Wohnhäusern, es gibt andere, in denen sich Läden befinden oder Werkstätten. Aber wir legen sehr viel Wert auf Sauberkeit und Ordnung.«

Eine Gruppe weißgewandeter Männer kam ihnen entgegen, sie alle nickten Gin'Sah zu, er erwiderte den Gruß.

»Bedeuten diese Farben eigentlich was?«

Sophie wies auf das Kleid, dass sie trug und das Gewand, das Na'Baos lange Beine bei jedem Schritt bauschten.

»Ja. Unsere Gesellschaft gliedert sich in Gilden, jede hat ihre eigene Farbe. Beamte tragen weiß, La'Shis dunkelblaue Kleider identifiziert sie als Gelehrte. Das helle Blau bezeichnet Schüler der zweiten Schule, das helle Braun die der Dritten.«

»Zu einer Gilde gehört man wegen seines Berufes, oder?«

»Ja, das ist richtig.«

»Orientiert ihr euch bei dem, was ihr werdet, an uns? An euren Spiegeln?« Sophie hielt inne. »Wisst ihr überhaupt, was die tun? Besucht ihr alle eure Spiegel regelmäßig?«

»Wir können uns in eurer Welt zeigen, wie du ja erlebt hast«, sagte Gin'Sah. »Den Übertritt zu erlernen dauert jedoch sehr lang. Diejenigen, die das vermögen, nennen wir Weltengeher, und in dieser Chora gibt es gerade mal ein Dutzend. Die meisten Menschen hier haben deine Welt nie besucht, ihren Spiegel nie gesehen. Sie wissen, dass es die andere Welt gibt und dass sie ein Abbild haben, aber sie versuchen, möglichst wenig daran zu denken.«

»Damit sie nicht das Gefühl haben, Kopien zu sein?«

Gin'Sah dachte über diese Frage nach.

»Nein, dieses Problem kennen wir nicht. Dabei liegt es eigentlich nahe, nicht wahr? Ihr werdet zuerst geboren, das macht uns zu Abbildern von euch. Aber es gibt so wenig Berührungspunkte der Welten, dass das im Leben der Menschen keine Rolle spielt. Weltengeher sind eine Ausnahme, es ist unser Beruf, zu euch zu kommen. Und ... ja, natürlich besucht jeder Weltengeher irgendwann auch einmal seinen Spiegel. Um zu sehen, was er tut, wie er ist.«

»Wo lebt denn deiner?«, erkundigte Sophie sich, »auch in England?«

»Ja.«

»Und was ist er von Beruf? Ebenfalls Beamter?«

»Nun, zunächst solltest du wissen, dass alle Menschen, die im Palast angestellt sind, Beamte geheißen werden. Ich bin der Weltengeher, aber auch der Heiler und Apotheker des Rates«, erklärte Gin'Sah, was für Sophie um einiges interessanter klang, dann lachte er leise. »Mein Spiegel in eurer Welt ist so etwas wie ein Künstler. Er lebt im Norden dieser Insel in einer Hütte an einem See und fertigt Skulpturen. Als ich ihn das letzte Mal sah, war er gänzlich unbekleidet und bearbeitete mit der Axt einen Holzklotz, dem er den Namen seiner Frau gegeben hatte.«

Sophie musste grinsen – kaum in der Lage, sich den würdevollen Gin'Sah als verrückten Künstler vorzustellen.

»'Das letzte Mal'? Also hast du deinen Spiegel schon oft besucht«, schlussfolgerte sie, Gin'Sah nickte widerstrebend, als handele es sich um ein unfreiwilliges Geständnis.

»Ich kann das verstehen«, fuhr Sophie fort. »Wenn ich wüsste, dass es mich doppelt gibt ... Ich hätte versucht, sie zu sehen. Das ist völlig natürlich.«

Eine Bewegung zu ihrer Linken weckte Sophies Aufmerksamkeit: ein interessiertes Kopfwenden von Na'Bao, seine erste Reaktion auf dem ganzen Weg, hatte er doch den Rest des Gesprächs geschwiegen und sich durch nichts anmerken lassen, dass er überhaupt zuhörte. Er sah jedoch nicht Sophie an, sondern seinen Vater – als wäre er gespannt auf dessen Antwort.

»Ja, für junge, wissbegierige Menschen mag das natürlich sein. Den meisten hier erscheint eure gefährliche, schmutzige Welt jedoch als wenig lebenswerter Ort und ihr als keine erbauliche Gesellschaft«, erwiderte Gin'Sah. Na'Bao verzog den Mund, als wäre er enttäuscht über diese Worte, Sophie brauchte einige schweigend zurückgelegte Meter, bis sie verstand, was Gin'Sah damit über sie und ihre Welt gesagt hatte.

»Ihr haltet uns für dumm und ungesittet, euch für überlegen.«

Gin'Sah schüttelte daraufhin den Kopf, runzelte aber fragend die Stirn, als Sophie noch etwas murmelte.

»Verzeih, was sagtest du?«

Sie winkte ab. »Nichts Wichtiges. 'Morlocks und Eloi'.«

Gin'Sahs Stirnrunzeln vertiefte sich.

»Aus einem Buch, das wir in der Schule gelesen haben: 'Die Zeitmaschine' von H.G. Wells«, erklärte Sophie. »Darin gibt es eine hochentwickelte, schöne Art Menschen, die auf der Erde leben, und eine dreckige, fiese, hässliche Sorte, die im Untergrund haust.«

»Du hast ein Detail unerwähnt gelassen«, überraschte Na'Bao Sophie, nachdem er aufgelacht hatte, leise und wissend.

Er hatte eigentlich eine angenehme Stimme, fand sie, wenn er nicht gerade herumkeifte. Was er meinte, war leicht zu erraten, aber Sophie kam nicht umhin, erstaunt zu sein: Woher kannte er dieses Buch?

»Die Morlocks fressen die Eloi«, ergänzte sie widerstrebend. »Ich wollte damit aber nur sagen, dass ihr euch für besser haltet, uns für Monster.«

»So ist es nicht«, erwiderte Gin'Sah, und in seiner Stimme lag Gewissheit. »Na'Bao, du weißt das, Sophie, dir versichere ich es. Schau, unsere Welt ist nicht zuletzt deshalb so harmonisch, weil wir von euch zu lernen vermögen – eine Chance, die ihr nicht habt. Ihr müsst alle Fehler selbst machen, wir ziehen dagegen wertvolle Lehren aus den euren. Das ist auch die vornehmliche Aufgabe von uns Weltengehern: Nützliche Errungenschaften aus deiner Welt in unsere mitzubringen.«

Na'Bao gab ein ungläubiges Schnauben von sich, das Gin'Sahs Stimme schärfer machte, als er fortfuhr.

»Würden wir euch wirklich so gering schätzen, müssten wir jeglichen Kontakt meiden, aber das tun wir nicht. Doch stell dir vor, wir alle würden in deiner Welt herumstreunen, Dinge stehlen und unsere Spiegel beobachten. Was für ein Misstrauen ergäbe das! Du siehst: Es schützt uns beide, dass die Welten so wenig Berührungspunkte haben wie möglich.«

Während er das sagte, lagen seine Augen streng auf Na'Bao, dessen Gesicht nun wieder mürrisch wirkte. Sophie vernahm die indirekte Rüge mit Interesse – scheinbar hatte Na'Bao ein Hobby, das seinem Vater nicht gefiel. Das, was Gin'Sah als 'Herumstreunen' bezeichnet hatte? Wahrscheinlich.

Gin'Sahs kluge Augen huschten über Sophies Gesicht, als prüfe er, ob auch sie verstanden hatte. Scheinbar nicht zufrieden mit dem Ergebnis, wies er in eine Gasse, die vom breiteren Hauptweg abwich.

»Kommt hier entlang. Sophie, ich möchte dir jemanden zeigen. Eine Frau, von der die Weltengeher einst viel lernen konnten, die nun aber gefangen ist in ihrer eigenen Welt. Oder besser: in ihrer Sucht nach eurer.«

Sophie folgte ihm, sich nur zu bewusst, dass Gin'Sah ebenso Na'Bao angesprochen hatte wie sie.

»Die Frau, die wir besuchen, heißt Hil'Leh und zählt fast neunzig Jahre. Mittlerweile ist es auch das Alter, das sie schwächt, doch noch mehr leidet ihr Geist unter dem nicht zu überwindenden Drang, ihren Spiegel zu sehen und ihn für das zu hassen, was er ist. Du musst wissen, dass Hil'Leh schon jung zu Ruhm gelangte. Sie war die Weltengeherin des damaligen Rates und die beste, die es bis dahin gegeben hatte. Natürlich besuchte sie ihren Spiegel, und weil sich die beiden Bilder des Spiegels zumindest in ihrer Intelligenz gleichen, war sie zunächst darüber erfreut, dass ihr Abbild gleichfalls zu Ehren gelangte. Hier entlang.«

Gin'Sah ließ Sophie auf den Vorplatz eines Wohnhauses treten, in Aussehen und Größe vergleichbar mit seinem.

»Zunächst war Hil'Keh ihrem Spiegel voraus, denn sie hatte früher mehr erreicht. Und natürlich genoss sie den stummen Triumph, den Spiegel sehen und über ihn urteilen zu können, während er nichts von ihr wusste – gewiss ein Gefühl von Macht. Dann holte der Spiegel auf, doch Hil'Keh konnte das würdigen. Eine Frau, ebenso klug und stark wie sie selbst, warum sollte sie nicht ihren Weg gehen? Doch als der Erfolg des Spiegels größer und größer wurde, wandelte sich die Anerkennung in Angst. Davor, im Vergleich mit dem Spiegel kleiner zu sein, weniger geschafft zu haben. Ein Spiel zu verlieren, von dem der andere nicht einmal wusste, dass es gespielt wurde.«

Gin'Sah betätigte einen schlichten Metallring an der Tür, das Klopfen hallte kräftig durch die Gasse.

»Aus den gelegentlichen Besuchen wurden wöchentliche, dann tägliche, schließlich ging sie, wann immer sie konnte. 'Nur einen kurzen Blick', pflegte sie zu sagen und verschwand bald mehrfach in der Stunde. Verreiste ihr Spiegel und konnte sie ihm ob der großen Entfernungen nicht folgen, war sie voller Verzweiflung. Sie verlor jedes Interesse an ihrem eigenen Leben. Natürlich vernachlässigte sie ihre Pflichten, natürlich entließ man sie aus ihrer Stellung. Ab diesem Moment gab für sie nur noch ihren Spiegel – und die Frage, wann dessen Schicksal sich ebenfalls so wenden würde.«

Die Tür wurde geöffnet von einem schlanken Mann in etwa Gin'Sahs Alter. Er schien den Weltengeher zu kennen, denn die Begrüßungsverbeugung vollführte er mit einem freundlichen Lächeln. Gin'Sah sagte ein paar für Sophie unverständliche Sätze, der Mann maß Sophie mit prüfendem Blick, nickte dann Na'Bao zu als, würde er ihn kennen, und ließ sie ein.

»Hil'Leh ist heute eine Gefangene ihrer eigenen Neugierde«, fuhr Gin'Sah leise fort, während der Mann sie durch einen Flur bis zu einem Durchgang führte, »sie verlor ihren Geist über dem Zwang, diese zweite Version ihrer selbst zu sehen. Zu übertreffen. Zu beneiden, und schließlich zu hassen. Schau ihr zu: Wenn sie innehält und die Augen schließt, siehst du den Versuch, von dieser Welt in deine zu wandern. Sie vermag es nicht mehr, weil ihr Geist zu unstet ist, um die nötige Konzentration aufzubringen, doch sie vergisst dies, sobald sie die Augen wieder öffnet. Ein Teufelskreis.«

Er schlug den schweren Vorhang zur Seite, der den Durchgang verdeckte, sie traten in ein Wohnzimmer: niedrige Sofas, Teppiche an den Wänden, Kissen auf den Polstern, ein Tisch. Auch auf dem Boden lag ein Teppich, und seltsamerweise fiel Sophie als erstes auf, wie ausgetreten und fadenscheinig er war. Ausgelaugt geradezu, und zwar von den langsamen und unsicheren, dennoch aber unermüdlichen Schritten einer alten, gebeugten Frau. Ihr Gewand wetteiferte mit ihrer tausendfach gefältelten Haut und ihren watteweichen Haaren um das weißeste Weiß, eine blau geäderte Hand stach daraus hervor und umklammerte einen knorrigen Gehstock. Die Augen richteten sich ins Nichts, die dünnen Lippen murmelten unablässig leise vor sich hin. Ein Schritt, ein Schritt, ein Schritt – dann stockte die Frau. Sie schloss die Augen, presste die Lider zusammen, als konzentriere sie sich, für eine Sekunde, zwei, drei, vier. Darauf folgte ein erschöpftes Kopfschütteln, eine quälend langsame Drehung, und der Weg begann von neuem. Sie hatte die Eintretenden nicht registriert, war versunken in irgendetwas, das in ihr tobte und sie völlig einnahm.

Sophies Augen begleiteten sie auf ihrem Weg und sie verspürte Mitleid mit der Frau, deren gebeugtem Körper trotz allem anzusehen war, dass sie einmal anders gewesen war. Aufrecht, klug, stolz und überlegen. Etwas in diesem Gesicht kam ihr bekannt vor, und als die Frau bei ihrer nächsten Kehrtwende die Lippen unter der schmalen, aber fast kühn geschwungenen Nase zusammenpresste, erkannte Sophie sie.

»Ich weiß, wer ihr Spiegel in unserer Welt ist. Sie heißt Margaret Thatcher und war Premierministerin.«

Gin'Sah lächelte und nickte, doch als er schon eine Geste zum Ausgang machte, zweifellos, um sie wieder hinaus auf die Straße zu geleiten, erklang eine kratzige, heisere Stimme: Die alte Frau war erwacht aus ihrem Trott. Die hellen Augen lagen auf Sophie, geweitet, erstaunt, fordernd.

»Du beherrscht die Sprache. *Ihre* Sprache. Du nennst den Namen. *Ihren* Namen. Kommst du von dort? Kennst du sie?«

Mit jede Satz wurde die Stimme kräftiger, mit jedem Satz kam die Frau näher. Langsam, aber zielgerichtet und mit scheinbar neu entdeckter Kraft.

»Sprich, Mädchen. Kennst du sie?«

Mittlerweile war die Frau so nah, dass der saure Geruch ihres zahnlosen Mundes Sophie umwehte. Und sie war unsicher: Sollte sie antworten? Durfte sie?

»Mädchen, sprich. Sprich!«

Die Alte streckte ihre zitternde, klauenartig abgemagerte Hand aus, als wolle sie nach Sophie greifen, diese machte einen Schritt zurück – und fühlte eine kräftige Hand an ihrem Arm, die sie zur Seite zog. Doch zu ihrer Überraschung gehörte die Hand nicht Gin'Sah, sondern Na'Bao.

»Nein, sie kennt sie nicht«, antwortete La'Isas Bruder für Sophie. »Aber sie hat Nachrichten aus der anderen Welt.«

»Ist das wahr?«

Sophie nickte, verwirrt von Na'Baos unerwarteter Hilfe wie auch unsicher darüber, was sie antworten sollte.

»Ja. Ich ... ich habe gelesen, sie sei krank. Sie hat vergessen, wer sie ist und erkennt selbst ihre Familie nicht mehr.«

Hil'Leh nickte. Und noch einmal, als habe sie erst mit Verzögerung verstanden, was Sophie gesagt hatte.

»Wie ich«, antwortete sie mit tastender Stimme. »Das ist nicht gut. Oder doch? Weil wir am Ende ein Schicksal teilen?« Sie schüttelte den Kopf, als wisse sie es nicht, dann lagen die hellen Augen wieder auf Sophie. »Weißt du mehr?«

»Nein. Tut mir leid.«

»Das muss es nicht, mein Kind, ich werde selbst nachsehen. Ja, einmal noch, nur ganz kurz.«

Hil'Leh lächelte, wandte sich um – und nahm die ewige Wanderung wieder auf, in der Sophie, Gin'Sah und Na'Bao sie vorgefunden hatten, als habe es diesen kleinen, wachen Moment nie gegeben.

***

»Ich verstehe, was du mir zeigen wolltest«, sagte Sophie, als sie mit Gin'Sah und Na'Bao kurz darauf wieder durch die sonnigen Gassen ging. »Es kann zur Besessenheit werden. Aber es geht nicht allen so, oder?«

»Nein, natürlich nicht«, erwiderte Gin'Sah, während Na'Bao sich erneut zurückfallen ließ, als gäbe es für ihn nichts interessantes zu hören. »Doch die Gefahr besteht. Ich brachte Na'Bao und La'Isa hierher, bevor ich anfing, sie den Übertritt zu lehren, denn dieses Schicksal prägt sich ein.«

»Also konnte La'Isa meine Welt wechseln?«, fragte Sophie, nun mit einem unwohlen Gefühl im Magen. Es mochte verführerisch oder auch verwirrend sein, in dieser Welt zu leben und eine andere besuchen zu können – aber wirklich unheimlich war es, wenn man in *ihrer* Welt steckte. In der Welt, die nichts über die andere wusste. Wenn man der war, der aus dem Schatten belauert wurde. Hatte La'Isa ihr zugesehen, wenn sie zur Schule gegangen, mit ihren Freundinnen in der Stadt herumgestreift oder mit Julian zusammen gewesen war? Sophie unterdrückte ein Frösteln: Bespitzelt von sich selbst – das war wirklich gruselig.

»Ja«, erwiderte Gin'Sah schlicht auf Sophies Frage. »Aber ich lehrte sie, verantwortungsbewusst damit umzugehen, und das nicht nur, um sie vor solch einem Schicksal zu bewahren. Das Weltengehen wird vom Rat streng kontrolliert, Übertritte sind nur mit Erlaubnis und unter Aufsicht gestattet. Vor allem, damit keine Dinge in diese Welt gelangen, die ihr schaden.«

»Was meinst du? Waffen? Drogen?«

»Ja. Aber auch schlechtes Gedankengut.«

»Wie ... Nazi-Zeug? Rassismus?«

»Ja. Die Menschen hier sind nicht schwerer zu verführen als ihr. Vielleicht noch leichter, fehlt ihnen doch jegliche Erfahrung mit solchen Dingen.«

Sophie, Gin'Sah und Na'Bao stiegen erneut eine Treppe hinab, passierten dann einen Torbogen, der eine Mauer durchquerte und von zwei Männern in enger, schwarzer Lederkluft bewacht wurde, bewaffnet mit langen Speeren. Ihre Augen unter enganliegenden Helmen musterten die Drei aufmerksam, ließen sie aber passieren. Hinter dem Tor veränderte sich das Bild der Stadt: Breitere Straßen und zusammenhängende Fassaden, in den meisten Häusern befanden sich Läden. Hölzerne Schilder prangten wie Wappen über den Türen, die Wege waren plötzlich gut gefüllt mit Leuten, die Körbe unter dem Arm trugen und scheinbar den täglichen Einkauf erledigten.

Sophie zog sich die Kapuze tiefer ins Gesicht, während ihre Augen von links nach rechts schossen und alles registrierten: Die farbenfrohen Auslagen der Läden, lachende Kinder, die einen Reifen durch die Gasse trieben, ein kleiner Markt mit Ständen, die Gemüse, Obst und Blumen anboten. Verkauft von durchwegs Gelbgewandeten, die Gin'Sah auf Sophies Frage als Angehörige der Händlergilde identifizierte.

»Wenn ihr so selten wie möglich zu uns kommt, holt ihr auch nicht oft Menschen her, oder?«, griff Sophie den Gesprächsfaden wieder auf – mit gedämpfter Stimme, um niemanden auf sich aufmerksam zu machen.

»Nein, aber nicht nur, um die Welten getrennt zu halten. Lebewesen sind schwierig zu transportieren – es ist, als würde sich die Seele sträuben, ihre Welt zu verlassen. Diese Kunst beherrscht keine Handvoll Menschen in dieser ganzen, großen Welt.«

»Also bin ich nicht die Erste, die ...«

Gin'Sah schüttelte sofort den Kopf. »Wie gern würde ich das sagen, aber es wäre falsch. Hil'Leh war die erste, der diese Kunst gelang, ich erlernte sie von ihr. Wir wählten Schlafende und brachten sie zurück, bevor sie erwachten. Wenn es dich freut: Du bist zwar nicht der erste Mensch aus eurer Welt, der unsere betritt, doch durchaus der Erste, der sie tatsächlich sieht und sich in ihr bewegt.«

Sophie nickte, und als sie kurz darauf an eine weitere Mauer mit schmalem Tordurchgang kamen, hielt die erhobene Hand einer Wache sie auf. Gin'Sah reichte dem Mann ein Blatt Papier, wies dabei auf Sophie und Na'Bao. Sophie musste ihre Kapuze zurückschlagen, Na'Baos Anblick löste eine kurze Diskussion aus, die ein Fingerzeig Gin'Sahs auf das Papier jedoch beendete. Man ließ sie passieren, und die Drei traten hinaus auf einen Platz, groß wie ein Fußballfeld: kreisrund, weitläufig, leer und von steinernen Stelen umgeben, die an Obelisken erinnert hätten, wenn sie nicht oben abgerundet gewesen wären. Ihnen gegenüber erhob sich das erste mehrstöckige Gebäude, das Sophie in dieser Stadt sah: ein Marmor-Palast von vielleicht vier oder fünf Etagen, mit riesigen Fenstern und Säulen vor einem hohen Portal. Der Sitz des Rates, vermutete Sophie, deren Magen prompt wieder diese dumpfe Angst vermeldete: Es wurde ernst.

– 4 –

Vier Wachen geleiteten Sophie, Gin'Sah und Na'Bao durch hohe Korridore aus kühlem Stein. Die Männer trugen schwarze Lederrüstungen und Helme, die an jene von römischen Legionären erinnerten, dazu weit schwingende Umhänge und enorme Schwerter an ihren Gürteln. Ihre Speere stießen sie bei jedem Schritt auf dem Boden auf und gaben damit den Rhythmus an, mit dem sie durch die endlosen Flure marschierten. Hier und da huschten schneeweiß gekleidete Gestalten aus Türen hinaus oder hinein, die Tritte gedämpft von den ledernen Sohlen ihrer Schuhe, was sie im Gegensatz zu den Wachen geisterhaft unhörbar machte: In diesem Palast herrschte eine Stimmung wie in einer Kirche, demütig und geduckt.

Man öffnete ihnen eine Flügeltür, und Sophie betrat hinter Gin'Sah einen hohen Raum, der so etwas zu sein schien wie ein Wartezimmer für diejenigen, die vor den Rat zu treten hatten: Mit flachen Sitzbänken entlang der bodentiefen Fenster, einem komplizierten Marmormosaik auf dem Boden und einem in der entferntesten Ecke stehenden, lächerlich winzig wirkenden Tisch, an dem eine ältere Frau saß. Flankiert von zwei

Männern und vertieft in großformatige Papierbögen.

Die Wachen machten exakt fünf Schritte in den Raum hinein und blieben dann so abrupt stehen, dass Sophie beinahe gegen einen der belederten Rücken gerempelt wäre. Eine der Wachen schnarrte einige Worte, auf ein knappes Kopfnicken der Frau drehten sie sich auf der Stelle um und verließen den Saal.

Die Frau erhob sich, während die beiden Männer weiter ungerührt ihrer Arbeit nachgingen, und Sophie verkniff sich mit Mühe ein Lächeln, als sie die Frisur bemerkte: Zweifellos mit Hilfe von zahlreichen Haarteilen türmten sich die Zöpfe höher, als Sophie es bei den Damen bisher gesehen hatte, was aussah, als würde die Frau einen übergroßen Zylinder auf dem Kopf balancieren. Sichtlich schwer, zwang diese Haartracht sie zu einer betont aufrechten Körperhaltung sowie bedachten Bewegungen – sie schritt auf Sophie und ihre Begleiter zu, als überquere sie eine unter ihren Füßen gefährlich knirschende Eisplatte.

Gin'Sah und mit etwas Verzögerung auch Na'Bao vollführten die Begrüßungsverbeugung, während Sophie die Frau weiterhin musterte: graue Haare und ebensolche Augen, eine flache Nase über noch immer vollen Lippen in einem von unzähligen feinen Fältchen durchzogenen Gesicht – eine stolze Schönheit, trotz ihrer schätzungsweise siebzig Jahre.

Der Blick der Frau streifte Sophie mit Interesse, wurde aber sichtlich streng, als sie Na'Bao erkannte und einige Sätze an Gin'Sah abschoss. Der verbeugte sich ein weiteres Mal, als danke er der Frau für ihre Aufmerksamkeit, antwortete dann ruhig, fast schon besänftigend, erntete jedoch nur eine neue Erwiderung, schneller und schärfer als die Erste. Sophie vernahm ein spöttisches Schnauben aus Na'Baos Richtung, so laut, dass die Frau und sein Vater es hören mussten – mit dem Effekt, dass die Frau Gin'Sah zur Seite geleitete, um außer Hörweite zu sein.

»Was ist das Problem?«, flüsterte Sophie Na'Bao zu, der schnaubte erneut.

»Interessiert dich das wirklich?«

»Sonst würde ich nicht fragen«, gab sie zurück und schlug die Kapuze ihres Umhanges nach hinten, um den Jungen ungehindert anfunkeln zu können. Na'Bao stutzte und Sophie registrierte, wie sein Gesicht sanfter wurde, als er ihre stumpfen, schwarzen Strähnen erblickte. Was war das, Mitleid?

»Ich habe eine Strafe zu erwarten, da ich etwas tat, was den Rat erzürnte«, erklärte Na'Bao. »Und die Sekretaris wünscht nicht, dass ich euch begleite, wenn ihr vor den Rat tretet. Sie sagte, ich wäre hier nicht willkommen. Gin'Sah dagegen denkt, es könnte den Rat milde stimmen in dem noch ausstehenden Urteil gegen mich, dass ich an dieser für ihn so wichtigen Sache beteiligt bin.«

»Die Sekretaris? Ist das diese Frau?«

»Ja. Ihr Name lautet Mol'Kih, sie ist die rechte Hand des Rates.«

»Was hast du getan?«

»Ich habe Einspruch gegen die Entscheidung erhoben, die wegen meiner Zukunft getroffen wurde.«

»Was? Das verstehe ich nicht.«

Ungeduld flog über Na'Baos Gesicht, doch er fuhr fort.

»Bei uns entscheidet eine Kommission, welchen Beruf wir erhalten. Wir werden Prüfungen unterzogen und müssen den Weg gehen, der uns vorgezeichnet ist.« Er sah zu seinem Vater, der nach wie vor dem Beschuss von Mol'Kihs Worten ausgesetzt war, und senkte seine Stimme zu einem Flüstern. »Wir wohnen in dem Viertel, das unserer Gilde zugeteilt wurde, wir tragen die Kleidung, die zu unserem Beruf gehört, den wir ebenfalls nicht frei wählen. Wachen sorgen dafür, dass jeder da bleibt, wo er hin gehört, und es ist bei Todesstrafe verboten, Dinge aus deiner Welt herüberzubringen. Dinge, die zeigen, dass man auch anders leben kann. Der Schutz vor bösem Gedankengut, von dem Gin'Sah sprach, bedeutet auch Schutz vor Gedanken, die sagen, jeder sei frei, jeder sei seines Glückes Schmied. Darum die Kontrolle der Weltengeher!«

Er verstummte, denn Gin'Sah und Mol'Kih waren sich wohl einig geworden: Die Frau lachte gerade mit ihrer tiefen, vollen Stimme auf, als habe Gin'Sah sie amüsiert. Sophie wandte sich den beiden wieder zu, doch Na'Bao packte sie am Arm und zog sie zu sich herum. Sein Blick war eindringlich, und Sophie spürte, wie die unterdrückte Wut, die scheinbar ständig in ihm kochte, sich in dem stahlharten Griff Luft verschaffte.

»Du tust mir weh!«, schnappte sie und versuchte, sich aus seiner Hand zu befreien, doch Na'Bao achtete nicht auf ihre Gegenwehr.

»Sei vorsichtig dort drinnen«, zischte er ihr zu, und Sophie erkannte verwundert, dass es Sorge war, die seine Worte so drängend und seinen Griff so hart machte. »Man wird mit allen Mitteln versuchen, dich einzuschüchtern. Sie verachten deine Welt, dein Leben gilt hier nichts. Der Rat wird nicht davor zurückschrecken ...«

Na'Bao verstummte und lies Sophies Arm fahren, diese vernahm die Schritte Gin'Sahs und Mol'Kihs hinter sich.

»Na'Bao wird uns begleiten. Aber er wird schweigen, da er den Rat nicht erzürnen möchte«, verkündete Gin'Sah, dessen unbewegte Miene nicht verriet, ob er Na'Baos Warnung gehört hatte. Oder dass er die Fragezeichen in Sophies Kopf erkannte, erzeugt von diesen wenigen, doch so eindringlichen Worten.

Die Sekretaris ließ ihre Augen auf Na'Bao ruhen, bis der mit einem widerstrebenden Nicken signalisierte, dass er einverstanden war, dann ging sie ohne ein weiteres Wort zu einer schmalen, fast versteckten Tür in der Ecke. Gin'Sah bedeutete Sophie, ihr zu folgen. Diese warf Na'Bao einen fragenden Blick zu, fand in seinen erneut zu Boden blickenden Augen jedoch keine Hilfe und tat schließlich das Einzige, was ihr übrig blieb: Sie durchmaß die Halle mit möglichst selbstbewussten Schritten und trat durch die Pforte.

***

Sophie hätte gar nicht sagen können, wie genau sie sich den Rat vorgestellt hatte – aber so ... nein, so nicht. Vielleicht als einen Kreis älterer Männer und Frauen, überlegen in ihrer Ruhe, einschüchternd in ihrer Weisheit. Statt dieser ehrwürdigen Versammlung entdeckte Sophie nur einen einzelnen Mann in diesem Raum, und der war noch nicht einmal sonderlich alt. Mitte vierzig, allerhöchstens fünfzig. In sein wallendes, pechschwarzes Haar mischten sich weiße Fäden, seine Körpergröße erreichte einschüchternde zwei Meter – und mit seiner hellen Haut und einem silbern schimmernden Gewand sah er aus, als wäre er aus Quecksilber. Der Ausdruck in seinem langen, scharf gemeißelten Gesicht war wachsam, seine blass-blauen Augen indes seltsam starr.

»Der Rat von Cydona«, sagte Mol'Kih in einem Englisch, das noch tastender war als das Na'Baos, »der ehrwürdige Na'Tenbeh.«

Na'Tenbeh hatte an einem der bodentiefen Fenster gestanden und auf die in der Mittagssonne flirrenden Dächer der Stadt gesehen. So warm der Tag draußen war, so kalt machten ihn die marmornen Wände, Böden und Decken hier drinnen – Sophie spürte, wie ihre Fußsohlen eisig zu prickeln begannen. Ein wärmender Teppich war in diesem Raum, der bestimmt doppelt so groß war wie die einschüchternde Vorhalle, nirgends zu sehen, ebenso fast keine anderen Einrichtungsgegenstände: An einer Wand reihten sich Nische an Nische Büsten von Männern und Frauen, ein erkalteter Kamin an der Kopfwand gähnte schwarz in den hallenden Raum. In der Mitte des Saales flankierte ein einsamer Lehnstuhl ein Tischchen, in der Luft lag ein schwülstig-schwerer Duft nach Weihrauch, der die kirchenartige Wirkung noch verstärkte.

Neben Sophie vollführten Gin'Sah und Na'Bao ihre Verbeugung. Der Rat erwiderte die Begrüßung seiner Gäste mit keinem Wort und keiner Geste, wanderte jedoch mit auf dem Rücken verschränkten Händen zu ihnen hinüber und musterte Sophie in aller Ruhe von oben bis unten. Der Ausdruck in seinem langen, scharf gemeißelten Gesicht war wachsam, die blass-blauen Augen indes seltsam starr. Als er dann sprach, war sein Tonfall waren nicht unfreundlich, aber es bestand auch kein Zweifel daran, dass er sich seiner Überlegenheit und Macht nur zu bewusst war.

»Du bist also das Mädchen aus der anderen Welt«, sagte er mit einer unerwartet hellen Stimme, Sophie nickte.

»Und du hast bereits erfahren, was wir von dir wünschen?«

»So ungefähr.«

»Nun denn: Wie lautet deine Entscheidung?«

Sophie zog die Augenbrauen hoch. »Ich habe mich noch nicht entschieden«, sagte sie überrumpelt und fühlte einen Blick auf sich ruhen, der ihr das Gefühl gab, sie hätte eine wichtige Prüfungsfrage völlig falsch beantwortet. Doch es war nicht der Rat, der sie so abstrafte, sondern die harten Augen Mol'Kihs.

»Ich weiß bis jetzt ja kaum etwas«, rechtfertigte sich Sophie. »Nur, dass ich sterben soll.«

»Das ist korrekt«, sagte der Rat und machte eine auffordernde Geste zu der Sekretaris, die mit einem nicht gerade erfreuten Gesicht übernahm.

»Ein Trank steht bereit, der dich in einen Zustand versetzen wird, der dem Tode ähnelt.«

Mol'Kih wies auf das einsame Tischchen. Sophie sah aus dem Augenwinkel, wie Na'Baos Miene sich verfinsterte, als er ebenfalls die beiden Kästchen darauf erblickte, und trat näher heran. Ein jedes war so groß wie ein kleiner Schuhkarton, bestand aus poliertem Holz mit eingelegten Blumenmotiven, hatte beschlagene Ecken und eine Metalllasche, die seinen Deckel fixierte.

Sophie zögerte, erlag ihrer Neugier und klappte die Deckel hoch: Sie enthüllten je ein samtiges, schwarzes Futter mit drei länglichen Vertiefungen. Im vorderen Kästchen war nur die Mittlere gefüllt, im Hinteren dagegen alle, mit kleinen Fläschchen, nicht viel größer oder dicker als Sophies Daumen. Aus dunkelgrünem Glas im hinteren Kasten und aus Weinrotem im Vorderen, ein jedes verplombt mit Siegellack und verziert mit feinen Silberfäden, die sich wie ein schützendes Netz um das zerbrechliche Behältnis wanden.

Sophie streckte eine Hand aus, um das unglaublich zarte Gespinst um das rote Fläschchen zu berühren, doch ihre Finger landeten nicht auf dem kühlen Metall, sondern in der trockenen, warmen Hand Gin'Sahs.

»Nicht«, sagte er warnend. »Der rote Flakon enthält das Gift, die grünen das Gegengift. Es könnten sich außen Spuren der Substanzen befinden, schon der Hautkontakt ist gefährlich.«

Gin'Sah klappte die Deckel wieder herunter, den des vorderen Kastens so rasch, als könne er den Anblick des Gifts nicht ertragen. Sophie stutzte: Was hatte Gin'Sah über seinen Beruf gesagt?

»Hast du diese Tränke gemischt?«, fragte sie, und ihr Verdacht bestätigte sich, als er antwortete.

»Ja. Und es hat mich viel Zeit gekostet, die Rezeptur zu verfeinern.«

»Und es ... funktioniert?«

Skepsis in Sophies Stimme, Gin'Sah nickte jedoch.

»Habt ihr es ausprobiert?«

»Gewiss. Allerdings nicht an einem Menschen. An Katzen, Hunden und Schweinen, die wir aus deiner Welt herbrachten.«

»Und? Was ist mit den Tieren passiert?«

»Ihr Zustand glich dem des Todes. Doch sobald wir ihnen das Antidot in den Mund träufelten, erholten sie sich in kürzester Zeit und erhoben sich, als sei nichts geschehen.«

»Was ist da genau drin?«

»Das wichtigste Ingrediens ist ein Extrakt des Gefleckten Schierlings. Es gelang mir, ihn durch Beifügen von Hopfen, Birkenrinde und Kreuzdotterblume von den Nebenwirkungen zu befreien, die die typischen Symptome einer Vergiftung mit Schierling bedingen: Brechreiz etwa, oder Muskelkrämpfe. Das Gift wirkt nun derart, dass es dem Menschen zunächst das Bewusstsein raubt, und die Lähmung der Muskeln und der Atmung erst danach eintritt.«

»Doch es tötet nicht wirklich?«

»Nein«, antwortete Gin'Sah nicht ganz ohne Stolz. »Es versetzt den Körper in einen todesähnlichen Zustand, aus dem er jederzeit wieder erlöst werden kann.«

»Aber ich ... aber der Körper darf nicht lange so sein, oder? Er würde verdursten oder verhungern.«

»Richtig. Es gibt eine Zeitspanne von zwei Tagen, die gefahrlos ist. Der dritte Tag kann bei Älteren oder Kindern kritisch werden, vier Tage sind auch für einen gesunden Menschen eine Gefahr. Doch es wird von Schiffbrüchigen berichtet, die über zehn Tage ohne Nahrung oder Wasser überlebten.«

Zehn Tage scheintot? Sophie schluckte.

»Gut, nehmen wir an, der Trank funktioniert. Wenn ich davon gestorben bin, *halb* gestorben – was passiert dann?«

Erneut erklang hinter ihr die dunkle Stimme Mol'Kihs. Sie schnitt Gin'Sah das Wort ab, und als sich Sophie nun zu der Sekretaris umwandte, besagte deren Blick deutlich, dass Gin'Sah besser geschwiegen hätte: Scheinbar wollte man vermeiden, Sophie mit den unangenehmen bis tödlichen Seiten des Plans zu konfrontieren.

»Dein Körper wird dort zurückbleiben, wo du gestorben bist, doch deine Seele wird sich erheben. Sie wird wissen, wo sich die Pforte zum Jenseits in eurer Welt befindet und dich an die entsprechende Stelle in dieser Welt führen.«

»Aber was ist, wenn meine Seele den Weg nicht findet?«

»Man hat dir demonstriert, dass unsere Toten sich uns mitteilen können«, sagte Mol'Kih. »Falls du nichts verspürst und es keinen Ort gibt, der dich anzieht, wirst du in der Lage sein, das mitzuteilen. Aber du solltest nicht versuchen, uns zu täuschen«, fügte sie hinzu, und Sophie fröstelte es unter dem Blick dieser alten, viel zu wissenden Augen.

»Wir verabreichen dir dann das Antidot«, ergänzte Gin'Sah, und seine Stimme war so warm wie die Mol'Kihs kalt. »Du kannst das Fläschchen mit dem Gegengift selbst in der Hand halten, wenn du das Gift trinkst. Du hast gesehen, wie Lan'The Stift und Papier benutzen konnte? Genau dieser Berührungszauber wird bewirken, dass du es öffnen und deinem Körper einflößen kannst, wann du möchtest.«

»Warum denkt ihr, dass ...« Sophie hielt inne, sortierte ihre wirren Gedanken und setzte dann neu an. »Unsere Toten verschwinden aus unserer Welt. Daraus habt ihr geschlossen, dass sie eine Möglichkeit haben, an einen Ort zu gehen, den ihr

Jenseits nennt. Ihr glaubt, dass es den Zugang zu diesem Ort hier auch gibt – oder dass es ihn mal gegeben hat, eure Toten ihn aber nicht mehr finden können. Wer sagt jedoch, dass euer und unser Eingang der gleiche sein müssen?«

»Es ist so«, erwiderte Mol'Kih mit absoluter Gewissheit, was Sophie nicht zufrieden stellte.

»Es ist wahrscheinlich«, relativierte Gin'Sah, der Sophies Miene scheinbar um einiges besser lesen konnte. »Schau: Unsere Welten waren eins, und als sie eins waren, sind alle Toten von uns gegangen. Es muss so sein, denn unter den Toten in unserer Welt ist niemand, der den Bau der Pyramiden miterlebt hat, aber es gibt diese monströsen Ruinen in unserer Welt ebenso wie der euren. Irgendwann in der Ära, die bei euch das erste Jahrtausend vor Christus genannt wird, haben sich die Welten getrennt. Ihr seid euren Weg gegangen, wir den unseren. Und wir vermuten nun, dass ihr die Pforte erhalten habt, während sie hier zerfiel. Oder vergessen wurde.«

»Also ist der Eingang ein Gebäude? Das schon tausend Jahre vor Christus gestanden hat? Das würde ja bedeuten ...« Sophie dachte nach, dann nickte sie. »Ja, das würde bedeuten, dass die Menschen sich den Übergang in das Jenseits selbst gebaut haben müssen!«

Mol'Kih seufzte, als wäre das ein sehr dummer Gedanke – es war jedoch wiederum Gin'Sah, der Sophie antwortete, allerdings mit einem Kopfschütteln.

»Nicht unbedingt. Wir sprechen von Portalen und Pforten, um damit anzudeuten, dass es sich um den Übergang von hier nach da handelt. Welche Form oder Beschaffenheit dieser Durchgang hat, wagen wir nicht einmal zu vermuten. Aber auch wenn es greifbar ist, muss es kein Bauwerk sein. Gibt es nicht natürliche Durchgänge? Höhlen, Wasserfälle, Bögen aus Felsen, die verschlungenen Wurzeln eines Baumes? Und falls es ein Bauwerk ist: Muss es von uns errichtet worden sein? Oder doch eher von derjenigen Macht, die die Menschen erschaffen hat? Und das Jenseits ebenso?«

Sophie erfasste das Ausmaß dessen, was Gin'Sah da sagte, nur langsam. Hatte Lan'The ihr nicht erzählt, diese Welt lehne jede Religion ab? Habe bewusst auf Götter und dergleichen verzichtet, weil sie diese Kulte als gefährlich empfand? Ja. Wenn nun Gin'Sah andeutete, dass diese Pforte zum Jenseits von einer Schöpfungsmacht gebaut worden war – hieß das nicht, dass die Leute hier glaubten, dass es doch einen Gott gab? Einen Gott, dessen Jenseits sie verschmähten, als sie den Zugang zerfallen ließen? Oder der sie für den fehlenden Glauben gestraft hatte, indem er den Zugang verschloss?

»Habt ihr es mit Beten versucht?«, erkundigte sich Sophie durchaus ernsthaft und zuckte zusammen, als Na'Tenbeh laut auflachte. Es war ein anerkennendes Lachen, das in krassem Gegensatz zu der säuerlichen Miene Mol'Kihs stand: Ihr schien der Verlauf des Gespräches nicht sehr zuzusagen, während der Rat sich scheinbar köstlich amüsierte.

»Dieses Mädchen denkt äußerst schnell«, sagte der Rat zur Sekretaris, was klang, als hätte die zuvor das Gegenteil behauptet. »Ja, wir haben es mit Beten probiert«, wandte Na'Tenbeh sich dann direkt an Sophie. »Wir studierten eure Religionen und wir praktizierten all ihre Kulte. Es hat Jahrzehnte gedauert und nichts genützt.«

»Vielleicht, weil ihr nicht wirklich *geglaubt* habt«, sagte Sophie, schüttelte dann aber den Kopf, da das eine dumme Bemerkung gewesen war: In ihrer Welt starben täglich tausende von Menschen, die nicht an einen Gott glaubten, und keiner von ihnen geisterte über den Trafalgar-Square. Nein, in ihrer Welt war Glauben an was auch immer kein Grund, damit die Seele verschwand, daher sollte es hier ebenso keiner sein. Aber dennoch ... Dieser Gedanke an ein Portal, durch das alle Toten gehen mussten – war das nicht zu einfach?

Sophie wanderte gedankenverloren zu den Fenstern hinüber und registrierte, dass sich am Horizont graue Wolken auftürmten, die drohten, den warmen Sommertag mit einem heftigen Gewitter zu beenden. Noch lag die Stadt friedlich unter der strahlenden Sonne, breiteten sich die Gassen wie ein kilometerlanges Labyrinth in alle Richtungen aus. Sophie folgte den Wendungen und Windungen mit den Augen: Es schien eine Stadtmauer zu geben, dahinter erstreckte sich ein dichter

Wald und in der Ferne ragten wuchtige, kegelförmige Gebäude in die Höhe wie riesige Ameisenhügel.

»Dieser Zugang ... Wenn es ihn denn gibt, kann er überall auf der Welt sein«, sagte sie nachdenklich. »Mir könnte eine weite Reise bevorstehen.«

»Dessen sind wir uns bewusst«, antwortete Mol'Kih, »und wir werden dich zu jedem Punkt bringen, den du uns nennst.«

Aber das kann verdammt lange dauern, dachte Sophie, und viel Zeit würde sie nicht haben. Vier Tage, hatte Gin'Sah gesagt, mehr durfte ihr Körper nicht in diesem Zustand verbringen, dann wurde es lebensbedrohlich. Und was mochte mit ihr passieren, wenn sie tatsächlich hier starb? Würde sie auf ewig zu einem Untoten werden, wie Lan'The?

»Angenommen, ich finde den Zugang wirklich, und er ist zerstört ... Was tut ihr, falls man ihn nicht wieder aufbauen kann?«

»Dann müssen wir uns in unser Schicksal fügen«, sagte Mol'Kih, doch ihr war anzuhören, dass sie das für keine Option hielt.

Sophie rieb sich über die Stirn, fühlte sich zunehmend überfordert: Sie brauchte Ruhe, um alles zu durchdenken, um die Tragweite verstehen und die Gefahr einschätzen zu können – aber es sah nicht so aus, als wolle man ihr diese Zeit geben.

»Vielleicht sterben unsere Toten anders?«, wagte sie noch einen Anlauf. »Bei uns werden die Menschen geboren, bei euch nicht. Vielleicht können deswegen nur wir richtig sterben?«

»Das haben wir in Erwägung gezogen«, sagte Mol'Kih, und in ihrer Stimme lag jetzt eine deutlich hörbare Gereiztheit. »Wir haben alle Fragen gestellt, die du hast, und viele andere dazu.«

Weil wir klüger sind, weil wir älter sind, schwang darin mit, doch Sophie überhörte das.

»Und wenn unsere Toten einfach weg sind? Also ihre Seelen? Wenn sie gar nicht in ein Jenseits übergehen? Weil es keins gibt?«

Mol'Kih schüttelte mit strenger Miene den Kopf.

»Mein liebes Kind, unsere Toten würden es vorziehen,

ebenfalls 'einfach weg' zu sein. Ihre Existenz ist eine Qual, eine Jahrzehnte, Jahrhunderte, Jahrtausende während Qual. Du kannst sie davon erlösen, und es wird dich nicht mehr als einen Schluck aus diesem Fläschchen kosten.«

Aus ihrer alten, sehnigen Hand stach ein Finger hervor und wies auf das Gift.

»Du solltest es als Ehre ansehen, dass wir dich erwählt haben«, fuhr sie fort, und der Zorn machte ihre Stimme ganz heiser. »Dein Spiegel war eine unserer begabtesten Schülerinnen. Wir hatten die Hoffnung, dass du als La'Isas Spiegel in der Lage sein würdest, unser Anliegen zu verstehen.« Sie musterte Sophie abschätzig, als käme diese bei weitem nicht an La'Isas Qualitäten heran. »Verlangst du einen Lohn? Dann sage es. In deiner Welt tut man nichts, ohne etwas dafür zu erhalten, sie ist voll von Menschen, die nur an sich denken. Hier handeln wir anders, und wenn du ehrlich bist, wirst du zugeben, dass unsere Art zu leben der euren weit überlegen ist.«

»Ach ja?«, schnappte Sophie, bevor Mol'Kih fortfahren konnte, obwohl sie Gin'Sahs kühle Hand an ihrem Arm spürte – eine klare Bitte, sich zurückzuhalten, diese beleidigenden Worte zu ertragen. »Das sehe ich anders. Ihr schickt eure Spione zu uns und schaut in aller Ruhe zu, was wir tun – dann beurteilt ihr uns nach unseren Fehlern und haltet euch für überlegen. Und noch was: Bei uns ist sicher einiges übel, aber wenigstens sind die Leute frei. Sie tun, was sie wollen, wohnen, wo sie wollen, ziehen an, was sie wollen«, fügte sie hinzu und sah aus dem Augenwinkel, wie Gin'Sahs Blick zu seinem Sohn schoss – als wüsste er ganz genau, wo Sophie das aufgeschnappt hatte.

»Du weißt ja nicht, was du da sagst, Kind«, entgegnete die Sekretaris, in einem Tonfall, der ganz klar das Ende ihrer Geduld signalisierte. »Du tätest besser daran, an Lan'The und seinen Spiegel zu denken, an ihre gequälten Seelen, die auf ihre Vereinigung warten.«

»Wagen Sie es nicht, Julian da mit rein zu ziehen!«, zischte Sophie und machte einen Schritt auf die Sekretaris zu, was der

Frau indes nur ein müdes Heben einer perfekt gezupften Augenbraue entlockte.

»Und wage du es nicht, so mit mir zu sprechen. Bedenke, dass es für dich keine Möglichkeit gibt, in deine Welt zurückzukehren – ohne unsere Hilfe. Und falls du in unserer Welt bleibst, dann hast du die Wahl, dich bei jeder Speise, die deine Zunge berührt, zu fragen, ob sie wohl vergiftet ist. Wenn du das verhindern willst, bleibt dir nur der Hungertod, und damit ist dein Ende hier auf die eine oder andere Weise unabdingbar.«

Sophie hörte, wie Na'Bao hinter ihr die Luft einsog – erschrocken angesichts dieser Drohung? Wahrscheinlich, denn auch Sophie schwindelte beim Gedanken daran, hier auf ewig festzusitzen, ständig bedroht von dieser alten Hexe und ihrem Zaubertrank. Aber die Sekretaris war noch nicht fertig: Sie trat so nah an Sophie heran, dass diese das kalkige Puder erkennen konnte, dass die lederartige Haut der Frau bedeckte und sich in den Falten gesammelt hatte wie Sand in den Furchen eines Ackers.

»Ängstigt dich der Tod? Ja, das ist menschlich. Aber bedenke, dass du nichts zu verlieren hast, kein Leben, das es wert ist, als solches bezeichnet zu werden. Du bist nur ein Kind aus einer geistlosen Welt, dein Tod ist kein Verlust für die Menschheit. Für dich dagegen wäre er ein Gewinn, würde er dich doch mit Lan'Thes Spiegel vereinen, nach dem sich dein kleines Mädchenherz so verzehrt. Die Logik gebietet, dass du das Gift trinkst, denn es wird dir den sanftesten Tod bescheren, der denkbar ist. Und die Vernunft sagt auch, dass du darauf hoffen solltest, es möge dich wahrhaftig töten. Denn dann werden wir diesen wertlosen Körper in deine Welt zurückbringen, wo du euer Jenseits wirst betreten können, eine weitere glückliche Tote aus deiner Welt. Das, was du fürchtest, wäre also das, was du eigentlich herbeisehnen solltest.«

Als diese Worte in der marmornen Kühle der Halle verklangen, spürte Sophie, wie ihre Wangen vor Wut brannten und ihr Kopf von den Dingen schwirrte, die Mol'Kih ihr hingeworfen hatte. Man würde alles erklären, hatte Gin'Sah gesagt, man wolle sie um ihre Hilfe bitten – und jetzt musste sie sich von dieser alten Schachtel bedrohen lassen!

Sophie wusste nicht, auf welche der Ungeheuerlichkeiten sie als Erstes antworten sollte, so empört war sie. Es wäre besser für sie, zu sterben – lief es darauf nicht hinaus? Was glaubte diese Ziege eigentlich? Dass sie Sophie in den Selbstmord quatschen konnte? Ihre Augen schossen Blitze, ihre Gedanken rasten auf der Suche nach Worten, die ebenso kalt waren wie die Mol'Kihs – dann hob der Rat die Hände.

»Genug gestritten. Lasst uns allein«, sagte er, Mol'Kih senkte knapp den Kopf und bedeutete Gin'Sah und Na'Bao, sie möchten ihr folgen. Die Tür fiel hinter den Dreien ins Schloss, und als Sophie den Rat nun ansah, erkannte sie zu ihrem Erstaunen, dass er sie durchaus anerkennend musterte.

✳✳✳

»Ich muss mich für Mol'Kih entschuldigen«, sagte Na'Tenbeh, was Sophie nicht milder stimmte: zu schwer lagen ihr die bösen Worte der Sekretaris im Magen.

»Das ändert nichts an dem, was sie gesagt hat oder an dem, was sie denkt.«

Der Rat nickte. »Das ist richtig. Aber vielleicht bist du nachsichtiger mit ihr, wenn ich dir sage, dass sie ein sehr persönliches Interesse daran hat, dass wir diese Qual beenden. Dass die Toten Erlösung erfahren.«

Sophie sah aus dem Fenster, noch immer grollend vor Wut, der Rat fuhr fort.

»Mol'Kih und ihr Mann nahmen vier Kinder auf, darunter ein Mädchen, Lis'Bel. Der Spiegel des Mädchens starb mit drei Jahren. Lis'Bel wurde gemäß unserer Riten begraben, aber sie schlich zurück in die Stadt, kaum, dass ihre Seele sich erhoben hatte. Seit dem sitzt sie in ihrem Zimmer auf dem Bett, außer Stande, mit ihren Eltern zu kommunizieren, da sie das Schreiben noch nicht erlernt hatte. Mol'Kih hat sie mit Spielzeug und anderen Dingen zu ihrer Beschäftigung bestatten lassen, doch sie rührt nichts an. Sie sitzt nur da und wartet, stumm und starr, mit Staub auf ihrer Kleidung. Seit mehr als vierzig Jahren.«

In Sophie wehrte sich alles dagegen, dass das Bild dieses Mädchen in ihrem Kopf erschien, einsam und still und tatenlos, blass und kühl und durchlässig wie der Nachtwind, doch es half nichts. Ihre Augen begannen zu brennen und sie presste die Lippen zusammen, um das kleine Schluchzen zu unterdrücken, das in ihrer Kehle brannte: Was für eine schrecklich traurige Geschichte!

»Das tut mir leid«, flüsterte Sophie schließlich, als sie glaubte, ihre Stimme wieder in der Gewalt zu haben, doch sie klang leise und gebrochen.

»Wir alle können eine Begebenheit wie diese erzählen«, sagte der Rat. »Jeder Mensch unserer Welt kennt einen Toten, jeder Mensch dieser Welt leidet. Und wir alle fürchten den Tag, an dem auch wir den Übertritt machen müssen. Gewiss, bei euch kommt der Tod häufig überraschend, so wie er dir deinen Geliebten viel zu früh genommen hat. Aber wie oft zeichnet sich durch eine Krankheit ab, dass es zu Ende geht und man sich vorbereiten kann ...«

Er stockte, und als sich Sophie zu ihm umwandte, war er es, dessen Blick selbstvergessen auf der Stadt lag.

»Ihr könnt euer Vermächtnis zu ordnen, auf das schauen, was ihr erreicht habt, was von eurem Leben erhalten bleiben wird. Wir hingegen ... Unsere Vorbereitungen beginnen, sobald wir geboren werden, und sie sind so viel banaler.«

Seine Stimme wurde leise und verklang.

»Worin bestehen denn diese Vorbereitungen?«, fragte Sophie, und der Rat zuckte zusammen, als hätte sie ihn aus einer tiefen Konzentration geweckt. Doch der Blick, den Sophie in seinen Augen sah, wirkte zufrieden, fast triumphierend, als habe sie genau die Frage gestellt, die sie hatte stellen sollen. Was er da erzählte, mochte wahr sein, aber er versuchte auch, sie zu manipulieren. Durch das, was er sagte, wann und wie er es sagte. Bleib wachsam, befahl Sophie sich: Er schauspielert, und er täuscht.

»Ich werde es dir zeigen«, erwiderte der Rat, als habe er

einen spontanen Entschluss gefasst. »Komm.«

Sein weites Gewand schwang um seinen mageren Körper, als er mit langen Schritten auf eine Tür neben dem Kamin zustrebte. Sophie zögerte, sah hinüber zu der Pforte, durch die Gin'Sah und Na'Bao eben verschwunden waren, folgte Na'Tenbeh dann aber doch.

Hinter der Tür wartete ein Wohnzimmer, weitaus kleiner als die riesige Halle und eingerichtet in dem Sophie nun schon bekannten, orientalischen Stil, jedoch mit weitaus teureren Stoffen und Möbeln. Na'Tenbeh durchschritt den Raum, öffnete eine weitere Tür – zu einem Schlafzimmer. Sophie blieb stehen, als sie das Bett erblickte, mit skeptisch gekrauster Stirn, während der Rat zielstrebig an die hinterste Wand ging, wo nebeneinander drei große Truhen standen. Er klappte die schweren Deckel hoch, einen nach dem anderen, und Sophie musste wohl oder übel näher herantreten, um den Inhalt erkennen zu können.

In der ersten Truhe lagen Kleider: zig dutzende Mal dieses silbern schimmernde Gewand, das der Rat trug, zudem Umhänge und blendend weiße Leinenstücke, vermutlich Wäsche. Die zweite Truhe enthielt Notizbücher, Stifte, Bücher, Handschuhe und Schuhe, während sich in der dritten allerlei Kästchen und Schachteln stapelten, deren Inhalt nicht erkennbar war.

»Ist dir das Wort 'Aussteuer' aus deiner Welt ein Begriff?«, fragte der Rat, Sophie nickte.

»Handtücher, Bettwäsche – so etwas. Früher haben die Frauen solche Sachen genäht oder gekauft, damit sie bis zur Hochzeit eine Ausstattung für ihren Haushalt hatten.«

»Richtig.« Na'Tenbeh wies auf die Truhen, und seine Stimme zitterte leicht, als spräche er in Angst. »Das ist meine Aussteuer – für den Tod. Wenn man mich einst begräbt, wird mein Sarg um ein Vielfaches größer sein als die, die man bei euch verwendet, denn er wird auch all diese Dinge aufnehmen. Sie werden den Boden des Sarkophags und meinen Körper bedecken, eng gelegt wie die Steine einer Mauer. Sie alle müssen meine nackte Haut berühren, auf das ich im zweiten

Leben wohl ausgestattet bin.«

Sein Blick wanderte über die Truhen hinweg.

»Uns bleiben nach dem Tod nur wenige Stunden, um den Körper mit all den Beigaben in die Erde zu geben, damit der Berührungszauber wirkt. Deshalb müssen wir bereit sein. Selbst der Ärmste der Armen wird versuchen, so viel wie möglich zur Seite zu legen, um das zweite Leben angenehm zu machen. Erahnst du, warum das so ist?«

Sophie nickte. »Weil es länger dauert als das Erste.«

»Ja, so ist es.«

Die Stimme des Rates war wiederum leise und getragen, doch diesmal kam sie Sophie wirklich künstlich vor. Er hatte recht, es war schrecklich, wozu die Menschen hier gezwungen waren, Lis'Bels Schicksal war traurig, das von Mol'Kih nicht minder. Dennoch gefiel Sophie die Art nicht, wie ihr diese Geschichten erzählt wurden. Man versuchte, sie über Mitleid und Angst zu lenken, versuchte, sie dazu zu bringen, etwas selbst zu wollen, damit man sie nicht zwingen musste.

»Warum gibt es bei euch Arme?«, fragte Sophie, um abzulenken – und weil sie schlicht nicht in der Lage war, diesen sichtlich mächtigen Mann mit Truhen voller teurer Dinge zu bemitleiden. »Ich dachte, das hier wäre die ideale Welt? So viel besser als unsere?«

Der Rat erstarrte, und als er sich nun Sophie zuwandte, funkelten seine Augen. War das Wut? Darüber, dass sie die getragene Stimmung vorzeitig beendet hatte?

»Arm ist relativ, nicht wahr?«, gab der Rat zurück. »Gin'Sah ist wohlhabend, ich dagegen bin reich – also ist mein Apotheker im Gegensatz zu mir arm. Bei euch sterben Menschen an Hunger, Tausende jeden Tag, *das* ist Armut. Dergleichen wirst du in keiner unserer Städte jemals sehen, also schweig davon.«

Nach diesen scharfen Sätzen wandte Na'Tenbeh sich ab, bis er sich wieder im Griff hatte und seine Stimme erneut weich und freundlich klang – doch die Worte behielten einen belehrenden Beigeschmack.

»Gin'Sah hat ein hübsches Haus bekommen, seine

Kleidung ist aus feiner Wolle im Winter und aus kühlem Leinen im Sommer. Seine Frau besitzt silberne Gürtel, Broschen und Haarnadeln. Auch seine Tochter hat er geschmückt, wie er nur konnte, denn die Fibel, die dort deinen Umhang ziert, ist ein kostbares Stück aus reinstem Silber. Und da es nicht denkbar ist, dass sie ohne ihre Preziosen ins zweite Leben gegangen ist, muss sie Wertvollere besessen haben.«

Sophie berührte die silberne Schließe an ihrem Hals.

»Woher wissen Sie ...«

»Das, was du wahrscheinlich für ein Ornament gehalten hast, ist der Name La'Isa in der Schrift unserer Welt. Sie ähnelt der, die ihr die Arabische nennt.«

Na'Tenbehs blasse Augen verfolgten interessiert Sophies Mimik. Es war ihr unangenehm, so angestarrt zu werden, und noch unangenehmer, dass ihr der Widerwille, die Kleider ihres toten Spiegels zu tragen, so deutlich anzumerken gewesen war.

»Ist dir unbehaglich damit? Nun, da kann ich etwas für dich tun.«

Er trat vor die dritte Truhe, die mit den zahllosen Schachteln, und wählte nach kurzem Überlegen einen Kasten aus. Der Deckel enthüllte viele einzelne Fächer, in jedem lag eine Brosche – ähnlich der, die Sophies Umhang schmückte, nur aufwändiger gearbeitet und mit Edelsteinen verziert. Das Muster war nicht gleich, aber verwandt, und angesichts dessen, was der Rat eben gesagt hatte, vermutete Sophie, dass es sich auch hier um Worte handelte.

»Wähl eine«, sagte der Rat, Sophie sah von den glänzenden Fibeln in die hellen Augen dieses Mannes.

»Warum?«

»Lieben nicht alle Mädchen schöne Dinge?«, fragte er mit einem Lächeln, das wahrscheinlich lockend sein sollte, Sophie aber wiederum nur berechnend vorkam.

»Ich mache mir nichts aus Schmuck«, sagte sie, was der Wahrheit entsprach und Lächeln des Rates starrer machte.

»Dann versteh es als ein Spiel. Jede der Fibeln in diesem Kasten trägt den Namen einer Charaktereigenschaft, und es wird interessant sein, welche du dir erwählst.«

»Ich kann nicht lesen, was da steht«, wandte Sophie ein.

»Das macht es ja so faszinierend«, erwiderte Na'Tenbeh.

Sophie zuckte mit den Schultern und besah sich die vor ihr ausgebreiteten Schmuckstücke. Ihre Größe reichte von einer Münze bis einer Handfläche, es gab silberne und goldene, schlichte und reich verzierte: Smaragde, die so grün waren, dass sie fast künstlich wirkten, blutrote Rubine, klarblaue Saphire und gelbliche Steine, deren Namen Sophie nicht kannte. Die metallischen Elemente der Fibeln wiesen Spuren der Werkzeuge auf, die der Goldschmied verwendet hatte, einige erschienen mit schwärzlich angelaufenen Teilen sehr alt zu sein. Irgendwie waren die Stücke alle ähnlich, fand Sophie, überladen und protzig – bis eines ihre Augen anzog. Diese Fibel war von mittlerer Größe, sichtlich alt, das Wort bestand aus einem besonders regelmäßigen Auf und Ab von Wellen und Bögen. Einen einzigen roten Stein besaß sie, er saß links außen, wie ein Stern, der die silberne Schrift beschien – schlicht, aber schön.

»Die da«, sagte Sophie kurzentschlossen und wies auf das Schmuckstück.

Der Rat drehte den Kasten, so dass er sehen konnte, welche Sophie ausgesucht hatte, und als sich seine Augen kurz verengten, ahnte sie, dass er mit ihrer Wahl nicht glücklich war.

»Warum dieses?«

»Es ist schlicht und alt. Das Wort ist so harmonisch. Was steht da?«

Der Rat zögerte. »Das Wort heißt 'crijrc'«, sagte er dann. »In deiner Sprache klingt es sehr ähnlich.«

»Krieg?«, antwortete Sophie nach kurzem Nachdenken, der Rat nickte.

»Was für ein Charakterzug soll das sein?«

»Die Fähigkeit, keinen Konflikt zu scheuen. Offensichtlich bist du ein streitbares Mädchen.«

Er betrachtete Sophie prüfend, diese widerstand der Versuchung, sich ihre Freude über die Unzufriedenheit des Rates anmerken zu lassen: Scheinbar war das Orakelspiel nicht so verlaufen, wie Na'Tenbeh es sich gewünscht hatte.

Wahrscheinlich waren von 'selbstlos' bis 'hilfsbereit' alle möglichen Begriffe dabei gewesen, die seiner Sache sehr viel mehr genützt hätten – und ein deutliches Zeichen an Sophie gewesen wären, wie sie sich verhalten sollte.

»Vielleicht«, erwiderte sie, und erlaubte sich nun ebenfalls ein Lächeln. »Vielleicht bin ich das. Sie kennen mich nicht, und Sie sollten nicht den Fehler machen, mich mit La'Isa zu verwechseln. Sie mag mehr für Schmuck und dergleichen übrig gehabt haben, aber das muss auf mich nicht auch zutreffen, denn ich bin nicht sie. Und auch, wenn Mädchen Schmuck mögen, bedeutet das nicht, dass sie dumm sind. Oder immer tun, was man von ihnen verlangt, weil sie sich vor allem ängstigen. Mädchen können sehr gut selbst abwägen, was gut ist und was schlecht. Für sie und für andere.«

Die Augen des Rates funkelten vor Wut, als er diese Worte hörte. Sein Arm stieß nach vorn, auf Sophie zu, schnell und plötzlich, als wolle er zuschlagen. Sie stolperte überrascht einen Schritt zurück, doch er griff nur nach ihrer Hand, bog die Finger auf und presste die Fibel derart hinein, dass sich die Nadel tief in ihr Fleisch bohrte. Ein Schmerzlaut entfuhr ihr, dann biss sie sich auf die Lippen.

»Nimm sie, geh hinaus in den Garten«, zischte Na'Tenbeh Sophie aus nächster Nähe ins Gesicht. »Denk über das nach, weswegen du hergeholt wurdest. Denk an Lis'Bel und Lan'The. An das, was du für sie tun kannst. Und vergiss nicht, was Mol'Kih über die Gefahren gesagt hat, die in unserer Welt auf dich lauern: Du bist hier fremd, und wenn du glaubst, du könntest uns entkommen, dann irrst du.«

2. Buch:

Die Stadt der Toten

– 5 –

Sophie eilte mit wutverzerrtem Gesicht durch die leeren, hallenden Räume hinaus in das Vorzimmer. Dort saß Na'Bao gelangweilt auf einer der Bänke, während Mol'Kih erneut an ihrem Schreibtisch platzgenommen hatte, als gäbe es Dringenderes zu tun. Gin'Sah war nirgends zu sehen.

»Bring mich raus in den Garten«, verlangte Sophie, Na'Bao runzelte irritiert die Stirn, nickte dann aber, und sie folgte seinen langen Beinen unzählige Treppenfluchten hinunter, bis sie in einen Park traten. Gepflegte Rasenflächen und Blumenbeete badeten in der Sommersonne, dahinter ragten hohe, absolut gerade geschnittene Hecken empor und bildeten ein schattiges Labyrinth.

Sophie schloss die Augen, als die Sonne sie blendete, atmete tief ein und aus – unendlich froh, diesem Mann und dieser Unterhaltung entkommen zu sein.

»Geht es dir gut?«, erkundigte sich Na'Bao, und Sophie seufzte: Er hatte auf dem Weg durch die Stadt eben eine halbe Stunde lang die Zähne kaum auseinander bekommen, konnte er dann nicht auch jetzt schweigen? Fünf Minuten nur?

»Was interessiert dich das?«, fragte sie, während die Sonne

golden durch ihre Lider drang und der Duft von warmem Gras sie in der Nase kitzelte: ein wohltuender Unterschied zu den kalten, schwülstig parfümierten Zimmern.

»Du wirkst verstört. Und aus deiner Hand tropft Blut«, erklärte Na'Bao seine Frage, Sophie öffnete die Augen.

Tatsächlich: Leuchtend rotes Blut bahnte sich den Weg zwischen ihren Fingern hervor. Kein Sturzbach, aber für einige Tröpfchen auf dem Sandweg und zweifelsohne auch in den steinernen Korridoren des Palastes hatte es gereicht. Und Sophie registrierte auch, dass ihre Hand sich nach wie vor um die Fibel krampfte, als könne sie ihre bodenlose Wut auf dieses harmlose Schmuckstück übertragen. Jetzt schoss ihr der Schmerz des in ihrem Fleisch steckenden Metalls wie ein Blitz ins Bewusstsein, sie öffnete die Finger und ließ das rotverschmierte Schmuckstück in den Sand fallen, als wäre es brennend heiß.

Na'Bao griff nach ihrer pochenden Hand, doch Sophie riss sie weg.

»Ich habe mich nur an der Nadel gestochen«, sagte sie, er zog seine Augenbrauen hoch.

»Natürlich. Und dann hast du sie gut festgehalten, weil mit dir wahrhaftig alles in Ordnung ist.« Die Veilchenaugen lagen prüfend auf ihrem Gesicht. »Was hat er gesagt? Hat er dich etwa bedroht?«

Sophie wischte die Hand achtlos an ihrem Umhang ab und antwortete nicht.

»Hast du dich entschieden? Du wirst doch nicht etwa tun, was sie wollen?«

Na'Baos Stimme war drängend, aber Sophie hatte keine Lust mehr, zu reden, zu diskutieren, sich zu rechtfertigen. Sie wollte Ruhe, eine halbe Stunde nur, und nachdenken. Über das, was sie heute erfahren hatte. Über das, was sie tun konnte. Und vor allem über das, was sie wirklich tun wollte.

»Ich will allein sein. Ich muss zur Besinnung kommen.«

Na'Bao sah sie nachdenklich an, nickte dann. »Gut, ich lasse dich allein. Aber verrate mir, was er dir gesagt hat.«

»Das ist meine Sache«, gab Sophie scharf zurück, denn sein

Tonfall gefiel ihr ganz und gar nicht: Als habe er ein Recht darauf, alles zu erfahren.

»Danke, dass du mich hergebracht hast«, fügte sie hinzu, »jetzt verschwinde.«

Na'Bao zögerte, dann wandte er sich zum Gehen.

»Warte«, hielt Sophie ihn zurück, als er bereits die ersten Stufen hinauf zum Palast genommen hatte. »Eines würde ich gern wissen: Wie bestimmt ihr, wer Rat wird?«

»Jeder Rat oder Beh sucht seinen Nachfolger selbst aus, meist aus seiner Familie oder seinen engsten Beratern. Vor Na'Tenbeh regierte Na'Konbeh, sein Vater. Das, was ihr macht, dieses wählen – das kennt hier niemand.«

Sophie nickte, denn etwas Ähnliches hatte sie erwartet.

»Und wie groß ist seine Macht?«

»Nun, unsere Welt gliedert sich in sechs Choras, und der Rat, der hier residiert, gebietet über diese.«

Na'Bao blickte sich um, als halte er nach neugierigen Ohren Ausschau, fuhr dann mit gesenkter Stimme fort.

»Gin'Sah sagte, Na'Tenbeh wolle Ren werden. Der Ren«, erklärte er, als Sophies Gesicht fragend wurde, »ist der oberste Rat, dem die sechs Behs Rechenschaft ablegen müssen. Die Zeit ist günstig, denn Ma'Pahren ist alt und wird bald sterben.«

»Und es würde Na'Tenbeh nicht schaden, wenn er das Problem mit den Toten lösen würde, um seinen Platz einnehmen zu können?«

Na'Bao bejahte und lächelte, nicht wirklich fröhlich.

»Genau so könnte es sein. Ma'Pahren ist übrigens eine Frau.«

»Danke.« Sophie wandte sich um.

»Ich lasse mir von Gin'Sah Verbandszeug geben, erwarte mich in einer Viertelstunde zurück«, sagte Na'Bao zu ihrem Rücken. Sophie nickte nur, bereits in Gedanken, und ging langsam hinein in das Labyrinth aus Hecken.

***

Der Garten war verlassen, die blickdichten, immergrünen

Wände des Irrgartens dämpfen die ohnehin dezenten Geräusche dieser anderen Welt noch mehr. Sophie folgte den schattigen Wegen ohne die Absicht, das Innere des Labyrinths zu erreichen: Ihre tief in das weiche Gras einsinkenden Füße bestimmten den Weg, während in ihrem Kopf wieder dieses wilde Gedankenkarussell Fahrt aufgenommen hatte.

Die Drohungen von Mol'Kih und Na'Tenbeh brannten ebenso in ihren Ohren, wie es die Wunde in ihrer Hand tat. Sie war zornig auf den Rat, denn sie wusste, dass er sich nur so verhalten hatte, weil er sie für leicht manipulierbar hielt – dabei hätte seine Taktik ein Blinder durchschaut. Erst die Entschuldigung für Mol'Kihs scharfe Worte, ein bisschen Tränendrüse mit der Geschichte über das tote Kind, und ein glitzerndes Schmuckstück mit ach so großem Symbolwert würde dann schnell die Entscheidung bringen. Da war Mol'Kih ja noch angenehmer gewesen, hatte sie doch keinen Hehl aus ihrer Abneigung gemacht. Aber dennoch, den Rat und seine Sekretaris einte etwas: Sie waren beide zu stolz, um einfach um Hilfe zu bitten.

Aber warum? Weil Sophie aus der anderen Welt kam? Oder weil ein Rat nicht bat? Egal, eines zumindest hatte diese Begegnung sie gelehrt: Was man da von ihr verlangte, war gefährlich. Zu gefährlich, um sich darauf einzulassen? Wahrscheinlich, denn diesen Menschen lag nichts an ihr. Sie würden ihren Körper sterben lassen, wenn die Reise zu dieser mysteriösen Pforte länger dauern sollte als die vertretbaren zwei oder drei Tage, daran hegte Sophie keinen Zweifel. Gin'Sah würde das nicht zulassen, soweit glaubte sie ihm trauen zu können – doch hatte er die Macht, sich gegen Na'Tenbeh und Mol'Kih durchzusetzen? Wahrscheinlich nicht. Und diese Sache mit dem Antidot ... unsicher, schrecklich unsicher! Wirkte es wirklich? Was, wenn nicht?

Ja, Sophie wollte helfen. Nein, sie wollte nicht sterben. Da der echte Tod aber so gefährlich nah war und Menschen auf ihren Körper Obacht geben würden, denen sie nichts bedeutete und denen sie nicht vertraute, gab es nur eine Entscheidung: Sie musste Nein sagen und darum bitten, dass man sie in ihre Welt zurückbrachte. Das würde ihr nicht leicht fallen, sie spürte schon jetzt die Schwere des schlechten Gewissens, das sich heranschlich und den Finger hob, um angehört zu werden: Kannst du nicht doch helfen? Warum bist du so egoistisch?

Sophie wehrte ihr Gewissen ab und sah auf. Sie war noch immer in diesem Irrgarten, in einem schmalen Durchgang, beschattet von den zwei, eher drei Meter hohen Hecken. Vor ihr bog der Weg nach links ab, Sophie folgte ihm – hinein in einen Bereich, der scheinbar das Herz des Labyrinths war. In der Mitte thronte eine Statue, ein Pfau mit gespreiztem Schweif, darum herum wand sich eine steinerne Bank. Und auf dieser saß Lan'The, mit einem ebenso erfreuten wie zufriedenen Lächeln, als habe er erwartet, Sophie genau zu dieser Stunde an diesem Ort zu treffen.

**

Julian, hatte Sophie in der ersten Sekunde gedacht, als sie die blonden Haare und das schmale Gesicht sah, Julian! Natürlich hatte sie das gedacht, nur sie konnte so dumm sein und es nicht in ihren Schädel bekommen, dass Julian tot war, dass dieser Junge nicht Julian war. Aber ebenso tot.

Lan'The machte eine einladende Geste, Sophie ging die paar Schritte zu ihm hinüber und setzte sich. Sie bemühte sich um eine freundliche Miene, denn sie hatte durchaus bemerkt, wie er ihren Schock registriert hatte. Einen viel Kleineren als gestern, als sie ihn zum ersten Mal gesehen hatte, aber dennoch: Es war so schrecklich unhöflich, diesem Jungen das Gefühl zu geben, er wäre nur zweite Wahl.

Lan'The runzelte die Stirn, als sein Blick auf Sophies blutverschmierte Hand fiel. Sie wehrte ihn ab, doch er zog sich den Stoff seines Umhanges über die Finger und umfasste ihre Hand mit der weichen, zerbrechlichen Kraft eines Kindes. Begutachtete die Wunde, die noch immer leicht vor sich hin blutete, mit besorgtem Gesicht. Und Sophie fand es schrecklich, neben ihm zu sitzen – hatte sie nicht gerade die

Entscheidung getroffen, genau das nicht zu tun, was Julians Ebenbild sich von ihr erhoffte? Nämlich ihn aus diesem Schwebezustand zwischen Leben und Tod zu erlösen?

Lan'The griff in die Tasche an seinem Gürtel. Er wird dieses Notizheft herausholen und Fragen stellen, dachte Sophie, danach, was sie tun würde, ob sie Ja gesagt habe – was sollte sie ihm antworten? Ohne als völlig egoistisches Miststück dazustehen, dem das Schicksal der Menschen hier völlig gleichgültig war? Sie ahnte, dass sie es nicht würde ertragen können, Lan'Thes Enttäuschung zu sehen und hatte schon den Mund geöffnet, um ihm zuvor zu kommen. Um ihm zu erzählen, welche Gefahr ihr drohte durch das Gift, wie wenig sie dem Rat und Mol'Kih vertraute. Wie man sie bedroht hatte, und beleidigt auch. Doch dann sah sie, dass es nicht das Notizbuch mit der befürchteten Frage, sondern nur ein kleiner Zettel war, den ihr diese nachtwindkühle Hand entgegen streckte. Sophie nahm ihn und faltete ihn auseinander.

Ich heiße Lan'The, gestorben bin ich am 17. März 2012.

Das Datum, dieses verdammte Datum! Sophie ließ die Hände in den Schoß sinken und atmete tief ein und aus, bis sie wieder klar denken konnte.

»Warum zeigst du mir das? Ich weiß, wann du gestorben bist. Als auch Julian starb.«

Lan'The nickte, dann hob er den Kopf und sah hinüber zu einem der schattigen Durchgänge, die aus dem Heckenlabyrinth in diesen idyllischen, sonnenwarmen Innenhof führten. Seine Lippen bewegten sich, und Sophie zuckte zusammen, als zwischen den Hecken plötzlich die Gestalt eines Mädchens erschien, als habe man sie herbeigerufen. Sie kam mit raschen Schritten näher, und Sophie musste gar nicht fragen, ob es sich um eine Tote handelte: Sie ging so lautlos und wimperschlagschnell, wie es kein Lebender vermochte. Aber es war nicht La'Isa, wie Sophie sich halb erwartet, halb erhofft hatte, obwohl das Alter in etwa stimmte: braunhaarig und kleiner als sie war dieses Mädchen, mit länglichem Gesicht und blassen Augen.

Das Mädchen trat auf Sophie zu und streckte ihr einen

Zettel entgegen, ähnlich dem, den sie bereits in der Hand hielt. Sophie warf Lan'The einen Blick zu, und als der auffordernd lächelte, nahm sie ihn. Er war neu und sauber wie der von Lan'The, Sophie ahnte, dass er nur für sie geschrieben worden war: in ihrer Sprache, in ihrer Schrift.

Ich heiße Min'Lau, stand dort, *gestorben bin ich am 9. April 1548.*

»1548?«, flüsterte Sophie, das Mädchen nickte knapp und trat einen Schritt zurück. Ihr Gesicht war ernst, und Sophie hatte das dumpfe Gefühl, dass sie nicht nur vor über 450 Jahren gestorben war, sondern in dieser langen Zeit auch nicht mehr gelacht hatte. Oder nur gelächelt.

Kaum war das Mädchen zurückgewichen, schrak Sophie erneut zusammen: Ein grauhaariger Mann näherte sich aus einem der anderen Durchgänge, mit prächtigem Vollbart und dunkelgrüner Gewandung. Wieder ein Zettel in Sophies Blickfeld.

Ich heiße Beg'Tan, gestorben bin ich am 24. November 856.

Eine Bewegung rechts, ein dritter Zettel, von einer kräftigen Frau in den Vierzigern.

Ich heiße Da'Lai, gestorben bin ich am 1. Mai 1367.

Dann ein kleiner Junge mit verwuschelten, schwarzen Haaren und einem abgenutzten, vielfach geflickten roten Ball unter dem Arm, der sich an der Frau vorbei drängelte und dessen Zettel mit Zeichnungen verziert war: eine Blume und eine Sonne, die mit seinem fröhlichen Gesicht und seinen Augen um die Wette strahlte.

Ich heiße Ka'Han, gestorben bin ich am 5. Juni 1844.

Eine alte Frau mit schlohweißen Haaren, gestorben 1676.

Ein junger Mann mit kühner Adlernase, gestorben 1944.

Ein weiterer junger Mann, kräftig gebaut, gestorben im gleichen Jahr.

Und noch ein junger Mann, blond, gestorben 1945.

Lan'Thes luftige Hand machte Sophie auf das Notizbuch aufmerksam, das er nun doch hervorgezaubert hatte und in dem er ein paar frische Sätze notiert hatte: *Ihre Spiegel waren Soldaten in einem eurer Kriege. In diesen Jahren sind an manchen Tagen*

Hunderte von uns gegangen. Sie brachen zusammen, wo sie gerade standen, auf dem Feld, in den Straßen. Es war wie eine grausige Lotterie, in der unvermittelt hier jemand fiel, dann dort, dann da, wie vom Blitz getroffen. Irgendwann waren die Städte wie verwaist, weil niemand sein Haus verließ, weil niemand den Anblick der Toten in den Straßen ertrug.

Sophie drückte sich mit dem Rücken an die steinkalte Lehne der Bank, als wollte sie so viel Abstand wie möglich zwischen sich und diese Toten bringen. Ihre Hand zitterte, als sie Zettel nach Zettel entgegen nahm, während die Jahreszahlen kreuz und quer durch die Jahrhunderte hüpften: 231, 1788, 410. *52 vor der neuen Zeit,* stand auf dem Zettel eines schlanken Jungen von vielleicht vierzehn. Dann 2007, 1983, 1430. 1919 und 1920 wiederholten sich ebenso oft wie Kriegsjahre: *Die Spanische Grippe,* schrieb Lan'The als Erklärung.

Die Menschen, die ihre Nachricht bereits übermittelt hatten, machten Platz, um die Neuankömmlinge vorzulassen, doch nach und nach füllte sich der Innenhof. Und Sophie registrierte, dass ihr Tränen über das Gesicht liefen. Ströme von Tränen. Und dass sie Angst hatte. Vor der Hoffnungslosigkeit, die von den Menschen ausging, vor dem, was sie nicht zur Ruhe kommen ließ. Aber auch Angst vor dem, was diese Toten von ihr wollten, denn sie alle trugen einen Ausdruck im Gesicht, der Sophie tief ins Herz schnitt: Bittend, bedrückt und hoffnungsvoll zugleich. Nur der kleine Junge war anders gewesen, mit seinen neugierigen Augen über diesem unhörbaren Lachen – vielleicht waren die Mienen der Älteren gerade wegen dieses Kontrasts so schwer zu ertragen.

»Was wollt ihr von mir?«, flüsterte Sophie, als sie spürte, dass sie kein Todesdatum mehr würde lesen, keinen dieser Blicke mehr würde ertragen können. Und als ihre Hände überquollen von den Totenzetteln, hineingelegt von nachtwindkühlen Händen. »Was wollt ihr denn nur von mir?«

Die Frage blieb unbeantwortet, natürlich – die Toten konnten nicht mit ihr sprechen, und die Antwort war klar. So schrecklich klar. Und das genaue Gegenteil von dem, was Sophie eben noch gewollt hatte: zurück in ihre Welt, leben. Bleib bei uns und stirb, war die Botschaft der Toten. Und das war nun kein zarter, leiser Hilferuf mehr, sondern durch die Vielzahl der stummen Stimmen ein gewaltiger Chor, dessen Nachhall Sophies Kopf beinahe zum Platzen brachte.

Eine leichte Berührung an ihrer Schulter, als habe sie der Flügel eines Vogels gestreift. Sophie blickte auf: Lan'The strich ihr mit seiner luftigen Hand beruhigend über den Rücken, und der Innenhof war mittlerweile verlassen. Nein, nicht ganz: Der kleine Junge lugte noch mit großen Augen neugierig um eine Hecke, als wäre Sophie ein exotisches Tier. Er strahlte und winkte, als Sophies tränennasser Blick auf ihn fiel, hüpfte dann auf einem Bein den Gang hinunter und warf dabei seinen Ball in die Luft, als spiele er ein einsames, stummes Spiel. Es war tragisch und lustig zugleich, es tat weh und es war erleichternd, denn es nahm einiges von dem Ballast von Sophies Seele, den die Toten darauf abgeladen hatten.

Sie rieb sich über die Augen, atmete konzentriert, bis ihr Herzschlag sich beruhigt hatte und ihre Stimme wieder zu gebrauchen war.

»Warum ist sie nicht auch hier?«

Lan'The runzelte die Stirn, wusste sichtlich nicht, wen oder was Sophie meinte.

Sie sind alle noch hier. Alle Menschen, die nach der Trennung unserer Welten lebten. Wie Gin'Sah schon sagte, gestern, im Garten der Begegnung.

»Ich spreche von La'Isa.«

Ich weiß es nicht, ich habe sie nie getroffen, nur ihren Namen gehört. Von Gin'Sah. Es tut mir leid.

Sophie zögerte, dann strafft sie sich.

»Es ist nicht deine Schuld. Sag ...« Sie wischte sich noch einmal über die feuchten Wangen. »Hast du in den nächsten Tagen Zeit? Ich ... ich werde vielleicht auf eine weite Reise gehen müssen, und es wäre toll, wenn du mir Gesellschaft leisten würdest.«

Lan'Thes Augen vergrößerten sich, ein schmerzliches Detail, denn so hatte Julian auch immer geschaut, wenn er überrascht gewesen war.

Du wirst uns also helfen?

»Ja.« Das kam zögernd über Sophies Lippen, aber sie wusste, dass es nur diese Antwort geben konnte.

Du wirst das Gift trinken?

»Ja.« Schon fester jetzt.

Und uns den Weg zum Jenseits weisen?

»Ja. Ja!« Diesmal lag alles an Überzeugung und Wille in Sophies Stimme, was sie besaß. Weil sie es so meinte, weil sie es so *wollte*.

»Ich werde zurückgehen und dem Rat sagen, dass ich so weit bin. Dass ich es tue. Wirst du da sein, wenn ich ... wieder wach werde? Nach dem Gift?«

Lan'The nickte, und Sophie spürte sein ehrliches, erfreutes Lächeln wie eine warme Brise in ihrem Rücken, die sie durch das Labyrinth und zurück zum Palast wehte.

***

»Da bist du ja«, empfing Na'Baos ungeduldige Stimme Sophie, als sie aus dem Irrgarten hinaustrat. Er hielt ein Tuch und ein Fläschchen in der Hand, wahrscheinlich, um damit ihre Hand zu säubern und zu verbinden, doch Sophie beachtete ihn nicht. Die Wunde war unwichtig, das Blut längst getrocknet.

»Wohin gehst du?«, fragte er, als Sophie einfach an ihm vorbei marschierte, und folgte ihr mit schnellen Schritten.

»Zum Rat.«

»Warum?«

»Ich will das Gift und das Antidot.«

»Wozu?«

»Das eine, damit ich es einnehmen kann. Und das andere, um es in den Händen zu halten, wenn ich das Gift trinke.«

Das ließ Na'Bao stehen bleiben, sichtlich schockiert.

»Bist du jetzt völlig verrückt geworden?«

»Kümmer dich um deinen Scheiß!«, zischte Sophie, Na'Bao holte wieder auf. Und verstellt ihr den Weg.

»Nenn mir einen Grund, warum du das tun solltest!«

Sophie runzelte die Stirn. Sie weder Lust noch Zeit, sich mit Na'Bao zu streiten.

»Ich kann deiner Welt helfen«, sagte sie nur, was ihn kalt auflachen ließ.

»Du kennst meine Welt gar nicht. Du weißt nur, was du wissen sollst, hast nur gesehen, was du sehen sollst.«

»Ich habe Lan'The gesehen, das hat mir gereicht«, erwiderte sie, und als Na'Bao ihr seine Erwiderung entgegenhöhnte, wusste sie vorher schon, was er sagen würde.

»Natürlich, *dir* hat das gereicht. Alles dreht sich nur um dich, nicht wahr?«

Sophie ging erneut um Na'Bao herum, ohne ihn anzusehen.

»Dein Englisch wird besser«, bemerkte sie. »Noch ein bisschen Übung, und du kannst mich so richtig beschimpfen.«

»Sag mir den Grund!«, rief er ihr hinterher. »Nur einen!« Dann, leiser und eindringlich: »Es wäre Selbstmord, und das weißt du. Willst du das etwa? Willst du sterben?«

Sophies Schritte verlangsamten sich, schließlich blieb sie stehen. Selbstmord ... Wie kam er darauf? Glaubte er nicht an die Wirksamkeit des Giftes und des Antidots?

»Ich will nicht sterben, ich will helfen. Julian, den anderen ...«, antwortete sie, verstummte jedoch erschrocken, als sie an den Oberarmen gepackt wurde: Na'Bao schüttelte sie, als wollte er sie zur Besinnung bringen.

»Dieser Junge ist nicht Julian«, zischte er ihr ins Gesicht, »wann wirst du das endlich verstehen? Und das hier ist nicht deine Welt! Du hast mit unseren Problemen nichts zu schaffen!«

»Das ist nicht wahr«, spuckte Sophie ihm entgegen, »diese Menschen leiden, und ich kann ihnen helfen!«

»Gewiss«, höhnte Na'Bao nun, und seine stahlharten Hände jagten scharfe Schmerzen durch Sophies Arme, »gewiss du willst nur helfen. Ganz uneigennützig, oder?«

Sophie hörte seine Worte, aber sie verstand ihn nicht. Was hatte dieser Typ für ein Problem? Seine Schwester war eine dieser Toten, und nicht nur sie! Was hatte der Rat gesagt: 'Jeder Mensch unserer Welt kennt einen Toten, jeder Mensch unserer Welt leidet'. Nein, Na'Bao schien nicht zu leiden – er wollte sogar verhindern, dass das Leiden endlich ein Ende hatte! Was warf er ihr jetzt vor? Dass Sophie das Gebräu in Wirklichkeit nur trinken wollte, um Julian wiederzusehen und nicht, um den Toten hier zu helfen. Stimmte das? Vor der Begegnung mit Lan'The hatte Sophie nicht daran geglaubt, dass nach dem Tode etwas kommen könnte, was dem Leben nur entfernt ähnelte. Doch hier hatte sie Tote gesehen, hatte sie mit Toten gesprochen. Die Möglichkeit, dass Julian auch noch irgendwie und irgendwo existierte, war wahrscheinlicher geworden – wahrscheinlicher, aber mehr auch nicht. Also, wollte Sophie sterben? Nein. Wollte sie Julian wieder sehen? Ja! Und es war auch verdammt noch mal ihr gutes Recht, aus dieser ganzen Misere etwas Gutes für sich selbst abzustauben!

Die eben noch so bodenlose Traurigkeit wich, als Wut in Sophie hochkochte. Sie riss ihre Arme hoch und versetzte Na'Bao mit aller Kraft einen Stoß vor die Brust, der ihn einen Schritt zurücktaumeln ließ, feuerte ihm dann die Zettel der Toten entgegen, die sie die ganze Zeit mit schweißfeuchten Händen zerknüllt hatte. Sie rieselten wie übergroßes Konfetti um ihn zu Boden, doch er beachtete sie nicht, sein Blick brannte auf Sophie.

»Was willst du eigentlich von mir?«, stieß sie hervor. »Was hab ich dir getan? Ich bin hier, weil dein Vater mich hergebracht hat, weil *ihr* ein Problem habt! Und wenn ich sage, dass ich euch helfe, wenn ich mich bereit erkläre, dieses Gebräu da zu trinken, dann erzählst du mir, ich würde nur an mich denken? Du hast sie ja nicht mehr alle!«

Na'Baos dunkelblauer Blick blitze vor Zorn auf sie hinunter, als sie ihm diese Worte hingespuckt hatte, und Sophie brauchte verdammt viel Mut, um nicht zurückzuweichen. Doch sie fühlte sich im Recht, hielt stand und bohrte mit vor Aufregung klopfendem Herzen ihre Augen in die von Na'Bao, bis der Junge zu Boden sah.

»Verzeih mir«, sagte er, leise, aber deutlich und alles andere als verzagt. »Bitte verzeih mir. Ich habe selbst getan, was ich dir vorhalte. Erneut.«

Sophies Wut machte Ratlosigkeit Platz, wenn auch nur widerstrebend. Sie fühlte sich, als wäre sie ein Ball, hin und her geworfen zwischen allen möglichen Gefühlen: Trauer, Schrecken, Angst, Wut. Es war anstrengend, und sie war erschöpft.

»Ich verstehe nicht, was du meinst«, erwiderte sie und ließ sich auf eine der Bänke sinken, die den Weg säumten.

»Du erblickst Lan'The und denkst nur an deinen Freund«, fuhr Na'Bao fort. »Ich sehe dich an und denke ...«

»An La'Isa?«, ergänzte Sophie, als Na'Bao verstummte, er nickte.

»Aber warum wirst du jedes Mal so böse, wenn du mich siehst? Sie war deine Schwester, sie ist tot! Sehe ich Lan'The ...«

Jetzt war es Sophie, der die Worte fehlten. Sie schloss die Augen, presste die Lider fest zusammen, damit nicht die unausweichlichen Tränen daraus hervor kullerten, und ahnte, dass das vergebene Liebesmüh war.

»Was empfindest du, wenn du ihn erblickst?«

Eine einfache Frage von Na'Bao, doch so schwer zu beantworten. Wenn der Magen ein einziger Krampf der Angst war, das Herz aus Sehnsucht schrie und der Kopf schwindelte angesichts der Unmöglichkeit dessen, was er sah.

Na'Bao setzte sich neben sie. Die Bank war schmal, die unvermeidliche Nähe erzeugte einen warmen Druck seines Oberschenkels an dem ihren, der nicht unangenehm war und das Sprechen erleichterte.

»Es tut weh«, flüsterte sie. »Schrecklich weh. Als hätte man mir etwas herausgerissen, was ich zum Leben brauche. Wenn ich Lan'The sehe ... Das ist, als würde ich sterben, ganz langsam und qualvoll, obwohl die Heilung, die Rettung scheinbar so nah ist.«

Na'Bao schwieg, Sophie sah auf. Sein Blick ruhte auf ihr – und es war nicht dieser billige Mitleidsblick, den Sophie oft geerntet hatte, wenn sie von Julian sprach. Und er war ganz ohne die Wut, die er ihr eben noch entgegengeschleudert hatte.

»Warum fühlst du so etwas nicht auch, wenn du mich für La'Isa hältst? Warum wirst du so böse?«, wiederholte Sophie ihre Frage, Na'Bao antwortete zögernd.

»Ich verspüre ebenfalls Trauer. Aber sie ist verborgen unter

Zorn. Unter Zorn, Ohnmacht ... und Schuld.«

»Erklär es mir.«

Na'Bao seufzte. »Du wirst mir nicht glauben. Niemand glaubt mir«, sagte er, worauf Sophie nichts erwiderte.

Sie wartete nur, sah ihn an, so fordernd, wie sie es mit ihren noch immer feuchten und brennenden Augen konnte, bis er fortfuhr. Vier Worte hervor presste, die alles veränderten, was Sophie bis jetzt wusste.

»Es war kein Unfall.«

»Was?«, fragte Sophie, dann dämmerte ihr, was Na'Bao meinte. »La'Isas Tod?«

»Ja.«

»Warst du dabei?«

»Nein. Aber ...« Er rieb sich über die Stirn, als müsse er die Erinnerung erst hervorlocken. »Meine Eltern waren ausgegangen. Ich kam nach Hause, sah einen Lichtschein im Laboratorium, öffnete die Tür, weil ich die vergessene Lampe löschen wollte. La'Isa stand an dem Tisch, vor sich einen Kasten mit drei kostbaren, purpurroten Fläschchen.«

Er sah auf seine Hände hinunter.

»Die Gefäße, die Gin'Sah für seine Arzneien verwendet, sind schlicht, nicht solche Kunstwerke. Meine Mutter besitzt dergleichen schöne Flakons für Duftöle, und ich ahnte nicht, dass diese etwas anderes enthalten könnten. Mittlerweile weiß ich, dass er diese Gefäße wählte, weil das Toxikum eine scheußliche Farbe hat, und es ihm unpassend erschien, dem Auserwählten den Trank in einem profanen, billigen Glas zu kredenzen. Aber damals hatte ich noch nicht einmal eine Ahnung, dass er mit solch tödlichen Substanzen hantierte.«

Na'Bao sah auf.

»Gin'Sah ist ein Heiler, kein Henker. Er weiß alles über Kräuter und Wurzeln, Rinden und Blüten«, sagte er entschuldigend, jedoch auch ein wenig stolz, fuhr dann in seiner Erzählung fort. »Ich fragte La'Isa, was sie dort täte, denn Gin'Sahs Laboratorium ist tabu für uns, solange er sich nicht darin aufhält. Sie erwiderte, sie habe Dringendes zu erledigen, ich solle sie allein lassen. Mit dieser scharfen Stimme, die mir immer zeigte, für wie dumm sie mich hielt.«

Sophie runzelte die Stirn, denn es war mittlerweile unverkennbar, dass ihr Spiegel und Na'Bao sich nicht besonders gut verstanden hatten. Und das er die Schuld daran auf sie schob.

»Ich ging, weil mich ihre herrische Art ärgerte«, sagte Na'Bao, »am nächsten Morgen fand Mutter sie tot in ihrem Zimmer.«

Sophies sog erschrocken die Luft ein. La'Isa war in dem Zimmer gestorben, in dem sie diese Nacht geschlafen hatte?

»Eines der Fläschchen hielt sie umklammert, es war leer. Ein weiteres lag zerplatzt auf dem Boden«, brachte Na'Bao seinen Bericht zu Ende. »Gin'Sah fand Reste des Giftes an ihrem Hals und vermutet bis heute, dass sie den Flakon mit einem Duftöl verwechselt hat. Dass sie ihre Haut betupfte und genug Gift in ihren Körper gelangte, um sie zu töten.«

»Das ist doch Blödsinn«, sagte Sophie, Na'Bao nickte.

»Gewiss. Das Gift riecht sehr stechend, es vermag niemanden derart zu täuschen.«

Na'Bao starrte auf seine Hände hinunter, die tatenlos im Schoß lagen, und gab Sophie damit erstmals Gelegenheit, ihn in Ruhe und aus der Nähe anzusehen. Die Sommersprossen auf seiner Nase und der Stirn schienen von innen zu leuchten, so weiß war seine Haut nun. Eine einzelne, winzige Träne lag in seinem Augenwinkel, ließ die dunkelblauen Augen funkeln wie Saphire – hundertmal komplizierter geschliffen als die in Na'Tenbehs Schmuckschatulle. Die dunklen Wimpern senkten sich, als Na'Bao die Augen schloss, zerstäubten die Träne zu einem glänzenden Wasserfilm, der die Härchen zum Schimmern brachte wie lackiert. Seine Lippen scheinen blutleer vor Anspannung und Schmerz, auf der Wange hatte er ein winziges Grübchen, obwohl er gar nicht lächelte. Nein, er war zu Tode betrübt, und er hatte dennoch dieses Grübchen, als wäre sein Gesicht allein zum Lachen gemacht. Der Tod seiner Schwester war ihm nahe gegangen, das war unverkennbar. Mehr noch: Hatte er eben nicht von Schuld gesprochen?

»Wusstest du wirklich nichts von dem Gift?«

Er schüttelte den Kopf.

»Dann trifft dich keine Schuld.«

»Doch. Ich hätte sie dazu bringen müssen, das Labor zu verlassen, wie es meine Pflicht gewesen wäre. Aber ich war zu müde, um mit ihr zu streiten. Ich dachte nur, dass Gin'Sah ihr schon drauf kommen würde, wie er es immer bemerkte, wenn wir uns darin herumgetrieben hatten. Weil ein Glas verrückt war, die Seite eines Buches umgeblättert. Er hat das Laboratorium stets verriegelt, doch La'Isa und ich wussten, wo der Schlüssel versteckt war. Wir haben uns oft eingeschlichen, als wir noch Kinder waren, betrachteten die Gefäße mit Kräutern und Tinkturen, rochen an einem Pulver oder bestaunten die Knochen. Ja, ich war müde, also ging ich.«

Er sah hoch. »Ich habe diese Schuld auf mich genommen, immer und immer wieder. Ich habe erzählt, wie es war, aber Gin'Sah will nicht hören. Er denkt, er hätte an diesem Abend die Tür nicht verriegelt, La'Isa wäre von Neugierde gepackt und von der Schönheit der Fläschchen verlockt worden.«

»So dumm war sie nicht«, sagte Sophie prompt, und sie sagte es mit Überzeugung.

Na'Bao lächelte, was das Grübchen vertiefte. »Nein, gewiss nicht. Aber Gin'Sah lebt lieber mit der Schuld, die er sich selbst gibt, denn die Wahrheit wäre viel schmerzlicher.«

»Du denkst also, dass sie von dem Gift wusste und es geplant getrunken hat?«, fragte Sophie, Na'Bao bejahte.

»Aber ... Ich dachte, es würde nicht wirklich töten?«

»*Dich* wird es nicht wirklich töten, uns dagegen schon. Ich weiß nicht, warum das so ist, doch Gin'Sah ist sich dessen sicher.«

»Weshalb hätte La'Isa das tun sollen?«

»Ruhm«, sagte Na'Bao, mehr nicht, und ließ Sophie verwirrt die Stirn runzeln.

Wie sollte La'Isa zu Ruhm kommen, wenn sie sang und klanglos in ihrem Zimmer starb? Und danach als Untote durch diese Welt geisterte, ruhelos, schlaflos, freudlos? Ein Gedanke blitzte in Sophies Kopf auf, sie schüttelte selbigen, weil das nun wirklich absurd war, sprach die Idee dann aber doch aus.

»Sie hat sich umgebracht, damit ich hergeholt werden kann? Das Gift war fertig, und sie wollte diejenige sein, die sich opfert, damit es benutzt werden kann? An mir?«

Na'Bao nickte. »Das ist die einzig logische Erklärung. Du weißt, dass Gin'Sah mich und meine Schwester den Übertritt in deine Welt gelehrt hat. Nun, La'Isa hat dich besucht. Sie wusste von Julian und seinem Tod. Und damit auch, wie leicht man dich deswegen würde verlocken können, den Toten zu Diensten zu sein. Sie hatte recht, nicht wahr? Du warst eben auf dem Weg zurück, bereit, bei diesem Plan mitzuspielen.«

Sophie nickte. Ja, sie war bereit gewesen – um den Toten zu helfen, nicht aber, sich von ihrem eigenen Spiegel hinters Licht führen zu lassen. War sie immer noch bereit? Jetzt, wo sie eine andere Version gehört hatte, in der La'Isa nicht tragisch ums Leben gekommen war, wie der trauernde Vater es glaubte, sondern sich aus kalter Berechnung getötet hatte? So zumindest behauptete es Na'Bao – doch was hatte er schon gesehen? *Wirklich* gesehen?

»Und wenn es trotzdem ein Versehen war? Du hast eben gesagt, du hättest keine Ahnung gehabt, dass Gin'Sah mit Giften zu tun hatte. Wusste sie das denn? Und selbst wenn: Vielleicht hat es sie nur gereizt. Wie man mit einer Waffe spielt, bis sich ein Schuss löst.«

»Nein.« Na'Bao schüttelte bestimmt den Kopf, seine Stimme war bestimmt und kalt. »Du müsstest sie kennen, um zu wissen, dass es so war, wie ich sage. Sie wusste, was sie tat. Sie wusste es immer.«

»Du mochtest sie nicht«, schlussfolgerte Sophie. »Und deswegen magst du mich auch nicht. Das war der Fehler, von dem du eben gesprochen hast: Du siehst mich an, denkst an sie und wirst wütend, weil sie so viel Leid über deine Eltern gebracht hat. Und über dich.«

»Ja. Bitte verzeih mir, ich war ungerecht.«

»Schon okay. Also ... Also glaubst du, dass La'Isa von dem Gift und dem Plan erfuhr – und dann beschloss, da mitzuspielen? Und es zu trinken?«

Na'Bao nickte. »Ja, denn möglich wäre es. Sie war oftmals

im Palast, holte Gin'Sah ab. Ihr gefielen die prächtigen Räume ... Vielleicht hat sie ein Gespräch belauscht, in dem von dem Gift die Rede war, und beschloss, Teil dieses Plans zu werden. Ganz gewiss hat sie den Tod nicht aus Lebensmüdigkeit gesucht. Vielleicht wurde sie aber auch gezielt umworben. Sie war stolz, sie mochte es, wenn man ihr schmeichelte. Und sie liebte schöne Dinge, mehr, als meine Eltern ihr geben konnten. Man überredete Gin'Sah, das Gift zu brauen – warum nicht gleich seine Tochter überzeugen, es zu trinken? Zum Wohle ihrer Welt? Ihr Opfer würde bekannt werden. Vielleicht wird sie schon jetzt gefeiert für ihre ach so selbstlose Tat.«

Na'Baos Stimme troff vor Ironie bei diesen Worten und betonte ein weiteres Mal seine Bitterkeit.

»Gefeiert? Ich habe keinen Triumphzug gesehen, bei dem mein Ebenbild jubelnd durch die Straßen getragen wurde«, erwiderte Sophie, doch Na'Bao schüttelte den Kopf.

»Nicht in unserer Welt, sondern in der der Toten.«

»Es gibt *noch* eine Welt?« Sophie runzelte die Stirn. »Meine, diese – und die Welt der Toten?«

Na'Bao lächelte schwach. »Verzeih, das sagte ich so dahin. Die Toten leben in dieser Welt, aber für sich. Sie haben ihre eigenen Städte, Totenburgen genannt, gemeinhin gibt es nicht viele Punkte, wo unser Leben sich berührt. Was man denn bei ihnen noch Leben nennen kann.«

Sophie erinnerte sich an die burgähnlichen Bauwerke, die sie aus dem Ratssaal hinter dem Wald hatte aufragen sehen: riesig, trutzig, zahllos. Ein Grausen kitzelte sie im Magen, aber sie musste die folgende Frage dennoch stellen.

»Es gibt *ganze Städte* voller Toter?«

Na'Bao sah hoch, und das Lächeln war aus seinem Gesicht verschwunden.

»Weißt du, wie viele Menschen auf der Welt leben?«

»Sieben Milliarden«, antwortete Sophie wie aus der Pistole geschossen, Na'Bao nickte.

»Richtig. Aber erahnst du auch, wie viel Menschen jemals gelebt haben?«

Sophie schüttelte den Kopf.

»110 Milliarden, so schätzt man. Und sie sind alle noch hier, jeder einzelne Mensch. Die Toten sind überall, ihnen gehört diese Welt. Und in kleinen Flecken wie dieser Stadt findet man uns, die Lebenden.«

***

Stille lag nach diesen Worten über dem Garten, als hätten selbst die Vögel die Tragweite dessen verstanden, was Na'Bao da gesagt hatte. Sophie brauchte länger, um das in ihr Hirn zu bekommen, zu fantastisch war diese Zahl. 110 Milliarden, eine unvorstellbare Zahl. 110.000.000.000.

Sophie fasste einen Entschluss und stand auf.

»Bring mich zu ihr«, verlangte sie. »Bring mich zu La'Isa. Ich will, dass sie selbst erzählt, was passiert ist. Dein Vater quält sich, du quälst dich – vielleicht ist es Zeit, dass La'Isa selbst sagt, was Sache ist.«

Na'Bao stand auf. »Du wirst das Gift nicht trinken?«, fragte er mit einer Hoffnung in der Stimme, die Letztere heller machte und auch ein wenig Farbe in sein Gesicht zurückkehren ließ.

»Das Gift wird auf mich warten«, erwiderte Sophie, dann warf sie einen Blick zum Palast, hinter dessen dicken Mauern Na'Tenbeh sie in nicht allzu langer Zeit zurück erwartete. »Und der Rat muss sich gedulden. Nach so vielen von Jahren wird es auf ein paar Stunden nicht ankommen.«

»Wir werden sie suchen müssen«, sagte Na'Bao, »niemand weiß, wo sie ist.«

»Gut. Hilfst du mir, sie zu finden?«, fragte Sophie, und Na'Bao nickte.

»Versprich mir aber eines«, bat er. »Wenn du dich entscheiden sollst, ob du das Gift trinkst oder nicht ... Wenn du dir nicht sicher bist, sage nicht Ja, um es anderen recht zu machen. Tu es nur, wenn du es tun willst und weißt, dass es das Richtige ist. Wenn alle Zweifel ausgeräumt wurden, wenn dein Herz und dein Kopf es dir raten.«

Sophie sah nichts als Ehrlichkeit in seinem Gesicht und die

warme Sorge, die seine Worte transportierten, tat ihr gut. Sie nickte, Na'Bao nickte, damit hatten sie einen Pakt. Dann faste La'Isas Bruder sie an der blutverschmierten Hand und zog sie tiefer hinein in den Park des Palastes.

– 6 –

Um den Wachen aus dem Weg zu gehen, führte Na'Bao Sophie zurück in den Irrgarten und durchschritt dann erstaunlich zielstrebig die komplizierten Abbiegungen und ununterscheidbaren Gänge zwischen den hohen Hecken. Links, rechts, rechts, rechts, noch einmal links – Sophie folgte seinen langen Beinen mit einem schnellen Trippelschritt, zu dem sie das Kleid und diese unmöglichen Schläppchen zwangen. Ihr Weg führte durch das nun verlassene Innere des Labyrinths und auf der anderen Seite erneut zwischen die Hecken, bis Sophie komplett die Orientierung verloren hatte. Schließlich standen sie vor einer Wiese, hinter der die Begrenzungsmauer des Palastgartens aufragte, schwarzgewandete Soldaten schritten in gemessenem Schritt über die Brüstung, den Blick jedoch nach außen gerichtet. Sophie und Na'Bao überquerten die offene Fläche schnell und geduckt und folgten der Mauer bis zu einer Pforte. Diese ließ sich mit einem einfachen Riegel öffnen, und Na'Bao zog Sophie hinaus auf eine verlassene Gasse.

Links leuchtete der sonnenbeschienene Vorplatz des Palastes hell und warm zu ihnen hinüber, doch Na'Bao wandte sich in die andere Richtung. Sein Griff um Sophies Hand wurde fester, je weiter sie sich vom Sitz des Rates entfernten – und je weniger die Stadt dem Feriendorf ähnelte, das Sophie auf dem Hinweg so bewundert hatte. Hier gab es keine hübschen Wohnhäuser oder attraktiv hergerichtete Läden, sondern sichtlich ältere Gebäude, eng aneinander gebaut und teilweise so schief, dass sie sich gegenseitig zu stützen schienen. Leere Fensterhöhlen gähnten schwarz und kalt aus den Häusern, die Straße bestand aus Lehm anstelle der sonnenwarmen Steinplatten, Haufen von Unrat türmten sich in der Gosse, Unkraut wucherte in ehemaligen Blumenbeeten, kein Mensch war zu sehen.

Als Sophie sich flüsternd erkundigte, warum sie diesen Weg nähmen, zischte Na'Bao gereizt zurück.

»Du hast die Wachen gesehen, nicht wahr? Jedes Viertel ist von einer Mauer umgeben, hinein kommt nur, wer die richtige Kleidung hat oder einen Passierschein besitzt. Wir tragen die Schülerfarben, das gibt uns größere Freiheiten, aber ich will nichts riskieren. Der Rat wird bald merken, dass du verschwunden bist, und er wird dich suchen lassen.«

Er bog von der Straße ab in eine kleinere, dann nochmal und nochmal, und mit jedem Schritt wurde die Stadt unheimlicher und düsterer, auch wenn sie nun wieder belebter wirkte: die maroden Häuser waren nicht mehr verlassen, sondern schienen fast sämtlich Kneipen zu beheimaten. Die Geräusche, die daraus herausdrangen, klangen nach wildem Feiern, untermalt von Musik und lautem Gejohle von Männern und Frauen, zuweilen auch nach Kampf und Schlägen und Schmerzensschreien.

Na'Bao zog Sophie näher an seine Seite, und der stahlharte Griff seiner Finger tat ihr bald richtiggehend weh. Er blickte starr geradeaus und ging so schnell, dass Sophie in eine Art Trab übergehen musste, um mitzukommen.

»Was ist das hier?«, flüsterte sie atemlos, »wo ...«

»Nicht mehr sprechen« zischte Na'Bao, bevor sie den Satz beenden konnte. »Niemanden ansehen. Und geh schneller.«

Sophie verstummte, mehr aus Empörung über den scharfen

Befehl denn aus Gehorsam, doch als aus einer der Kneipen ein Mann herauskam, angetrunken und torkelnd, lallend in der ihr unverständlichen Sprache, senkte sie doch den Blick zu Boden. Und registrierte, dass das schöne Kleid am Saum völlig besudelt war, von den Pfützen auf der unebenen Straße, die aus weitaus ekeligeren Flüssigkeiten zu bestehen schienen als harmlosem Regenwasser. Sophie raffte den Stoff, damit er möglichst wenig mit diesem stinkenden Zeug in Berührung kam, und rümpfte die Nase angesichts der fauligen Dämpfe, die ihr aus allen Richtungen entgegenwehten.

Sie wichen zwei dürren Katzen mit arg löcherigem Fell aus, die sich mitten auf der Straße niedergelassen hatten, danach stiegen Na'Baos lange Beine achtlos über einen Haufen Lumpen hinweg. Als Sophie ebenfalls mit einem raschen Schritt über das Bündel hinwegsetzen wollte, schoss blitzschnell ein Arm daraus hervor und griff nach ihrem Bein. Ein spitzer Schrei löste sich aus ihrer Kehle, ein Laut der Überraschung und der Angst: vor dieser schwarzschmierigen Hand mit ihren langen, scharfen Fingernägeln und Adern, die sich wie dunkelviolette Schläuche unter der bleichen Haut wanden und wölbten. Sophie sprang zur Seite, spürte, wie die Finger über ihre Haut kratzten und sich in ihrem Kleid festkrallten, als das Fleisch ihnen entkommen war. Sie schrie erneut, voller Panik, und riss an dem Stoff, um sich zu befreien. Ein brauner Lederschuh erschien in ihrem Blickfeld, stieß grob auf den Arm hinab, nagelte ihn auf den Boden – und die Finger öffneten sich, gaben sie frei.

Sophie sprang zurück, mit wild klopfendem Herzen und noch immer entsetzt aufgerissenen Augen. Das Lumpenbündel wand sich unter dem Schmerz, den Na'Baos Fuß durch seinen Arm sandte, mit einem hohen Heulen, das klingelnd in die Ohren schnitt und eher nach einem Tier klang als nach einem Menschen. Aber es *war* ein Mensch, daran bestand kein Zweifel: Sophie erkannte einen haarlosen Kopf mit fahler Haut und unzähligen Äderchen in blutunterlaufenen, gelb verfärbten Augen und einem gänzlich zahnlosen Mund, der mehr zu stinken schien als die verrottenden Lumpen, die diesen Körper umgaben.

Na'Bao ließ den gemarterten Arm fahren. Er knurrte Worte auf dieses Wesen hinunter, die Sophie angesichts des Zustandes dieses Menschen unfassbar kaltherzig vorkamen, dann griff er nach ihrer Hand und riss sie mit sich fort.

»Wer war das?«, stieß sie hervor, atemlos vor Schreck und begierig, zu verstehen, was sie da gesehen hatte.

»Ein Totgeher.«

»Was ...«

»Himmel, du sollst still sein!«

Ihre Finger brannten unter seinem Griff, und seine Worte taten Sophies Stolz mindestens ebenso weh. Sie wäre am liebsten stehen geblieben, hätte trotzig die Füße in den Boden gestemmt und protestiert: dagegen, dass Na'Bao sie so anfauchte, dass er sie mit sich zog, als wäre sie ein quengelndes Kind an der Hand des Vaters. Doch sie wollte auch fort von diesem Ort, so schnell wie möglich, denn aus Na'Baos Augen leuchtete etwas, das mindestens Wachsamkeit war, wahrscheinlich aber ebenfalls Angst. Nein, jetzt und hier war nicht der richtige Zeitpunkt, um mit Na'Bao zu diskutieren. Dennoch, die Fragen gaben ihr keine Ruhe. Was war ein Totgeher? Was war das für ein Viertel, was geschah in diesen Häusern? Die Totenstadt konnte es nicht sein, soviel ahnte Sophie: Diese Hand mochte ihr grausig erschienen sein, doch sie war fest gewesen, nicht aus dem kühlen Nachtwind, aus dem Lan'The bestand – also war dieses Viertel ein Teil der Stadt der Lebenden. Aber wo war in deren ach so perfekter Welt Platz für eine Gegend, in der die Menschen sich am helllichten Tag gebärdeten, als gäbe es kein Morgen?

***

Wie lange sie durch diese finsteren Gassen geeilt waren, vermochte sie nachher nicht mehr zu sagen, aber es war ein weiter Weg gewesen. Und auf der ganzen Strecke: Kneipe an Kneipe, Grölen, Kreischen, Streiten, Lachen, Weinen.

Hin und wieder taumelte jemand aus einem der Häuser

heraus, doch die meisten beachteten Sophie und Na'Bao nicht – mit Ausnahme von zwei Frauen, die plötzlich aus einer Seitenstraße traten. Sie verstellten ihnen den Weg, mit herausfordernd in die Hüften gestützten Händen. Ihre Haartürme waren verfilzt, die Kleider fleckig und zusammengenäht aus allen Farben des Regenbogens, als wollten die beiden demonstrieren, dass sie sich einen Dreck um die schöne Ordnung der Gilden scherten. Sophie bekam süßliches Parfüm und gärenden Alkoholgeruch in die Nase, doch betrunken wirkten die Frauen nicht: Ihre Stimmen waren rau, aber kräftig, und was sie sagten, ließ Na'Bao Sophie halb hinter seinen Rücken ziehen, ähnlich, wie er es in Hil'Lehs Haus getan hatte. Eine der Frauen deutete auf die Brosche, die Sophies Umhang zusammenhielt, die andere zückte ein Messer, klein, jedoch mit nadelspitzer Klinge. Na'Bao entgegnete etwas, das Messer wurde gehoben und richtete sich auf seine Kehle, während eine andere Hand nach Sophie griff. Die drehte sich weg, dann ging alles rasend schnell: Na'Bao packte die Hand mit dem Messer und bog den zugehörigen Arm, bis die Frau sich mit einem Schmerzensschrei zusammenkrümmte. Das Messer fiel klingelnd zu Boden, Sekunden später fühlte Sophie sich wieder an der Hand gepackt und fortgerissen. Die wütenden Schreie der Frauen gellten in ihren Ohren und begleiteten sie die Gasse hinunter, bis Na'Bao vom Hauptweg abbog. In Seitenstraßen, so schmal wie Korridore, in denen die beiden kaum noch nebeneinander gehen konnten, feucht und düster und stärker stinkend als alles, was Sophie bislang gerochen hatte. Doch sie waren auch menschenleer, und so kamen sie zügig voran.

Als sie aus den engen Gängen hinaus auf eine Straße traten, die endlich wieder der Version der anderen Welt glich, die Sophie am Morgen so bewundert hatte, gönnte Na'Bao Sophie dennoch keine Sekunde, um zu verschnaufen, sondern zog sie weiter: um einiges langsamer nun, aber ähnlich unerbittlich und ebenso stumm – seine langen Beine hielten erst inne, als der Schatten der Stadtmauer auf sie fiel. Sophie musste den Kopf in den Nacken legen, um die zinnenbewehrte Brüstung erkennen zu können, und sie ahnte, was nun kam: Aus dem Palast hatten sie es geschafft, nun mussten sie aus der Stadt hinaus. Wie schwierig das werden würde, wusste sie nicht, und Na'Bao ließ ihr keine Chance, zu fragen: An der Mauer reihten sich kleine Verschläge aneinander, Na'Bao rüttelte an einer Tür nach der anderen, bis sich eine öffnete, schob Sophie in den Schuppen und verschwand. Ohne ein Wort der Erklärung, nur mit der Anweisung, genau da zu bleiben und still zu sein.

***

Der Schuppen bestand aus Holz, roch auch danach: trocken und würzig, ein guter, ehrlicher Geruch nach den feuchten, moderigen Gassen. Ein paar leere Kisten waren an die Steinwand der Stadtmauer gestapelt, die die Rückseite bildete, mehr war nicht zu entdeckten. Sophie nahm die Oberste herunter, stellte sie umgestülpt auf den Boden und ließ sich darauf nieder: Ihre Beine waren aus Gummi, und das nicht nur wegen des raschen Marsches. Sie warf die in der Wärme des noch immer sonnigen Tages viel zu heiße Kapuze ab, schloss die Augen, lehnte den Kopf zurück, genoss die Ruhe. Und spürte, wie eine prickelnde Gänsehaut ihre Arme heraufjagte, als nach Sekunden der erholsamen, schwarzen Leere plötzlich die Hand dieses halbtoten Mannes vor ihrem inneren Auge vorbeizuckte. Die schmutzigen, viel zu langen Fingernägel, der klauenartige Griff, dazu dieses völlig ausgemergelte Horror-Gesicht! Sophie schüttelte sich, und ihre Fessel schien zu brennen, dort, wo die Finger über die Haut gekratzt waren. Sie öffnete die Augen und zog das Kleid ein Stückchen hoch. Tatsächlich: Zwei knallrote Striemen, gegraben von diesen widerwärtigen Nägeln. Ein zweiter Ekelschauer durchfuhr Sophie – in dem sie unvermittelt erstarrte, als die Sonne, die hell durch die Ritzen der Holzwände ihres kleinen Verstecks schien, von einem scharfen Schatten verdunkelt wurde. Dass es Na'Bao war, sagte ihr schon die Größe der Gestalt, und so blieb sie sitzen, zog nur die Füße etwas an.

Na'Bao quetschte sich zu ihr in den Schuppen. Er hatte

zwei leere Körbe dabei und streckte einen zu ihr hinunter.

»Nimm und komm, wir müssen los.«

Er griff erneut nach der Tür, zweifellos, um weiter zu hetzen, wohin auch immer. Und genau dieses Nichtwissen um seinen Plan und sein Ziel nervte Sophie plötzlich ungeheuer. Sie ignorierte den Korb und antwortete ganz ruhig nur ein einziges Wort.

»Nein.«

Na'Bao stutzte, drehte sich zu ihr herum.

»Wie bitte?«

»Ich sagte: nein. Was so viel heißen soll wie 'Ich komme nicht mit'. Bis du mir erklärst, wohin wir gehen und was uns dort erwartet.«

»Dazu ist nicht genug Zeit. Komm.«

»Nein.«

Na'Bao setzte die Körbe auf dem Boden ab, und bevor Sophie wusste, wie ihr geschah, hatte er sie unter die Arme gefasst und auf die Füße gestellt. Als wäre sie eine Puppe, leicht wie eine Feder und absolut hohl im Kopf. Seine Finger spannten sich erneut wie ein Schraubstock um ihr Handgelenk, zweifellos würde er sie auch auf der nächsten Etappe wortlos hinter sich herziehen.

Nicht, wenn ich es verhindern kann, dachte Sophie, während sich ein Knurren ihrer Kehle entrang, dann drehte sie ihre Hand mit einer blitzschnellen Bewegung derart, dass ihr Arm aus Na'Baos Griff rutschte. Ein simpler Trick, der auf die Schwachstelle Daumen setzte und den ihr Vater ihr mal beigebracht hatte. In ihrer Welt hatte sie ihn nie gebraucht, und sie fand es bezeichnend, dass sie ihn nun in der scheinbar besseren Welt benutzte. Und auch noch gegenüber dem einzigen Menschen hier, der ihr helfen wollte.

Na'Bao fuhr zu Sophie herum, doch sie zuckte nicht zurück. Ließ stattdessen ihre Augen blitzen und sagte, was sie ihm zu sagen hatte, wobei ihre Stimme sie selbst überraschte: Sie klang so ganz anders, als sie sich fühlte, nämlich ruhig und überlegt.

»Ich kenne mich in deiner Welt nicht aus, deswegen ist es

okay, wenn du sagst, was wir tun müssen, um La'Isa zu finden. Ich vertraue dir, aber ich will, dass du mir auch vertraust. Ich muss wissen, was geschehen wird, was mich wo erwartet. Sag mir, was kommt. Schlepp mich nie wieder durch so etwas wie das da eben, ohne mich zu warnen. Das macht mir Angst, und es kann nicht hilfreich sein, wenn ich hier umherstolpere wie ein Zombie.«

Na'Baos Stirn runzelte sich, Sophie realisierte, dass er sehr wahrscheinlich noch nie von einem Zombie gehört hatte, und machte eine wegwerfende Geste.

»Opfer nur eine Minute, um mir zu sagen, was als Nächstes kommt. Dann kann ich helfen. Mitdenken. Mich so verhalten, dass es uns weiter bringt.«

Und wenn du jetzt sagst, dass es wenig hilfreich wäre, wenn ich mitdenke, kratz ich dir die Veilchenaugen aus, dachte sie voller unterdrückter Wut. Eben diese Augen funkelten noch ein paar Sekunden, doch schließlich wurden sie weicher. Und das zugehörige Gesicht nickte.

»Verzeih. Ich dränge zur Eile, weil wir durch das Stadttor müssen, wenn wir zu den Totenburgen wollen. Und das sollte geschehen, bevor sie die Wachen alarmieren.«

»Warum bist du dir so sicher, dass La'Isa nicht hier ist? In der Stadt?«

»Toten sind die Städte verboten, sie erhalten nur an ihrem Todestag Eintritt in den Garten der Begegnung.«

»Ich habe hier aber Tote gesehen. Im Park des Palastes. Dutzende. Lan'The auch, gestern und heute.«

Na'Bao stutzte. »Gin'Sah hat Lan'The begleitet, das dürfte ihm Einlass gewährt haben. Aber Dutzende Tote? Bist du sicher?«

Zweifel in Na'Baos Stimme, doch Sophie nickte nachdrücklich, denn sie hatte die Kühle der Gestalten gespürt. Auf der Haut, als frostigen Hauch – und im Herzen, als vibrierendes Mitleid.

»Dann wurden sie hereingeschleust, um an dein Herz zu appellieren. Warst du deshalb so aufgewühlt, als du aus dem Labyrinth herauskamst?«

»Ja.«

Er schwieg, dachte nach.

»Das zeigt, wie weit der Rat zu gehen bereit ist. Tote in der Stadt ... Hätte sie jemand bemerkt, hätte das Ärger gegeben, denn die Bürger fürchten die Toten. Na'Tenbeh spielt ein gefährliches Spiel.«

»Warum haben sie Angst vor ihnen? Sie tun niemandem was.«

»Glaube nicht, dass alle Toten sind wie der Spiegel deines verstorbenen Freundes. Oder die, die man eigens ausgewählt hat, um dein Herz zu erweichen.«

Sophie wollte eine weitere Frage stellen, doch Na'Bao hob die Hand.

»Sei geduldig. Wir haben einen gewissen Weg vor uns, und ich werde dir Rede und Antwort stehen über alles, was ich weiß. Aber erst müssen wir aus der Stadt hinaus. Bitte.«

Er sagte dieses kleine Wort ganz schlicht, und Sophie stand auf.

»Du musst mich nicht bitten, ich bin es, die deine Hilfe braucht. Und danke, dass du mir deine Eile erklärt hast. Wozu die Körbe?«

»Sie sind unser Grund, die Stadt zu verlassen, denn das tut kaum jemand. Ich werde sagen, Gin'Sah hätte uns beauftragt, im Wald Kräuter zu sammeln, wenn man uns aufhält.«

Sophie nahm ihren auf und schlug die Kapuze wieder über ihre Haare. »Gut. Dann los.«

Sie machte einen Schritt zur Tür des Schuppens, doch Na'Bao rührte sich nicht, sah nur stumm und prüfend auf sie hinunter. Sein Blick fuhr über ihr Gesicht, als sähe er es zum allerersten Mal und als wolle er sich alle Einzelheiten merken. Dann lächelte er, hob eine Hand und strich vorsichtig eine störrische Strähne hinter Sophies Ohr, verbarg sie so unter dem Stoff.

»Du bist dickköpfig und eigenwillig«, sagte er, ohne Vorwurf in der Stimme. »Aber auch klug und freundlich. Du bist ihr so ähnlich, und dann wieder gar nicht.«

»Ich bin ich«, erwiderte Sophie, und Na'Bao nickte. Er

streckte ihr eine Hand entgegen, und diesmal legte Sophie ihre Finger freiwillig hinein.

***

Das Stadttor war ein monströses, mit armdicken Eisen beschlagenes Portal, flankiert von zwei stämmigen Türmen. Auf deren Ausguck stand je eine Wache, vier weitere hatten sich zu Paaren links und rechts im offenen Torbogen postiert. Einer auf jeder Seite war schwer bewaffnet mit einem Schwert am Gürtel und einer mannshohen Hellebarde in der Hand, Aufgabe seines Partners schien es zu sein, die zu kontrollieren, die Einlass in die Stadt begehrten: vornehmlich Gelbgewandete, die Sophie schon als Händler und Kaufleute kannte.

Die Kontrolle bestand indes nicht nur daraus, die vollen Körbe oder hoch beladenen Handwagen zu durchsuchen, die von draußen hereingebracht wurden, sondern aus einer Geste, die Sophies Stirn fältelte: Die Eintretenden streckten ihre Hände vor, Handrücken nach oben, dann legte Wache jedem Eintretenden den Zeigefinger zwischen die Augenbrauen. Die Menschen warteten, bis sie an der Reihe waren, traten vor, zeigten ihre Hände, ließen sich stupsen, nahmen nach einem Nicken der Wache sie ihre Last wieder auf und verschwanden in den Gassen der Stadt. Eine Lebenden-Kontrolle, nichts anderes, simpel und erschreckend zugleich.

Wegen der Kontrollen herrschte ein reges Treiben rund um das Tor, und mit etwas Glück würden sie darin untertauchen können. Dennoch merkte Sophie, dass es nun ihre Hand war, die sich mit zu viel Kraft an Na'Baos Finger klammerte, während die beiden sich dem riesigen Tor näherten. Ihre Augen schossen hin und her, immer auf der Suche nach Gefahren. Und als habe sie es geahnt, als habe es nicht so einfach sein können, erklangen von hinten plötzlich von rhythmischem Stampfen begleitete Schritte. Ähnliche hatte Sophie schon einmal gehört – im Palast, als ihre schwarzgewandete Eskorte sie vom Eingang zu den Räumen des Rates geleitet hatte. Sophie wandte den Kopf: Ja, da waren sie – sechs Mann, im Gleichschritt. Das schwarze Leder ihrer Uniformen glänzte satt, ihre Speere überragten die Köpfe um gut einen Meter. Und die Menschen auf der Straße spritzten geradezu zur Seite, um ihnen nicht im Wege zu stehen.

»Kommen die wegen uns?«, flüsterte Sophie, Na'Bao nickte.

Er hatte nicht hochgesehen, blickte auch jetzt starr auf den Boden, und Sophie wünschte, sie könnte es ihm gleichtun. Doch die in ihrem Hals hochklopfende Angst ließ ihre Augen herumirren, als suche sie ein Schlupfloch, in dem sie sich verkriechen konnte, bis dieser Albtraum vorbei war. Was wollten die Wachen von ihr? Sie zurück in den Palast schaffen? Damit man dem entbehrlichen Mädchen aus der anderen Welt das Gift einflößen konnte, wenn sie sich weigerte, dem Vorbild des großen Sokrates zu folgen und den Schierlingsbecher selbst an die Lippen zu setzen? Ja, wahrscheinlich. Die Stadt verriegeln, dann nach dem Mädchen durchsuchen, ein naheliegender Plan. Sophies Augen brannten sich in das weit geöffnete Tor, das mit den stampfenden Wachen in ihrem Rücken noch mehr zum sicheren Hafen wurde, den sie unbedingt erreichen musste. Zehn, zwölf Meter, schätze Sophie, weiter war es nicht, bis sie den Schritt aus der Stadt hinaus machen würden. Und die Wachen waren ein gutes Stück hinter ihnen – sie konnten vor ihnen dort sein, *mussten* einfach vor ihnen da sein!

»Slisst ther port!«, gellte ein scharfer Befehl durch die Straße, die beiden Wachenpaare im Tor drehten sich um.

Na'Bao und Sophie machten vier oder fünf Meter gut, bis die Männer am Tor ihre Überraschung überwunden hatten, sich in Bewegung setzten und zu den Torflügeln liefen. Diese ächzten, als die Wachen sich dagegen warfen, dann kratzte das Tor unter schauerlichem Knirschen von Stahl auf Stein über den Boden.

»Nienant othr!« Ein neuer Befehl, die Stimme schon merklich näher.

Na'Baos Mund wurde schmal. Was hieß das? Sophie wusste es nicht, zu fragen traute sie sich nicht: Sie waren jetzt bis auf drei, vier Meter heran, umgeben von anderen Menschen, die die Hektik der Wachen mit Erstaunen beäugten und so zu Hindernissen wurden, die Sophie und Na'Bao umlaufen mussten.

Die Torflügel waren bereits zur Hälfte geschlossen. Als der zweite Befehl durch die Gasse gellte, lösten sich die Männer mit den Waffen von den Torflügeln und nahmen in der Öffnung Aufstellung, während ihre Kameraden weiterschoben – unter hörbarer Anstrengung und weitaus langsamer. Für einen Moment war Sophie verwundert, warum Na'Bao nicht anhielt, nicht einen anderen Ausgang suchte – dann realisierte sie, was er vor ihr bemerkt hatte: Die Wachen sahen nach außen, nicht nach innen. Die Menschen draußen waren stehen geblieben, eingeschüchtert von den stahlglänzenden Hellebarden, die in ihre Richtung stachen, den Leuten in der Stadt gönnten die Soldaten jedoch keine Aufmerksamkeit.

Sophies Herz flatterte in dem Rhythmus, in dem auch ihre Füße über das Pflaster flogen. Vor ihnen war der Spalt kaum noch einen Meter breit, doch Na'Baos Schritt blieb unbeirrt und gnadenlos schnell. Scharfer Schweißgeruch drang Sophie in die Nase, hervorgequollen aus der engen Lederkluft der Wachen, als Na'Bao sich zwischen dem Torflügel und den Männern vorbei quetschte, Sophie dicht an seiner Seite. Einer der Männer fasste nach Na'Baos Schulter, La'Isas Bruder drehte sich einfach weg. Der Soldat brüllte, schien für einen Moment unentschlossen, ob er ihnen nachsetzen sollte, wandte den Kopf, erkannte, wie schmal die Lücke nur noch war – und sprang einen Schritt nach hinten, zurück in die Stadt. Die schweren Flügel des Tores fielen hinter ihnen mit einem dumpfen Schlag ins Schloss: Sie waren entkommen.

***

Sophie hatte gehofft, dass Na'Bao es nach der Flucht aus der Stadt langsamer würde angehen lassen, doch sie irrte sich. Er eilte in unvermindertem Tempo weiter, zunächst durch eine Art Handelsplatz, der unmittelbar vor dem Tor lag und auf dem das Feilschen durch das Schließen des Tores zum Erliegen gekommen war. Zwischen Wagen mit Waren standen die Menschen in kleinen Gruppen beisammen und blickten besorgt zur Stadt empor, als fragten sie sich, wann sie wieder Einlass erhalten würden. Gelbgewandete Händler führten die Aufsicht, herangekarrt wurden die Ladungen indes von Menschen in dunkelgrauer Kleidung – und ihre erhitzten Gesichter besagten deutlich, dass diese Farbwahl angesichts ihrer Tätigkeit unter der glühenden Sonne nicht die beste war.

Auch Sophie schwitzte von dem Marsch durch die stickigen Gassen und den ängstlichen Sekunden vor dem Tor, doch ein Blick in den Himmel zeigte ihr, dass die Hitze bald vorbei sein würde: Die sich am Horizont bauschenden Wolken waren grau-schwarz geworden, klare Vorboten eines Gewitters.

»Bis zum Wald«, flüsterte Na'Bao, als ahnte er, wie sehr Sophie sich nach einer Pause sehnte.

»Warum durften wir raus?«

Na'Bao lachte leise. »Weil die Wachen dumm sind. Sie haben zu gewährleisten, dass nur Lebende und nur Bürger die Stadt betreten. Als sie den Befehl bekamen, niemanden passieren zu lassen, sind sie nicht auf die Idee gekommen, das könne auch für Leute gelten, die hinaus wollen. Außer den Händlern geht eh keiner raus, und weiter als bis zum Markt trauen selbst die sich nicht.«

Na'Bao und Sophie ernteten fragende Blicke, als sie sich durch die Leute schlängelten, aber niemand hielt sie auf. Nach dem Markt ging es einen Weg hinab, zwischen Parzellen hindurch, auf denen Gemüse, Getreide und Obst bis dicht an die Stadt angebaut wurden: Als wäre das Land zu kostbar, um nur einen Meter für etwas Unproduktives wie eine Wiese zu verschenken. Dennoch war es ein hübsches Bild, das sich da bot, ein kunterbunter Flickenteppich, der sich zwischen der Stadt und dem vielleicht zwei Kilometer entfernten Wald ausbreitete. Auch auf den Feldern hatten die ausschließlich grau gekleideten Menschen ihre Arbeit unterbrochen, als der Tumult rund um das Tor losgegangen war, nun nahmen sie ihre Hacken und Sensen erneut zur Hand.

Sophie und Na'Bao brauchten fast eine Viertelstunde, bis sie zwischen die Bäume traten. Der Wald war licht und hell, ein breiter Pfad zog sich hindurch, auf dem einige graugewandete Menschen unterwegs waren, mit Ackergeräten über der Schulter oder Körben unter dem Arm. Sophie und Na'Bao verließen den Hauptweg jedoch bald und streiften quer durch den Wald, bis La'Isas Bruder auf einen moosigen Baumstamm in einer Senke wies, neben dem ein Bach plätscherte. Sie rutschten und raschelten sich den Abhang hinab, Sophie kniete nieder und tauchte die Hände ins Wasser – kühl, klar, herrlich.

»Kann man das trinken?«

Na'Bao nickte und als er antwortete, lag das Erstaunen desjenigen in seiner Stimme, der noch nie von Umweltverschmutzung gehört hatte.

»Natürlich. Es ist Wasser.«

Sophie lachte, schöpfte mit der Hand mehrere erfrischende Schlucke in ihren Mund. Na'Bao warf noch einen prüfenden Blick in die Runde, dann ließ er sich neben Sophie nieder. Er holte ein Band aus seiner Gürteltasche und schlang mit geschickten Handgriffen seine Haare zu einem Knoten zusammen, der ihm besser stand als diese lange Mähne, trank dann ebenfalls und wusch sich das Gesicht.

Sophie beobachtete ihn unverhohlen. Er war noch immer wachsam, aber es gab keine zusammengepressten Lippen mehr, keine Augen, die nervöse Blicke wie Blitze umherschossen: Er wirkte gelassener, nun, da sie der Stadt und den Wachen des Rates entkommen waren. Es machte sie selbst ruhiger, ihn so zu sehen, denn irgendwo in dieser Stadt, in den Gassen dieses schrecklichen Viertels, er war zu ihrem Sensor geworden. Sie musste rennen, wenn er rannte, flüstern, wenn er flüsterte. Musste? Ja, sie musste, weil sie die Regeln und Gesetze dieser Welt nicht kannte, aber das war okay, denn sie vertraute ihm. Mit dem Kopf, weil es logisch war, war er doch die einzige Hilfe, die sie hatte. Aber auch mit dem Herz. Und nicht trotz, sondern *wegen* der Konfrontation heute Morgen war er der Einzige hier, dem sie wirklich und ehrlich traute. Er hatte ihr nicht schöngetan, hatte nicht versucht, sie zu irgendwas zu überreden. Nein, er hatte sich selbst in Gefahr gebracht, indem er ihr half – ihr, nach der die Wachen des Rates wahrscheinlich jetzt die ganze Stadt durchsuchten.

Sie nahm einen letzten Schluck, setzte sich auf die Erde und lehnte den Rücken an den Stamm. Na'Bao trocknete sich das Gesicht an seinem Umhang, tat es ihr nach. Sie schwiegen ein paar Minuten, außer dem milden Blätterrauschen und weit entfernten Schlägen einer Axt war nicht viel zu hören.

»Du kannst beginnen, wenn du möchtest«, sagte Na'Bao, Sophie lachte. Beginnen, deine Fragen zu stellen, meinte er natürlich, und so überlegte sie nun, was ihr am Dringendsten auf der Seele brannte.

»Erzähl mir von diesem Viertel mit den Betrunkenen. Und erklär mir, was ein Totgeher ist.«

Na'Bao zog seine langen Beine an und schlang die Hände darum herum.

»Du weißt, dass wir geboren werden, wenn ihr geboren werdet und dass wir sterben, wenn ihr sterbt.«

»Ja.«

»Und was denkst du, würde mit mir geschehen, wenn der Baum dort auf mich fiele?« Er zeigte zu einer Buche hinüber, deren dicken Stamm Sophie mit beiden Armen nicht hätte umfangen können. »Er würde meine Knochen zerschmettern und meine Organe zerstören. Er würde mir das Bewusstsein rauben und damit auch meinen Geist auslöschen.«

»Aber du würdest nicht sterben?«

»Nein. Selbst, wenn du mir einen Dolch in mein Herz stößt, sterbe ich nicht. Ich wäre nicht mehr als eine Hülle, unfähig, mich zu bewegen, zu essen oder zu trinken. Ich würde verfallen durch diesen Mangel an Nahrung und Wasser, ich würde zu einem hautumhüllten Skelett, nicht tot, aber auch nicht lebendig.«

»Zu einem Totgeher«.

»Ja. La'Isa ist der erste Mensch meiner Welt, von dem wir wissen, dass er hier tatsächlich gestorben ist, und das ist allein diesem besonderen Gift geschuldet.«

Sophie wusste nicht, was sie dazu sagen sollte, zu grausam

war das Schicksal eines solchen Totgehers. In Gedanken versunken zog sie sich die Schuhe von den Füßen und bewegte die geschundenen Zehen: Herrje, diese Schläppchen waren nichts für solche Gewaltmärsche. Sie sah, dass Na'Bao den türkisfarbenen Lack bemerkte, der ihre Nägel zierte. Hier und da abgesplittert, aber dennoch leuchtend vor dem rotbraunen, welken Laub und ihrer milchweißen Haut, die selbst im Sommer nie braun wurde.

»Seltsame Sitten habt ihr«, sagte er. »Ihr bemalt eure Körper. Die Gesichter der Frauen oder Bilder auf der Haut. Die gefärbten Nägel. Warum tut ihr das?«

»Weil wir finden, dass es uns schöner macht. Oder auch anders als andere.«

Er deutete auf Sophies Zehen. »Geht diese Farbe wieder weg?«

»Ja.« Sophie dachte an das Streitgespräch vom heutigen Morgen und zeigte auf ihre ehemals blonden Strähnen. »Die in meinen Haaren übrigens nicht. Sie muss rauswachsen.«

»Und sie ist auch eher anders als schön«, erwiderte er. Aber diesmal lag nicht der provokante Unterton in seiner Stimme, der bei ihrem Streit alles beherrscht hatte, und so nickte Sophie, denn was er gesagt hatte, war nur zu wahr.

»Wolltest du anders aussehen als andere Mädchen?«, erkundigte sich Na'Bao. »Oder anders als du vorher?«

»Anders als ich vorher.«

Er erwiderte nichts, aber Sophie spürte, dass er verstand. Warum das Äußere nicht bleiben konnte, wie es war, wenn das Innere sich so sehr verändert hatte.

»Wegen der Totgeher ...«, setzte sie an, denn noch wusste sie nicht genug, um diese grausige Hand wirklich begreifen zu können. »Warum war dieser Mann dort auf der Straße? Auch bei uns passieren Unfälle, und Menschen bekommen Krankheiten, die es ihnen unmöglich macht, sich selbst zu versorgen. Aber um die kümmern wir uns. Wir haben Krankenhäuser, wir werfen niemanden in den Dreck!«

Na'Baos Gesicht wurde starr, er hob abrupt eine Hand. Sophie verstummte, zuerst empört und in dem Glauben, er verböte ihr das Wort oder wolle zu diesem Thema nichts mehr hören. Dann vernahm sie sich nähernde Stimmen, Lachen und das unbefangene, unmelodische Singen eines Kindes: Auf einem der Wege in der Nähe waren Leute unterwegs.

»Sprich leiser«, bat Na'Bao, als die Schritte sich entfernten, Sophie nickte.

»Auch wir tun das nicht«, antwortete er gedämpft auf ihre Frage. »Zwei Häuser weiter von uns lebt der Baumeister des Rates mit seiner Frau Fin'Jih. Er stürzte in einer Stadt im Norden von einem Turm, seit dem liegt er in seinem Bett. Sie umsorgt seinen Körper, mehr kann sie nicht tun. Aber er hat es warm, er ist sicher. Für ihn wird der Tod seines Spiegels eine Erleichterung sein, denn dann wird er erwachen. Und gewiss wird Fin'Jih ihm folgen, wenn er als Toter die Stadt verlassen muss, um im Freiland mit ihm zu leben.«

»Freiland? Wo ist das?«

Na'Bao machte eine Geste, die den Wald umfasste.

»Hier. Überall außerhalb der Städte, denn die gehören dem Rat.«

»Gehören die Totenburgen auch zum Freiland?«

»Heute ja. Die Welt der Toten ordnet der Totenkönig, und mittlerweile sorgt er ebenso im Freiland für Ordnung wie in seinen Burgen. Die Wachen des Rates lassen sich hier draußen nur sehen, um die Zölle zu kassieren, die die Freien den Städten schulden, und irgendjemand muss ja Recht sprechen.«

Sophie öffnete erneut den Mund, aber dann lachte sie leise und schüttelte den Kopf, was ihr einen fragenden Blick von Na'Bao einbrachte.

»Eine Antwort von dir bringt zehn neue Fragen«, erwiderte sie, was ihn ebenfalls lächeln ließ.

»Dessen bin ich mir gewiss. So weißt du nun auch, wie es mir erging, als Gin'Sah mich erstmals in eure Welt mitnahm«, sagte er, was Sophies Lachen lauter machte, bis sie sich an seine Mahnung erinnerte und ihre Lautstärke dämpfte.

»Wieder neue Fragen, diesmal über dich und meine Welt.«

»Ich habe deine Erste noch nicht ausreichend beantwortet«, erwiderte Na'Bao, und Sophie bedeutete ihm, er möge fortfahren. Ein leichter Wind kam auf und ließ den Wald rascheln, Na'Bao warf einen besorgten Blick in das Blätterdach, dann konzentrierte er sich auf seine Erklärung.

»Das Viertel, durch das ich dich führte, wird bewohnt von Menschen, die es mittlerweile in jeder Stadt der Lebenden gibt. Es werden mehr, immer mehr, bald sind sie den anderen überlegen in ihrer Zahl. Denen, die versuchen, das Leben als das zu nehmen, was es eigentlich sein soll. Die Zeit, die uns bleibt, um zu tun, was uns gefällt im Gleichgewicht mit dem, was getan werden muss, damit nicht alles zerfällt.«

»Wie ... Arbeit und Freizeit?«

»Ja. Die Menschen, die du dort gesehen hast, denken, dass die Zeit als Lebender so kurz ist, dass man sie nutzen sollte, um all das zu tun, was einem als Toter unmöglich ist. Essen und Trinken. Tanzen und Musizieren. Sex haben. Sie feiern ununterbrochen und ruhen nur, um ihren Rausch auszuschlafen. Sie verkaufen, was sie besitzen, für Wein. Sie stehlen und betrügen. Diese Art zu leben tut dem Menschen nicht gut. Der Totgeher, den du gesehen hast, fiel von keinem Turm, weil eine Mauer nachgab, er hat sich selbst getötet. Mit einem Leben, das ihn in diese Gosse gebracht hat. Seine Familie hat kein Haus, in das sie ihn bringen könnte. Seine Frau geht keinem Beruf nach, mit dem sie seinem Körper Wärme kaufen kann, bis der Tod seines Spiegels ihn erlöst. Sie weiß wahrscheinlich nicht einmal von seinem Schicksal, denn sie ist ununterbrochen ebenso betrunken, wie er es war. Und sie wird bald neben ihm liegen.«

Sophie schwieg, als Na'Bao verstummt war, und empfand nun ein Mitleid für diesen Menschen, das noch viel größer war als das, das sie vor dieser Geschichte gefühlt hatte. Und ihr schlechtes Gewissen meldete sich erneut zu Wort, mit einem zarten, aber deutlichen Stimmchen: Was machte diese Welt durch, nur wegen dieser Sache mit dem Jenseits! Wie viel hing daran, wie stark bestimmte der Tod das Leben! Und sie schämte sich plötzlich, hatte sie doch als Erstes gedacht, es wäre gut, wenn die Toten blieben, als Lan'The ihr davon erzählt hatte. Voller Eifersucht hatte sie das gedacht, voller

Eifersucht auf eine Welt, in der Tod nicht das Ende war. Nein, das war er nicht: Hier war er der Anfang für eine Art Leben, wie sie dem Menschen nicht gut tat. Ohne den Tod schien das Leben an Wert zu verlieren, ohne den Tod schien der Mensch mehr darauf aufpassen zu müssen, Mensch zu bleiben. Und es fiel ihm schwerer.

»Das ist schrecklich«, flüsterte Sophie nach einer Weile, und als wolle er dieses Thema nicht weiter vertiefen, erhob sich Na'Bao entschlossen, kaum, dass sie diese Worte gesprochen hatte. Er wirkte indes nicht genervt, eher zufrieden: So, wie Sophie eben gesehen hatte, dass er ihre Probleme verstand, schien nun er froh darüber zu sein, dass sie seine Welt ein bisschen besser begriffen hatte.

»Du willst es aber auch lösen, nicht war? Dieses Problem mit dem Jenseits?«, fragte sie hinauf, er sah ernst auf sie hinunter.

»Ja. Doch ich bin nicht bereit, alles dafür zu tun. Wie einen Lebenden zu opfern, um den Toten zu helfen. Das ist widernatürlich. Wenn du dich aus freiem Willen dazu entscheidest – nun, das ist etwas anderes.«

Er klopfte einige trockene Blätter von seinem Umhang, streckte Sophie eine Hand hin und half ihr auf.

»Wir müssen gehen«, sagte er. »Ein Unwetter naht, wir sollten in der Totenburg sein, bevor der Himmel sich öffnet.«

Sophie ließ sich den Korb reichen, dann kletterten sie aus der Senke hinauf auf den Weg.

»Sag ... Warum sollte jemand ins Freiland gehen? Wie die Frau des Baumeisters? Weil man nur dort bei einem Toten bleiben kann?«

»Ja. Das ist der häufigste Grund, wenn ein Mann oder eine Frau freiwillig die Stadt verlässt.«

»Freiwillig? Geht es denn auch unfreiwillig?«

»Dort entlang.« Na'Bao wies an einer Weggabelung nach links. »Wir versuchen es in der größten Totenburg, die es im Umkreis gibt, da der Totenkönig diese nutzt, wenn er sich hier aufhält, um mit dem Reh zu verhandeln. Aber sei nicht enttäuscht, falls wir keinen Erfolg haben. Es gibt so viele und man wird uns sicher nicht helfen, La'Isa zu finden.«

Sophie nickte und wartete, denn ihre Frage war noch nicht wirklich beantwortet worden. Na'Bao hielt es zwei, drei Minuten aus, dann seufzte er.

»Freie tragen graue Kleidung«, sagte er, was nicht das war, was Sophie sich erhofft hatte, dennoch nahm sie den Hinweis auf.

»Wie die, die auf den Feldern gearbeitet haben?«

»Ja. Bürger werden zu Freien, wenn man sie aus der Stadt verbannt, als Strafe für ein Verbrechen. Man muss seine Farbe ablegen und sich als Arbeiter verdingen. Teil eines jeden Urteils, das einen Menschen zu einem Freien macht, ist auch die Höhe des Zolls, den er seiner Stadt zu zahlen hat. Er ist hoch, sehr hoch sogar, in Geld oder Waren.«

»Hm.« Sophie runzelte die Stirn. »Aber eben auf den Feldern waren Kinder zu sehen. Kinder in grauer Kleidung.«

»Ja.«

»Die Kinder werden ja wohl kaum ein Verbrechen begangen haben«, beharrte Sophie, und registrierte, dass Na'Baos Lippen erneut schmal geworden waren. Seine Wut war zurück, doch sie richtete sich nicht gegen sie: Es war diese Welt, in der er lebte, die ihn so brodeln ließ.

»Gewiss nicht.«

»Also?«

»Sie verbannen die ganze Familie. Mann, Frau, Kinder.«

»Warum denn das? Das ist doch schrecklich ungerecht!«

»Weil es nur so genug Arbeiter gibt und damit ausreichend Zollgeld. Weil es nur so das geben kann, was du heute sehen solltest: die heile Welt der Städte, die der deinen ja so sehr überlegen ist.«

Seine Stimme war gepresst vor Empörung und knisterndem Zorn, Sophie schwieg, während er sich nur langsam beruhigte.

»Wie lange werden die Menschen verbannt?«

»Für immer, es gibt kein zurück.«

»Und wo leben sie?«

»In Dörfern, die sie sich selbst bauen – von dem, was man ihnen zum Leben lässt. Städte dürfen sie nie wieder betreten:

Graue und Kalte, sagt eine Inschrift über dem Tor, dürfen nicht hinein. Daher die Kontrolle durch die Wachen.«

»Aber ein Freier braucht sich doch nur andersfarbige Kleidung anzuziehen, und niemand kann ihn von einem Stadtbewohner unterscheiden.«

»Freie bekommen nicht nur farblose Kleidung, sondern auch ein Zeichen. Die Erwachsenen, wenn sie die Stadt verlassen, und die Kinder, sobald sie sechs Jahre alt sind. Ein Mal, mit einem glühenden Eisen auf den Rücken der rechten Hand gebrannt. Es hat die Form des Buchstaben F in unserem Alphabet, für das Wort 'frreyh'. Die Wachen achten darauf, dass niemand mit solch einem Zeichen die Stadt betritt.«

Sophie zog es vor Übelkeit den Magen zusammen: Sie pressten sechsjährigen Kindern ein Brandeisen auf die Hand?

»Dürfen wir denn so überhaupt in die Totenstadt?«, fragte sie, um diese Vorstellung so schnell wie möglich aus dem Kopf zu bekommen, und wies auf ihr hellblaues Kleid.

»Es gibt kein Verbot, von dem ich wüsste. Gin'Sah geht dann und wann hinein, um altes Wissen zu erfragen, er wurde noch nie aufgehalten. Gern gesehen werden wir indes nicht sein. Ich habe kurz daran gedacht, uns in der Stadt graue Kleidung zu besorgen, doch diese kann man nicht kaufen. Man bekommt sie von den Wachen, bevor man zum Tor geleitet wird – aber da ich nicht vorhatte, uns auch ein Brandzeichen zu machen, hätte diese eh nichts genützt. Nun sollten wir uns sputen, der Wind frischt schon auf.«

Der Wald wurde lichter, wenige Minuten später traten Sophie und Na'Bao aus den Bäumen hinaus auf eine Fläche, die ebenso wie das Land vor der Stadt vollständig von Äckern belegt war. Links und rechts schienen sie sich hinzuziehen, so weit das Auge reichte, doch geradeaus wurden sie begrenzt von den Bauwerken, die Sophie aus dem Fenster des Palastes bereits erspäht hatte, die ihr aus dieser Nähe jedoch den Atem raubten. Weil sie die größten Gebäude waren, die sie jemals gesehen hatte, und zudem die Seltsamsten.

Umgeben von einer massiven, mehrere Meter hohen Mauer mit Durchgängen in regelmäßigen Abständen, türmten sich in

117

ihrem Inneren dicht an dicht Häuser, nebeneinander und übereinander gebaut, als hätte ein Kind mutwillig Bauklötze in einen kegelförmigen Hügel gerammt. Es war nicht zu erkennen, wo ein Haus anfing oder aufhörte, und es war völlig unmöglich, irgendeine Ordnung in diesem Mauergewirr auszumachen. Die Wände waren aus hellgrauem Stein, die Dächer mit gleichfarbigen Schindeln belegt. Sophie konnte nicht sagen, wie viele Stockwerke sich diese enormen Bauwerke in die Höhe schraubten, und da sich allein vor ihren Augen gut und gern ein Dutzend dieser riesigen Anlagen erhob, sank Sophies Hoffnung, La'Isa jemals finden zu können: Sie waren einschüchternd und bedrohlich – Totenburgen eben, nicht für Lebende gemacht, sondern für die Nachtwindkühlen.

Im Gegensatz zur Stadt der Lebenden besaß die Totenburg kein Tor, das man Sophie und Na'Bao vor der Nase hätte zuschlagen können. Doch die Mienen der Menschen, die sie trafen, waren ebenso wirksam in ihrer Ablehnung wie stahlverstärktes Holz: Als der auffrischende Wind die beiden durch den gedrungenen Torbogen gedrückt hatte und sie begannen, die endlosen Stufen zu erklimmen, aus denen die Gassen der Burg bestanden, erzeugte die Atmosphäre darin bald eine prickelnde Gänsehaut auf Sophies ganzem Körper. Die einschüchternde Architektur dieser gewaltigen, uralten Festung, die leeren Gesichter der zahllosen Toten und die im wahrsten Sinne des Wortes tödliche Ruhe, die über der riesigen Anlage lag, wirkten beklemmend – ja, als Erstes war es diese unnatürliche Stille, an der man nicht vorbei kam und die einfach unheimlich war.

Hatten die Straßen der Stadt gesummt von den Gesprächen der Bürger und den Geräuschen des Alltags, herrschte hier Totenstille. Und es fehlten nicht nur die Stimmen der Menschen – es war, als wäre alles, was lärmte oder auch nur den leisesten Ton machen konnte, aus dieser Welt verbannt worden: Schuhe, die klapperten, Karren, die ratterten, Türen, die schlugen, Scharniere, die knarrten, Blätter, die raschelten – selbst die Vögel schienen verstummt zu sein. Es gab nur Haus an Haus und Haus über Haus, türlos schwarz auf die Straße gähnende Eingänge und nackte Fenster. Dazwischen scheinbar willkürlich auf- und absteigende Treppen, sich langsam in die Höhe windend wie in einem Schneckenhaus: Sophie erinnerten sie an die verwirrenden Kunstwerke von M.C. Escher, bei denen man endlos gehen und doch nie ankommen konnte. Und so fühlte Sophie sich, als ginge sie mit Watte in den Ohren durch ein Friedhofslabyrinth – ein Eindruck, den das Aussehen und Gebaren der Menschen noch verstärkte.

Unzählige Tote bevölkerten die Steige und Gassen, bewegten sich dicht an dicht, Schulter an Schulter, Kopf an Kopf. Ihre langsamen Schritte waren tastend und zögernd, wirkten seltsam unbestimmt, sie wanderten mit gesenkten Köpfen vor sich hin, nicht wenige hatten sich die weite Kapuze ihres Umhangs tief in das Gesicht gezogen. Es waren weiße und blaue, rote und grüne, gelbe und violette Gewänder darunter, einige wenige noch strahlend und neu, die meisten jedoch verschlissen, grau vom Staub und verblasst von der Kraft der Sonne. Die Toten strömten die Treppen hinauf und hinunter, wie Halme einer Wiese, die vom Wind mal in diese, dann wieder in jene Richtung gedrückt wurden. Oder wie ein Schwarm Fische, dessen Richtungswechsel dem Beobachter völlig unmotiviert erschien, der aber einem Plan, ja sogar einer natürlichen Notwendigkeit gehorchte. Und genau so wirkten die Menschen auch hier: Als würde ihnen irgendetwas befehlen, in Bewegung zu bleiben, als folgten sie nicht einem Weg, sondern einem Naturgesetz, einem unüberwindbaren Zwang.

Sophie und Na'Bao störten in dieser behäbig wogenden Menge Toter: Ihre Schritte waren zu schnell und zu zielstrebig, ihre Körperhaltung zu aufrecht, ihre Gesichter zu neugierig. Wir sind die einzigen Lebenden, dachte Sophie, und bemerkte, wie die Toten ihnen auswichen, als wollten sie vermeiden, einen Atmenden zu berühren. Woran die Toten erkannten, dass sich zwei Fremde, zwei Andersartige durch ihr ureigenes Reich bewegten, blieb ein Rätsel, denn auch, wenn Sophie zu fühlen glaubte, wie zahllose Blicke auf ihr brannten, starrte sie doch niemand an. Die Augen der Toten glitten über sie hinweg wie die Lichter von Leuchttürmen, unstet und unbestimmt, ebenso ziellos wie ihre Schritte – sie schienen alles zu sehen, aber nichts wahrzunehmen. Und ihre Münder bewegten sich, als murmelten sie ununterbrochen vor sich hin, alle und ununterbrochen, ohne dass eine Stimme die Stille störte, dank der für lebende Ohren unhörbaren Sprache der Toten. Ja, diese Gesichter ... Die Toten entrückt oder abwesend zu nennen, wäre freundlich gewesen. Sie wirkten leer, diese Mienen, leer und einsam und hoffnungslos. Als hätten sie sich mit einem Schicksal abgefunden, ohne es gleichzeitig anzunehmen, als müssten sie dulden, länger als ein Mensch zu dulden vermochte.

Feine Luftzüge strichen an Sophies Wangen vorbei, wenn ein Toter ihr doch einmal so nah kam, dass sie sich fast berührten. Ihre Nackenhärchen richteten sich auf, denn das fühlte sich wahrhaft an wie der Atem des Todes. Würde Sophie genau so werden, wenn sie das Gift trank? Aus ihrem Mitleid mit den Toten wurde von einer Sekunde zur anderen die pure Angst ums eigene Leben, denn so zu werden, so zu wandern ... niemals!

Na'Bao machte zwei, drei Versuche, sich durch die Masse der Toten zu schlängen, hier zu überholen, da eine Lücke zu nutzen, um hindurch zu schlüpfen – vergeblich. Die Körper wichen zwar zögerlich auseinander wie Schilfrohre vor dem Bug eines Schiffes, wenn er sich zwischen sie drängte, doch waren die beiden an zweien vorbei, warteten vor ihnen vier neue. Und mochten diese vom Stoff geformten Leiber auch weich sein wie gezupfte Watte, waren sie doch so zahlreich, dass ihnen letztendlich keine andere Wahl blieb, als sich dem Tempo der Toten anzupassen. Und dieses war langsam, unsäglich langsam – als hätten diejenigen, die alle Zeit der Welt besaßen, kein Ziel mehr.

Sophie drückte Na'Baos Hand, als sie seine Frustration

spürte, und schenkte ihm ein Lächeln, das ihr in dieser düsteren Umgebung entsetzlich schwerfiel. Lass, wollte sie ihm bedeuten, wenn es nicht schneller geht, geht es eben nicht. Er schien zu verstehen, und als ihre Augen sich erneut auf die Menschenmenge vor ihnen richteten, stutzte Sophie. Sie sah eine Frau, die mit einer Messlatte an einer Hauswand hantierte, durch die sich ein Riss zog. Sie wirkte geschäftig und konzentriert, fiel aber nicht nur deswegen auf in diesem schweigenden Schwarm Toter: Schweißtropfen glänzten auf ihrer Stirn, ihre Brust hob und senkte sich – unmöglich bei einer Toten. Und da! Sophies Augen irrten weiter. Zwei Männer, die zwischen sich eine Trage mit Steinen schleppten! Auch ihre Wangen waren gerötet, wie es tote Wangen nie sein würden – dem hinteren entrang sich sogar ein angestrengtes Keuchen, als er die Last auf einer steilen Stiege in die Höhe wuchtete. Ja, das waren Lebende, und zwar sämtlich Graue. Auch sie wurden von den Toten umgangen, als seien sie ansteckend, bewegten sich aber so selbstverständlich in der Burg, als wären sie hier zuhause.

»Viele Freie arbeiten für die Toten«, bestätigte Na'Bao, als Sophie ihn auf die Lebenden aufmerksam machte, und obwohl die beiden so leise flüsterten, wie sie konnten, schienen ihre Stimmen die Toten zu stören: Köpfe mit leeren Gesichtern wandten sich ihnen zu wie Radarempfänger, die sich auf ein fernes Geräusch ausrichteten, bedächtige Schritte stockten und brachten Unruhe in die wogende Menge. Doch sich außer Hörweite zu begeben war unmöglich, denn je höher die Treppen sie führten, desto voller wurden die schmalen, von den gestapelten Häusern eingeengten Gassen.

»Warum arbeiten die Freien für die Toten?«, erkundigte sich Sophie, Na'Bao zog nun auch seine Kapuze über den Kopf, um seine Stimme zu dämpfen.

»Eine Nadel sei dem Tod zu schwer, so sagt man. Also bezahlen sie die Freien dafür, dass sie die Burgen in Schuss halten. Die Toten zahlen gut, und viele Freie haben keine Wahl, weil ihr Strafzoll so hoch ist. Es heißt, es würden mehr Lebende für die Toten arbeiten als auf den Feldern oder in den

Manufakturen.«

Mehr? Ja, wenn es denn 100 Milliarden Tote gab, klang das nur zu wahrscheinlich.

»Sag ... Dort in der Stadt ... Wie viele Menschen in deiner Welt leben so, wie ihr es mir gezeigt habt?«

»Die Zahl kenne ich nicht.«

»Ich meinte auch eher Prozent.«

»Was ist Prozent?«

»Ein Anteil. Alle zusammen sind hundert Prozent, die Hälfte sind fünfzig.«

Na'Bao dachte nach, zuckte dann ratlos mit den Schultern.

»Die Hälfte der Hälfte der Hälfte, denn es gibt nur wenige Städte. Und die Anzahl der Bürger sinkt, weil es für die Freien keine Rückkehr gibt. Wie du an den verlassenen Vierteln gesehen hast.«

Sie schwieg ein paar Minuten, in denen sie stupide Stufe um Stufe erklommen, mit dem Strom und im Tempo der Toten, schweigend, um nicht noch mehr aufzufallen und zu stören, als sie es ohnehin taten. Na'Baos Griff um Sophies Hand war fest, aber nicht mehr von dieser schmerzhaften Kraft wie bei ihrem knappen Entkommen aus der Stadt. Und es war angenehm, seine warmen Finger um ihre zu spüren – blutdurchpulster Beweis dafür, dass sie nicht allein war in dieser unheimlichen Burg.

Als Na'Bao nach einigen weiteren Treppen innehielt und ihre Hand einen erschrockenen Druck erfuhr, sah Sophie auf und folgte Na'Baos erstarrten Blick zu einer Hauswand. Was sie sah, ließ auch sie stocken in ihrem Schritt: Gesichter. Gesichter von Frauen und Männern, die hinaussahen auf die Straße, aus Öffnungen so klein, dass man kaum mehr erkennen konnte als Augen, Nase und Mund. Loch an Loch, dicht und dichter, zunächst auf nur einer Seite der Gasse, dann auch auf der anderen. Alte Menschen und junge in endloser Reihe, und auf den ersten Blick sah es aus, als habe man sie bei lebendigem Leibe eingemauert und ihnen nur dieses winzige Loch gelassen, an das sie sich drängten, gierig nach Luft und Licht.

»Also ist es doch wahr«, flüsterte Na'Bao, und in seiner Stimme schwang Fassungslosigkeit mit. »Diese Toten hat man nackt begraben. Gin'Sah erzählte, dass das früher getan wurde, aus Rache für Bösartigkeiten, die sie im Leben begangen haben. Sie leben auf ewig allein und im Dunklen, damit niemand ihre Schande sieht.«

Sophie schlug sich erschrocken eine Hand vor den Mund. Sie konnte den Blick nicht von den Fenstern wenden, und als sie merkte, wie ein altes, schwarzes Augenpaar ihr folgte, als sie den Schmerz und die Sehnsucht nach Licht und Luft und Freiheit darin las, stieg ein Schluchzen in ihrer Kehle auf. Diese Augen schienen sie um jede Bewegung ihrer Muskeln, jedes Schlagen ihres Herzens, jeden Atemzug zu beneiden. Und sie machten ihr auch noch einmal bewusst, warum sie von Gin'Sah in diese Welt gebracht worden war, wie viele Schicksale an dieser Totensache hingen – auf ewig hängen würden, wenn man nichts tat! Wie viel Schmerz, Leid, Einsamkeit, Hoffnungslosigkeit dies erzeugte. Und wie gemein Menschen sein konnten, denn einen Menschen in dieser Welt nackt in den Tod zu schicken, war eine Verurteilung zu ewiger Einzelhaft, wenn der Körper nur tragen konnte, was ihm ins Grab mitgegeben worden war.

»Achtung, nicht auffallen jetzt«, zischte Na'Bao, Sophie folgte seinem Blick, der sich unter der Kapuze hervor auf ein Podest richtete, das oberhalb der Gasse mit den Fensterlöchern aufragte – und auf dem eine Wache stand.

»Das ist kein Soldat des Rates, die Abzeichen sind ganz anders«, flüsterte Na'Bao, nachdem er die schwarze Uniform genauer gemustert hatte.

»Ist das eine *tote* Wache?«, wisperte Sophie zurück, doch Na'Bao zuckte nur mit den Achseln.

»Könnten Tote denn eine Waffe benutzen?«

»Sie vermögen zu bewegen, was ihnen als Grabbeigabe gewährt wird. Ist es ein Schwert, können sie damit kämpfen.«

»Aber was macht der Mann hier?«, fuhr Sophie flüsternd fort, ihr Wissen anzufüllen, während sie die Wache passierten, sehr darauf bedacht, unauffällig im stetigen Fluss der wandernden Toten mitzuschwimmen.

»Ich vermute, die Wachen schützen den Besitz der Toten, denn sie können sich nicht wehren, wenn jemand sie überfällt oder bestiehlt«, versuchte Na'Bao sich in einer Erklärung, dann beschleunigte er seinen Schritt wieder und zog Sophie zielstrebig die nächste Treppe hinauf.

Hunderte von diesen flachen Stufen waren die beiden wohl schon gegangen, aber weil die Treppen sich gebärdeten wie Wellen und man oft erst ein Stück hinunter musste, um weiter hinaufzugelangen, schienen sie kaum voranzukommen.

Die nächste Stiege durchquerte ein Tor, niedrig und dunkel wie schon der Eingang zur Totenburg. Sophie hielt den Kopf weiterhin gesenkt, um möglichst wenig aufzufallen, doch nach einigen Metern sah sie hoch, denn irgendetwas war anders, nun, wo sie diese zweite Pforte durchschritten hatten. Es ging sich leichter, es atmete sich leichter. Und die Gassen sahen auch anders aus: Vorhänge verschlossen die Eingänge der Häuser, es gab Beete mit Blumen, kostbare Farbtupfer in all diesem Grau der alten Steine. Sophies Augen wanderten über die Menschen. Waren die Toten hier auch nicht besser angezogen? Ja, ganz sicher! Ihre Gewänder schienen gut erhalten oder sorgfältig geflickt, sie wurden von Körpern getragen, die aufrecht gingen, Haltung bewahrten. Und die Menschen musterten sie – mit Unwillen, mit Abscheu, aber dennoch: Ihre Augen waren wach! Ihre Blicke hatten ein Ziel, ebenso ihre Schritte! Sie saßen auf Bänken oder Mauern, unterhielten sich in ihrer Sprache, lasen in Büchern!

Sophie registrierte es mit Erleichterung und straffte sich, denn die stumpfe, willenlose Masse auf der unteren Ebene war schrecklich gewesen. Sie hatte ihr Gemüt beschwert, als habe ihr jemand Steine in die Taschen gefüllt: Einen nur für jede Seele, die dort wanderte, aber in der Summe eine Last, die sie unweigerlich zusammenbrechen lassen musste.

Sophie warf einen Blick zurück, auf das Tor: Eine Inschrift schmückte den Bogen, in dieser alten, verschnörkelten Schrift und moosbewachsen.

»Was steht da auf?«, flüsterte sie, Na'Bao wandte ebenfalls

seinen Kopf.

»Das kann ich in deiner Sprache nicht gut ausdrücken. Es ist nur ein Wort, es bedeutet 'warten'. Nicht so, wie man auf einen Freund wartet, sondern ein schlechtes Warten. Von dem man weiß, dass es lange dauern wird, dass es unerträglich sein wird.«

»Ist das ein Motto? Das Motto der Toten, die dort unten wohnen? Es würde passen, sie wirkten so ... hoffnungslos.«

Na'Bao legte einen Finger auf seine Lippen, Sophie senkte bei den letzten Worten bereitwillig ihre Stimme, denn die Blicke der Toten um sie herum waren deutlich.

»Ich war nie zuvor in einer Totenburg«, antwortete er. »Aber Gin'Sah sagte, dass jede Burg sich in verschiedene Bereiche gliedere, und der unterste gehörte denen, die aufgegeben hätten. Ich will höher hinauf, da es hieß, die Kinder wohnten oben, wo die Sonne am hellsten sei.«

Die Kinder? Herrje. Sophies Magen wurde angesichts der Aussicht, auf tote Kinder treffen zu müssen, zu einem harten Klumpen. Was hatte Na'Tenbeh von Mol'Kihs Tochter erzählt? Diesem Mädchen, das vor sich hinstarrte und auf den wahren Tod hoffte? Dort unten hatte es keine Kinder gegeben – warteten die oben auf sie, stumm und verzweifelt?

»Lass uns doch nach La'Isa fragen«, schlug Sophie gedämpft vor. »Du kannst sagen, sie wäre mein Zwilling, wir wollten sie besuchen.«

»Niemand besucht die Toten. Niemand wird uns verraten, wo sie ist. Siehst du nicht, wie man uns hier anschaut? Man ist uns nicht wohl gesonnen.«

»Aber so werden wir sie nie finden. Hier sind zehntausende Menschen, tausende von Zimmern!«

Sophies Stimme war erneut lauter geworden, und als ein kühler Lufthauch ihr Gesicht streifte, brauchte sie einige Sekunden, bis sie realisierte, dass einer der Toten ihr eine Ohrfeige gegeben hatte. Freilich kam von der nebeligen Hand nicht mehr an als eben dieser Windhauch, und es war auch viel zu schnell gegangen, als sie hätte sagen können, wer es gewesen war. Dieser dürre Mann, der sie so böse anfunkelte?

Die blasse Frau, deren Augen auf ihr brannten, als würde sie Sophies Anblick nicht eine Sekunde länger ertragen? Oder dieser kleine Junge, der ... Sophie stockte, als sie das Kind erblickte, das nach dem, was Na'Bao eben über die Totenburgen erzählt hatte, gar nicht hier sein durfte. Hier, wie auch im Garten des Palastes, wo doch die ganze Stadt für Tote tabu war. Aber genau da hatte sie den Jungen gesehen – wenn er es denn wirklich war. Die schwarzen Haare, das grüne Gewand, die Pausbacken ... Er sah aus, wie unzählige kleine Jungs aussahen, dennoch bewegte sein Anblick Sophie, als bringe er eine Saite in ihr zum Schwingen, die er schon einmal gespielt hatte.

Sophie folgte ihm mit den Augen, was nicht schwer war. Er fiel auf in diesen Straßen, in denen es weder Kinder noch Fröhlichkeit gab, und er gebärdete sich, als wäre ihm seine Umgebung herzlich egal: die bedrückende Architektur der Totenburg, die getragene Stimmung, die Langsamkeit des Todes, die Stille der Menschen.

Der Kleine war auf dem Weg aufwärts, ebenso wie Sophie und Na'Bao. Er warf den Ball in die Luft, den er schon im Park dabeigehabt hatte, abgegriffen, dennoch rot leuchtend wie ein Blutstropfen in all diesem Grau, während er auf einem Bein vor sich hin hüpfte. Er pfiff aus gespitzten Lippen eine Melodie, die ihm den Takt für den Ball und seine mageren Beine vorgab – sie ließ die erwachsenen Toten die Köpfe wenden, war für Sophie und Na'Bao aber unhörbar.

»Was hast du?«

Na'Bao war stehen geblieben, Sophie realisierte, dass ihre Hand sich in seinen Arm grub, als habe sie einen Geist gesehen.

»Der Junge da!«

La'Isas Bruder folgte Sophies Hand mit den Augen.

»Was ist mit ihm?«

»Er war bei den Toten, die ich im Park des Palastes gesehen habe. Er kennt mich, und er kennt sich hier aus – mit ihm können wir reden! Komm, wir müssen ihn einholen!«

Na'Bao nickte und beschleunigte seinen Schritt, ohne noch

länger Rücksicht auf die bösen Blicke zu nehmen, die sie für ihre Eile ernteten. Der Kleine war ihnen bereits ein gutes Stück voraus, schien sich geschickter und schneller zwischen den Menschen hindurchzuschlängeln, doch über den Köpfen der Toten blitzte der rote Ball wieder und wieder auf wie eine Leuchtrakete. Die Treppen führten sie hoch und immer höher, bis die Gassen leerer und leerer wurden und nicht mehr die gestapelten Häuser mit ihren tiefen Dächern über ihnen hingen, sondern der nun wolkenverhangene, aber dennoch erleichternd weite Himmel.

***

Vor ihnen wurde der Ball erneut in die Luft geschleudert, doch dieses Mal landete er nicht wieder in den Armen des Jungen, sondern wurde von einer schwarz belederten Hand aus dem Flug gefischt: Der Junge stand vor einer Wache, in einer ansonsten völlig verlassenen Gasse. Der Mann war groß, seine Gestalt dank Rüstung, Helm und Umhang martialisch, und der Blick, den er auf den Kleinen hinunter schickte, alles andere als freundlich. Doch der Junge sah nicht eingeschüchtert aus: Er streckte fordernd die Händchen aus und stampfte trotzig mit dem Fuß auf. Der Mann legte eine Hand auf den Griff seines Schwertes, was Sophies Herzschlag noch mehr beschleunigte. Sie wollte hineilen, den Jungen in Sicherheit bringen – doch Na'Bao hielt sie zurück, zog sie hinter eine Hausecke und bedeutete ihr, sie möge still sein und abwarten.

Das war leichter gesagt als getan: Sophie ertrug es zwei Sekunden, dann lugte sie um die Mauer. Die Wache hatte sich zu dem Jungen hinunter gebeugt, die Hand weiterhin am Schwert, die Hand mit dem Ball hochgestreckt und außer Reichweite des Kleinen. Ein Arm des Jungen stieß vor, schnell, mit ausgestreckten Fingern auf das Herz der Wache zielend – und raste durch Stoff, Haut, Fleisch und Knochen hindurch, wie es nur eine nachtwindkühle Hand vermochte. Die Wache griff sich an die Brust und sackte zusammen, mit einer dramatischen Geste und einem Schmerzenslaut, der zu theatralisch war, um echt zu sein. Der Kleine klatschte in die Hände und hopste auf und ab, bekam seinen Ball zurückgereicht und umlief den Riesen mit einem Lachen, das Sophie zwar nicht hören, aber umso deutlicher auf seinem Gesicht sehen konnte. Sie atmete erleichtert aus: Es war nur ein Spiel, alles nur ein Spiel!

Der Soldat sah dem Kleinen nach, zog sich die schwere Uniform zurecht und spazierte die leere Gasse entlang, gemächlich, geradezu entspannt. Sophie wollte hinter dem Jungen her, doch Na'Bao hielt sie wiederum zurück.

»Ich weiß nicht, ob die Wache uns aufhalten würde«, flüsterte er, »aber wir sollten dennoch nicht zu sehr auffallen. Lass uns warten, bis er außer Sicht ist.«

»Dann verlieren wir den Jungen!«

»Das müssen wir riskieren. Aber wo soll er schon hin?«

Sophie trat zögernd zurück und lehnte sich an die Mauer, während Na'Bao die Gasse und die Wache im Blick behielt.

»Warum leben die Kinder von den anderen Toten getrennt?«, flüsterte sie, Na'Bao zuckte mit den Schultern.

»Ich weiß es nicht. Aber hast du gesehen, welch trübe Stimmung dort unten herrscht?«

Sophie nickte: Ja, sie hatte es gesehen und sie ahnte, dass sie es Zeit ihres Lebens nicht mehr vergessen würde.

»Du hast auch gesehen, verspielt und fröhlich der Junge ist. Tote lernen und reifen nicht mehr, heißt es, also bleiben Kinder auf ewig Kinder. Ich vermute, dass die Wache aufpasst, dass die Kinder die anderen Toten nicht stören. Und umgekehrt.«

Er spähte erneut um die Hausecke, bedeutete Sophie aber, die Wache wäre noch zu sehen.

»Und wer sind die Toten da ganz unten?«, wisperte diese, was Na'Bao wiederum eine Geste der Ratlosigkeit entlockte.

»Ich weiß viel zu wenig über die Toten und ihre Burgen«, antwortete er. »Wer in einer Stadt lebt, begegnet höchstens Verstorbenen aus seiner Familie, die an ihrem Gedenktag in den Garten der Begegnung kommen. Die Familien von Gin'Sah und La'Shi wohnen im Süden, so dass wir hier keine

Verwandten haben. Aber Gin'Sah nahm mich und La'Isa vor Jahren mit in den Garten, damit wir auch einmal Tote sehen können. Er bat ein altes Paar, mit uns zu kommunizieren. Sie waren freundlich und gütig, sahen aus wie man sich Großeltern so vorstellt. Sicher waren sie keine der Toten von dort unten.« Er hielt inne, und sein Körper schüttelte sich in leichtem Schauder. »Ich wusste nicht einmal, dass es sie gibt, diese Toten. Von den Nackten erzählt man Kindern, damit sie brav sind, aber von den Wandernden hat nie jemand berichtet. Auch Gin'Sah nicht.«

Erneut ein Blick um die Ecke, erneut ein Kopfschütteln, das besagte, dass der Soldat noch immer den Weg blockierte.

»Ich weiß nicht, warum manche Tote sind wie die ganz unten, andere scheinbar so leben, als hätte sich kaum etwas geändert. Und wieder andere ...« Er stockte, warf dann Sophie einen Blick zu, den sie so ähnlich schon kannte, nämlich von Lan'The: Was verträgst du, was kann ich sagen, was nicht?

»Raus damit«, zischte sie, Na'Bao seufzte leise.

»Es gibt eine Chora namens Gemban, dort leben viel mehr Menschen als hier. Es geht das Gerücht, dort habe der Totenkönig Angriffe der Toten auf die Städte befohlen, da er mehr Land für weitere Burgen forderte, es aber nicht bekam.«

»Hast du ihn schon mal gesehen? Den Totenkönig?«

»Nein. Ich weiß nur, dass er Renren'Keh heißt und seit Jahrhunderten regiert, ohne dass ein Lebender oder Toter ihn je in Frage gestellt hätte.«

Na'Bao spähte erneut in die Gasse und winkte ihr dann, sie könnten weiter. Sophie folgte ihm, erschüttert über das Gehörte: In einem Kampf, in dem die eine Seite aus Toten bestand, stand der Sieger von vornherein fest.

***

Sophie und Na'Bao erstarrten, kaum dass ihre eiligen Schritte sie erst durch die nun verlassene Gasse, dann um eine Ecke geführt hatten und sich ein kleiner Platz vor ihnen öffnete. Sophie bemerkte, dass ihr Mund offen stand vor Verblüffung und dass auch Na'Bao aussah, als habe er alles erwartet, nur das nicht. Schließlich lachte er erleichtert auf, und Sophie fühlte sich ebenfalls, als wäre ihr eine Bürde von der Seele genommen worden: Es war ein Spielplatz, ein riesiger Spielplatz voller Kinder. Deren Stimmen Lebende nicht hören konnten, die aber dennoch unübersehbar erklangen, ebenso wie ihr Lachen. Sophie und Na'Bao hatten nur die Gesichter und die Gesten, um diese Fröhlichkeit erkennen zu können, doch diese sprachen eine deutliche Sprache: Hier tobten Hunderte von Kindern durcheinander und hatten einen Heidenspaß dabei. Dass ihre Körper aus kühler Nachtluft waren, ihre Hände schwach und ihre Finger nicht in der Lage, irgendetwas Fremdes und Schweres zu greifen, schien keine Einschränkung zu sein: Viele der kleinen Hände steckten in Handschuhen, andere hatten sich ihre Ärmel über die Hände gezogen. Sie griffen beherzt nach ihren Puppen oder Bauklötzen, kletterten auf Holzgerüsten herum, warfen mit Bällen oder liefen im unglaublichen Tempo der Toten um die Wette. Zusammen mit bunten Fähnchen, die in den Bäumen wehten und der farbenfrohen Kleidung der Kinder ergab sich das Bild einer riesigen Geburtstagsparty, bei der nur eines fehlte – nämlich die entsprechende Geräuschkulisse.

Als Sophie sich von ihrer Überraschung erholt hatte, ließ sie die Augen über die blonden, braunen, schwarzen, rothaarigen Köpfchen wandern, auf der Suche nach dem Jungen mit dem roten Ball. Der Erste, der ihm ähnlich sah, erwies sich als zu alt, der Zweite als zu dick. Dann nahm sie eine Bewegung in ihrem Augenwinkel war, drehte sich um – und sah den Frechdachs ihr von einem der Klettergerüste fröhlich zuwinken.

»Da!«

Na'Baos Augen folgten ihrem Zeigefinger, gemeinsam schlängelten sie sich durch die Kinderschar. Der Kleine lief über ein straff zwischen zwei Plattformen gespanntes Seil auf sie zu und strahlte Sophie an, als habe er sich auf ihren Besuch gefreut.

»Er kann dich verstehen, oder?«

Na'Bao nickte, während der Kleine in affenartiger Geschwindigkeit eine Leiter hinabkletterte.

»Gewiss. Aber wir ihn nicht. Er braucht etwas zu schreiben – was er hoffentlich schon kann, sonst haben wir ein Problem.«

Als der Kleine mit erwartungsvollem Gesicht vor ihnen stand, tat Sophie so, als würde sie mit einem Stift etwas in ihre Hand notieren. Der Kleine bedeutete ihnen, ihm zu folgen und lief zu einem Tisch unter einem der alten, knorrigen Bäume. Dort saßen zwei Mädchen auf Bänken, die mit kunterbunt verschmierten Ärmeln Kreide umfasst hielten und Kunstwerke auf Tafeln erschufen, die sich in keinster Weise von denen unterschieden, die Sophie selbst im Kindergarten gemalt hatte: Sonne, Blumen und übergroße Menschen.

Der Junge schnappte sich eine Tafel sowie ein Stück Kreide, blickte sie dann so erwartungsvoll an, als erwartete er sich den Beginn eines Diktates. Sophie setzte sich dem Jungen gegenüber, während Na'Bao neben ihm Platz nahm, wo er einen guten Blick auf die Tafel hatte und begann, leise auf den Jungen einzureden. Er wies auf Sophie, auf sich, die Burg. Der Kleine hörte aufmerksam zu, nickte hier und da, beäugte Sophie genauer und schrieb schließlich einige Worte auf die Tafel. Er malte die verschnörkelten Buchstaben mit Sorgfalt und streckte dabei die Zunge zwischen den Lippen heraus, was niedlich konzentriert wirkte.

»Er weiß nicht, wo dein Ebenbild steckt«, las Na'Bao langsam mit. »Er hat dein Gesicht im Park zum ersten Mal gesehen, davor noch nie. Man hat ihn gefragt, ob er Lust hätte auf einen Ausflug, er hat ja gesagt. Er mochte den Park, weil er so grün war, er würde gern nochmal hin. Und er fand, dass du schrecklich traurig ausgesehen hast.«

Sophie musste lächeln. »Das war ich auch, aber er hat mich aufgemuntert.«

Na'Bao sagte ein paar Worte in seiner Sprache, der Kleine strahlte. Sophie versuchte vergeblich, sich an das Datum zu erinnern, das auf dem Totenzettel gestanden hatte, den der Kleine ihr gereicht hatte – und dabei fielen ihr zwei andere

Dinge ein. Zum einen, dass der Junge Ka'Han hieß, und zum anderen, dass sie eine wichtige Sache noch nicht wusste.

»Wann ist La'Isa gestorben? Ist das schon lange her?«

Na'Baos Miene verdüsterte sich. »Drei Wochen.«

»Du sagtest doch, sie könnte ... na ja, *belohnt* worden sein für das, was sie getan hat. Vielleicht hat er sie nicht gesehen, aber von ihr gehört. Von jemandem, der eine besondere Behandlung bekommen hat. Oder Geschenke.«

Na'Bao redete erneut auf den Kleinen ein. Der schüttelte den Kopf, wieder und wieder. Dann wandte er sich zu einem der Mädchen, das scheinbar mitgehört hatte und nun zu den Gebäuden rechts hinüber zeigte. Ihr Mund plapperte unhörbar vor sich hin, während ihre Freundin bestätigend nickte, der Kleine hörte zu und beugte sich abermals über die Tafel.

»Die Mädchen haben von einer Prinzessin gehört, die mit dem großen Wind hergeflogen ist.« Na'Bao hielt inne, seine Veilchenaugen stachen ins Sophies. »Das passt. In der Nacht nach La'Isas Grablegung gab es einen heftigen Sturm. Und die Toten erheben sich nach der ersten Dunkelheit.«

Sophie setzte sich aufrechter hin, während der Junge weiter in bedächtigem Tempo Wort für Wort aufmalte.

»Die Prinzessin ist wunderschön, wohnt im höchsten Turm und kämmt den ganzen Tag ihr goldenes Haar. Sie besitzt seidene Kleider und Schmuck voller Edelsteine, schläft auf samtenen Kissen und wird eines Tages Königin werden.«

Na'Bao las die Worte vor, dann lachte er auf. So laut, dass die Kinder um sie herum innehielten und ihn erstaunt ansahen, als wäre es Jahrhunderte her, dass sie hier einen Erwachsenen hatten lachen hören.

»Das ist sie«, rief er, »keine Frage, das ist La'Isa!«

***

Hand in Hand hüpften die beiden Mädchen vor Na'Bao und Sophie her. Ihre Zöpfe schwangen, einer schwarz, einer blond, die bunten Bänder darin wippten fröhlich auf und ab. Ka'Han hielt sich dagegen bei Sophie und Na'Bao: Die Tafel unter dem

Arm, passte er den Tritt seiner kurzen Beine den längeren Schritten der Älteren an, was ihn unglaublich ernsthaft aussehen ließ.

Erst, als der Turm vor ihnen aufragte und die Stufen der Treppen merklich steiler anstiegen, wurden die Mädchen langsamer und verzagter. Der Turm war quasi die Spitze der Totenburg, rund, gekrönt einem steilen Dach aus Schindeln. Drei Reihen von Fenstern signalisierten eine ebensolche Anzahl an Stockwerken, sie lagen so tief in den dicken Mauern, dass sie an Schießscharten erinnerten. Nach zwei weiteren Stiegen blieben die Mädchen stehen und flüsterten miteinander, Ka'Han schrieb für Na'Bao etwas auf seine Tafel.

»Es heißt, die Prinzessin würde ganz oben wohnen, im höchsten Zimmer. Die beiden möchten nicht weiter gehen, sie möchten zurück. Der Turm soll verwunschen sein.«

Sophie sah die Stufen hinauf, die sich wie eine Wendeltreppe um das bullige Bauwerk wanden. Verwunschen sah er nicht aus, fand sie, eher bedrohlich und finster, vor allem vor dem Hintergrund der nun grauschwarzen Wolken, die der Wind über den Himmel jagte.

Na'Bao griff in seine Gürteltasche und zog eine Münze heraus, die er Ka'Han in die stoffumwickelten Hände legte, der Kleine strahlte und sagte mit einem sehr erwachsenen Beugen seines Kopfes danke. Er ließ jedes der Mädchen den neuen Reichtum bestaunen, dann zogen die Drei die Gasse hinunter, die Köpfe eng zusammengesteckt — wahrscheinlich beratschlagten sie, was sie dafür kaufen sollten. Sophie sah ihnen mit erleichtertem Herzen nach: Sie waren glücklich – mochten sie es auf ewig bleiben.

***

Na'Bao wirkte angespannt, nun, wo sie der Begegnung mit seiner Schwester so nah waren. Der ersten Begegnung seit dem, was er als Selbstmord ansah, während der Rest seiner Welt es für einen tragischen Unfall hielt. Sophie ahnte, was in ihm los war: eine Mischung aus Mitleid mit der toten

Schwester, Wut über die Ungeheuerlichkeit dessen, wessen er sie verdächtigte und der zarten Hoffnung darauf, dass vielleicht doch alles anders war.

Die Wendeltreppe war schmal, ihre Stufen bröckelig, aber eher erschöpft von der Zeit als von den federleichten Schritten der Toten. Der Eingang war nicht die trutzige Pforte, die Sophie sich erwartet hatte, wie der Turm dazu gebaut, unerwünschte Besucher abzuwehren: Es war nur ein Vorhang, der hier drinnen und draußen trennte – natürlich, hätte doch ein Toter niemals eine Tür öffnen oder schließen können. Ein Glöckchen hing neben dem Eingang, sein Ton schallte hell durch die verlassenen Gassen auf dem Gipfel der Burg, als Na'Bao es erklingen ließ.

Die massiven Mauern machten unhörbar, was sich im Inneren des Turms tat, so warteten sie einige Minuten, bis der Vorhang plötzlich zu einem Spalt geteilt wurde – kräftig, also sicher nicht von einem Toten. Ein paar himmelblauer Augen sah hinaus, umrahmt von einem Wust karottenroter Locken. Ein Mädchen, dreizehn oder vierzehn Jahre alt, und als sie den Vorhang energisch zurückschlug, enthüllte sie den Rest ihrer Gestalt: Klein und zierlich, angetan mit dem grauen Gewand der Freien, das die üppige Haarpracht noch stärker leuchten ließ.

Ihre Augen lagen auf Na'Bao, groß und leicht bewundernd, was Sophie einen Stich versetzte, der sie selbst verwunderte. Was war das, etwa Eifersucht? Weil dieses Mädchen Na'Bao anschaute, als sei er der Prinz, gekommen, um den Turm zu erstürmen und die hilflose Prinzessin zu erretten? Der Prinz vollführte die steife Begrüßungsverbeugung, was dem Mädchen ein Kichern entlockte, als wäre sie dergleichen Höflichkeiten nicht gewohnt. Sie erstickte es mit einer Hand, die sie sich vor den Mund schlug und auf deren Rücken eine große Narbe leuchtete: das Brandmal, das die Freien tragen mussten, ein verschnörkeltes Zeichen, dass sich wulstig und wie eine blutrote, bösartige Schlange über die Haut wand.

Das Mädchen antwortete mit einem verschämten Knicks auf die Begrüßung, Na'Bao sprach ein paar knappe Sätze, wandte sich beim Letzten zur Seite und gab den Blick auf Sophie frei. Die Augen des Mädchens hingen an seinen Lippen, doch als sie Na'Baos Begleitung zur Kenntnis nahm, stutzte sie erstaunt, klatschte dann begeistert in die Hände, lehnte sich zurück und rief etwas in den Turm.

»Ich sagte ihr, du wärest La'Isas Zwillingsschwester und aus einer anderen Chora zu Besuch. Deswegen würdest du unsere Sprache nicht beherrschen«, erklärte Na'Bao Sophie leise und schnell, während das Mädchen aufgeregt irgendetwas mit irgendjemandem im Turm diskutierte. »Du seist traurig, dass sie tot sei, wolltest aber trotzdem nach ihr schauen.«

Sophie sammelte sich, so gut es ging. Bereitete sich darauf vor, La'Isa zu begegnen, sich selbst zu sehen, nur in tot, in nachtwindkühl – und lachte auf, als der Neuankömmling sich neben das Mädchen in die schmale Tür quetschte. Es war nicht La'Isa, nein, es war eine weitere Ausgabe des rothaarigen Wuschelkopfes. Das gleiche Gewand, das gleiche Gesicht, die gleichen neugierigen Augen, ein ebensolches Mal: Ein Zwilling, genau so angetan von Na'Bao wie die Schwester, so dass an ihm nun zwei himmelblaue Augenpaare klebten.

Sophie und Na'Bao wurden an den Händen gefasst und in den Turm hineingezogen, während die ununterscheidbaren Stimmen der beiden Rothaarigen auf sie einplapperten.

»Sie freuen sich, dass La'Isa auch einen Zwilling hat«, übersetzte Na'Bao. »Sie sagen, ihr wäret euch nicht so ähnlich wie sie, aber das läge daran, dass ihr euch nie gesehen hättet und eure Kleidung nicht abstimmen könntet.«

Der Raum, den sie betraten, war rund und dämmerig. Blanke Mauern, zwei niedrige Betten, zwei Truhen und ein Tisch mit zwei Hockern, mehr Einrichtung gab es nicht – und in der Ecke führte eine Holztreppe in das nächste Stockwerk.

»Sie sind morgens in der Schule ihres Dorfes und nachmittags wie auch nachts hier. Als Zofen. Ihnen machen die Toten nichts aus, sie mögen auch den Turm, dies ist ihr Zimmer. Ihrer Herrin gefällt er nicht, er ist ihr zu dunkel, aber sie wird ohnehin bald wegziehen.«

Na'Bao hob eine Hand, um den unaufhörlich plätschernden

Doppel-Redefluss zu stoppen, und stellte eine Frage. Die rotgelockten Köpfe wurden synchron geschüttelt, eine ausführliche Antwort kam wieder in Stereo.

»La'Isa ist nicht da, sie wissen nicht, wo wir sie finden können. Sie geht oft weg, kommt erst nach Stunden zurück, manchmal auch erst nach Tagen.«

Als er den Zwillingen antwortete, legte Na'Bao ein Lächeln in seine Stimme, das deren Mienen in schmelzendes Vanilleeis verwandelte. Sie berieten und waren sich nach keiner Minute einig.

»Ich habe gebeten, La'Isas Zimmer sehen zu können, doch sie dürfen niemanden hineinlassen, wenn ihre Herrin nicht da ist. Aber sie wollten jetzt Pause machen, und falls wir hochgingen, während sie nicht da wären, könnten sie ja nichts dafür.«

Sophie lachte, die beiden Mädchen schlüpften winkend an ihr vorbei aus dem Turm, und Na'Bao begann ohne ein weiteres Wort, die Holztreppe zu erklimmen.

»Wozu willst du ihr Zimmer sehen?«, fragte Sophie, die nach der anfänglichen Angst, ihrem Spiegel zu begegnen, enttäuscht war, dass sie den Weg durch diese finsteren Gassen vergeblich gemacht hatten.

»Jetzt sind wir hier, warum sollten wir uns nicht ansehen, wie sie lebt?«, erwiderte Na'Bao, dann standen sie schon vor einem weiteren Vorhang. Na'Bao schob ihn zur Seite und sie traten in einen Raum, der um einiges luxuriöser eingerichtet als das karge, zweckmäßige Zimmer im ersten Stock: Es gab einen niedrigen Tisch mit einer goldenen Schale darauf und einem Kronleuchter unter der hohen Decke, auf dem Boden lagen unzählige prächtig bestickte Sitzkissen. Die Wände waren weiß verputzt und mit Teppichen behängt, die Fenster standen auf und ließen frischen Wind durch den Raum wirbeln. Es gab erneut eine Treppe ins nächste Stockwerk, an ihrem Ende wartete ein dritter stoffbehangener Durchgang. Die Vorhänge flogen unter Na'Baos kräftiger Hand auf, wiederum war das Zimmer verlassen. Es schien ein Schlafzimmer zu sein, denn abgesehen von zwei Sesseln und einem Sekretär nahm eine elegante Chaiselongue den größten Raum ein. Aber es gab noch mehr zu sehen: Truhen voller farbenfroher Kleider, Schuhe in Reih und Glied, unzählige Fibeln und Gürtel und Armreifen, die vor einem großen Kasten lagen, als wäre jemand beim Ausräumen gestört worden. Auf dem Sekretär Bücher und samtgebundene Notizbücher, Batterien von silbern schimmernden Stiften, Döschen, Bürsten, Spiegel, Spangen.

Weder Na'Bao noch Sophie machten Anstalten, irgendetwas zu berühren. Sie standen nur da und besahen sich in wortlosem Staunen diese Schatzkammer, angefüllt mit all den Dingen, die ein Mädchen in dieser anderen Welt sich nur wünschen konnte, dann drehten sie sich fast zeitgleich auf dem Absatz um und verließen den Turm. Und stiegen die zahlreichen Treppen der Totenburg hinab, beide in ihren eigenen, trüben Gedanken versunken.

***

»Ich würde zu gern wissen, wohin sie gegangen ist«, brach Na'Bao das Schweigen, als sie den Bereich der Kinder verließen.

»Wenn du niemanden fragen willst, werden wir das nie herausfinden«, gab Sophie frustriert zurück. »Der ganze Ausflug war völlig nutzlos.«

Na'Bao schüttelte den Kopf. »Das stimmt nicht, wir haben durchaus etwas erfahren.«

Sophie merkte auf. »Was denn?«

»Dass La'Isa in einem Zimmer lebt, welches ihr als Tochter eines Apothekers und einer Lehrerin sicher nicht zusteht. Hast du die Kleider gesehen, den Schmuck? Das ist nicht, was meine Eltern ihr ins Grab gegeben haben. Jemand mit viel Einfluss hat dafür gesorgt, dass ihr Sarg geöffnet und die Grabbeigaben ausgetauscht wurden.«

Sophie runzelte die Stirn, doch dann nickte sie: Was Na'Bao sagte, klang naheliegend. Und war es nicht ebenso seltsam, dass sie zwei Dienerinnen hatte? Er stimmte ihr zu, als Sophie diese Frage aussprach.

»Ja, sehr ungewöhnlich. Ich habe nie zuvor gehört, dass ein Toter eigene Diener hätte. Vielleicht ein Rat, vielleicht ein reicher Kaufmann. Doch gewiss keine Schülerin.«

»Du weißt aber nicht«, fuhr Sophie dann fort, »ob sie diese Dinge bekommen hat, weil sie Teil des Plans ist. Sie ist die Erste, die in dieser Welt wirklich gestorben ist, vielleicht hat man ihr deswegen Geschenke gemacht?«

Na'Bao schüttelte den Kopf, seine schmalen Lippen zeigten zu deutlich, dass der alte Zorn erneut in ihm hochkochte.

»Warum wollt ihr alle, dass sie ein armes Opfer ist?«, zischte er. »Gin'Sah quält sich lieber mit der Schuld, als sich einzugestehen, dass sie ein eigensüchtiges Biest war. Und du ... Weshalb suchst du nach Gründen, aus denen sie nur zufällig in diese Sache gestolpert ist?«

»Es *könnte* so sein, mehr sage ich nicht«, lenkte Sophie ein. »Sie ist immerhin irgendwie ... ich. Es wäre unglaublich, wenn sie mich eingeplant hätte, als wäre ich ihre Marionette. Was du sagst, ist ebenso wahrscheinlich.« Sie stockte. »Nein, es ist wahrscheinlicher. Aber wir wissen es nicht, verstehst du?«

Na'Bao gab ein knurrendes Geräusch von sich, dann hielt er inne.

»Schau!«

Er wies auf eine Treppe, wie es sie in der Totenburg zu Dutzenden gab: Sie führte von dieser Gasse über einen Absatz zu einer weiteren Ebene Häuser. Der Absatz bot eine gute Aussicht auf die Straße – und aus genau diesem Grund hatten sich dort wahrscheinlich die zwei rothaarigen Mädchen platziert, La'Isas Dienerinnen. Die Beine der Zwillinge baumelten in der Luft, die Rotschöpfe steckten eng zusammen, flüsterten miteinander – was jedoch nicht das Problem war. Das bestand eher schon darin, dass die eine ein Messerchen in der Hand hatte, das fleißig Stücke aus einem Apfel schnitt, die abwechselnd in dem einen, dann in dem anderen roten Mund verschwanden. Ein Apfelrest lag neben ihnen, ebenso wie ein noch unversehrtes, glänzendes Exemplar. Der Duft der Frucht zog süß durch die Gasse, und auch, wenn die Toten ihn nicht riechen konnten, schienen die eifrig kauenden, sich die fruchtsaftklebrigen Finger abschleckenden Mädchen ihnen ein Dorn im Auge zu sein: In Gruppen standen die Kühlen beieinander, starrten und zeigten auf die Störenfriede, manche wandten sich mit fassungslosen, geradezu schockierten Gesichtern ab. Hätte Sophie ihre Stimmen hören können, wären sie fraglos voll von der Wut gewesen, die in ihren Mienen lag.

Warum dieser harmlose Apfel einen derartigen Aufruhr erzeugte, konnte Sophie sich selbst zusammenreimen: Die Toten rochen und schmeckten nichts, hatten seit Jahren, Jahrzehnten, Jahrhunderten keine Speise, kein Getränk über ihre Lippen gebracht. Und das nicht nur, weil es ihre Körper nicht danach verlangte – ihr Geruchssinn war ebenso abgestorben wie ihre Geschmacksnerven, dennoch war da die das unformulierbare Wissen, wie es war, wenn etwas süß, sauer, salzig oder scharf schmeckte. Ja: Jeder Bissen, der in den Mündern der Mädchen verschwand, war für diese Menschen die grausame Erinnerung daran, was sie verloren hatten und was nicht zurückzugewinnen war. Jeder Bissen sagte ihnen, dass sie tot waren, ein für alle Mal.

Die Zwillinge nahmen nichts davon war, zu abgelenkt von ihrem Gespräch, zu eifrig mit Kauen beschäftigt. Als Bewegung in die erstarrte Menge kam und die Leiber auseinanderwichen, um zwei schwarzgewandeten Wachen Platz zu machen, zweifellos gerufen, um die Mädchen aus der Totenburg zu entfernen, packte Na'Bao Sophie an der Hand. Er zog sie die Treppe hinauf, drückte, schob und stieß dabei jeden zur Seite, der im Weg stand und seinen Sturmschritt bremste. Auf dem Absatz angekommen, riss er die Mädchen hoch und mit sich. Sie rannten Treppen hinunter und hinunter und hinunter, die brüllenden Wachen hinter sich, die watteweichen Toten vor sich. Sie rannten, bis Sophies Füße sich brennend heiß anfühlten, ihr der Schweiß über das Gesicht lief – und irgendwann erreichten sie die unterste Ebene. In der ziellos wandernden Menge Toter mussten sie ihren Schritt anpassen, doch die Wachen waren weg: abgehängt oder schon zufrieden damit, dass der Stein des Anstoßes verschwunden war aus dem Bereich der wachen Toten, und so kamen sie ohne Probleme hinaus aus der Totenburg.

***

Die Vier hatten in ihrer Eile einen anderen Ausgang genommen als den, über den Sophie und Na'Bao in die Totenburg gelangt waren. Auch auf dieser Seite gab es die unvermeidlichen Äcker auf jedem freien Stück Land, der Wald jedoch fehlte: Totenburg nach Totenburg ragte in die Höhe, so weit das Auge reichte, verbunden durch schmale Wege. Und Sophie hegte keinen Zweifel daran, dass sie sich nicht nur im Äußeren, sondern auch im Inneren glichen: unten die Alten in ewigem Trübsinn, oben die Kinder in ewiger Fröhlichkeit.

In unmittelbarer Nähe befand sich aber auch ein Dorf aus ein- bis zweistöckigen Häusern, zu diesem zogen die Zwillinge Sophie und Na'Bao. War die Stadt von einer steinernen Mauer umgeben gewesen, wehrte sich das Dorf mit einer hohen Palisade aus Holzpfählen gegen ungebetene Gäste. Wer hinein wollte, musste auch hier an Wachen vorbei – Sophie zählte sechs Stück, gewandet wie die, die sie in der Totenburg gesehen hatten. Dennoch ließ ihr Anblick Na'Bao stutzen.

»Das ist ungeheuerlich«, flüsterte er Sophie zu. »Die Dörfer der Freien dürfen sich nicht abschotten. Und das Tragen von Waffen ist ihnen ebenso verboten!«

»In der Totenstadt waren doch auch Wachen«, gab sie zurück, während Na'Baos Augen über die Schwerter an den Gürteln glitten.

»Zum Schutz der Toten vor den Freien, das ist etwas ganz anderes.«

Na'Baos Bedenken gefielen Sophie gar nicht.

»Sollten wir da wirklich reingehen?«, erkundigte sie sich, was Na'Bao sichtlich nicht verstand.

»Warum nicht?«

»Du hast mir erzählt, Freie wären Verbrecher, die ihr aus der Stadt verbannt habt. Ich meine, die Zwillinge sind ja nett, aber ...«

Ihre Stimme verklang, Na'Bao lachte leise, wenn auch nicht wirklich fröhlich.

»Dann habe ich mich falsch ausgedrückt«, sagte er. »Ja, Bürger werden frei, wenn sie gegen die Gesetze des Rates verstoßen, doch unter einem Verbrecher versteht ihr etwas anderes. Was du im Palast zum Rat gesagt hast ... Nun, wärest du ein normaler Bürger, hätte man dich aus der Stadt geworfen. Freie sind fast immer Leute, die mit unserer Art zu leben Probleme haben. Menschen, die ein schweres Verbrechen begehen, landen im Kerker.«

Sophie war erleichtert und erschüttert zugleich, doch bevor sie antworten konnte, stoppte sie die abwehrend vorgestreckte Hand einer der Wachen. Der Mann nickte den Zwillingen zu, machte dann eine unmissverständliche Geste zu Sophie und Na'Bao: Euch kenne ich nicht, was wollt ihr hier? La'Isas Dienerinnen redeten auf den Mann ein, der schnarrte ein paar Worte, woraufhin Na'Bao seine Hand vorstreckte und deren Rücken inspizieren ließ. Sophie tat es ihm nach: unversehrt, ohne das Mal der Freien. Das Gesicht der Wache wurde finsterer, sie zog ihr Schwert, zwei scharfe Worte riefen die anderen Soldaten herbei.

»Kaugummi?«

Sophie fuhr herum: Neben ihr stand ein Mann, so plötzlich, als wäre er aus dem Nichts emporgewachsen. Mittelgroß, sehr kräftig, blond – und in seiner enormen Pranke lag ein zerknautschtes, aber unverkennbar gelbes Päckchen Juicy Fruit.

»Ich mag lieber Pfefferminz«, gab Sophie zurück, ohne darüber nachzudenken, was sie damit über sich verriet – wahrscheinlich nichts, was der Mann nicht schon wusste.

Der lachte. »Ich auch«, erklärte er im flüssigsten Englisch, dass sie in dieser Welt bislang gehört hatte, »aber genau deswegen sind mir die wohl ausgegangen.«

Sein grobes, sonnengebräuntes Gesicht wurde ernst. »Was führt euch her?«

»Wir haben die beiden in der Totenstadt getroffen, sie

haben uns eingeladen«, antwortete Sophie mit Kopfnicken zu den Zwillingen.

Die knicksten bewundernswert synchron, als der Mann sich zu ihnen umwandte, eine buschige Augenbraue hochzog und sich durch seinen sauber gestutzten Vollbart strich.

»Wie nett von ihnen«, knurrte er, die Mädchen tauschten einen betretenen Blick: Auch ohne Englisch zu können, war die Rüge laut und deutlich gewesen.

»Junge, sprich«, wandte der Mann sich dann an Na'Bao, während die Wachen im Tor dem für sie unverständlichen Gespräch aufmerksam folgten, die blanken Schwerter noch in der Hand. »Was tut ein Mädchen aus der anderen Welt bei uns? Was suchst du Stadtkind hier draußen?«

»Ich heiße Na'Bao ...«, setzte der an, was dem Mann eine wegwerfende Geste entlockte, als wäre das völlig uninteressant.

»Sie ist gegen ihren Willen hergebracht worden, auf Befehl des Rates«, wurde Na'Bao nach kurzem Nachdenken deutlicher. »Wir sind aus der Stadt geflohen.«

»Vom Rat? Was hat der edle Na'Tenbeh für Pläne mit ihr?«

»Das würde ich nur ungern verraten müssen.«

»Aha. Nun, wahrscheinlich würde ich es auch nur ungern wissen wollen. Und wie bekommst du sie nun auf dem schnellsten Wege dahin zurück, wo sie hergekommen ist?«

Der Mann klang, als wäre dies eine Prüfung und als gäbe es nur eine richtige Antwort, doch Na'Bao antwortete so prompt, als trage er die Lösung schon länger mit sich herum.

»Ich könnte sie zu einer Weltengeherin bringen, die die Kunst beherrscht, Menschen zu transportieren.«

Der Mann nickte. »Sehr gut. Und du denkst, so jemanden findest du hier, in meinem bescheidenen Dorf?«

»Nein.«

»Warum nicht? Hältst du uns Freie alle für Ackergäule, Stadtkind?«

»Nein. Ich war nie zuvor hier, daher weiß ich nicht, ob es einen solchen besonderen Weltengeher unter euch gibt. Da man mich lehrte, es gäbe so wenige, rechne ich nicht damit.«

Der Mann schien diese Antwort zu überdenken.

»Gut gesprochen«, lautete sein Urteil. »Wenn hier nur vielleicht, wo kannst du dann doch ganz gewiss einen Weltengeher finden, der die Kunst beherrscht, Menschen zu transportieren?«

»An zwei Orten auf dieser Insel.«

»Nenn einen.«

Na'Bao zögerte, antwortete aber doch, als die Augenbrauen des Mannes sich provozierend hoben.

»In Eygon.«

»Wie heißt die Weltengeherin, die dort lebt?«

»Gat'Lin.«

Die Stirn des Mannes kräuselte sich, als fände er Na'Baos Wissen verdächtig detailliert.

»Kennst du sie?«

»Ja.«

»Was brachte sie mit aus der anderen Welt, ohne es abzuliefern, wie es das Gesetz des Rates verlangt?«

Na'Bao zögerte erneut, die Augen des Mannes wurden schmaler.

»Antworte.«

»Eine Uhr, die die Zeit ohne Zeiger anzuzeigen vermag und kein Uhrwerk besitzt.«

»Woher weißt du das?«

»Sie zeigte sie mir.«

»Du lügst. Warum sollte Gat'Lin dir so etwas anvertrauen?«

»Sie ist meine Großmutter.«

»Du bist Gin'Sahs Sohn?«

»Ja.«

Das schien schwer zu wiegen, denn der Mann musterte Na'Bao nun interessierter und mit einigem mehr an Achtung.

»Du sagst, ihr wäret aus der Stadt geflohen. Und du denkst, du schaffst es mit dem Mädchen bis zur Küste? Durch dieses ach so gefährliche, wilde Land außerhalb der dicken Mauern deiner schönen, steinernen Stadt?«

Na'Bao straffte sich. »Ich vermag durchaus, mit einem Schwert umzugehen.«

Er erntete ein spöttisches Lächeln. »Du hast keines und

besitzt nur die weichen Hände eines Stadtkindes.«

»Ich wurde ausgewählt für die Kohort und musste bereits an den Trainingseinheiten teilnehmen.«

Die letzte Antwort hatte Na'Bao fast schon widerwillig gegeben, sie ließ den Mann stutzten.

»Soso. Und, bist du zufrieden mit der Entscheidung der Kommission?«

»Nein.« Eine schnelle Erwiderung, scharf dazu.

»Warum nicht?«

Na'Baos Lippen wurden schmal. »Ich habe keine Lust, mein Leben lang einen Haufen Dummköpfe dabei anzuleiten, die Freien auszuplündern«, erwiderte er.

Die Miene des Mannes blieb ganz neutral, als er das hörte, was Sophie wunderte, schließlich hatte Na'Bao doch gerade für die Freien, deren Grau der Mann trug, Partei ergriffen. Dann trat der Mann ein, zwei Schritte zurück, zog sich mit einer geschmeidigen Bewegung das bodenlange Gewand über den Kopf – und enthüllte eine schwarzlederne Uniform: eine Wache, der silbernen Verzierung in Form von vier Sternen auf der Brust nach zu urteilen auch noch eine ranghohe.

»Oh scheiße«, entfuhr es Sophie, der Mann lachte, während Na'Bao nickte, als habe er eins und eins zusammengezählt.

»Fat'Wan«, sagte er. »Der Weltengeher, der ein Freier wurde. Gin'Sah spricht oft von Ihnen.«

»Es heißt *Hauptmann* Fat'Wan. Und Gin'Sah spricht nur Gutes, hoffe ich?«

»Ja. Voller Hochachtung, aber mit Trauer in der Stimme«, antwortete Na'Bao, was den Mann ernst werden ließ.

»Ja, das klingt ganz nach Gin'Sah: zu gut selbst für die beste aller möglichen Welten.« Fat'Wan machte eine einladende Geste in das Dorf. »Seid willkommen. Esst, erfrischt euch. Doch ihr müsst gehen, bevor es dunkel wird, denn ich habe keine Lust, mein Dorf gegen die verteidigen zu müssen, die der Rat früher oder später auf die Suche nach euch schicken wird. Die Dummköpfe, wie du sie nanntest.«

»Danke«, entfuhr es Sophie, und als der Mann sie ansah, lächelte er.

»Ihr seid Kinder, was könnt ihr uns Böses. Haltet euch bedeckt, sprecht leise, damit ihr nicht auffallt. Und Junge« – Na'Bao verzog den Mund angesichts dieser Anrede – »ich würde ungern erfahren, dass du nach deiner Rückkehr in der Stadt erzählt hast, was du bei uns sahst. Wir haben unser eigenes Ding mit dem Rat und den Städten zu regeln, und wenn du nicht willst, dass wir uns in deine Sachen mischen ... Du verstehst. Und bevor du fragst: Ein Schwert werde ich dir erst geben, wenn du meine Farben trägst.«

Na'Bao nickte, Fat'Wan richtete ein paar Worte an die Wachen am Tor, und sie konnten passieren.

***

»Was ist die Kohort?«, wisperte Sophie, als hinter den Zwillingen durch das Tor traten.

»Eine Schule.«

»Aber keine normale Schule?«

»Natürlich nicht!«

Na'Baos Stimme war scharf, Sophie schreckte zurück. Sie stellte keine weitere Frage, wartete einfach ab – bis er seufzte.

»In der Kohort werden die Kommandeure der Wachen ausgebildet. Ich bin im letzten Jahr der dritten Schule, und meine Prüfungen haben ergeben, dass ich diesen Weg einschlagen muss.«

»Das hast du mir im Palast schon erzählt, nicht wahr? Du sagtest, du hättest Einspruch erhoben.«

Na'Bao nickte. »Ich bin zur Kommission gegangen und habe gefragt, warum sie so entschieden hätten. Man verweigerte mir die Auskunft. Auch, als ich verlangte zu wissen, welche anderen Berufe in Reichweite lägen. Sie warfen mich hinaus, also schrieb ich einen Brief. Die Antwort bestand in einer Vorladung: In wenigen Tagen muss ich vor dem Richter erscheinen und mir das Urteil anhören.«

»Darüber, welchen Beruf du bekommen wirst?«

Ein kaltes Lächeln.

»Darüber, welche Strafe ich für den Einspruch erhalte. Von

allen Berufen ist der Dienst bei den Wachen der, den ich am wenigsten wollte. Aber in meinem Jahrgang hat es viele getroffen, viel mehr als sonst. Als würde der Rat eine Armee aufstellen. Ja, der Rat rüstet sich, und die Freien auch, wie man sieht. Nur der normale Bürger weiß nichts davon.«

Sophie folgte Na'Baos Blick und verstand, was er meinte. Zwei große, langgestreckte Häuser lagen hinter dem Tor, neu, gebaut aus den gleichen Holzstämmen wie der Wall. Scheinbar waren hier weitere Wachen stationiert: Eine Gruppe trainierte mit Stöcken die immer gleiche Abfolge von Hieben, andere schienen Befehle eingebläut zu bekommen, denn sie wiederholten im Chor, was ein jüngerer Mann mit asiatischen Zügen ihnen zurief.

Hinter dem Übungsplatz hämmerten in einer Schmiede mehrere Männer auf glühende Metallstücke ein, dass die Funken flogen, die Gesichter schwarz vom Ruß, die bloßen Oberkörper schweißbedeckt. Eine Reihe fertiger Schwerter lehnte an der Wand, daneben lag ein Haufen von fingerlangen Bolzen, die wie angespitzte Mensch-Ärgere-Dich-Nicht-Figuren aussahen. Ein alter Mann war dabei, diese auf kurze Holzstäbe zu stecken, neben ihm lagen Bündel über Bündel der fertigen Pfeile.

»Was sind das für seltsame Geschosse?«, flüsterte Na'Bao, »für Bögen sind sie viel zu kurz!«

Sophie zuckte mit den Schultern. »Pfeile für eine Armbrust vielleicht.«

»Was ist eine Armbrust?«

»So was ähnliches wie ein Bogen, aber besser. Schneller, weiter und genauer. Du legst den Pfeil auf eine Schiene, spannst die Sehne mit einer Kurbel oder so etwas, und wenn du die Sehne löst, schießt sie den Pfeil ab.«

In einem anderen Gebäude wurde flüssiges Metall in Formen gegossen, unter lautstarkem Zischen und einem scharfen Geruch nach Rost und Kupfer und verbranntem Holz.

»Und was sind das dort für Kugeln? Sind die für Gewehre? Ich las davon in einem Buch, das ich herüberbrachte.«

Sophie schüttelte den Kopf, als sie die apfelsinengroßen Geschosse sah, die in Haufen vor der Gießerei lagerten.

»Nein, die sind bestimmt für Kanonen.«

»Was macht man mit Kanonen?«

»Auch schießen. Aber eher auf Gebäude oder Mauern als auf Menschen.«

»Stadtmauern? Palastmauern?«

»Zum Beispiel.«

Na'Bao nickte verstehend, sagte aber nichts mehr.

Die Zwillinge hatten geduldig gewartet, während sie an der Schmiede und der Gießerei verweilt hatten, nun führten sie Sophie und Na'Bao die staubtrockene Dorfstraße hinunter. Gesäumt wurde sie von gedrungenen Wohnhäusern aus Fachwerk, die Dächer bestanden aus dicken Lagen Stroh, von Wind und Wetter gegraut und zerzaust. Die Fenster waren winzig, besaßen statt Glasscheiben nur hölzerne Läden. Für Blumen oder Beete war kein Raum, gab es mal ein kleines Stück Grün, war es ein Nutzgarten mit Karotten, Zwiebeln und Kohlköpfen. Kein Vergleich zu der geputzten Stadt aus Stein, das Dorf wirkte arm. Nicht verkommen, aber so, als wäre gerade genug da, um alles aufrecht zu halten, mehr aber auch nicht.

Die Menschen, denen sie begegneten, trugen ausnahmslos grau, oftmals verschlissen oder mehrfach gestopft. Viele Leute waren indes nicht unterwegs: Es war Mittagszeit, wer nicht auf dem Feld war, schien beim Essen zu sitzen. Und jeder Mann, jede Frau und jedes Kind hatte das Mal auf der Hand – eine wulstige Narbe, schmerzhaft breit und lang. Die farbigen Gewänder von Sophie und Na'Bao erregten Neugier – auf der Straße, noch mehr aber in dem Gasthaus, das das Ziel der Zwillinge war. Unter einem Wappen mit gekreuztem Besteck öffnete sich eine Tür in einen dämmerigen Raum mit Theke und zahlreichen Tischen. Die meisten waren besetzt, Lachen und Geschirrklappern lagen in der Luft – was beides verstummte, als die Blicke der Gäste auf Sophie und Na'Bao fielen. Die Zwillinge liefen leichtfüßig zur Theke, begrüßten die dort Becher waschende Frau mit je einem Küsschen auf die

Wange, während Sophie und Na'Bao nach ein paar Schritten in den überhitzten Raum stockten. Die fragenden Augen der Gäste lagen auf ihnen und es dauerte gefühlt eine Ewigkeit, bis die Frau hinter der Theke ihnen bedeutete, sie sollte sich an einen freien Tisch in der Ecke setzen: Die anderen Gäste wandten sich daraufhin erneut ihrem Mittagessen zu, der Lärmpegel schwoll wieder an.

»Sie möchten wissen, ob wir Hunger haben«, übersetzte Na'Bao die Frage einer der beiden Mädchen, und antwortete, ohne Sophies Entgegnung abzuwarten. Der eine Zwilling flitzte los, während der andere Stühle zurecht zog und großes Gewese darum machte, dass sie bequem saßen.

Als Schalen mit einem hellgelben, dampfenden Getränk vor ihnen standen, hockten sich die Mädchen ihnen gegenüber. Sophie schnupperte an dem Getränk: heiß, süß, milchig, kräftiges Kräuter-Aroma.

»Was ist das?«, fragte sie Na'Bao.

»Es heißt Khui. In Milch gekochte Kamille mit Honig. Gibt es das bei euch nicht?«

»Etwas Ähnliches. Wir geben Sahne in Tee, aber wir kochen ihn mit Wasser«, fügte sie hinzu, nahm einen zögerlichen Schluck und befand das Getränk für köstlich. Der weiche, leicht medizinische Duft erfrischte ihre Nase, die Schale wärmte ihre Hände. Die heiße Flüssigkeit rann ihre Kehle hinunter und schien sie zu reinigen von all der kalten Angst, die diese heute schon so oft zugeschnürt hatte. Ja, es tat wohl, hier zu sitzen, in dieser warmen Ecke, wo sich niemand um sie scherte. Und wo um sie herum allzu deutlich Lebende saßen – abgesehen von der Kleidung, der Sprache und diesem fremden Getränk hätte Sophie auch in einem altmodischen Pub in ihrer Welt sitzen können.

Von der Theke rief eine Stimme zu ihnen herüber, eines der Mädchen erhob sich und kam nach Sekunden mit einer Platte voller kleiner, runder Sesamkuchen zurück.

»Thi'Sah?«, wiederholte Sophie fragend den Namen, den sie verstanden zu haben glaubte, doch die zwei Lockenköpfe schüttelten sich synchron.

»Thi'Sha«, sagte das linke Mädchen mit betontem 'sch' im zweiten Laut, deutete dann auf ihre Schwester. »En Thi'Dan.«

»Sophie«, antwortete diese, zeigte dabei auf sich, und als die Mädchen den Namen wiederholten, zerlegten sie ihn selbstverständlich in zwei Silben: So'Fih. Diese lachte, nahm einen der warmen Kuchen und pflückte Stücke davon ab, während Na'Bao die Aufmerksamkeit der Zwillinge auf sich lenkte, was nicht sonderlich schwierig war: Der Blick der beiden war nun womöglich noch hingerissener als bei ihrer ersten Begegnung am Turm, hinzugekommen war etwas, was an Bewunderung für den Lebensretter heranreichte, und Sophie lächeln ließ. Mit einem kleinen Pieken der Eifersucht, das sie auch dieses Mal mit Überraschung registrierte.

Na'Bao stellte Fragen, wie Sophie aus dem Tonfall ableitete, doch er erntete erst einmal nur ratlose Blicke, Kopfschütteln und magere Worte.

»Sie haben keine Ahnung, wie La'Isa an die teuren Dinge gekommen ist. Man hat ihnen gesagt, ihr Vater hätte im Palast gearbeitet, daher glaubten sie, sie sei reich und erhalte deswegen diese Sonderbehandlung.«

Sophie kaute nachdenklich ihrem Kuchen.

»Sie sagten doch, sie würde bald ausziehen, oder? Wissen die beiden, warum und wohin?«

Na'Bao gab Sophies Frage weiter, die Mädchen zuckten mit den Schultern.

»Sie wissen nur, was sie uns schon erzählt haben. Der Turm ist La'Isa zu dunkel, und als sie die beiden als Zofen ausgesucht hat, hat sie gesagt, dass sie dort nur vorrübergehend wohnen werde.« Er schoss einige Fragen dahinter her. »Sie wissen nicht, wohin sie dann gehen wird.«

»Wann hat sie die Räume besichtigt?«

Na'Bao übersetzte, und als sein Gesicht erstarrte, wusste Sophie, dass die Antwort ein Hinweis war. Und zwar keiner, der Na'Baos Verdacht zerstreuen konnte.

»Vor sechs Wochen.« Er verstummte, und seine Veilchenaugen brannten in Sophies, als er fortfuhr. »Das war drei Wochen vor ihrem Tod. Sie soll fröhlich gewesen sein, als sie den Turm besichtigt hat. Die beiden fanden das komisch: Wer ist schon fröhlich, wenn er weiß, dass er sterben wird? Sie haben gedacht, ihr Spiegel wäre krank, sie habe davon erfahren und treffe deshalb diese Vorkehrungen.«

Sophie nickte, und ihr Magen sackte ab, als ihr aufging, was das bedeutete: La'Isa hatte das Leben nach ihrem Tod geplant – also hatte sie gewusst, dass sie sterben würde. Sie hatte dieses Gift wirklich in voller Absicht getrunken. Es war kein Unfall gewesen, sondern eiskalte Berechnung – und zwar eine, die ohne Sophies Tod nicht funktionierte.

***

Die Zwillinge schienen zu spüren, dass sie etwas gesagt hatten, dass Na'Bao und Sophie unter sich besprechen wollten, und verabschiedeten sich. Sie ließen Na'Bao und Sophie in der Gastwirtschaft zurück, wo sie langsam und schweigend ihren Khui tranken. Dann sah Na'Bao auf.

»Was möchtest du nun tun?«, fragte er, Sophie legte den halb gegessenen Kuchen auf die Platte, weil ihr der Appetit gehörig vergangen war.

»Ich will La'Isa finden und ihr sagen, dass sie das größte Miststück ist, das mir jemals begegnet ist. Und ich möchte sie so lange schütteln, bis sie mir verrät, warum sie das Gift getrunken und mich in diese Lage gebracht hat.«

»Wir können zurückgehen und im Turm auf sie warten. Aber für wie lange? Sie kann heute kommen, vielleicht auch erst in einer Woche. Und was würde es dir bringen? Sie wird dich auslachen für deinen Zorn, denn das tut sie immer.«

Sophie betrachtete gedankenverloren ihre Hand, knibbelte an dem mittlerweile schon verschorften Stich der Fibel-Nadel herum, bis Na'Bao ihre Hand wegzog.

»Nicht«, sagte er, legte ihre Hand auf dem Tisch ab und drückte sie dabei sanft, was Sophies Herz einen unerklärlichen, kleinen Hüpfer machen ließ.

»Im Park meintest du, du wolltest deine Entscheidung treffen, nachdem du mit La'Isa gesprochen hast«, sagte er dann. »Weil du dann wüsstest, ob sie wirklich mit dir kalkuliert hat. Mit deiner Trauer, deinem Tod.«

Ja, das hatte sie gesagt, aber das Gespräch war nie zustande gekommen. Dennoch wusste sie jetzt mehr als dort im Park: Na'Bao hatte recht gehabt, das Ganze war geplant gewesen. Eiskalt. Und hatte Sophie nicht kundgetan, sie wolle in ihre Welt zurück, wenn das wirklich so wäre? Ja. Doch das hatte sie gesagt, bevor sie die Totenburg gesehen hatte, insbesondere die wandernden Toten ganz unten.

»Ich weiß nicht, was ich machen soll«, versuchte Sophie ihre Gedanken zu erklären. »Die Toten ... Sie brauchen jede Hilfe, die sie bekommen können, aber ich habe Angst vor diesem Gift. Davor, dass es mich wirklich tötet. Dass ich so ende wie eure Toten, dass ich auf ewig dort umhergehen muss.« Sie sah hoch. »Ist das feige?«

Na'Bao schüttelte nur wortlos, aber entschieden den Kopf.

»Kann ich vielleicht noch einmal mit Gin'Sah sprechen?«, fragte Sophie. »Ich so würde gern glauben, dass dieses Gift wirkt, wie er sagt. Dass es mich nur in einen todesähnlichen Zustand versetzt, aus dem er mich wieder erwecken kann.«

»Was soll er dir mehr sagen? Er versicherte dir, das Gift würde dich nicht töten.«

»Er könnte mir zeigen, wie es funktioniert.«

»Es gibt nur noch eine Portion Gift«, erwiderte Na'Bao. »Du hast den Kasten gesehen, nicht wahr? Im Palast?«

»Ja.«

Er nahm sich einen der Kuchen und tunkte ihn in seinen Milchtee.

»So, wie es in dem Kasten mit dem Antidot drei Fläschchen gab, gab es auch drei Portionen Gift. Wir fanden den Kasten neben La'Isa auf der Erde. Ein Fläschchen lag in ihrer Hand, leer. Eines war zerbrochen, sein Inhalt verloren, nur das Dritte blieb unversehrt. Es hat mehrere Monate gedauert, das Gift zu vervollkommnen und es würde Wochen dauern, neue Rationen herzustellen.«

Na'Bao biss in den Kuchen, nickte dann gedankenverloren.

»Aber die Idee ist hilfreich. Stell die Bedingung, dass du

sehen möchtest, wie das Gift arbeitet. Das ist dein Recht, schließlich sollst du es trinken. So gewinnst du Zeit, um dir klarzuwerden, was du tun willst und bekommst zudem eine Demonstration, die deine Zweifel ausräumen kann.«

»Hast du gesehen, wie es wirkt?«, erkundigte sich Sophie, weil Na'Bao so sicher klang, doch er schüttelte den Kopf.

»Gin'sah würde mich nie bei dergleichen zuschauen lassen. Aber ich glaube ihm, denn er ist ein ehrlicher Mensch.«

»Hat man ihn wohl gezwungen, das Gift zu mischen?«

»Nein. Warum auch? Es ist eine interessante Aufgabe zum Wohle unserer Welt. Dass La'Isa daran sterben würde, konnte er nicht ahnen. Er hielt es für eine Ehre, bei der Lösung dieses Problems helfen zu können. Er kennt das Leid der Toten, das allein ist sein Beweggrund.«

»Und du meinst auch nicht, dass man deine Schwester überredet hat, sich mit diesem Gift das Leben zu nehmen?«

Na'Bao schnaubte nur, sein Gesicht wurde nach den freundlichen Worten über Gin'Sah wieder hart. Was Sophie ihm nach dem, was sie wussten, nicht verdenken konnte: Wer unter Zwang handelte, lief nicht voller Vorfreude los und besichtigt sein neues Zuhause – nein, eine unter Zwang handelnde La'Isa hätte sich anders verhalten. Ängstlicher, zögernder. Genau so, wie Sophie sich fühlte, weil Fremde versuchten, über ihr Leben und ihren Tod zu bestimmen.

»Wir machen es, wie du gesagt hast«, sagte sie nach ein paar Minuten, in denen sie ihren Gedanken nachgehangen war. »Ich will sehen, wie das Gift wirkt, bevor ich es trinke. Wenn es hält, was Gin'Sah verspricht, werde ich ihm vertrauen und tun, was ich kann, um eurer Welt zu helfen.«

»Und was ist mit deinem Freund? Julian?«

Sophie zuckte zusammen, als dieser Name seit Stunden erstmals wieder in ihr Bewusstsein drang – und ihr ein schlechtes Gewissen machte, als habe sie ihn vernachlässigt.

»Was meinst du? Was ist mit Julian?« Ihre Stimme klang scharf, und Na'Bao beobachtete sie aufmerksam.

»Nun, du sehnst dich nach ihm, nicht wahr?«

»Ja. Und?«

»Dein Tod brächte dich zu ihm.«

»Vielleicht.«

»Wäre es den Versuch nicht wert?«

Sophie runzelte die Stirn. Was sollte das? Wollte Na'Bao sie überreden, doch zu tun, was der Rat verlangte, wovon er selbst sie aber heute Morgen unbedingt hatte abbringen wollen? Und verwendete dazu genau die Argumente, die Sophie schon einmal zur Weißglut gebracht hatten? Sie schluckte den erneut aufkochenden Zorn hinunter.

»Vor vier Monaten habe ich mich gefühlt, als wäre ich ebenfalls tot. Als gehörte ich nicht länger in meine Welt, als könnte ich es nicht eine Sekunde ertragen, ohne ihn zu sein«, gab sie zurück, mit kalter und scharfer Stimme. »Heute tut es immer noch weh, schrecklich weh sogar. Aber ich bin nicht lebensmüde, ich war es nie. Ich habe mich vor vier Monaten nicht umgebracht, und ich habe nicht vor, das jetzt zu tun. Ich würde viel dafür geben, ihn wiederzusehen – aber nicht, wenn die Gefahr besteht, dass ich dann ebenfalls zu einem dieser Wandernden werde.«

Sophie verstummte, denn sie erinnerte sich an die letzte Nacht und an das, was sie gedacht hatte, als sie Lan'The begegnet war. An ihren Neid darauf, dass er noch irgendwie da war und Julian nicht. Kein Zweifel: Das war falsch gewesen. Es war nicht gut, wenn die Toten in der Welt blieben, wenn sie warteten und wanderten, blicklos, ziellos und freudlos.

»Ja, ich würde gern Abschied nehmen und mich versichern, dass er glücklich ist«, fuhr sie fort, die Stimme jetzt sanfter. »Wenn du mir sagst, dass ich durch das Gift sehen könnte, wie es ihm geht, werde ich es trinken. Aber ich glaube nicht, dass es das kann. Das hier ist eure Welt, das sind eure Toten – wo führt ein Weg zu Julian? Ihr habt nur wirre Theorien über ein Jenseits, das wir uns teilen, das war's. Ihr wisst nichts, ich soll es herausfinden. Doch das tue ich nur, wenn ich sicher bin, dass ich nicht in einer dieser Totenburgen lande und mich in diesen Strom einreihen muss. Davor habe ich mehr Angst als vor allem anderen.«

Sie hielt inne und sah, dass Na'Baos aufmerksame

Veilchenaugen jedes ihrer Worte aufzusaugen schienen.

»Warum fragst du mich so etwas?«, erkundigte sie sich, er lächelte.

»Ich wollte wissen, wie du denkst. Immerhin hat man dich ausgewählt, weil alle dachten, du würdest dich mit Freuden nicht nur aus deiner Welt verabschieden, sondern auch von deinem Leben.« Er wurde ernst. »Wir gehen Gefahren ein, wenn wir uns den Wünschen des Rates wiedersetzen. Du weißt, was mit meiner Familie geschieht, wenn der Rat wütend wird und uns die Schuld am Misslingen seiner Pläne gibt?«

Sophie wusste es: Verbannung aus der Stadt, ein Brandmal auf der Hand, Arbeit auf den Feldern.

»Ich helfe dir nach Kräften«, fuhr Na'Bao fort, »aber nur, wenn du wirklich willst. Wenn du versuchen möchtest, deinen Freund mit Hilfe des Giftes zu finden, dann sag es. Ich könnte es verstehen. Es wäre ... okay.«

Er sprach dieses für ihn scheinbar neue Wort zögernd aus, und entlockte Sophie damit ein Lächeln.

»Danke«, erwiderte sie und meinte es ehrlich. »Aber das wäre keine gute Idee. Und du solltest zurück in die Stadt, so schnell wie möglich. Du solltest deine Familie nicht in Gefahr bringen.«

»Und was willst du tun, hier so ganz allein? Du sprichst noch nicht einmal unsere Sprache.«

»Sorry, ich wusste bis gestern nicht mal, dass es euch gibt«, zischte Sophie zurück, »sonst hätte ich natürlich einen Volkshochschulkurs in Elbisch belegt.«

Na'Bao öffnete seinen Mund, dann hielt er inne und lachte.

»Mitunter scheint mir, ich würde zwar deine Sprache beherrschen, und dich dennoch nicht verstehen. Aber ich habe bereits versprochen, dass ich dir helfe – meine Schwester hat dich in diese Lage gebracht, es ist nur gerecht. Also werde ich dafür sorgen, dass du in deine Welt zurückkehren kannst.«

»Und wie?« Sophie erinnerte sich an das Kreuzverhör, dem Fat'Wan Na'Bao draußen am Tor unterzogen hatte. »Gehen wir wirklich zu deiner Großmutter?«

»Ja, das wäre das einfachste. Sie lehrte Gin'Sah den

Übertritt und kam mit ihm zusammen zu Hil'Leh, um das Transportieren von Menschen zu erlernen. Sie hat keine große Übung, aber sie wird es schaffen.«

»Und warum nicht Gin'Sah?«

»Er könnte und er würde es sicher auch tun, aber ich fände es besser, wenn wir ihn nicht fragen. Er ist ... wie sagt man? Unsere Sicherheit. Ich bin bereits in Ungnade gefallen, ihn braucht der Rat, allein wegen des Giftes. Also kann er für mich vorsprechen, sollte man uns erwischen.«

»Okay, das verstehe ich. Deine Großmutter wohnt an der Küste? Wo genau?«

»Im Süden, wo das Ufer hoch und weiß über dem Meer steht.«

»Meinst du die Klippen von Dover?«

»Ist Dover eine Stadt deiner Welt?«

»Ja. Im Süd-Osten dieser Insel.«

Na'Bao nickte. »Das ist richtig. Dort lebte Gin'Sah, bis der Rat ihn in den Palast berief.«

»Und wie kommen wir da hin?«

»Wir mieten Pferde.«

Sophie stutzte. »Wie lange dauert das? Mit dem Pferd bis an die Küste?«

»Zwei Tagesreisen.«

»Haben wir denn Geld?«

Na'Bao schüttelte den Kopf. »Ich habe ein paar Münzen, aber nicht genug. Aber wir können etwas anderes anbieten. Es sei denn, du hängst daran.«

Sophie runzelte überfragt die Stirn, er griff in seinen Beutel und legte die Fibel auf den Tisch, die Sophie aus der Schachtel des Rates ausgewählt hatte.

Sophie lachte. »Oh nein, ich hänge ganz bestimmt nicht dran. Und es wäre herrlich, wenn du sie gegen etwas eintauschen könntest, das mich von hier fortbringt!«

– 8 –

Pferde zu mieten war einfacher gesagt als getan. La'Isas Bruder
hatte die Wirtin der Gaststätte angesprochen, doch der Mann,
zu dem sie sie schickte, scheuchte die Stadtkinder davon, ein
zweiter und dritter Versuch endeten ähnlich. Sophie
registrierte, wie groß das Dorf war, während sie in der jetzt
drückend schwülen Hitze von einem Stall zum anderen liefen –
und schließlich mangels besserer Ideen zu der Kaserne
zurückkehrten, um Fat'Wan um Hilfe zu bitten. Der
Weltengeher empfing sie mit einem Seufzen, führte sie aber
dann noch einmal quer durch das Dorf. Er klopfte eine dralle
Frau aus ihrem Haus, die zu seinen Worten nickte, angesichts
der angebotenen Bezahlung jedoch skeptisch wurde.

»Sie sagt, sie könnte die Fibel nicht verkaufen, jeder würde
denken, sie hätte sie gestohlen. Außerdem wäre sie zu wertvoll,
um zwei Pferde und Reitkleidung für ein paar Tage zu mieten«,
brachte Na'Bao Sophie auf den neusten Stand, dann ging das
lebhafte Gespräch zwischen den beiden weiter, bis Fat'Wan
sich einmischte. Die Worte des Hauptmannes schienen
Gewicht zu haben, und man einigte sich darauf, dass die Fibel
als Pfand bei der Frau bleiben und Na'Bao seine Schuld nach

157

der Rückkehr begleichen würde.

Kurze Zeit später stand Sophie in einem hölzernen Verschlag und wurde von der Frau in etwas eingeschnürt, dass entfernt an die Rüstungen der Wachen erinnerte und scheinbar die hier übliche Reitkleidung war. Es handelte sich um eine schmale Lederhose, die über eine Leinenhose gezogen und mit einer Schnürung auf die jeweilige Figur angepasst wurde, darüber kamen eine weite Bluse und ein ebenfalls ledernes Schnürmieder. Sophie japste, als die Frau an den Bändern riss und alle Luft aus ihren Lungen trieb. Die Ballerinas durfte sie durch Stiefel ersetzen, ihren Umhang behalten, eine Feldflasche wurde zusammen mit einem Sack Hafer auf ihr Reittier geschnallt. Der Sattel sah anders aus als die, die Sophie aus dem Reitstall in ihrer Welt kannte: ohne Steigbügel und von der Form eher ein längliches Kissen.

»Sashi«, sagte die Frau und tätschelte dem Pferd den Kopf.

Sophie war nicht sicher, ob das ein Name oder eine Anweisung war, also nickte sie und zauste der sandfarbenen Stute die Mähne. Sie machte einen gutmütigen Eindruck und stand gut im Futter, Na'Baos Pferd war größer und schlanker, braun auf weiß gefleckt. Fat'Wan hob eine Augenbraue, als die Frau das nervös tänzelnde Tier herbeiführte, sagte jedoch nichts. La'Isas Bruder trug eine ähnliche Kluft wie Sophie, als er aus dem Schuppen trat: Sie schmeichelte seinen langen Beinen, machte ihn stattlicher, wohingegen Sophie das Gefühl hatte, das Mieder würde sie auf die Hälfte ihrer ohnehin nicht beachtenswerten Körpergröße hinunterschrumpfen.

Sie stemmte einen Stiefel in Fat'Wans verschränkte Hände, um auf ihr Pferd zu klettern, Na'Bao gelang das Aufsitzen weitaus eleganter. Sie sagten Fat'Wan nochmals Danke, ließen die Tiere langsam die Dorfstraße hinunter gehen, bis sie jenseits des Tores auf einen breiteren Weg kamen und in einen verhaltenen Trab fielen. Sophie brauchte einige hundert Meter, bis sie eine annehmbare Position auf dem Pferderücken gefunden hatte, dann schloss sie zu Na'Bao auf.

»Ist es wirklich gefährlich, hier draußen zu sein? Was Fat'Wan vorhin am Tor sagte, klang so.«

Na'Bao schüttelte den Kopf. »Nein, ist es nicht, er hat nur eine Anspielung gemacht. Darauf, dass die Bürger nie aus der Stadt gehen. Ich war schon auf Reisen, Gin'Sah nahm uns mit, wenn er in eine andere Stadt gerufen wurde, und wir haben meine Großmutter bereits einmal besucht.«

»Also kennst du den Weg?«, fragte Sophie, Na'Bao schüttelte den Kopf.

»Es ist zu lange her. Aber sorge dich nicht, ich habe beim Pferdestall eine Beschreibung gekauft.«

»Eine was?«

Er reichte ihr ein Blatt Papier. Es war beidseitig mit der Hand in der schnörkeligen Schrift dieser Welt beschrieben und beinhaltete zudem einige Zeichnungen: eine Brücke, eine Weggabelung, ein Wappen.

»Beschreibungen führen von Punkt zu Punkt.« Na'Bao deutete auf den ersten Textblock. »Wir müssen nach Osten, bis wir diese Brücke erreichen, auf ihr überqueren wir den Fluss. Danach führt uns ein Weg nach Süden, über einen Bach, bis zu der Stadt, die dieses Wappen trägt und so weiter. Diese Beschreibung bringt uns bis an die Küste. Dort kaufen wir die Nächste, die uns zum richtigen Ort leitet.«

Er faltete das Papier sorgfältig zusammen und steckte es in eine Tasche seiner Weste.

»Wie findet ihr in deiner Welt einen Weg, den ihr nicht kennt?«, erkundigte er sich.

»Mit einer Karte.«

»Eine Karte sagt dir nicht, wo du entlang musst.«

Sophie gab ihm widerstrebend recht. »Nicht direkt. Aber man kann darauf sehen, wo es Wege gibt und welche man am besten nimmt. Mittlerweile haben eh alle ein Navi.«

»Navi?«

»Ja. Das ist ein Gerät, das Karten speichert. Du gibst das Ziel ein und das Gerät schaut, wo der kürzeste Weg langgeht. Es sagt dir, wann und wo du abbiegen musst.«

»Es *sagt* es?«

»Ja.«

»Hm. Woher weiß es denn, wo du bist?«

»Ich glaube, von Satelliten.«

»Was ist das?«

»Das sind ... Geräte, die im Himmel schweben. Die Navis funken hoch, der Satellit antwortet ihnen, wo sie sind.«

»Wie bekommt ihr Dinge in den Himmel, ohne, dass sie herunterfallen?«

»Sie werden mit Raketen hochgeschossen. Warum sie nicht runterfallen ... Keine Ahnung. Im Weltraum ist alles schwerelos, vielleicht deshalb.«

»Schwerelos? Was bedeutet das?«

»Es schwebt einfach in der Luft ... Nein, falsch, Luft gibt es da nicht. Es schwebt im Raum, ohne sich nach oben oder unten zu bewegen.«

»Warum findet man da keine Luft?«

»Luft gibt es nur auf der Erde, weil wir Pflanzen haben, die Sauerstoff erzeugen. Wenn du von der Erde in den Weltraum fliegst, wird die Luft immer dünner. Man kann dort nicht atmen, würde ersticken. Und es ist eisig kalt.«

»Bist du schon einmal in so einer Rakete gewesen?«

Sophie lachte. »Nein, dazu muss man Astronaut sein.«

»Warst du denn schon einmal in einem Flugzeug? Ich sah welche an euren Himmeln.«

»Ja, geflogen bin ich schon mal.«

»Wie fühlt es sich an?«

»Es dröhnt laut. Wenn es startet, spürst du den Druck, der dich in den Sitz presst. Manchmal sackt es in der Luft ab, das kitzelt im Magen. Ich finde es toll.«

»Wie ist es in einem Haus mit vielen Stockwerken? Schwindelt man, wenn man aus dem Fenster schaut? Ist es dort oben kalt, wie auf einem Berg?«

In diesem Stil ging es weiter. Frage nach Frage nach Frage, bis Sophie protestieren musste, da sie sich ausgequetscht fühlte wie eine Orange, obwohl sie Na'Bao gern Rede und Antwort stand. Weil ihn nicht nur die Dinge interessierten, sondern auch, wie sie sie empfand, was sie mochte, was sie dachte.

»Deine Welt weiß so viel mehr als meine«, sagte er. »Ihr untersucht Dinge, probiert Sachen aus. Es muss spannend sein, bei euch zu leben. Gibt es in dieser Welt etwas, was du noch nie gesehen hast?«

»Außer Tote?«, gab sie zurück, was Na'Baos Miene trübte.

»Okay, ernsthaft.« Sie überlegte. »Khui«, antwortete sie dann, was ihn auflachen ließ.

»Sonst nichts?«

»Völlig unbekannt? Nein. Vieles ist anders. Der Sattel etwa oder eure Kleidung.«

»Für mich ist eure Welt ...« Er hob die Arme in einer Geste, die überbordende Fülle verdeutlichte. »Unglaublich. Es ist laut und bunt und es riecht ganz fremd. Und hell ist es bei euch in der Nacht!«

»Wie kommt es, dass du so oft bei uns bist, wenn die Übertritte doch so streng kontrolliert werden?«, fragte Sophie, als er an einer Kreuzung pausierte, um seine Wegbeschreibung zu Rate zu ziehen. Na'Bao ließ sein Pferd dann dem Fluss folgen, den Sophie ob seiner wilden Anmutung erst nicht als die in ihrer Welt schon lange gezähmte Themse erkannte, und den sie bald darauf mit Hilfe einer Holzbrücke überquerten.

»Sie können es nicht wirklich kontrollieren«, erwiderte er. »Um von hier zu euch zu kommen, brauchst du nur Konzentration und Ruhe. Ich gehe in der Nacht oder am frühen Morgen, wenn niemand merkt, dass ich nicht in meinem Zimmer bin. Die Weltengeher müssen eigentlich von einem Raum im Palast starten und auch dorthin zurück kehren, wo ihnen alles abgenommen wird, was sie mitgebracht haben.«

Na'Bao warf einen besorgten Blick in den Himmel, über den sich dicke, graue Wolken in wildem Spiel jagten. Der Wind hatte aufgefrischt, doch die Hitze war noch immer spürbar.

»Natürlich wandern Weltengeher oft unbemerkt rüber«, fuhr er fort, »und in regelmäßigen Abständen setzt der Rat ein Exempel. Die Wachen durchsuchen das Haus, und wehe, sie finden Dinge aus der anderen Welt!«

»Wurde Fat'Wan wegen so etwas freigesetzt?«

Na'Bao schüttelte den Kopf. »Nein, er ist einfach eines Tages nicht zurückgekommen. Er war Jahre verschwunden, so lang, dass Na'Tenbeh Gin'Sah zu seinem Weltengeher machte und Fat'Wan in Abwesenheit zum Kerker verurteilte. Vor etwa einem halben Jahr schickte Fat'Wan Gin'Sah die Nachricht, er sei zurück, werde aber die Stadt nicht mehr betreten. Fat'Wan und Gin'Sah waren gute Freunde. Die Weltengeher sind wenige, aber sie bilden eine enge Gemeinschaft.«

Sophie lauschte der Geschichte mit Spannung. »Wenn Fat'Wan Jahre bei uns gelebt hat, ist die Gefahr für euch, entdeckt zu werden, ja wohl nicht so groß.«

»Das sehe ich auch so. Natürlich schauen die Menschen auf uns, weil wir anders gekleidet sind, aber niemand denkt gleich, es müsse eine zweite Welt geben! Ich versuche, eine Garderobe aus deiner Welt zu bekommen, doch ich habe nichts von eurem Geld und muss nehmen, was ich finde. Ich habe Hemd und Schuhe, ein Beinkleid fehlt mir noch.«

Sophie versuchte, sich Na'Bao in Jeans, T-Shirt und Turnschuhen vorzustellen: Es gelang ihr nicht.

»Nach Meinung von Gin'Sah gehe ich nicht nur zu oft, ich bringe auch Dinge mit, die ihm nicht gefallen«, gestand er dann. »Etwa das Buch, das du heute Morgen erwähntest, 'Die Zeitmaschine'. Es war das Erste, das ich las, und es machte großen Eindruck auf mich. Ich fand es mit zerrissenem Umschlag auf einer Bank und nahm es mit. Dort finde ich auch oft diese weichen Schriften mit Bildern.«

»Zeitschriften? Zeitungen?«

»Ja. Dergleichen gibt es hier nicht. Es stehen schlimme Geschichten darin, über Verbrechen und Kriege, Unglücke. Aber auch gute Dinge, etwa, dass ihr Krankenhäuser baut oder Heime für Kinder ohne Eltern.« Er schüttelte frustriert den Kopf. »Ob gut oder schlecht, ihr habt so viel zu berichten aus eurer Welt, bei uns hört man kaum etwas aus einer anderen Chora. Ich las in euren Zeitungen von einem Erdbeben – diese Katastrohe hat in unserer Welt ebenso stattgefunden, und ich erfahre nichts darüber. Hier ist das Leben gleich, jeden Tag, jedes Jahr, jedes Jahrzehnt, jedes Jahrhundert. Wir haben nicht einmal eine richtige, eigene Geschichte. In der Schule lernen wir die eure, auf dass wir wissen, was wir an unserer friedlichen Welt haben.«

»Du hast mir doch erzählt, du hättest etwas aus diesem Gemban gehört«, wandte Sophie ein, was Na'Bao nur bitter auflachen ließ.

»Gerüchte, geflüstert hinter vorgehaltener Hand. Aber du hast recht: Die Angriffe in Gemban sind das Erste, was seit langem wirklich außergewöhnlich war. Gut, das ist weit entfernt, ihr sagt Asien dazu, doch selbst von Dingen, die unmittelbar hier passieren, hören wir nichts. Du hast das Dorf der Freien gesehen, den neuen Holzwall, die vielen Soldaten, die guten Waffen – ich war das letzte Mal vor einem halben Jahr vor der Stadt, wir gingen in den Wald und ich sah auch das Dorf. Da gab es nichts dergleichen. Hier geschieht etwas, nur einen Steinwurf vor unseren Toren, aber wir wissen nichts davon.«

Sophie verlagerte das Gewicht von einer Pobacke auf die andere, da sich der Pferderücken allmählich hart anfühlte.

»Wundert es dich wirklich, dass ihr nichts mitkriegt? Du hast selbst gesagt, dass ihr eure Städte so gut wie nie verlasst. Und es ist nur logisch, dass die Freien anfangen, die Waffen zu wetzen. Ihr hängt Schilder über die Tore, die sie abweisen, kassiert Geld von ihnen, ohne einen Finger für sie krumm zu machen. Wieso sollten sie sich von den Leuten in der Stadt irgendwas sagen lassen?«

Sie stockte, doch Na'Baos Blick ermutigte sie, fortzufahren.

»Die Wachen in der Totenburg waren die gleichen wie im Dorf. Gleiche Uniformen, gleiche Abzeichen. Also haben sich die Freien mit den Toten verbündet. Und das macht Sinn: Die Toten brauchen Land, um neue Burgen bauen zu können, die Freien wollen keinen Zoll zahlen und ihre Lebensmittel behalten. Das verbündet sie gegen die Städte, denen das Land gehört.«

Na'Bao schwieg, es vergingen ein paar Minuten, bis er nickte.

»Diese Gefahr ist nicht von der Hand zu weisen. Denkst du, dass sie die Städte gemeinsam angreifen werden?«

Sophie dachte darüber nach. »Nein«, antwortete sie schließlich, »das müssen sie gar nicht. Schau: Wer bestellt die

Äcker, wer bringt euch euer Essen bis vors Stadttor? Freie. Was, wenn sie ihre Wachen vor euer Tor stellen, so dass ihr nicht rauskommt? Wenn sie nicht mehr zahlen, nichts mehr von dem abgeben, was sie auf den Feldern anbauen? Ihr verhungert, oder ihr müsst verhandeln.«

Na'Bao sah sie ernst an. »Für diese Worte hätte man dich freigesetzt«, sagte er. »Aber du hast recht, es ist möglich, sogar wahrscheinlich. Die Ungerechtigkeit gegenüber den Freien ist so alt wie diese Welt, sie muss enden.«

Er versank in Gedanken, in denen ihn Sophie nicht stören wollte, warf nur hin und wieder einen Blick in seine Wegbeschreibung. Doch auch zum Himmel wanderte sein Blick, immer öfter sogar, brodelte er doch mittlerweile bedrohlich. Der Wind hatte merklich aufgefrischt, trieb Blätter über die Straße und Schmutz in ihre Augen, erste Regentropfen trafen mit dumpfem 'PlockPlockPlock' auf die staubtrockene Erde.

Sophies Tier folgte brav dem von Na'Bao, dennoch hatte sie nach guten drei Stunden auf dem Pferderücken die Lust am Reiten verlassen. Ihr Po schmerzte, ihre Schenkel protestieren gegen die ungewohnte Anstrengung und ihr Rücken fühlte sich an, als wäre er zu einem S verkrümmt. Auch war sie müde, sich die monotone Landschaft anzuschauen: Felder auf dieser Seite des Flusses, Totenburgen auf der anderen. Städte gab es keine, die Dörfer waren merklich seltener geworden – abgelöst hatten sie vereinzelt stehende Gehöfte, alle von einem Holzwall umgeben. Teilweise waren die Wehranlagen so frisch, dass Holzgeruch zu ihnen herüber trieb und die bewegte Erde noch braun war, frei von dem doch so schnell Gras und Unkraut austreibenden Besitzanspruch der Natur. Auch anderen Menschen begegneten sie zunehmend weniger, bis sie die Einzigen zu sein schienen, die angesichts des dunklen Himmels noch unterwegs waren.

Hinter ihnen grummelte es immer öfter vernehmlich, in den Wind mischten sich scharfe Sturmböen, die Regentropfen wurden dicker und schwerer, bis es zu schütten begann wie aus Eimern. Obwohl es höchstens später Nachmittag sein konnte, glich das Licht plötzlich eher einer Dämmerung: Der dichte Regen machte die Welt grau und dumpf, durchnässte nach kurzer Zeit Sophies Umhang zu einer kiloschweren Decke. Der erste Blitz klang wie eine Peitsche, und als habe Na'Baos Pferd das ebenfalls so vernommen, preschte es einen bockigen Satz nach vorn, der La'Isas Bruder beinahe abgeworfen hätte. Nach dem ersten Erklingen kam das Grummeln schnell näher, die Blitze auch – und nach kürzester Zeit waren Sophie und Na'Bao mitten in ein Unwetter geraten, wie sie es noch nie erlebt hatte.

Der Regen schoss ihnen in waagrechten Tropfen ins Gesicht, die Blitze zuckten über den nachtschwarzen Himmel und fältelten sich in tausendfache Verzweigungen, der Donner brachte ihren Ohren zum Klingeln und den Boden zum Erbeben wie ein Bass. Sophie zog den Umhang enger um sich und hielt Ausschau nach einem Unterstand, einem Haus, in dem sie Zuflucht suchen konnten, aber außer den Totenburgen auf der anderen, unerreichbaren Seite des Flusses gab es nichts. Doch die Blitze kamen näher, und es war lebensgefährlich, in solch einem Wetter draußen zu sein, soviel wusste sie: Blitze suchten sich die höchste Erhebung, und die höchste Erhebung in diesem flachen Ackerland waren sie und Na'Bao.

»Wir müssen von den Pferden runter!«, brüllte Sophie durch das Getöse von Sturm und Donner, als sie das Gefühl hatte, die statische Ladung in der Luft fast auf der Zunge schmecken zu können. »Wir sind zu hoch! Wir müssen uns hinsetzen, weit genug weg von den Tieren!«

Na'Bao schüttelte den Kopf, seine Antwort kam nur bruchstückhaft bei ihr an.

»... laufen weg ... wir ... loslassen!«

»Scheiß drauf«, brüllte Sophie zurück, und ließ ihr Pferd anhalten. Sie sprang ab, gab dem Tier so viel Zügel, wie es eben ging, und hockte sich auf die Erde, Na'Bao kauerte sich neben ihr zusammen. Für ihre Sicherheit wäre es besser gewesen, er hätte Abstand gehalten, doch für Sophies Angst war diese Nähe wohltuend. Erst seine Schulter als sanfter Druck an der ihren, dann sein Arm, der sich um sie legte und sie schützend an sich zog: eine Geste, die in diesem eisigen Regen nur innerlich wärmte, für die Sophie aber trotzdem unendlich dankbar war.

Die Pferde waren in dem Unwetter, das sich jetzt mit ganzer Kraft entfaltete, nicht mehr als Schemen vor der schwarzen Erde. Sie rissen immer wieder die Köpfe hoch und trippelten nervös auf der Stelle, während es um sie herum knallte und grollte. Ein oder zwei Mal wäre Sophie ihr Zügel beinahe aus der Hand gerutscht, glitschig, wie er war, doch jeden Versuch, beruhigend auf das Tier einzusprechen, erstickte der Lärm des Gewitters im Keim. So schlang sie sich nur den Zügel fest um die Hand, zog die Knie an, drückte den Kopf gegen Na'Baos Brust und wartete und bangte, bis alles vorbei war.

***

Es dauerte eine gefühlte Ewigkeit, doch wahrscheinlich war es nicht länger als eine halbe Stunde, dann hatte sich das Gewitter ausgetobt. Es ließ den Regen zurück, einen rauschenden Vorhang aus Grau, und eine Temperatur, die so gar nicht an den heißen Sommertag erinnerte, über den sich heute beide Welten gefreut hatten.

Sophie und Na'Bao waren klatschnass, als sie sich erhoben, ihre Pferde rollten mit den Augen, noch immer nervös und unruhig, während die Blitze nun auf der anderen Seite des Horizonts aufflackerten und erloschen. Na'Baos Tier drehte sich zweimal weg, als er aufsteigen wollte, doch dann waren sie wieder auf der Straße und setzten ihren Weg fort.

Es wurde Abend, und es wurde Nacht, was Sophie indes nur daran erkannte, dass sie den Regen weniger sehen denn spüren konnte, als endlosen, kalten Bach, der jede Energie aus ihr heraus zu spülen schien. Sie fror erbärmlich, aus dem milden Ziehen in den Schenkeln war ein ununterbrochenes Pochen geworden, das bald in einem Krampf münden würde, und sie war so müde, dass sie sich kaum noch aufrecht zu halten vermochte. Sie schimpfte sich selbst ein Weichei, befahl sich, sich zusammenzunehmen und wach zu bleiben, schließlich war sie auf dem Weg nach Hause, in ihre Welt – es half kurze Zeit, doch nie lange genug.

Als sie den Bach erreichten, der in Na'Baos Wegbeschreibung verzeichnet war, saß La'Isas Bruder ab und führte sein Pferd zu Fuß an das heran, was einmal die Brücke gewesen war: In der altersschwachen Holzkonstruktion klaffte eine gut zwei Meter breite Lücke, hineingerissen von einem Baumstamm, den das Wasser hergespült hatte. Sonst sicher nicht mehr als ein munter plätscherndes Rinnsal, umtoste der Bach das Gerippe aus Planken und Pfeilern nun schwarz schimmernd und mit grauer Gischt gekrönt. Die Flut biss in das Ufer, hatte bereits Brocken von Erde aus der Böschung herausgerissen wie ein hungriges Tier aus seiner Beute. Na'Baos Pferd stampfte und wieherte, als seine Hufe in den breiigen Matsch einsanken, der mal der Weg gewesen war.

»Kommen wir da rüber?«, fragte Sophie auf Na'Bao hinab, der sah zu ihr hinauf, unendlich müde.

»Wir müssen, es gibt keinen anderen Weg. Wir können nach einer Furt suchen, aber bei diesem Wetter ...«

Er verstummte, Sophie nickte und kletterte mit steifgefrorenen Gliedern von ihrem Pferd.

»Wie?«

»Springen. Mit den Pferden.«

Sophie ging vorsichtig zur Brücke hinüber: Ein sanft ansteigender Weg aus Lehm, aufgeweicht und glitschig. Dahinter begannen die Planken der Brücke, für einen Meter unversehrt, danach kam das Loch. Es knarrte vernehmlich, als sie einen Fuß auf das nasse Holz setzte, zudem fühlte es sich rutschig an, alles andere als sicher.

»Ich weiß nicht«, sagte sie. »Ich glaube, ich kann nicht gut genug reiten für so etwas.«

»Bist du schon mal gesprungen?«

»Ja.«

An einem sonnigen Tag über ein winziges Hindernis aus Blumenkästen, hätte sie hinzufügen können, aber sie tat es nicht. Denn ebenso wenig, wie sie Lust hatte, in diesem Wetter einen solchen Sprung zu wagen, hatte sie Lust, stundenlang nach einem anderen Übergang zu suchen.

»Du musst zuerst springen«, sagte Na'Bao, als sein Pferd einige Schritte zurückdrängte, mit nervösem Schnauben. »Dann sieht meins, dass es ungefährlich ist.«

Sophie nickte, mit Na'Baos Hilfe schwang sie sich wieder auf den Rücken ihrer Stute. Obwohl Mähne und Fell tropfend nass waren, sah das Tier noch immer unverdrossen drein, und als Sophie ihm nun aufmunternd den Hals tätschelte, geschah das nicht zuletzt auch, um sich selbst Mut zu machen.

»Geh es nicht zu schnell an, das Holz ist glatt«, rief Na'Bao ihr zu, während er sein unruhiges Pferd zur Seite führte. »Die Lücke ist keine zwei Meter breit, das schaffst du spielend.«

Sophies Hände umkrampften die Zügel mehr, als dass sie sie festhielt, und als sie vielleicht neun oder zehn Meter von der Brücke entfernt war, ließ sie die Stute anlaufen. Der Regen bildete Schichten wie dünne Vorhänge zwischen ihr und dem Bach, und so blieb ihr nur, auf den Instinkt ihres Tieres zu vertrauen, um den richtigen Moment für den Absprung zu erwischen. Als sie an Na'Bao vorbei kam, registrierte sie aus dem Augenwinkel, dass er wieder aufgesessen war, dann wurde aus dem 'WatschWatsch' der Hufe im Schlamm schon ein hohles 'PlongPlong': Sie war auf der Brücke. Bevor sie reagieren konnte, spürte sie ein erschrecktes Rucken in dem kräftigen Körper unter ihr – das Pferd hatte das Loch erkannt. Und es sprang, knapp vor dem Loch, aber es sprang. Nicht gerade graziös, aber entschlossen. Als die Hufe auf der anderen Seite auf das Holz trafen, schwankte dieser Teil der Brücke gefährlich, begleitet von dem dumpfen Knirschen brechenden Holzes. Die Konstruktion sackte ab – doch eine Sekunde später erreichte Sophie festes Land.

Sie bremste ihr Tier, riss es herum. Wollte Na'Bao zurufen, dass diese Seite der Brücke morsch war, dass sie einstürzen würde, dass er weiter springen müsse als sie, aber er kam schon herangeflogen, keinen Meter mehr von dem Loch entfernt – und so blieb ihr nichts anderes übrig, als sich und ihr Pferd aus der Landezone zu bringen.

»Pass auf!«, schrie sie dennoch, »die Brücke bricht zusammen, du musst ...«

Doch es war zu spät und der letzte Teil ihrer Warnung ging unter im erschrockenen Aufwiehern von Na'Baos Pferd, als die Planken der alten Brücke unter seinen Hufen zusammenbrachen.

Sophie sah mit Grauen, wie erst die Vorderbeine des Pferdes einbrachen, dann der Rest des schweren Körpers folgte. Wie das Tier den Kopf hochwarf, die Augen so verdreht, dass man das Weiße darin sehen konnte. Und wie Na'Bao zu einem scheinbar gewichtslosen Bündel wurde, ohne Halt vom Pferderücken hinabgeschleudert in das brodelnde Wasser des Baches.

Er verschwand unter der Wasseroberfläche, während sein Pferd um sein Gleichgewicht kämpfte, Sophie sprang von ihrem Tier und rutschte die Böschung hinunter. Ihr Umhang verheddert sich in den Zweigen der Büsche, ihre flachen Stiefel fanden kaum Halt auf dem glitschigen Boden – das Schlimmste jedoch war, dass sie keine Spur von Na'Bao sah. Ihre Augen flogen über das nachtschwarze Wasser, ihr Mund schrie seinen Namen, hinter ihr wieherte sein Pferd erneut und stampfte mit kräftigen Beinen das Wasser zu Schaum. Dann eine Bewegung, ein paar Meter flussabwärts schon: ein dunkles Bündel durchbrach die Wasseroberfläche. Sophie rannte los, suchte Halt an Ästen, geriet trotzdem mit einem Fuß ins Wasser, fluchte, spürte, wie ihr Zweige ins Gesicht schlugen, und hörte nicht auf zu schreien. Na'Baos Namen rief sie, und dass er ans Ufer schwimmen solle, nach rechts, nach rechts, nach rechts!

Der Bach war schnell und kräftig, doch irgendwie und irgendwann schaffte Na'Bao es, ans Ufer zu kommen. Er schien Tonnen zu wiegen, als er Sophies Hand ergriff und sich mit ihrer Hilfe aus dem Wasser zog, dann brach er schwer atmend auf der durchweichten Erde zusammen.

***

Es dauerte lange, bis er sprechen konnte. Ein 'Danke' brachte er als Erstes heraus, hervorgepresst zwischen vor Kälte aufeinanderschlagenden Zähnen, Sophie nickte nur als Antwort. Was hatte sie schon getan? Sie half ihm, den Umhang auszuziehen und auszuwringen, viel mehr konnten sie nicht tun: Kein Faden ihrer Kleidung war noch trocken.

»Ich habe dich gehört«, sagte Na'Bao. »Deine Stimme. Auch die Worte, aber ich habe sie nicht verstanden. Als hätte ich Englisch verlernt. Dann ist mir irgendwie wieder eingefallen, was 'rechts' heißt. Aber es war alles dunkel, es gab kein oben und unten.«

Er richtete sich auf, wackelig, und Sophie sah seine Versuche zu gehen mit Sorge. Eine Schramme im Gesicht, links an der Schläfe, blaugefrorene Lippen, sein Körper schlotterte geradezu vor Kälte. Und er humpelte, als sie nun zu den Pferden zurückgingen, also schlang Sophie ihm eine Hand um die Hüfte.

»Stütz dich auf«, sagte sie, er machte eine abwehrende Geste.

»Das war kein Vorschlag«, zischte sie, kurz darauf spürte sie sein Gewicht schwer auf ihren Schultern.

Der Schlamm schmatzte bei jedem Schritt unter ihren Füßen, und als sie die Pferde erreichten, löste La'Isas Bruder sich von ihr und näherte sich unsicher und hinkend, aber mit beschwichtigend erhobenen Händen seinem Tier. Eine Schneise in der Böschung markierte den Pfad, den es sich selbst aus dem Bach gebahnt hatte, und auch, wenn es nach wie vor wild mit den Augen rollte, schien es unverletzt zu sein. Na'Baos ersten Versuch, nach den Zügeln zu greifen, entzog es sich mit einem Kopfschütteln, doch beim Zweiten ließ es zu, dass er näher kam. Und ihm den Hals tätschelte.

»Können wir weiter?«, fragte er dann, Sophie lachte auf.

»Du bist echt irre«, gab sie zurück. »Was ist mit deinem Bein? Kannst du reiten?«

Na'Bao nickte. »Ich glaube, ich bin gegen einen der Brückenpfeiler oder einen Stein gestoßen. Mit dem Oberschenkel. Es tut weh, aber das geht vorbei.«

Sophie zögerte, dann ließ sie zu, dass er ihr auf ihr Pferd half. Na'Bao nutzte einen Baumstumpf, um sich in seinen Sattel hochzustemmen, danach ritten sie weiter durch die pechschwarze, menschenleere Regennacht.

***

Ein oder zwei Stunden später kündigte in der Ferne ein schwaches Licht ein Dorf, zumindest aber ein Haus an, und Sophie schloss zu Na'Bao auf.

»Können wir nicht fragen, ob wir da übernachten dürfen?«

Sophies zeigender Arm zitterte, sie zog ihn schnell wieder an den Körper, Na'Bao ging es nicht besser. Sein ehemals hellbrauner Umhang war schwarz und schwer vor Wasser, es tropfte von seinem Kinn und seiner Nase, die Schramme in seinem Gesicht war die einzige Farbe darin, ein blutroter Streifen auf fahlem Weiß. Mit blassen Lippen saß er zusammengesunken auf seinem Pferd, und als seine müden Augen das Licht erblinzelten, nickte er.

»Wir versuchen es«, sagte er. »Ich hatte gehofft, heute noch eine Stadt auf halbem Wege erreichen zu können, doch das schaffen wir nicht.«

Sophie seufzte erleichtert auf. Das Gewitter mochte beängstigend gewesen sein, aber die Kälte und dieses zermürbende 'PockPockPock' der Regentropfen auf ihrem Kopf waren unerträglich und unsäglich ermüdend. Und seit dem Zwischenfall mit der Brücke machte ihr die Dunkelheit zunehmend Angst: Sie starrte fast nur noch auf die Erde vor den Füßen ihres Pferdes, besorgt, dort könnte sich wieder so ein Abgrund auftun, bis ihre Augen brannten vor Anstrengung.

Sie brauchten eine Viertelstunde, bis sie das Licht als flackernde Öllampe über dem bestimmt drei Meter hohen Tor eines Gehöftes ausmachen konnten. Die Pferde stapften mit hängenden Köpfen durch die Pfützen, zielstrebig und mit merkbar schnellerem Gang, als wäre auch für sie diese einsame Laterne die Verheißung von Licht und Wärme.

Als sie das Tor erreicht hatten, kletterte Na'Bao schwerfällig von seinem Tier. Nachtschwarzes Wasser spritzte unter seinen Stiefeln auf, als er auf den unebenen Weg sprang, mit einem unterdrückten Schmerzenslaut. Er ließ den Klopfer am Tor ein paar Mal auf die darunter liegende Metallplatte schlagen, und der Gong, den das erzeugte, brachte das Tor zum Schwingen. Er übertönte den Regen um ein Vielfaches, dennoch dauerte es mehrere Minuten, bis sich auf dem Hof etwas regte: Eine Stimme kam näher, die sich dem Tonfall nach grummelnd darüber beschwerte, dass man sie bei diesem Sauwetter aus dem Haus geholt hatte. Die Schritte trampelten eine Treppe hinauf, kurz darauf schien eine zweite Laterne auf Sophie und Na'Bao herunter. Gehalten wurde sie von einem Mann, der scheinbar auf einer Plattform neben dem Tor stand und von dort ungefährdet auf jeden heruntersehen konnte, der Einlass begehrte. Er musterte die beiden, während Na'Bao tropfend die Begrüßungsverbeugung vollführte und Sophie vor sich hin zitterte, dann sprach der Mann La'Isas Bruder an.

Den Verlauf des Gespräches zu erraten, war nicht schwer. Na'Bao brachte sein Anliegen vor, mit Gesten auf Sophie, was deutlich sagte, dass sie so erbarmungswürdig aussah, wie sie sich fühlte. Der Mann fragte, wohin sie reisten, Na'Bao wies nach Süden. Der Mann wollte wissen, ob sie die Unterkunft bezahlen konnten, Na'Bao holte Münzen aus seinem Beutel und hielt sie ins Licht der Laterne. Dann wollte der Mann ihrer beider Handrücken sehen – und das fehlende Brandmal zog eine erneute Diskussion nach sich, an deren Ende der Mann aber schließlich nickte und die Treppe wieder hinunter trampelte.

»Steig ab.«

Sophie folgte Na'Baos Bitte, musste sich dabei schwer auf ihm abstützen, um von dem auf einmal so hohen Pferd herunter zu kommen. Sie fühlte sich steif und krumm, als sie an seinem Arm zum Tor wankte, dort wies Na'Bao auf ein Loch.

»Steck deine Hand hindurch.«

»Warum?«

»Er möchte nur sicherstellen, dass du nicht tot bist. Du hast bislang noch nichts gesagt und siehst tatsächlich nicht gerade aus wie das blühende Leben.«

Sophie tat, wie ihr geheißen, streckte ihren Arm durch dem Loch, hinter dem die Laterne des Mannes schimmerte. Eine warme, schwielig-raue Hand drückte ihre Finger, gefolgt von einer kurzen Bemerkung. Na'Bao lachte und antwortete, dann wurden auf der anderen Seite des Tores die Riegel gelöst.

Sophie sah Na'Bao fragend an.

»Er meinte, er wäre sich nicht sicher, von der Temperatur her wärst du eher tot. Ich habe geantwortet, Tote könnten niemals so nass sein wie wir, das müsse ihm als Beweis genügen.«

Sophie gelang ein zitterndes Lächeln, dann nahm sie ihr Pferd beim Zügel und folgte Na'Bao durch das Tor in den Hof – unendlich erleichtert, dieser schrecklichen Nacht entkommen zu sein.

∗∗∗

In der regnerischen Dunkelheit konnte Sophie die ganze Anlage nicht überblicken, aber der Hof war groß. Drei Gebäude in Form eines U umstanden einen Platz, ein dem Gewitter nachzügelnder Blitz beleuchtete in Reih und Glied stehende Ackergeräte, einen Brunnen und einen Gemüsegarten. Aus dem Gebäude rechts drang das Muhen müder Kühe, in dem links schimmerten Lampen hinter mehreren Fenstern.

Der Mann geleitete sie zum Mittelbau, wo ein Abdach sich schützend über Stapel von Kisten und Fässern wölbte. Er stellte Na'Bao ein paar Fragen, der nickte zu allem und legte die beiden Münzen in die Hand des Mannes, den Sophie nun im Licht seiner Laterne musterte: vielleicht fünfzig, wettergegerbt, unter seinem grauen Gewand zeichneten sich deutlich Arm- und Schultermuskeln ab. Er öffnete eine breite Tür und winkte, sie möchten ihm folgen. Es war der Pferdestall, den sie da betraten, und als die in den dicken Mauern gefangene Hitze des Sommertages auf Sophie einströmte, atmete sie erleichtert auf: Es roch nach Mist und Pferd und altem Schweiß, war leidlich hell und warm – wenn ihnen Na'Baos Geld eine Ecke in diesem Stall hatte erkaufen können, wäre das einfach herrlich!

Ein Ruf des Bauern förderte einen etwa zwölfjährigen Stallburschen aus den Tiefen des Strohs auf einer Empore zutage, dessen verschlafenes Gesicht aufstrahlte, als er die triefenden Pferde erblickte. Er kletterte mit der Geschwindigkeit eines Äffchens die Leiter herunter, schnappte sich die Zügel und führte die ihm willig folgenden Tiere in eine Box. Na'Bao wies auf die Hafersäcke, Sophie tätschelte ihrer Stute die nasse Flanke, dankbar, dass sie diesen Ritt so brav und unverzagt mitgemacht hatte, dann folgten sie dem Bauern. Er geleitete sie durch eine Pforte in einen Gang. Hölzerne Türen in regelmäßigen Abständen befanden sich darin, was ein bisschen was von einem Gefängnis hatte, doch die gedämpften Stimmen, die hier und da aus den vermeintlichen Zellen drangen, klangen nicht trübsinnig.

»Ein Quartier für die, die während der Erntezeit auf dem Hof helfen. Wir können eine der Kammern haben«, flüsterte Na'Bao Sophie zu, dann öffnete der Bauer ihnen auch schon eine Tür. Ein kleiner Raum mit einem Bett, einem Tisch, zwei Stühlen, einer Truhe und einem Teller voller dicker, gelber Kerzen. Es roch nach Seife und Holz, Sophie erschien vor allem der Anblick des Bettes wie eine Offenbarung.

Der Mann wies auf die Truhe, zeigte ihnen, dass sich unter dem hochbeinigen Bett eine herausziehbare Pritsche verbarg, die ebenfalls mit Bettzeug versehen war, entzündete mithilfe eines Spans die Kerzen und verschwand.

»Wir bekommen zu essen, in der Kiste sind Handtücher. Sie hängen unsere Sachen über Nacht ans Feuer in die Küche«, sagte Na'Bao, während Sophie sich noch in dem Raum umsah. »Es ist nicht sehr komfortabel«, fügte er entschuldigend hinzu, sie lachte und ließ sich mit schweren Gliedern, aber dennoch unglaublich erleichtert auf das Bett sinken.

»Spinnst du? Im Vergleich zu einer Nacht da draußen ist das hier das Paradies!«

Ein ferner Donner untermalte ihre Worte.

»Es freut mich, dass es dir genügt. Ich werde den Bauern fragen, ob ich im Stall schlafen kann«, erwiderte Na'Bao, der noch immer an der Tür stand, als wolle er gleich gehen.

»Warum denn das? Es gibt zwei Betten, mir reicht das kleine doch total.« Sie wies auf die Pritsche.

»Es schickt sich nicht, dass wir eine Kammer teilen«, antwortete Na'Bao mit einer Stimme, die ausdrückte, dass er das für eine dumme Frage hielt.

»Wer sagt, dass das nicht schicklich sei?«

»Nun ... alle. Wir sind nicht verwandt.«

Sophie lachte, und als hätte ihr das neue Energie gegeben, stand sie auf und löste die Schließe ihres regenschweren Umhanges.

»Ah, *alle*. Was hast du denn erzählt, wer wir sind?«

»Nichts. Er hat nicht gefragt.«

Er rührte sich noch immer nicht, Sophie zog eigene Schlussfolgerungen aus seinem Wunsch.

»Also möchtest du lieber im Stall schlafen. Dann sag das und schieb keine Ausreden vor.«

Eine Minute Stille, in der Na'Bao zu Boden sah und Sophie nach außen hin ungerührt ihren Umhang zusammenlegte.

»Nein, möchte ich nicht. Und das Bett gehört selbstverständlich dir.«

Sie schüttelte den Kopf. »Deine Füße würden auf den Boden hängen. Ich nehme die Pritsche.«

Ein Klopfen an der Tür unterbrach sie, und als Na'Bao öffnete, kam der Bauer mit einem Tablett herein. Ihm folgte eine Frau, groß und schlank, vielleicht vierzig Jahre alt, mit einem meterlangen Zopf, der ihr straff geflochten den Rücken hinunter fiel. Na'Bao vollführte die übliche Begrüßungsverbeugung, Sophie lächelte. Die Frau neigte ihren Kopf, bemerkte den nassen Umhang, machte eine Geste, als nehme sie mit beiden Armen einen Haufen Dinge auf und lege sie hinaus auf den Flur. Sophie nickte automatisch zu dieser Anweisung, während ihr insgeheim mehr als nur ein wenig mulmig wurde, als sie den Grund für diese stumme

Gestensprache erkannte. Und auch dafür, dass die Frau nichts getragen hatte: Sie war tot. War das hier einer von den Fällen, wo einer starb und der andere die Stadt verließ, um mit seiner Frau oder seinem Mann zusammenbleiben zu können?

Sophie wich zurück, doch das kleine Zimmer machte es unmöglich, dass sie wirklich Abstand zwischen sich und diese Frau brachte. Der Mann erklärte Na'Bao irgendetwas mit den Kerzen, die Frau trat näher an Sophie heran. Schwarze Augen fuhren prüfend über ihr Gesicht, dann hinunter zu der Lederkleidung, die der Regen dunkel und steif gemacht hatte. Die Bäuerin hob die Hände. Sophie hielt erschrocken den Atem an, in Erwartung dieser nachtwindkalten Berührung – und japste überrascht auf, als kräftige, unzweifelhaft lebendige Finger sie an den Schultern fassten und umdrehten. Die Schleife wurde gelöst, die Schnüre geschickt aus den Ösen herausgezupft. Sophie konnte nur da stehen und hoffen, die Bäuerin würde ihr rasendes Herz nicht bemerken – oder zumindest nicht verstehen, was es so beschleunigt hatte.

»Wel Necht«, sagte die Frau mit einer vollen, tiefen Stimme, als sie fertig war. Sophie stotterte ein alles andere als richtig ausgesprochenes 'Tank', das sie sich von Na'Bao abgehört hatte, dann fiel die Tür hinter Bauer und Bäuerin ins Schloss. Und Sophie wieder auf das Bett, was ihr einen fragenden Blick von Na'Bao einbrachte, der von ihrer Angst scheinbar rein gar nichts mitbekommen hatte.

»Ich dachte, sie wäre tot!«, stieß Sophie tonlos hervor und lachte verschämt, peinlich berührt von ihrer eigenen Ängstlichkeit. »Weil sie gestikuliert hat, anstatt zu sprechen. Warum hat sie das getan?«

»Ich erzählte dem Bauern, du stammtest aus einer anderen Chora und verstündest nicht, was wir sagen. Und scheinbar wollte die Bäuerin dir etwas mitteilen.«

Sophie schüttelte erneut den Kopf. »Ich seh überall nur noch Tote«, sagte sie leise, Na'Bao ging vor der auf dem Bett hockenden Sophie in die Knie und spähte ihr ins Gesicht.

»Das ist kein Wunder«, antwortete er, und seine Stimme klang besorgt. »Du hast heute mehr Tote erblickt, als manch ein Mensch aus meiner Welt in seinem ganzen Leben. Und du wusstest bis gestern nicht einmal, dass es sie überhaupt gibt.« Er hob eine Hand, legte sie an Sophies Wange. »Aber du bist lebendig, du wirst diese Welt hier morgen verlassen und in die deine zurückkehren. Okay?«

Erneut benutzte er dieses Wort, diesmal kam es selbstverständlicher von seinen Lippen. Die im Übrigen schon wieder besser aussahen, nicht mehr so weiß und erfroren. Und Sophie ziemlich nah waren, nicht viel weiter als seine Hand auf ihrer Wange. Sophie verspürte den unerklärlichen Drang, die Arme um Na'Baos Hals zu schlingen und ihn zu drücken, einfach nur, weil er da war, warm, lebendig, tröstend. Weil er freundlich war. Nein, mehr: weil er *ein Freund* war. Sophie sah auf, traf seinen Blick. Seine Augen waren besorgt und müde, trotzdem glänzten sie unvermindert veilchenblau. Er machte keine Anstalten, sie über die Hand an ihrer Wange hinaus zu berühren, forschte nur aufmerksam in ihrem Gesicht. Ohne darüber nachzudenken, was sie da tat und warum sie es tat, beugte Sophie sich vor, drückte ihre Lippen auf seine Wange, lehnte dann ihre Stirn an seine, erschöpft und hungrig nach Wärme. Er erstarrte, blieb jedoch, wo er war.

»Danke für alles, was du für mich tust«, flüsterte Sophie, und als Na'Bao aus seiner Starre erwachte, spürte sie seine Hand auf ihrem Rücken. Er drückte sie an sich, tröstend und fürsorglich, aber auch nicht mehr.

»Du musst mir nicht danken«, sagte er. »Ich tue es gern. Und jetzt sollten wir uns umziehen und essen. Damit wir warm werden und diese Suppe nicht kalt.«

Sie nickte, er erhob sich rasch, als könnte er nicht früh genug von ihr und dieser Berührung wegkommen, während sich in Sophies Brust heiße Scham ausbreitete: Was zum Teufel hatte sie sich denn dabei gedacht?

***

Na'Nao wartete auf dem Gang, während sie sich aus ihren nassen Sachen quälte. Das Mieder war dank der Vorarbeit der

Bäuerin schnell abgelegt. Die Schnüre der Hose hatten sich durch den Regen jedoch so verhärtet, dass Sophie sich einen Fingernagel einriss, als sie ihre Hände in das glitschige Leder krallte, auf dem Rücken liegend wie ein Käfer. Die ehemals weiße Unterwäsche war gräulich verfärbt, und als sie mit Gänsehaut in der Kammer stand und sich mit einem Handtuch abrubbelte, hätte sie ihre Seele für ein heißes Bad verkauft. In der Truhe fand sie noch ein Set sauberer Wäsche, wahrscheinlich vergessen von einem Vormieter, bestehend aus einem weiten Hemd und einer langen Leinenhose. Sophie nahm das Oberteil, das ihr immerhin bis zu den Knien reichte, legte Na'Bao die Hose auf den Stuhl, anschließend schlüpfte sie auf den Gang, damit er sich umziehen konnte. Er brauchte keine Minute, dann bat er sie wieder in die Kammer und brachte wie angeordnet die nassen Sachen hinaus. Er habe eine Prellung am Oberschenkel, sagte er nur, als Sophie sich erkundigte, wie es ihm ginge.

Der Bauer hatte ihnen einen Topf Suppe, Brot, Käse und Äpfel gebracht, außerdem ein Kännchen Milch. Sie aßen alles auf, und als Na'Bao den ersten Apfel zerschnitt, musste Sophie an die Zwillinge in der Totenburg denken. Ein Lächeln stahl sich auf ihr Gesicht, als sie sich an die rothaarigen Mädchen erinnerte – die Na'Bao angehimmelt hatten, als wäre er ein Popstar. Nun saß er ihr gegenüber, groß und schön und interessant. Bekleidet nur mit dieser Leinenhose, seine Haare hatte der Regen wirr gelockt, die Schramme an seiner Schläfe war ein wenig geschwollen. Sophie hatte all das mit einem Blick aufgenommen, danach hatte sie stur auf ihren Teller geblickt, auf den seine Hände mehr als nur ihren Teil des Essens legten, bis sie protestierte. Sie hatte die Beine angezogen und das weite Hemd darüber, weil sie sich für ihren mageren, blassen Körper schämte und ihr noch immer so gar nicht warm werden wollte.

Das Lächeln, das der Gedanke an die Zwillinge auf ihre Lippen zauberte, verblasste rasch und wich einem schlechten Gewissen. Doch was war es, was sie plötzlich so grüblerisch machte? Das wurde ihr erst klar, als sie bald darauf auf der niedrigen Pritsche lag und auf die Flamme der einsamen Kerze starrte, die Na'Bao nicht gelöscht hatte. Es war dieses Küsschen gewesen, die dazu gehörende Sehnsucht, und es war Na'Bao. Nicht, weil er er war, an ihm gab es nichts auszusetzen. Nein, das Problem war sie selbst – und die Tatsache, dass er nun einmal nicht Julian war, denn sie liebte Julian. Zu bemerken, dass ihr La'Isas Bruder mehr bedeutete als irgendeine zufällige Bekanntschaft und sie sich eben so danach gesehnt hatte, ihn zu umarmen, ihm nah zu sein, erschien ihr wie Hochverrat. An Julian, an allem, was sie in den letzten Monaten gesagt, gedacht, gefühlt und getan hatte. Weinen, klagen, schreien. Schweigen, schließlich gehen. Ja, sie war gegangen, wegen Julian und seinem Tod. Der sie in die Fabrikhalle geführt hatte, dann in diese andere Welt – und schlussendlich zu Na'Bao. Ein logischer Weg, aber dennoch nicht der richtige. Nein, bestimmt nicht. Es war falsch, dass ihr eben noch so zerbrochenes Herz schmerzte beim Anblick dieses Jungen und ihr sagte, sie solle ihn berühren, ihn umarmen, damit diese Qual ein Ende hatte. War sie verliebt? Nein. Sicher nicht? Sophie drehte sich auf den Rücken und schloss die Augen. Erinnerte sich an das, was sie empfunden hatte, als Na'Bao eben vor ihr gekniet hatte. Und was in ihr los gewesen war, als Julian in ihr Leben getreten war. Eine ähnliche Stärke der Gefühle, aber dennoch andere. Wie anders? Sie seufzte, denn sie wusste es nicht – und schrak zusammen, als Na'Bao sie flüsternd ansprach.

»Kannst du nicht schlafen?«

Sie wandte sich um. Sein Kopf lag auf einem Arm, er sah mit besorgter Miene auf sie hinunter.

»Tut mir leid, ich wollte dich nicht wecken.«

Sie zog die Decke höher und schloss die Lider, doch als sie nach zwei, drei Minuten vorsichtig zu ihm herüber blinzelte, blickte er sie noch immer an.

»Es ist seltsam«, sagte er, »aber ich weiß nicht, was wir einander sind.«

Sophie erstarrte – war das nicht genau das, was sie eben auch hatte ergründen wollen?

»Wie meinst du das?«

»Nun, du bist der Spiegel meiner Schwester. Sollte ich deswegen nicht für dich empfinden wie für eine Schwester?«

»Du hast nicht gesagt, wie für La'Isa«, erwiderte Sophie und Na'Bao schüttelte den Kopf.

»Sie war mir nie wie eine Schwester.«

Er legte sich zurück auf den Rücken, als wolle er das Gespräch, das er selbst begonnen hatte, nicht weiter führen, doch nun war es Sophie, die sich ihm zuwandte.

»Warum nicht?«

Er seufzte. »Ich möchte nicht darüber sprechen.«

»Dann mach nicht erst solche Andeutungen«, schnappte sie, biss sich aber auf die Lippen, als er daraufhin gequält die Augen schloss. Ihr Tonfall tat ihr leid, denn er passte nicht zu diesem echten und offenkundigen Schmerz.

»Vergiss es. Erzähl mir, was du willst und wann du willst. Das ist deine Sache.«

»Vielleicht nicht«, sagte er nach einer Weile. »Weil es das bedingt, was ich für dich empfinde.«

Nun war es Sophie, die schwieg und nicht wusste, ob sie überhaupt hören wollte, was Na'Bao nicht verraten mochte. Dann begann er zu sprechen, und es war nichts, was sie fürchten musste. Obwohl es ein Licht auf diese Welt warf, das besser nie entzündet worden war.

»La'Isa hasst mich, seit dem wir Kinder sind. Sie hatte stets Angst, Gin'Sah und La'Shi würden mir mehr Aufmerksamkeit, mehr Liebe geben als ihr.«

Sophie runzelte die Stirn. »Ist es nicht meist anders herum? Dass ältere Kinder eifersüchtig auf Jüngere sind?«

»In gewisser Weise war ich der Jüngere von uns beiden.«

Er schieg erneut, und Sophie drehte und wendete diese Auskunft in ihrem erschöpften Hirn, bis sie kapitulierte.

»Erklär es mir.«

»Sie war fünf Jahre alt, als Gin'Sah mich aufnahm. Ich war älter, sieben, aber dennoch das neue Kind. Das machte sie rasend, bis zuletzt.«

»Wo hast du vorher gelebt?«, fragte Sophie, und noch

während sie diese Worte sprach, kam ihr die Erklärung in den Sinn: Seine Eltern waren tot. Schwach, stumm und nachtwindkühl, nicht in der Lage, für das Kind zu sorgen.

»Es tut mir so leid«, flüsterte sie, Na'Bao schüttelte jedoch den Kopf.

»Ich ahne, was du denkst, aber das ist es nicht. Es ist weniger schlimm, und gleichzeitig noch schlimmer.«

Die einzelne Kerze tat ihr Bestes, um die Kammer zu erhellen, doch dem Weichzeichner, mit dem sie alles belegte, gelang es nicht, Na'Baos Stimme die Bitterkeit zu nehmen.

»Hast du schon von den Mutterschreinen gehört?«

»Ja. Da erscheinen die Spiegel der Babys, die in meiner Welt geboren werden.«

»So ist es. Kinder werden in der Folge ihres Eintreffens vergeben, so lehrt man es. Doch das stimmt nicht, denn ich erfuhr, dass hochgestellte Personen wählen, welches Kind sie möchten. Etwa ein Mädchen oder einen Jungen. Auch ich wurde gezielt ausgesucht, und das Paar, das bis zu meinem siebten Lebensjahr Vater und Mutter für mich bedeutete, waren nicht Gin'Sah und La'Shi. Sondern Na'Ten und Da'Mon.«

Na'Bao und Na'Ten? Wie La'Isa und La'Shi?

»Haben diese Vorsilben bei euren Namen etwas mit eurer Abstammung zu tun?«

»Ja. Sie geht von der Mutter auf die Tochter über und vom Vater auf den Sohn.«

Warum hatten Na'Baos Eltern ihn abgegeben, wenn sie ihn erst gezielt ausgesucht hatten? Wer waren sie? Ein Blitz der Erkenntnis zuckte durch Sophies Kopf, gleißend und scharf wie die, die heute Nacht das Gewitter auf sie hernieder geschleudert hatte. Und sie wusste es.

»Beh ist ein Titel. Bevor Na'Tenbeh Rat wurde, hieß er Na'Ten. Er war dein Vater, ehe Gin'Sah dich aufnahm.«

»Richtig.«

»Aber warum gab er dich ab?«

»Er tat es, weil er sein eigenes Fleisch und Blut wollte. Und kein Interesse mehr an mir hatte, als er es bekam.«

Sophie verstand schon wieder nicht und wünschte, Na'Bao würde einfach reden, damit sie nicht Fragen stellen musste, die zeigten, wie wenig sie wusste. Und wie langsam sie nach einem solchen Tag dachte. Er schien ihren Frust zu spüren und fuhr fort, die Stimme spürbar mit altem Schmerz erfüllt.

»Na'Tens Spiegel wurde ein Sohn geboren. Dies berichtete ihm sein Weltengeher, denn der musste den Spiegel regelmäßig besuchen. Also überredete Na'Tenbeh den Mann, das Kind zu nehmen, das er nicht mehr brauchte, und ließ sich seinen wahren Sohn bringen.«

»Was für ein Arsch«, platzte Sophie heraus, und wenn Na'Bao dieses Schimpfwort störte, merkte man ihm das nicht an. Er sah weiterhin an die Decke, reglos und scheinbar mit seiner Geschichte am Ende.

»Deine Wut auf den Rat verstehe ich, aber nicht, worüber du traurig bist. Gin'Sah ist freundlich, klug ... Du hättest doch nicht lieber den Rat zum Vater gehabt? Du wärest geworden wie er. Sei froh, dass du dem entkommen konntest!«

Als Sophie Gin'Sah erwähnte, wurden Na'Baos Züge weicher.

»Nennst du ihn deshalb nie 'Vater'?«, fragte sie, er nickte zögernd, schwieg aber noch immer.

»Gin'Sah sagte, ihr glaubtet, den angenommenen Kindern die gleiche Liebe geben zu können, wie die Menschen in unserer Welt denen, die ihnen geboren werden. Er hat von dir gesprochen und von deiner Schwester, seinen Gefühlen für euch. Liebst du ihn denn nicht?«

Na'Bao antwortete erst nach einer Weile, und seine Stimme war nun nicht mehr bitter, sondern leise und zögernd.

»Doch. Natürlich. Er war gut zu mir, ebenso wie La'Shi.«

»Dann rächst du dich an dem Falschen, wenn du ihn bestrafst«, erwiderte Sophie, wohl wissend, dass das nicht das war, was Na'Bao hören wollte. »Er hat vielleicht getan, worum der Rat ihn gebeten hat, aber er hat versucht, das Beste daraus zu machen. Für ihn bist du sein Sohn.«

»Ich weiß«, sagte Na'Bao. »Als ich zu ihm kam, war ich wütend über das, was mit mir passierte und ließ es an ihm aus.

Als ich begriff, was ich tat, war ich zu alt, um es ändern zu können.«

»Eher zu stolz«, diagnostizierte Sophie in Erinnerung an den Streit, den sie heute miterlebt hatte, an Na'Baos zornige Augen, Gin'Sahs erhitztes Gesicht.

»Auch das.«

Nun schwiegen sie beide, und in der nächtlichen Stille war nichts zu hören außer den letzten Regentropfen, die schwer auf das Schindeldach klopften.

»Ich glaube nicht, dass La'Isa dich wirklich gehasst hat«, sagte Sophie schließlich leise. »Sie war sicher eifersüchtig, aber echter Hass ...«

»Lass sie«, unterbrach Na'Bao, die Stimme plötzlich bestimmt. »Sie ist nicht wichtig für das, worüber wir sprechen.«

Sophie runzelte die Stirn. »Wir sprechen über dich und La'Isa.«

»Nein. Über dich und mich.«

Er wandte sich zu ihr, und wieder war sein Gesicht Sophie so nah, dass sie trotz des matten Lichtes jede Sommersprosse erkennen konnte, die seine griechische Nase zierte.

»Aber ich möchte verstehen, was zwischen dir und ihr war«, verlangte sie, woraufhin seine Augen in ihrem Gesicht nach Gründen für diese Frage forschten. Doch Sophie hatte außer aufrichtigem Interesse nichts zu bieten.

»La'Isa war Zeit meines Lebens bösartig und falsch«, sagte er schließlich, ohne einen Zentimeter zurückzuweichen. Der Duft seiner Kräuterseife drang in Sophies Nase, als habe all das Wasser es nicht vermocht, ihn herunter zu waschen. »Und ich ... Nun, ich habe sie bemitleidet, ausgelacht oder ignoriert, je nach dem«, fuhr er fort. »Sie war meine Schwester, aber sie war es nie wirklich. Es gab keine Liebe, keinen Zusammenhalt, nicht einmal ein gegenseitiges Dulden.«

»Wahrscheinlich hätte sie besser in den Palast gepasst als du«, sagte Sophie, und zu ihrem Erstaunen nickte Na'Bao.

»Dort zu leben, wäre ihr Traum gewesen. Heute weiß ich, wie sie mich sah: Ich war das Kind, das der Rat verstoßen hatte, aber ich war auch das Kind, das der Rat sich als Erstes aussuchte. Ich war alles, und ich war nichts.«

Sein Gesicht wurde mild. Er hob eine Hand und fuhr durch die schwarzen Strähnen, die die grobe Schere über Sophies linken Ohr stehen gelassen hatte, sanft und zugleich interessiert, als habe er niemals so kurze Haare berührt.

»Du bist das Ebenbild des Mädchens, das nie meine Schwester war. Ich sehe dich an, und ich empfinde zum ersten Mal in meinem Leben etwas Gutes, wenn ich in diese Augen blicke. Ich wünsche mir, La'Isa wäre gewesen, wie du bist, und ich wünsche mir gleichzeitig, du wärst nicht hier, damit ich sie weiterhin verabscheuen könnte, weil das so viel einfacher ist. Ich sehe dich an und weiß, was sie hätte werden können, und ich finde es gut, dass sie war, was sie war, denn sonst wärst du nie zu uns gekommen. Du bist die Schwester, die ich gern gehabt hätte, und ich empfinde mehr für dich, als ich für eine Schwester empfinden dürfte. Eigentlich weiß ich nur eines: Ich war noch nie in meinem Leben so verwirrt. Und ich bin trotz allem glücklich.«

Sophie hörte seine Worte und begriff eher mit dem Herz als mit dem Kopf, was da in ihm tobte. La'Isa war sein Julian: der Grund, warum alles so kompliziert war, warum dies nicht sein durfte und das nicht sein konnte. Seine Hand war an ihrem Hals verharrt, lag dort warm und mit einem sanften Druck, der ihre Gesichter näher aneinander brachte.

»Was sind wir füreinander?«, fragte er, und Sophies Kehle schnürte sich zu. Was konnte sie sagen? Was wollte sie darauf antworten? Ohne mehr zu sagen, als sie fühlte? Oder weniger? Oder mehr oder weniger, als *er* fühlte?

»Ich weiß es nicht«, flüsterte sie und senkte den Blick. »Ich kam her, weil ich Julian sehen wollte, aber was ich bekam, war Lan'The. Ich erwartete mir den, den ich geliebt habe, doch ich sah einen Fremden, der nichts für mich empfand. Du hast in mir jemanden erwartet, den du hassen würdest, und nun ...« Sie stockte erneut, denn *diesen* Satz konnte sie nicht zu Ende bringen, ohne diesmal etwas über Na'Baos Gefühle zu sagen, was vielleicht völlig falsch war.

»Ja, so ist es«, griff er ihre Gedanken auf und beendete die peinliche Stille. »Was machen wir nun damit? Mit dem, was wir erwarteten und dem, wie es tatsächlich ist?«

»Wir wissen nicht, wie es wirklich ist«, sagte Sophie, und nach kurzem Erstaunen nickte Na'Bao.

»Ja, du hast recht. Noch wissen wir es nicht, dafür war die Zeit zu knapp und angefüllt mit zu vielen Dingen. Und morgen Abend wirst du wieder zurück in deiner Welt sein.«

Sie schwiegen, jeder in seinen Gedanken versunken. Dann beugte Na'Bao sich vor und gab Sophie einen Kuss, aber er wählte nicht die Wange. Seine Lippen lagen nur kurz auf ihren, dennoch jagte ihr eine Gänsehaut über den Körper.

»Ist dir noch immer kalt?«, fragte er, Sophie nickte beschämt, weil es ihr zu peinlich gewesen wäre, die Wahrheit über diesen eigentlich wohligen Schauder zu sagen.

Na'Bao rückte zur Seite, soweit das auf dem schmalen Bett möglich war, und machte eine auffordernde Geste.

»Leg dich her. Wickel dich in deine Decke, ich werde meine über uns beide werfen.«

Sophie wollte zögern, nein sagen, aber sie tat es nicht. Sie kletterte hoch auf sein Lager, bettete den Kopf auf dem Kissen und fühlte die Wärme, die sein Körper auf der Matratze hinterlassen hatte. Seine Haut schimmerte samtig, als er seine Decke anhob und über sie legte – und auch, wenn sie nicht mehr von ihm spürte als einen behaglichen, festen Druck an der Seite, raste ihr Herz mit einem Tempo, das Schlaf weiterhin unmöglich erscheinen ließ.

»Vielleicht müssen wir das alles gar nicht enträtseln«, fuhr Na'Bao leise fort. »Zumindest nicht heute.«

»Weil wir werden uns wiedersehen, nicht wahr? So ist es besprochen. Du gehst zum Rat, und ...«

»Ja«, unterbrach Na'Bao Sophie, während seine Hand das Streichen durch ihre Haare wieder aufnahm, »das tue ich. Und ich komme zu dir, wann du willst. In deiner Welt leben kann ich jedoch nicht, ebenso wenig wie du in meiner.«

Sophie nickte, dann drehte sie sich zu Na'Bao um und legte ohne jede Scheu den Kopf auf seiner Schulter ab. Er schlang seine Arme um sie, und während sie auf seinen kräftigen

Herzschlag lauschte, schmerzte ihre eigene Brust gleichzeitig vor Trauer und einem unbestimmbaren Glück. Sie hatte das Gefühl, als habe sie in der gleichen Sekunde etwas Wunderbartes gefunden – und es dann auf immer verloren.

3. Buch:

Ein Becher Schierling

– 9 –

Am nächsten Morgen wurden Sophie und Na'Bao zum ersten
Mal geweckt, als ihre Kammernachbarn aufbrachen, legten
jedoch einvernehmlich die Köpfe zurück auf das Kissen.
Wenig später klopfte es an ihrer Tür, Na'Bao seufzte, turnte
über Sophie hinweg und öffnete: Die Bäuerin brachte ihre
Kleidung, ein kleines Frühstück sowie den Hinweis, sie
müssten aufbrechen, da alle Bewohner des Hofes auf die
Felder gingen.

Sie tranken den heißen Khui und aßen das Brot, dann
schnürten sie sich in ihre Reitkleidung. Trocken war sie, aber
steinhart – und der Muskelkater, den die Stunden auf dem
Pferderücken Sophie beschert hatten, machten es ihr nicht
einfacher, sich in diese Ausrüstung zu zwängen. Na'Bao
bewegte sich fast noch steifer als sie, verzog jedoch nur
wortlos den Mund, als Sophie sich nach seinem Bein
erkundigte.

Auf dem Hof schöpften sie kühles Wasser aus dem
Brunnen in ihre Gesichter und füllten die Feldflaschen, der
Stalljunge schnallte die Sättel auf ihre Pferde. Der Bauer
geleitete sie zum Tor, und als Na'Bao ihm mit einer

Verbeugung Abschied und Dank sagte, antwortete er etwas, das Na'Baos Stirn in Runzeln legte.

»Was hat er gesagt?«, flüsterte Sophie, während er Bauer den Riegel des Tores zurückzog.

»Es täte ihm leid, es wären zu viele«, übersetzte Na'Bao.

»Was meint ...«

Das Tor schwang auf, Sophie blieb die Frage im Halse stecken: Wachen. Auf Pferden, zwanzig oder mehr. Sie umstanden das Tor im Halbkreis, die Leiber der schnaubenden und tänzelnden Tiere dicht an dicht, die Hände der Männer umfassten die Knäufe ihrer Schwerter. Fat'Wans kräftige, eindrucksvolle Gestalt ragte unübersehbar in der Mitte auf, an seiner Seite der junge, asiatisch aussehende Soldat aus dem Dorf.

»Verdammt«, flüsterte Na'Bao und zog Sophie hinter sich, während sein Blick zu dem Bauern schoss. Der zuckte jedoch nur mit den Schultern, entschuldigend und hilflos zugleich: Hier war keine Hilfe zu erwarten, der Mann fürchtete um Leben und Besitz.

»Lass ihn«, sagte Sophie. »Es ist nicht seine Sache.«

»Es ist *jedermanns* Sache«, gab Na'Bao zurück, was stimmte, aber nichts brachte. Ihre Pferde am Zügel hinter sich, schritten die beiden durch das Tor, der Bauer verschloss es rasch und mit einem erleichterten Seufzer.

»So schnell sehen wir uns wieder«, begrüße Fat'Wan sie mit einem nicht unfreundlichen Lächeln, das weder Sophie noch Na'Bao erwiderten. »Ihr seid weiter gekommen, als ich gedacht hatte, aber leider muss ich euch bitten, mich zu begleiten. Es gibt jemandem, der mit euch sprechen möchte.«

»Wer?«, fragte Sophie, Fat'Wan antworte nur zwei Worte.

»Der Totenkönig.«

»Seit wann stehst du in den Diensten des Totenkönigs?«, erkundigte Na'Bao mit einer Stimme, die besagte, dass er das für unter aller Würde hielt. Der junge Mann an seiner Seite maß Na'Bao daraufhin mit einem bösen Blick, Fat'Wan ließ sich indes nicht provozieren.

»Ich stehe so lange in seinen Diensten, wie diese

Verbindung mir und den meinen nützt«, gab er zurück, nickte dann jemandem zu, der hinter dem dichten Ring der Reiter stand: eine Wache mit zwei unbesetzten Pferden.

»Lasst eure Tiere hier, diese sind schneller«, befahl Fat'Wan, Sophie wandte sich leise an Na'Bao.

»Was will denn der Totenkönig von mir?«

»Ich weiß es nicht. Möchtest du es heraus finden oder sollen wir versuchen, zu entkommen?«

»Entkommen? Denen allen?«

Na'Bao zuckte mit den Schultern. »Versuchen könnten wir es. Aber wir wissen nicht, wie der Auftrag dieser Männer lautet.«

Sophie verfluchte nicht zum ersten mal Na'Baos Art, sich in Andeutungen zu ergehen, anstatt Klartext zu reden.

»Wir haben keine Zeit für Ratespielchen«, zischte sie zurück, er lächelte traurig.

»Sie wollen dich, aber wir wissen nicht, wie. Wenn der Totenkönig gegen die Pläne des Rates ist, musst du leben, und wir hätten eine Chance zu entkommen. Ist er dafür, werden die Männer alles tun, um uns zu kriegen, und vielleicht ist ihnen tot sogar lieber als lebendig.«

Sophie überdachte das, während Fat'Wan ihnen geduldig zusah. Zu geduldig fast, als wisse er, was sie besprachen.

»Wenn der Totenkönig gegen die Pläne des Rates ist, müssen wir nicht entkommen, denn dann wird er uns helfen«, sagte sie. »Was aber wichtiger ist: Bei mir steht es Fifty Fifty, ob ich ihm lebendig oder tot lieber bin, bei dir ist es garantiert völlig gleichgültig. Und es wäre auch für mich etwas anderes, ob ich durch Gin'Sahs Gift sterbe oder durch die Schwerter dieser Männer. Für die gibt es kein Gegenmittel in grünen Fläschchen. Also folgen wir ihnen.«

Na'Bao zögerte, dann nickte er. Der Mann mit den Pferden hielt ihnen die Zügel hin, griff dafür nach denen ihrer Miettiere. Sophie schnallte ihre Feldflasche los, kraulte ihre treue Stute zum Abschied zwischen den Ohren und ließ sich von Na'Bao auf das neue Pferd helfen. Es schien doppelt so hoch zu sein und um einiges schmaler, als wäre es zum Rennen gebaut. Die Männer verteilten sich um Na'Bao und Sophie, dann gab Fat'Wan das Zeichen zum Aufbruch – und es begann ein Ritt, gegen den die letzte Nacht im Gewitter geradezu gemütlich gewesen war.

***

Während die harten Muskeln ihres Pferdes sich unter ihr unermüdlich streckten und Stoß nach Stoß ihren Körper durchfuhr, beschäftigte Sophie vor allem die Frage, wie Fat'Wan sie auf diesem abgelegenen Gehöft gefunden hatte. Waren sie in der Nacht verfolgt worden? Von jemandem, der es geschafft hatte, in diesem Unwetter Anschluss zu halten und dabei unbemerkt zu bleiben? So musste es gewesen sein. Ein Lebender oder Toter? Letzteres war wahrscheinlicher, jedoch auch unheimlicher – Sophie schauderte beim Gedanken daran, dass eine nachtwindkühle Gestalt ihnen nachgeschlichen war, schnell und lautlos wie ein von der Sonne gejagter Schatten. Dass Fat'Wan das angeordnet hatte, war sicher. Nur warum? Hatte er schon von dem Wunsch des Totenkönigs gewusst, mit Sophie zu sprechen? Nein, dann hätte er sie erst gar nicht gehen lassen. Aber irgendetwas musste er geahnt haben.

Na'Bao ritt dicht neben ihr, immer wieder fing Sophie seinen Blick auf, doch angesichts des Tempos, das die Wachen vorlegten, blieb ihnen keine Muße, um miteinander zu sprechen. Sophie musste sich darauf konzentrieren, ihr Gleichgewicht auf diesem Tier zu halten, und das nahm alle Kraft in Anspruch: Mochte ihre bescheidene Reiterfahrung für den langsamen Schritt gestern genügt haben, erfüllte sie dieser Wahnsinnsritt nach kürzester Zeit mit Angst – um ihr eigenes Leben, aber auch um das all derer, die ihren Weg kreuzten. Die Wachen preschten ohne Rücksicht über die alles andere als befestigten Wege, und so mancher Fußgänger konnte sich nur mit einem beherzten Sprung in den Graben in Sicherheit bringen. Machten die Straßen unerwünschte Umwege, lenkten die Wachen ihre Tiere querfeldein, geradewegs durch Äcker und Felder. Bauern und Freie brüllten ihnen Verwünschungen hinter, Sophie sah sie gestikulieren, wenn sie es denn wagte, auf die Spur der Verwüstung zurückzuschauen, die die Hufe ihrer Pferde in die regenweiche Erde gegraben hatten. Über Gräben und andere Hindernisse sprangen die Tiere mit gewaltigen Sätzen hinweg, und Sophie fühlte sich, als säße sie ohne Sicherung in einer Achterbahn. Verlöre sie das Gleichgewicht und fiele von diesem Pferd, würden die Nachfolgenden sie überrennen – also konzentrierte sie sich auf ihre Hände, die sich in die Mähne des Pferdes krallten, als hinge daran ihr Leben.

So ging es Kilometer um Kilometer. Und als Sophie glaubte, sie könne sich keine Minute mehr halten, als ihre Finger von Krämpfen gepeinigt wurden und von ihr verkrümmtes Rückgrat Schmerzwellen durch ihren Körper strahlte, verlangsamte Fat'Wan sein Tier. Sie näherten sich einem Gasthaus, einsam an einem Wäldchen gelegen, doch wenn Sophie gehofft hatte, dort am Ziel ihrer Reise zu sein, war das ein Irrtum: Man ließ sie nur kurz absitzen und gab ihnen zu trinken, während frische Pferde gesattelt wurden. Die Pause verbrachte sie an Na'Bao gelehnt, der ihr mit einer Hand über den Rücken strich, in die die Zügel feuerrote Striemen gebrannt hatten.

Als der junge Asiate sie nach kaum fünf Minuten aufforderte, erneut aufzusitzen, schleuderte Na'Bao ihm scharfe Worte in seiner Sprache entgegen. Und kassierte dafür eine überraschende, satt klatschende Ohrfeige, die ihn zurücktaumeln ließ, das Gesicht rot vor Scham und Wut. Seine Fäuste zuckten, die Hand des Soldaten wanderte zu seinem Schwert. Sophie trat schnell zwischen die beiden, die Arme in einer beruhigenden Geste erhoben. Die schwarzen Augen des Soldaten brannten auf Na'Bao, und als er ihm nun einige Worte hinspukte, troffen diese vor Verachtung.

»Was wird das hier? Hahnenkämpfe?«

Fat'Wan kam hinzu, die Arme vor der Brust verschränkt, das Gesicht entspannt, der Blick jedoch wachsam. Ihm antwortete ein eisiges Schweigen. Er richtete einige Worte in seiner Sprache an den jungen Soldaten, nicht unfreundlich, aber bestimmt, der drehte sich auf dem Absatz um und marschierte mit starrem Gesicht zu den Pferden hinüber.

»Das Mal auf Ken'Kets Hand ist noch zu frisch, als dass er ein farbiges Gewand in seiner Nähe ertragen könnte«, sagte Fat'Wan zu Na'Bao. »Junger Weltengeher, du solltest deine Zunge hüten. Und entweder lernen, schneller zuzuschlagen oder aber einen Abstand zu wahren, der dir solche Art von Antworten erspart.«

Als sie kurz darauf aufsaßen, blieb das Tempo mörderisch, doch die Männer hielten sich auf den Wegen. Weiterhin ohne Rücksicht auf den Rest der Welt, dennoch Sophie war froh, dass ihnen weitere Querfeldeinritte erspart wurden. Bald kam ihr die Gegend dumpf bekannt vor: Dörfer auf der einen, Totenburgen auf der anderen Seite gab es scheinbar überall, aber der Fluss war eine gute Orientierung. Als sein grünbraunes Wasser zu ihrer Rechten auftauchte, war sie sicher, dass sie hier schon gewesen war. Ja, ganz sicher: Sie ritten nun exakt den Weg zurück, den sie gekommen waren – gerade flog die Kreuzung an ihnen vorbei, die in Na'Baos Beschreibung als Zeichnung abgebildet war. Wie lange hatten sie gestern in diesem schrecklichen Unwetter gebraucht, um hierher zu gelangen? Was war überhaupt ihr Ziel? Es war eine Totenburg, wie sie bald darauf herausfand, und zwar genau die, in der La'Isa residierte. Was nur logisch war, hatte Na'Bao doch gesagt, diese nutze der Totenkönig, wenn er in der Gegend sei.

***

Fat'Wan begleitete sie bis zu einem schmalen, türartigen Eingang im Schatten der gewaltigen Festung, gab leise einige Anordnungen an Ken'Ket und verabschiedete sich dann mit einem schlichten Kopfnicken.

Der Boden unter ihren Füßen schien zu schwanken, als Sophie von ihrem Pferd abstieg, und als sich die Tür zu einem endlos hinaufführenden Gang öffnete, musste sie auf den ersten Metern Halt am Geländer suchen. Sie fasste nach

Na'Baos Hand und schenkte ihm einen ermutigenden Blick, dann erklommen sie Stufe nach Stufe, die Decke nah über ihren Köpfen, die Wände feucht und kalt und moosig. Trübe Öllampen beleuchteten den Aufgang mehr schlecht als recht, an seinem Ende wartete ein graugewandeter, ältlicher Diener. Er sagte kein Wort und führte sie durch fensterlose Zimmer bis in einen Saal mit einer niedrigen, gewölbten Decke, getragen von dicken Säulen. Abgesehen von zwei Lehnsesseln auf einer flachen Empore war er leer und dämmerig, das knappe Licht stammte von einer Reihe blinder Butzenfenster. Die Wachen nahmen auf Befehl von Ken'Ket Aufstellung an der Wand – dann hieß es warten, bis der, der sie so dringend hatte sehen wollen, zu erscheinen geruhte.

***

»Wie schauen wir aus«, sagte Na'Bao, als nach den Stunden der Eile um sie herum plötzlich Stille herrschte.

Sophie blickte an sich hinunter und musste ihm recht geben: Ihre Hosen und Umhänge waren völlig verdreckt von der Erde, hochgeschleudert von den Hufen der Pferde. Sie lachte, als sie sah, dass sich die Sommersprossen in Na'Baos Gesicht auf wundersame Art und Weise durch Schlammspritzer verdoppelt hatten, ein prüfender Griff in ihr Gesicht zeigte, dass sie keinesfalls besser aussah. Sie ging zu einer der Säulen, setzte sich auf den Boden und lehnte den Rücken gegen den kühlen Stein: eine Wohltat für ihren mittlerweile überall schmerzenden Körper.

»Ich muss gestehen, dass ich neugierig bin«, sagte Na'Bao leise, als er sich neben Sophie hockte. »Den Totenkönig zu sehen gelang nicht vielen Lebenden.«

»Mir macht das eher Angst«, erwiderte Sophie mit gedämpfter Stimme. »Er könnte uns umbringen und danach mit uns reden, dann hätte er diese Regel nicht gebrochen.«

»Sie können uns nicht töten, hast du den Totgeher schon vergessen? Wir sterben erst, wenn unser Spiegel stirbt.«

Sophie überdachte das kurz. »Um dich zu töten, müssten

sie nur in meine Welt gehen und deinen Spiegel umbringen. Und ich bin ohnehin nur hier, weil ich wirklich sterben kann.«

Na'Bao nickte zu ihren Worten, wenn auch widerstrebend.

»Gut, er könnte uns töten, doch warum sollte er? Die Räte und die Ren sind Feinde des Totenkönigs, sie konkurrieren um Land. Wieso sollte er ihre Pläne unterstützen?«

»Ich weiß es nicht. Aber wenn er ihnen nicht helfen will, warum sind wir dann hier?«

»Er hat eigene Weltengeher. Vielleicht auch einen, der dich zurückbringen kann.«

Sophie sah auf und fand Na'Baos Lächeln beruhigend – ein wenig zu beruhigend, als habe er das nur gesagt, um ihr eine Angst zu nehmen, die sie indes gar nicht verspürte.

»Das soll mir recht sein«, gab sie nur zurück, was ihn auflachen ließ.

Er legte einen Arm um sie, Sophie lehnte ihren Kopf dankbar an seine Schulter, denn sie war schon wieder erschöpft – scheinbar ein Dauerzustand, wenn man auf der Flucht war.

Sie schwiegen, warteten, und nach einigen Minuten war Sophie kurz davor einzuschlafen. Sie rappelte sich auf und realisierte, dass sie nicht länger allein waren: Ein Mann hatte sich zu ihnen gesellt, unbemerkt dank der unhörbaren Schritte der Toten. Er lehnte an einer Säule und beobachtete sie, die Hände vor der Brust verschränkt. Jung war er, fast jugendlich – zwanzig, vielleicht ein Jahr mehr, ein Jahr weniger. Pechschwarze Haare fielen ihm auf die Schultern, alles andere als ordentlich gebürstet. Seine Haut war so weiß, dass sie durchsichtig schimmerte, das Gewand schwarz, seine Augen von einem verblassten goldbraun. Letztere wurden getragen von hohen Wangenknochen und überspannt von kühnen Brauen, in ihnen lag ein spöttischer Ausdruck, wie auch um seinen kleinen Mund: Er schien sich über das Bild, das Sophie und Na'Bao boten, aus einem nur ihm bekannten Grund zu amüsieren.

Sophie drückte Na'Baos Hand und nickte zu dem Neuankömmling herüber, La'Isas Bruder warf ihm einen abschätzigen Blick zu, der das Lächeln des jungen Mannes noch vertiefte. Ohne seine lässige Haltung an der Säule aufzugeben, machte er mit schlanken Fingern ein knappes Zeichen, als wedele er eine Fliege fort: Ken'Ket und seine Männer lösten sich aus ihrer Habachtstellung an den Wänden, packten Na'Bao, rissen ihn hoch und drängten aus dem Raum. Er hatte nicht einmal Zeit, sich ernsthaft gegen die zahlreichen Arme und die auf seine Brust gerichtete Klinge von Ken'Kets Schwert zu wehren, da fiel die schwere Tür schon ins Schloss. Sophie lief ihnen nach, zog mit aller Kraft an der Klinke, die sich um keinen Millimeter bewegte: Man hatte sie mit dem jungen Mann eingeschlossen.

»Er verehrt dich, wie du sicher weißt«, sagte jemand hinter ihr, sie wirbelte herum, voller Wut angesichts dieses unnötig groben Vorgehens. Der junge Mann lehnte noch immer an der Säule, aber er hatte nicht gesprochen, zumindest nicht hörbar für ihre blutdurchpulsten Ohren: Die Stimme stammte von einem Lebenden, dick, rothaarig und grau gewandet, der neben einer unscheinbaren Frau an der Wand stand.

»Ich bin nur der Mittler«, sagte der Mann, als Sophie ihn stirnrunzelnd musterte, wies dann auf die Frau an seiner Seite, einer Toten. »Sie wird seine Worte aufnehmen und an mich weiter geben, in der Art, die deine Welt Gebärdensprache nennt. Ich übersetze in die dir gefällige Sprache. Nun muss ich wiederholen, was ich schon äußerte, denn du bist die Antwort schuldig. Ich sagte ...«

»Ich habe gehört, was du gesagt hast«, unterbrach ihn Sophie. »Aber ich wüsste nicht, warum ich antworten sollte, es war keine Frage. Und ich würde gern wissen, mit wem ich es zu tun habe. Bislang weiß ich nur, dass er tot ist.«

Der Übersetzer zögerte, als hielte er diese Entgegnung für zu frech, sagte dann einige Sätze in der Landessprache – dass er Sophies Erwiderung korrekt übersetzte, konnte sie nur hoffen. Da der junge Mann an der Säule jedoch eine Augenbraue in Richtung Stirn beförderte und sein ironisches Lächeln sich vertiefte, schien alles angekommen zu sein. Der Mund des Fremden bewegte sich in den Worten der Toten, die Frau begann, in Zeichensprache zu reden und der Dickliche sprach weiter – Sophie fand diese stille Post anstrengend und beschloss, die Übersetzer einfach auszublenden.

»Ich bin Renren'Keh, König der Toten. Und du bist das Mädchen aus der anderen Welt.«

Sophie schwieg auch jetzt, besah sich den König aber mit aufflammendem Interesse, das hoffentlich ihre Verwunderung über das Alter dieses Regenten aller Toten nicht zu deutlich zeigte.

»Ich möchte noch immer wissen, ob du bemerkt hast, wie sehr dieser Junge dich verehrt«, sagte der König nun, und als Antwort darauf schüttelte Sophie nachdrücklich den Kopf.

»Wir sind Freunde, nicht mehr.«

Renren'Keh lachte lautlos, stieß sich von der Säule ab und schlenderte zu Sophie hinüber. Er war nicht viel größer als sie, besaß aber dennoch eine Aura aus Selbstbewusstsein und Macht, die nur schwer in Worte zu fassen war und die so gar nicht zu seinem jugendlichen Aussehen passen wollte.

»Oh doch, er liebt dich. Warum sollte er nicht? Du bist ein schönes Kind, sicher weißt du interessante Dinge zu erzählen aus deiner Welt. Ein wenig befremdlich ist sie dennoch, diese Tiefe der Gefühle, schließlich bist du der Spiegel seiner Schwester.«

Die goldbraunen Augen glitten über Sophies Gesicht, unverhohlen neugierig. Sie hielt dem forschenden Blick stand und funkelte zurück, noch immer erbost.

»Wo bringen die Wachen ihn hin?«

»Nicht sprechen, ohne ...«, setzte der Übersetzter an, doch der König hob die Hand, gefolgt von einer fordernden Geste, als wolle er hören, was Sophie gesagt hatte.

»Er bekommt Essen und Kleidung, ein Bad und ein Bett«, antwortete er. »Willst du zu ihm?«

Aus dem Mund des Übersetzers klang dieser Satz neutral, aber Renren'Kehs Blick legte einen anzüglichen Ton darunter.

»Nein. Ich möchte gehen. Mit ihm.«

»Geduld. Ich wünsche, dass du Platz nimmst und erzählst. Von dem, was du erlebt hast, von dem, was du planst.«

Er wies auf die beiden Stühle, die auf der Empore standen:

Zwei Thronsessel, die Johnny in seiner Fabrikhalle sicherlich mit Neid erfüllt hätten, denn sie waren um einiges protziger als sein ausgefranster Lehnsessel. Aus blattgoldbepinseltem Holz, Lehnen und Füße verziert mit Schnitzereien. Einer war etwas größer als der andere und wirkte älter, glänzte sein Gold doch nicht mehr so Gelb.

»Nein.«

»Nein?«

Sophie lächelte kühl. »Nein, ich werde das Gift nicht trinken. Und ich kehre zurück in meine Welt. Das ist mein Plan.«

Renren'Keh nickte. »Das ist nicht das, was ich gehofft hatte zu hören. Wenngleich es zu vermuten war angesichts deiner Flucht.«

Sophies Magen krampfte sich zusammen. Hatte Na'Bao nicht vermutet, der Totenkönig sei gegen die Pläne des Rates? Ja, auch sie hatte nicht daran gezweifelt. Wenn sich das als falsch erwies und er ebenfalls auf ihren Tod lauerte, saß sie hier in der Falle. Ein scharfes Schimpfwort entfuhr ihren Lippen, dass der Übersetzer seinem König verschwieg.

»Warum weigerst du dich, uns zu helfen? Nimm Platz, erzähle es mir. Es ist wichtig für mich und die meinen.«

»Aber lebensgefährlich für mich«, ergänzte Sophie, ohne sich auf den Stuhl zuzubewegen – und so blieben sie einfach stehen, Auge in Auge, als wäre das der schnellste Weg, um diese Sache hinter sich zu bringen.

»Gewiss ist es gefährlich«, bestätigte Renren'Keh.

»Was dir egal ist, dem Rest dieser Welt ebenso. Ob Lebende oder Tote.«

»Ja. Ein Leben gegen das Wohl einer ganzen Welt, was muss ich da abwägen?«

»Wie willst du mich töten?«, erkundigte Sophie sich nach etwas ganz Praktischem. »Das Gift ist im Palast des Rates.«

»Nun, die Schwerter meiner Wachen sind scharf, ihre Hände stark.« Er lächelte, als er das sagte. »Aber keine Sorge, ich bin kein Barbar und ich weiß um die Bedeutung des Giftes. Es lässt dir eine Chance, und die will ich dir zugestehen. Es finden sich immer Wege, um zu beschaffen, was ich brauche.«

»Du hast das Gift gestohlen?«

»Lass doch dieses Gift, es ist nur Mittel zum Zweck. Geh einfach davon aus, dass ich habe, was ich brauche.«

»Wirst du versuchen, mich zwingen, das Gift zu trinken?«

»Nein.« Er schüttelte den Kopf, was seine wirren Strähnen bewegte wie eine Löwenmähne. »Ich *versuche* niemals etwas. Ich befehle es und es wird ausgeführt. Du wirst dich wehren, das lese ich in seinen Augen, aber du kannst nicht gewinnen. Ich heiße deine Wehrhaftigkeit gut. Wusstest du, dass man Sieg und Niederlage ganz verschieden definieren kann? Im Kampf von einer Übermacht überwunden zu werden, wird beides sein – die körperliche Niederlage und dennoch der moralische Sieg. Für dich. Und das genaue Gegenteil für mich, denn die Moral gilt stets höher. Also: Ich gewinne, doch du siegst.«

Er lächelte nun nicht mehr, aber auch, wenn sie seine Worte nicht unmittelbar hören konnte, vermochte Sophie keine Schärfe darin zu finden. Er hatte nicht gedroht, nur eine simple Tatsache beschrieben: Ich bin stark, du schwach, deshalb bekomme ich, was ich will. Seine direkte Art war nicht unangenehm, dennoch hatte Sophie Angst: Tief in ihr pochte es schnell und drängend, flüsterte eine Stimme von Gefahr, riet ein Instinkt zur Flucht. Er würde weder lügen noch taktieren wie der Rat, so viel glaubte Sophie sagen zu können. Warum auch? Dies war sein Reich, draußen standen genug Männer, Lebende wie Tote, die auf seinen Befehl hin Sophie in den Rachen stopfen würden, was immer der König dort sehen wollte. Nein, sie zweifelte nicht daran, dass er wahrmachte, was er androhte, und dass ihre Chancen, ihn davon abzubringen, bei null lagen. Dass sie es dennoch versuchen musste, stand ebenso außer Frage.

»Ich bitte dich, es zu erklären: Warum willst du uns nicht helfen?«, fragte er. »Wir verlangen ein Wagnis, aber du wurdest ausgesucht, weil es dir zuzutrauen war. Wie konnten wir uns so in dir irren?«

Sophie schnaubte. »Fangfragen kannst du an jemand anderem üben«, gab sie zurück, Renren'Kehs Augen blitzen amüsiert.

»Gut geantwortet, und dennoch nicht geantwortet. Wirst du mir sagen, was ich wissen will, wenn ich die Frage noch einmal stelle, ohne jeden Hintersinn?«

»Sicher.«

»Warum lehnst du es ab, das Gift zu trinken, von dem es aus berufenem Munde heißt, dass es dir nicht schaden wird?«

Sophie hielt dem Blick dieser wissbegierigen Augen stand und registrierte, dass trotz der Nähe nicht ein Duftmolekül von diesem Körper ausging. Seife erschnupperte sie, doch die stammte von seinem Gewand – er selbst war duftlos wie ein Vakuum, bestand aus nichts und roch nach nichts.

»Gin'Sah *hofft*, dass es mich nicht töten wird, aber er weiß es nicht. Es wurde nie zuvor einem Menschen gegeben. Wenn er sich irrt, opfere ich mein Leben.«

»Wäre das nicht lohnend? Ein Leben geben, um so viele zu erlösen?«

»Ein Leben für Tote«, gab sie zurück, was den König ernst werden ließ.

»Die unzähligen Toten sind also weniger wert als ein Lebender?«

Sophie war versucht, sofort zu sagen, dass das natürlich nicht so sei, doch dann schwieg sie und dachte nach. Zuckte schließlich mit den Schultern.

»Wenn man selbst der Lebende ist, dann irgendwie schon. Ich will nicht sterben.«

»Die Aussicht, deinen Freund im Jenseits wiederzusehen, verlockt dich nicht?«

Sophie seufzte, war sie doch diese ewig wiederholte Frage leid. Weil sie ihr jedes Mal einen Stich versetzte, kalt und scharf direkt in eine alte, nicht verheilende Wunde. Renren'Keh schien ihren Frust zu spüren, und sein nächster Vorstoß ging in eine ganz andere Richtung.

»Du glaubst nicht an ein Jenseits.«

»Nein, tue ich nicht. Ich glaube nicht an einen Gott, nicht an einen Himmel oder eine Hölle.«

»Was hat das eine mit dem anderen zu tun?«

»In meiner Welt sehr viel. Die, die an einen Gott glauben, glauben meist auch an ein Leben nach dem Tod.«

»Interessant. Erkläre mir den Zusammenhang.«

Sophie zuckte mit den Achseln. »Die meisten Religionen sagen, dass man nach dem Tod bewertet wird für das, was man im Leben getan hat. Man wird belohnt, wenn man nach den Regeln seiner Religion gelebt hat und bestraft, wenn man dagegen verstoßen hat. Das würde nicht funktionieren, wenn mit dem Tod alles vorbei wäre.«

»Was folgt für dich nach dem Tod, wenn du nicht an ein Jenseits glaubst?«

»Nichts. Dein Licht geht aus, weg bist du.«

»Du irrst, der Beweis sind unsere Toten.«

»Die sich aber nicht im Jenseits befinden. Und sie sind lebendiger, als sie tot sind.«

»*Das* nennst du lebendig?«

Er hob seine Hand und tippte Sophie damit auf die Stirn, ähnlich, wie es die Wachen an den Toren der Stadt mit den Eintretenden getan hatten. Sein Finger fuhr geradewegs durch Haut und Knochen, fächelte einen schmerzhaft kalten Hauch durch Sophies Kopf. Sie schlug erbost nach seiner Hand, was sich anfühlte, als wischten ihre Finger durch einen Luftzug.

Renren'Keh lachte, was Sophie nur wütender machte.

»Du vergleichst nicht in die richtige Richtung«, zischte sie, und als der Übersetzer das wieder gab, wurde die Miene des Totenkönigs erstmals kalt und hart. Aber Sophie war noch nicht fertig.

»Im Vergleich mit mir bist du toter als tot«, fuhr sie fort. »Doch im Vergleich zu den Toten meiner Welt bist du verdammt lebendig. Du besitzt ein Gesicht, einen Körper, eine Stimme. Du kannst reden, du hast Gefühle. Wann bist du gestorben?«, verlangte sie zu wissen, Renren'Keh antwortete mit funkelnden Augen – aber scheinbar auch gespannt, auf was sie hinauswollte.

»Im Jahre 1351. Mein Spiegel erlag der Pest.«

»Mein Beileid«, ätzte Sophie. »Heute nennst du dich König der Toten, sitzt auf einem goldenen Sessel und regierst ein

Volk von 100 Milliarden. Aber wo ist dein Spiegel? Der elendig verreckt ist, während dein Tod eine kurze, schmerzlose Angelegenheit war, ein Fingerschnipsen, im Vergleich zu Tagen der Qual und dem Wissen, unweigerlich sterben zu müssen? Wo ist er?«

»Seine Seele ist im Jenseits.«

»Nein.« Sophie schüttelte nachdrücklich den Kopf. »Sie ist weg, genau wie sein Körper, ausradiert vom Angesicht der Erde. Wenn ihr das findet, was ihr Jenseits nennt und für eure Rettung haltet, werdet ihr ebenso verlöschen. Freut euch über das, was ihr seid, es ist mehr, als meine Welt jemals bekommen wird.«

Sophie spürte, wie ihre Wangen glühten, und bevor sie dieser Worte aussprach, hatte sie gar nicht gewusst, dass sie so dachte. Oder besser: nicht in dieser Deutlichkeit. Dass es der Zweifel an der Existenz des von dieser Welt so sehr herbeigesehnten Jenseits war, der nicht zuletzt dafür sorgte, dass sie den Tod so fürchtete. Und dass das Versprechen eines Wiedersehens mit Julian sie nicht dazu brachte, gierig nach dem Gift zu greifen. Weil sie nicht daran glaubte, dass es noch etwas von ihm gab, das sie erkennen, geschweige denn lieben konnte.

Nun war heraus, was sie dachte, und in Renren'Kehs Augen lag eine abgründige Wut. Was hatte sie tun wollen? Sich rausreden und erreichen, dass er sie gehen ließ? Okay, das war sauber misslungen!

»Ich habe nie gesagt, dass ich es grundsätzlich ablehne, das Gift zu trinken« fügte sie hinzu, mit ruhigerer Stimme. »Mich hat nur niemand angehört. Versetz dich in meine Lage: Ich wurde gegen meinen Willen hergeholt, man hat mir eine perfekte Welt vorgeführt, die nur ein klitzekleines Problem hat, und verlangte sofort ein Ja oder Nein. Ihr denkt schon so lange über diese Sache nach, für mich ist sie neu. Ich brauche Zeit, ich will meine Entscheidung in Ruhe treffen.«

Renren'Keh forschte in ihrem Gesicht, dann nickte er.

»Du hast recht, man verlangt viel von dir. Doch was du über das Jenseits sagst, kann nicht wahr sein, und wir sind der

Beweis dafür, dass mit dem Tod nicht alles endet. Warum findest du nicht heraus, wie das Jenseits ist oder ob es existiert, beendest so diese Diskussion um Glauben und nicht Glauben? Du wärst die Erste, die es sehen kann und dennoch zurückkehren wird, auf dich wartet einzigartiges Wissen.«

»Ich werde auch ohne dieses Gift sterben, irgendwann. Und so lange kann ich noch abwarten«, gab Sophie zurück. »Erklär mir, wieso ihr es euch wünscht, zu sterben wie wir. Warum ihr das ewige Vergessen wollt«, forderte sie dann, denn sie wollte wissen, was ihn antrieb. Ob er das Gleiche im Tod sah wie sie. Ein Naturgesetz, schmerzhaft für den, der gehen musste und für die, die verlassen zurückblieben, das aber auch Ordnung brachte und das Leben zu etwas machte, das man schützen musste.

Renren'Keh sah zu Boden, während er nachdachte, und als seine kühlen Augen Sophie wieder ansahen, lag keine Falschheit darin, kein Abschätzen ihrer Reaktion auf seine Worte. Der Beweis dafür, dass er ehrlich war? Wahrscheinlich, denn aus dem Augenwinkel sah Sophie, wie die tote Übersetzerin zusammenzuckte, als sie vor ihr vernahm, was er sagte.

»Tote sind eine Bürde, eine Schande für die Menschheit. Für mich und die meinen, aber auch für euch.«

»Die Lebenden?«

»Ja. Wir sind zu viele. Wenn die gehen, die gehen wollen, wird es leichter. Kein König kann ein Volk von Lebensmüden regieren, schon gar keins von Todesmüden.« Seine Augen brannten nun geradezu in ihren, Sophie fiel es unglaublich schwer, ihnen standzuhalten. »Du hast sie gesehen, wie sie wandern, ziellos, freudlos, ewiglich.«

»Ja.«

»Aber du hast sie nicht *gehört*.«

Sophie runzelte die Stirn, wusste nicht, was er meinte. Stille war es gewesen, die ihr in der Totenburg einen Schauder nach dem anderen über den Rücken gejagt hatte – was hatte es da zu hören gegeben?

»Sie singen«, erklärte Renren'Keh. »Die Toten ganz unten.

Sie singen ein Lied, alle gemeinsam. Ein ewiges Lied, unendlich traurig. Sei froh, dass deine Ohren es nicht hören können, denn man sagt, es vermöchte lebende Herzen wahrhaft zum Bluten bringen, so schrecklich sei es. In diesem Lied liegt all ihr Schmerz, all ihr Sehnen. Glaube mir, ich habe es satt. Das Lied, den Schmerz. Alles!«

Sein Mund spie diese letzten Worte angeekelt aus, und Sophie konnte seine Frustration spüren – sie schien den Raum aufzuladen, wie die Blitze der vergangenen Nacht die Luft.

»Ja, ich habe es satt, ich kann es nicht mehr hören. Tagaus tagein liegt diese Melodie über meiner Welt, und ich kann ihnen nicht verbieten, es anzustimmen. Was soll ich ihnen antun? Sie sind tot, innerlich wie äußerlich.«

Er hatte mit sichtbarer Leidenschaft gesprochen und wandte sich abrupt ab, kaum, dass er geendet hatte. Ging zum Fenster, stützte sich schwer gegen die Wand, strich sich durch die Haare.

»Auch jetzt«, sagte er dann, und die Müdigkeit in seinem Gesicht addierte ihm die Jahre, die den Unterschied zwischen Junge und Mann machten. »Hörst du es? Kannst du es hören?«

»Nein.«

»Aber ich. Es verfolgt mich, wo immer ich hingehe, denn wo Tote sind, ist dieses Lied. Ich werde diese Stimmen verstummen lassen, in dem ich ihnen gebe, was sie verlangen. Erlösung. Ruhe. Für ihre gemarterten Seelen und auch für die, die noch nicht eingestimmt haben. Und für die dieses Lied ebenso eine Qual ist wie für mich.«

Sein Blick brannte in Sophies Augen, und ihr war, als könne sie durch deren blassgoldenen Schimmer direkt in sein seit langem erstarrtes Herz schauen.

»Wenn es denn kein Paradies ist, was auf uns wartet, sondern das schwarze Vergessen, von dem du sprichst, dann soll es so sein. Nichts ist Abwesenheit von Leid und Schmerz, also ist Nichts besser als das hier!«

Er gestikulierte hinaus auf seine Welt, bevor er sich straffte und gemessenen Schrittes zu dem größeren der Sessel hinüber ging. Die beiden Übersetzer rückten etwas weiter vor, während

Sophie blieb, wo sie war.

»Ich glaube, ich verstehe das Leid deiner Welt«, sagte sie schließlich zögernd. »Aber verstehst du, dass ich auch an mich denken will? Dass ich nachdenken muss?«

Er lag mehr in dem Sessel, als er saß, seine schlanken Finger klopften auf den Lehnen einen ungeduldigen, unhörbaren Takt.

»Ja.« Sein Gesicht belegte, dass er diese Antwort nur widerstrebend gab.

»Und gibst du mir die Zeit, die ich brauche? Um eine Entscheidung zu treffen?«

»*Bittest* du mich um Zeit?«

Er untermalte diesen Satz mit hochgezogenen Augenbrauen. Sophie wollte aus Prinzip verneinen, doch dann erinnerte sie sich daran, was hier auf dem Spiel stand: ihr Leben.

»Ich könnte eine Bitte vorbringen«, antwortete sie, er lächelte.

»Dann tu es. Ich würde zu gern hören, wie dieser hübsche Mund Bitte sagt.«

»Würdest du ihr stattgeben?«

»Nein.«

»Dann werde ich nicht bitten.«

»Wieso nicht? Bist du zu stolz?«

»Auch. Aber vor allem, weil es nichts bringen würde. Warum bekomme ich die Zeit nicht? Alles, was ich möchte, ist zu sehen, wie das Gift wirkt. Dann kann ich es mit der Hoffnung trinken, nicht zu sterben.«

»Ich gewähre dir diese Zeit nicht, weil die unsere tickt wie die Uhren, die ihr an euren Handgelenken umhertragt.«

»Ich möchte nicht herzlos erscheinen«, erwiderte Sophie, »aber was macht es, wenn die Toten ihr Lied noch eine Woche länger singen? Sie wandern seit Jahrhunderten umher, nun machst du mir ein schlechtes Gewissen wegen weniger Tage?«

Renren'Kehs Finger hielten inne. Sein Blick fixierte Sophie, was er dann sagte, sagte er mit einem leisen Lächeln. Und dass er ihr dies anvertraute, war ein deutliches Zeichen dafür, dass sie ein fester Teil seines Plans war: verloren, so gut wie tot.

»Ma'Parens Spiegel liegt im Sterben, sie hat keine Woche mehr. Na'Tenbeh will ihr nachfolgen, aber sie muss seinen Namen aussprechen, bevor sie zu uns übertritt. Sie hat eine Tochter, die nicht weniger begierig ist als Na'Tenbeh. Ergo: Das Tor muss gefunden werden, während die Ren noch lebt.«

»Kann es dir nicht egal sein, wer Ren wird?«

»Nein. Ich habe mit Na'Tenbeh einen Pakt. Er besorgt das Gift und die Suchende, dafür lasse ich die Angriffe in Gemban einstellen. Und sehe auch davon ab, in dieser Chora einen kleinen Krieg zu entfachen, was er als seinen ersten Verdienst wird feiern können. Und wenn er Ren ist und die Wandernden fort, ordnen wir die Welt neu, so dass sie Lebenden und Toten nützt.«

Sophie runzelte die Stirn.

»Du glaubst nicht, dass alle gehen werden? Alle Toten, nicht nur die Wandernden ganz unten?«

Er stutzte. »Nein. Warum sollten sie?«

»Weil sie vielleicht keine Wahl haben, so wie die Toten meiner Welt. Sie sterben, ihre Seele verschwindet. Immer und automatisch. Wenn ihr euer Portal wieder habt, ist es doch wahrscheinlich, dass es auch bei euch so sein wird.«

Renren'Keh starrte sie an, als höre er diesen Gedanken zum ersten Mal. Und als würde er ihm nicht gefallen.

»Dann ist es eben so«, schnappte er. »Das Lied muss verstummen, es macht mich wahnsinnig. Wenn der Preis für Stille darin besteht, dass wir alle dem Vergessen anheimfallen ... Nun, dann soll es so sein.«

»Wenn ich finde, was du suchst, wirst du vielleicht ebenfalls sterben, denn für dich gilt das Gleiche wie für die anderen Toten auch. Willst du das?«

Sophie brachte diese Frage heraus, ohne dass ihre Stimme zitterte – von dem Wissen, dass dieses Argument wohl der größte Trumpf war, den sie spielen konnte. Ja, zweifellos: Renren'Keh musste fürchten, zu verlöschen, diese nachtwindkühle Silhouette seines Körpers und dieses doch noch so starke, so erhaltenswerte Bewusstsein zu verlieren –

das konnte er unmöglich riskieren!

Er schwieg, nachdem die Übersetzerin geendet hatte, seine Augen starrten aus dem leicht gesenkten Kopf auf Sophie. Er wirkte, als würde er gleich zum Angriff übergehen, wie ein Stier mit dem Schädel voran – doch er brütete nur, und es dauerte Minuten, bis er antwortete. Leider nicht das, was Sophie sich erhofft hatte.

»Wenn es so sein soll, soll es so sein. Ich bin seit Jahrhunderten hier, ich habe alles gesehen. Der Tod wird mir ein Freund sein, wenn er mir Stille bringt.«

Ein Gedanke schoss Sophie durch den Kopf. Sie zögerte, ihn auszusprechen, tat es dann aber doch – was hatte sie nun noch zu verlieren?

»Geht es vielleicht nur um dich?«

Er fuhr auf, stürmte die Treppe hinunter und kam wenige Zentimeter vor Sophie zum Stehen – ein Wimpernschlag nur verging zwischen ihm auf dem Thron und seinem Gesicht so nah vor ihrem, dass sie seine seltsam kleinen Pupillen inmitten der aderlosen, marmorweißen Augäpfel erkennen konnte. Viel zu schnell, um zurückweichen oder nur erschrecken zu können.

»Nein, gewiss nicht«, zischte er. »Aber du wirst das auch noch verstehen. Wenn du tot bist und du das Lied der Meinen hören kannst. Es wird das Schlimmste sein, was du jemals vernommen hast. Spotte ruhig über mich, solange dein Herz schlägt, doch wenn es erstarrt ist, weißt du, worum es geht. Ich werde alles tun, um diese Stimmen zum Verstummen zu bringen, und wenn ich dafür mein Reich verliere oder selbst vergehe, ist das der Preis, den ich zahlen muss.«

Sophie hörte seine Worte, und sie machten durchaus Eindruck auf sie. Nicht nur wegen der darin liegenden Drohung, sondern auch, weil sie zeigten, wie sehr er litt.

»Es war ungerecht von mir, das zu sagen. Tut mir leid.«

Er starrte sie noch einige Sekunden an, dann nickte er und zog sich ein paar Schritte zurück.

»Ich weiß um die Gefahr, mein Reich verlieren zu können. Oder dieses bisschen Leben, was in mir ist. Die Angst davor

hat mir viele dunkle Stunden beschert, Stunden, in denen ich
an meinem Plan zweifelte.«

»Also war es deine Idee? Nicht die von Na'Tenbeh?«

»Ja.«

»Auch, mich zu holen?«

Nun stahl sich ein Lächeln auf sein Gesicht, und er sprach
die folgenden Worte mit sichtlichem Genuss.

»Nein. Das war deine.«

Sophie runzelte die Stirn, und während der Totenkönig sich
noch an ihrer Verwirrung erfreute, machte er eine fordernde
Geste zu seinem Übersetzer. Der Mann trabte zur Tür und
klopfte dagegen, keine Minute später öffnete sie sich und ließ
eine Gestalt eintreten, die zu sehen Sophie alles andere als
vorbereitet war.

***

La'Isa schritt mit wahrhaft königlicher Würde in den Saal,
verfolgt von Sophies erst verblüfft aufgerissenen, dann zornig
zusammengekniffenen Augen. Das rote Kleid ihres Spiegels
leuchtete mit den üppig aufgetürmten, blonden Zöpfen um die
Wette, ihr Gesicht war triumphierend. Sophie konnte nicht
verhindern, dass sich ein scharfes Knurren ihrer Kehle entrang,
das La'Isas ohnehin erhobenes Näschen noch ein Stück in die
Höhe beförderte.

Ja, diese Ähnlichkeit war unglaublich: Hatte das Porträt in
Gin'Sahs Haus Sophie ein unwohles Gefühl gemacht, wurde
ihr angesichts dieser perfekten Kopie ihres Körpers fast ein
wenig übel. Die Haarfarbe, die Augen, der Mund, die Hände,
sogar der Gang ... Es war, als sähe sie ein Spiegelbild ihrer
selbst, das sich nach einer Zeit des gehorsamen Betragens
plötzlich verselbstständigte – beängstigend.

Von Sophies Blick verfolgt, ging La'Isa geradewegs zu
Renren'Keh, der ihr eine Hand anbot, auf die sie die ihre
huldvoll bettete, als würden sie in einem Kostümfilm zum
Tanz schreiten. Sie warf ihm einen verliebten Blick zu – ob er
diese Gefühle erwiderte, war alles andere als klar, schien seine

geballte Aufmerksamkeit doch noch immer Sophie zu gelten. Und der fiel es schwer, sich nach dem überraschenden Auftauchen ihres Spiegels wieder auf den Totenkönig zu konzentrieren.

»Ich trug dem Rat meine Idee vor, er beriet sich mit Mol'Kih darüber, ohne auf Horcher Acht zu geben«, sagte der, unberührt von der durch den Raum zischenden Spannung. »Na'Tenbeh begriff nicht, wie sehr ich ihm bei seinen ehrgeizigen Zielen helfen konnte. Dein schönes Spiegelbild erfuhr von dem, was damals nur eine Idee war, und sie verstand im Gegensatz zu diesem Dummkopf von einem Rat, welche Chancen darin lagen.«,

Renren'Keh wandte sich La'Isa zu, was deren Lächeln erblühen ließ – derart verzückt, dass es Sophie so peinlich war, als habe sie es auf ihrem eigenen Gesicht entdeckt. Eine Mischung aus Triumph, Genugtuung und Bewunderung lag in La'Isas Zügen, gekrönt mit einem Schuss Selbstaufopferung – nein, so hatte Sophie noch nie geschaut und so würde sie auch nie schauen. Das da war ein Mensch, der ihr vom Körper her glich wie ein Ei dem anderen, aber La'Isa war keine zweite Sophie. Ein erleichterter Seufzer entrang sich Sophies Brust: Ihr Spiegel nahm ihn mit Stirnkrausen zur Kenntnis, während Renren'keh noch immer sprach, als interessiere ihn Sophies aufgewühltes Inneres keinen Penny.

»Dein Spiegel kam zu mir und bot ihre Hilfe an, denn sie hatte gefunden, was wir nach wie vor suchten: Den Menschen aus der anderen Welt, der danach lechzen würde, nach dem Vorbild seines Spiegels zu sterben. Dich. La'Isa brachte auch das Gift. Eine Flasche trank sie, eine blieb heil, damit der Rat sie benutzen konnte, wenn es ihm denn gelingen sollte, die Suchende zu überreden. Und eine Flasche wartete hier auf dich, während alle dachten, sie wäre zerstört, ihr Inhalt verloren. Doch es war eine leere, die dort zerbrach.«

Sophies Augen funkelten. Es war nicht diese Geschichte, die sie so wütend machte, die wiederholte Na'Bao wie eine Gebetsmühle. Nein, es war der Anblick ihrer Selbst in dieser anderen, dieser unangenehmen, unsympathischen Variante, der die Übelkeit verdrängte und eine dumpfe Wut in ihr hochsteigen ließ.

»Die Prinzessin, die Königin werden wird«, zitierte Sophie das, was die beiden toten Mädchen oben in der Totenburg erzählt hatten, und lachte auf, was La'Isas eben noch so triumphierende Augen schmal und argwöhnisch werden ließ.

»Was meinst du damit?«, fragte Renren'Keh, Sophie machte eine wegwerfende Handbewegung.

»Nichts. Es pfeifen nur die Spatzen von den Dächern, dass sie hier« – ihr Finger deutete unbestimmt auf La'Isa – »groß rauskommen will. Dass sie sich verkauft hat für einen wertlosen Titel und eine Truhe voller Glitzerkram. Sich und das Glück ihrer Familie.«

Der Mittler tat, was er konnte, um diese Worte so zu übersetzen, dass sie seinen Herrn nicht zu sehr erzürnten, doch La'Isa brachten sie sichtlich aus der Fassung: Ihr Griff um Ren'Kehs Hand wurde fester, ihr Blick fragender.

»Ja, wertlos, ganz recht«, betonte Sophie mit Genuss. »Ich könnte auch kurzlebig sagen, das würde es ebenso treffen. Weißt du, warum ich das aussprechen kann und er nicht protestiert?«

Sophie wies auf den Totenkönig, auf dessen Lippen ein Lächeln lag, als fände er die ihm gebotene Vorstellung unterhaltsam. La'Isa antwortete nicht, starrte Sophie nur mit einem Blick an, der zwischen Wut und Unverständnis schwankte.

»Nun, wenn gelingt, was ihr plant«, fuhr Sophie fort, »wird das Portal geöffnet, die Toten schreiten hindurch, glücklich auf ewig. Toll – aber wen wollt ihr dann regieren? Wer soll dich bewundern für das, was du bist? Die Königin der Toten, durch Lug und Betrug? Niemand, denn es wird keiner mehr da sein. Gelingt der Plan, ist euer Reich so tot und leer wie ihr selbst.«

La'Isa wandte sich an Renren'Keh, mit schnellen, fordernden Worten, er hob eine Hand, sie verstummte. Sophie ärgerte diese Geste ebenso wie La'Isas Gehorsam darauf, dann lenkte sie das stumme Auflachen des Totenkönigs ab.

»Ein guter Zug«, lobte er, »trefflich platziert. Und es gibt kaum etwas, was ich dagegen einwenden könnte.«

Er wandte sich um und führte eine noch immer sichtlich verunsicherte La'Isa zu den Sesseln hinüber und ließ sie auf dem kleineren Thron Platz nehmen, bevor er mit vor der Brust verschränkten Händen zu Sophie zurückwanderte.

»Es ist ein spannendes Spiel, das wir hier erleben, sein Ausgang ist ungewiss. Es mag werden, wie du voraussagst, vielleicht aber auch ganz anders. Doch eines vergisst du: Ruhm ist uns sicher, daher hat meine Königin jedes Recht, stolz zu sein. Errätst du, warum das so ist?«

Sophie gefiel dieser belehrende Tonfall nicht, dennoch nickte sie automatisch. Weil die Antwort so einfach war.

»Du vergiftest mich, ich sterbe. Finde ich das Portal nicht, bleibt alles, wie es war und La'Isa kann Königin spielen. Finde ich es, habt ihr etwas geschafft, was seit Jahrhunderten niemandem gelang.«

»Richtig.« Er öffnete die Arme in einer bescheidenen Geste, die dennoch Ausdruck reinen Triumphes war. »Wir bleiben auf ewig oder wir gehen auf ewig in die Geschichte ein.«

Sophie knirschte mit den Zähnen, als er das sagte, und beschwichtigen konnte sie nur La'Isas säuerliche Miene: Die besagte nur zu deutlich, dass sie keinen Wert darauf legte, im Nichts zu verschwinden und sich von den Lebenden dafür auf ein Denkmal heben zu lassen.

»Das war ein interessantes Gespräch«, sagte Renren'Keh. »Meine Hochachtung, schönes Mädchen, du hast mir zu denken gegeben und das Spiel spannender gemacht. Ich gewähre dir im Gegenzug die Ehre, doch zu wählen, ob du das Gift freiwillig trinkst oder ob meine Männer es dir einflössen. Und du darfst Abschied nehmen von diesem Jungen, der dir sein noch pochendes Herz geschenkt hat. Dein Bruder«, fügte er zu La'Isa gerichtet hinzu, als mache es ihm Spaß, Sophies Spiegel zu ärgern. »Er liebt dein Spiegelbild, wie er dich nie geliebt hat. Frage dich, an wem das liegt.«

Er beendete seine beißenden Worte mit einer Geste, die erneut Wachen auf den Plan rief. Sophie wurde aus dem Raum geleitet, hinein in ein kleines Zimmer, in dem es genau zwei wichtige Dinge gab: Na'Bao und das Gift.

***

Na'Bao saß in sich versunken auf einem der Kissen, die sich um einen niedrigen Tisch gruppierten, vor ihm unangerührtes Essen. Er sprang auf, als Sophie eintrat, und als er sie ganz selbstverständlich in die Arme schloss, drückte sie ihren Kopf an seine Schulter, unsäglich erschöpft und froh, ihn wiederzusehen. Er hielt sie fest, für einige wunderbare, geborgene Minuten, geleitete dann sie zu der Sitzecke. Sie verzog den Mund, als ihr der Geruch von gebratenem Fleisch in die Nase drang, er schob den Teller fort.

»Ich konnte auch nichts essen, angesichts von *dem da*«, sagte er und deutete auf den Becher, der auf der anderen Seite des Tisches stand: Man hatte ihm einen Braten serviert und Sophie eine Portion Schierling.

»Ist das wirklich das Gift?«

»Ja. Und es führt kein Weg daran vorbei«, erwiderte Sophie, was Na'Bao aufmerken ließ.

»La'Isa ist bei ihm«, fuhr sie fort. »Du hattest recht mit allem, was du über sie gesagt hast: Es war ihre Idee, sich umzubringen, sie hat diese Portion Gift gestohlen – und nun sie sitzt dort auf dem Thron.«

»Aber wie kann es sein, dass das Gift hier ist?«

»Die zweite Flasche ist nie ausgelaufen, sie haben es umgefüllt, das Fläschchen danach zerschlagen. Und die ganze Idee stammt nicht vom Rat, sondern vom Totenkönig.«

Na'Bao nickte, langsam und verstehend.

»Wie ist er?«, fragte er dann neugierig, und Sophie musste nachdenken, um dieses seltsame Wesen in treffende Worte kleiden zu können.

»Müde«, sagte sie zu ihrem Erstaunen als Erstes. »Er sieht so jung aus, doch innerlich ist er verdammt alt und erschöpft. Er wird schnell wütend, als wäre er seit langem mit seiner Geduld am Ende. Ich fand ihn gefährlich, aber auch ehrlich. Als hätte er nicht nötig zu lügen, weil ihm eh niemand was kann. Hast du mal vom Lied der Toten gehört?«

Na'Bao schüttelte den Kopf und Sophie erzählte ihm, was es damit auf sich hatte.

»Diese Melodie scheint ihn an den Rand des Wahnsinns zu treiben, weil sie ihm zeigt, wie sehr die Toten leiden. Er weiß, dass sein Reich zerstört werden kann, wenn die Toten gehen, aber es ist ihm egal. Er sagte, ewiges Nichts wäre besser als ewiges Leid, damit hatte ich verloren.«

Sophie lächelte traurig, während Na'Baos Gesicht ernst blieb. Seine Veilchenaugen lagen ruhig auf ihr, und sie war ihm dankbar, dass er nicht versuchte, sie zu irgendetwas zu überreden oder wieder Vorschläge zu machen, in denen das Wort 'Flucht' die Hauptrolle spielte: Wie es schien, hatte sich die gesamte andere Welt gegen sie verschworen. Gab sie auf? Ja, das konnte sein. Vielleicht tat sie aber auch nur, was ihr vorbestimmt war. Von Renren'Keh oder vom Schicksal? Wahrscheinlich war der König der Toten die Verkörperung des Schicksals, denn wenn irgendjemand diesen Titel verdiente.

»Die Zeit, die ich wollte, kann ich nicht bekommen«, führte sie ihren Bericht zu Ende, »weil die Ren im Sterben liegt und das Portal bis zu ihrem Tod geöffnet werden muss. Man wird mich zwingen, das Gift zu trinken, wenn ich es nicht freiwillig tue.«

Na'Bao erkundigte sich nicht, welchen Weg sie wählen wollte, da sich das irgendwie von selbst verstand, doch seine Veilchenaugen wurden trüb und traurig. Sophie seufzte, fuhr sich mit den Händen durch das Gesicht, was trockene Schmutzstücke über ihre Haut rubbelte, kratzig und scharf.

»Tust du mir einen Gefallen?«, fragte sie, er nickte sofort. Weil er wirklich alles tun würde, was in seiner Macht lag, dachte Sophie – mit einem Kloß im Hals, der weniger von dem herrührte, was sie erwartete als von dem, was sie zurücklassen würde.

»Gin'Sah sagte, ein Körper könne drei Tage in diesem scheintoten Zustand überleben, bis es gefährlich werde. Ohne Wasser oder Essen. Kannst du auf mich aufpassen? Auf meinen Körper? Das Gegengift besorgen und es mir am spätestens vierten Tag einflößen, wenn ich bis dahin nicht zurück bin? Ganz egal, ob ich dieses Portal gefunden habe oder nicht? Ich weiß, dass das Antidot im Palast des Rates ist, aber du wirst einen Weg finden, es zu bekommen.«

»Gibt es keine andere Möglichkeit? Ich möchte nicht, dass du dieses Gebräu trinkst.«

Da war er wieder, der Gedanke an Flucht – doch Sophie schüttelte stumm und nachdrücklich den Kopf.

»Und warum soll ich nicht mit dir kommen, wenn du dich aufmachst um das Portal zu suchen? Ich könnte dir von Nutzen sein, als Lebender. Und ich würde dich ungern allein lassen, ich habe Angst um dein Wohl.«

Sophie zögerte. »Ich hätte dich gern bei mir, glaube mir«, antwortete sie schließlich. »Aber ich sorge mich mehr um meinen Körper als um dieses nachtwindkühle Etwas, das ich dann bin. Es ist schon tot, was sollte ihm zustoßen?«

Na'Bao nickte. »Verzeih, daran dachte ich nicht. Ich verspreche dir, dass ich deinen Körper bewache und so bette, dass er sicher ist. Auch, dass ich das Antidot besorgen werde. Gin'Sah wird mir helfen.«

»*Dein Vater* wird dir helfen«, korrigierte Sophie, und Na'Bao wiederholte diese von ihr betonten Worte. Nach einer kurzen Pause, in der er deren Gewicht auf der Zunge zu prüfen schien, dann jedoch mit Nachdruck.

»Ja. Mein Vater.«

Sophie lächelte und fühlte sich, als wäre die Schwere dessen, was vor ihr lag, leichter geworden nur dadurch, dass Na'Bao bei ihr sein würde. Bei ihrer Leiche besser gesagt, denn an der Seite einer Toten war für ihn kein Platz. Wie schmerzlich würde es sein, seinen warmen Körper mit nebenkalter Hand zu berühren und nichts zu spüren? Außer Enttäuschung und dem Wissen, dass mehr Nähe, echte Nähe eventuell nie wieder möglich sein würde?

»Danke für alles, was du für mich getan hast. Gestern Morgen fand ich dich noch zum Kotzen« – das Wort kräuselte seine Stirn – »und jetzt könnte ich heulen beim Gedanken daran, dich vielleicht niemals wiederzusehen.«

»Wir werden uns wiedersehen, wann oder in welcher Welt auch immer«, antwortete Na'Bao schlicht, was Sophies Lächeln vertiefte. Sie beugte sich vor, legte für eine süße Sekunde ihre Lippen auf seine, dann griff sie den Pokal und trank die Pfütze braungrauer Flüssigkeit in einem Zug.

**

Der Geschmack ließ sich schwer beschreiben. Bitterkeit herrschte vor, kühl und herb, sie überzog erst ihre Zunge, dann ihren gesamten Mund mit einer silbrigen Schicht, bevor sie ihren Hals und schließlich den Magen auskleidete wie flüssiges Metall. Es erinnerte entfernt an Schlehen, eher interessant als unangenehm. Etwas Medizinisches und Wärmendes lag ebenfalls in dem Trank, das seine Wirkung mit Verzögerung entfaltete, die metallische Kühle wegschmolz und einen fast wohligen Eindruck hinterließ – ähnlich einem starken Tee an einem kalten Tag.

Sophie schmeckte den Kräutern nach: Kaum ein Mundvoll Gift war es gewesen, der auf sie gewartet hatte. Dennoch schien die Flüssigkeit auszuschwärmen bis in jede Zelle ihres Körpers, als habe sie sich in ihre Moleküle aufgespalten und diese würden nun mit Höchstgeschwindigkeit in alle Richtungen davon jagen. Na'Bao nahm ihr den Becher aus der Hand und sie spürte, wie seine Augen auf ihr brannten auf der Suche nach Unwohlsein, Schwäche. Den Vorboten dessen, was geschehen musste, was nicht mehr länger 'was wäre wenn' war, sondern Realität.

Das Erste, was sie nach dem Abklingen des konzentrierten Geschmacks bemerkte, war ein milder Schwindel. Sie griff nach der Tischplatte, um Halt zu finden, spürte Na'Baos Hände unter ihren Achseln: Er zog sie auf die Kissen, streckte ihre Beine aus, betete ihren Kopf an seiner Schulter. Sophie fühlte sich umfangen wie ein Kind in den Armen der Mutter, hatte weder die Kraft noch den Wunsch, dagegen zu protestieren. Der Schwindel verflüchtigte sich entgegen aller Logik nach kurzer Zeit, in der Sophie wortlos in Na'Baos

Augen starrte. Sie las in ihnen nicht die Ruhe, die sie selbst erfasst hatte, nein: Sorge war es, die das Veilchenblau immer wieder trübte, dann jeweils verschwand, als würde er sich daran erinnern, dass seine Angst nur dazu angetan war, die von Sophie noch zu verstärken.

Dem Schwindel folgte eine bleierne Schwäche. Sie begann in den Beinen, bahnte sich von dort ihren Weg über den Bauch in die Arme, bis diese kraftlos heruntersanken. Es begleitete kein Schmerz diese Schwere, auch kein abgestorbenes Gefühl. Sie glich eher einer Schläfrigkeit – als versetze sie die Glieder in diesen Zustand, in dem sie kurz vor dem Einschlafen waren. Was nicht unangenehm war, weil sie dann genau so sein sollten, damit der Kopf den Körper vergaß und selbst Ruhe fand. Doch auch, wenn ihr Leib sich schon auf den Weg machte, dorthin, wohin diese Reise sie führen wollte, war Sophies Bewusstsein noch immer im Hier und Jetzt, überraschend klar.

Die steinerne Schwere brauchte ihre Zeit, um den Oberkörper zu durchströmen, um jede Faser zu erobern und sie mit einem Gewicht wie purem Blei auszugießen, und Sophie hatte das Gefühl, sie drücke sich und Na'Bao tiefer und tiefer in das weiche Kissenlager. Die Verwandlung ihres Körpers in diese tonnenschwere Last arbeitete sich langsam, aber zielstrebig voran in den Kopf, bescherte Sophie dabei ein Gefühl wie unmittelbar vor einer Ohnmacht, nur um ein Vielfaches länger: Das in einem benebelten Kopf seltsam dumpfe Wissen, dass das Bewusstsein gleich erlöschen musste, gepaart mit der Erkenntnis, dass es nichts mehr gab, was man dagegen tun könnte. Dass man fallen würde, unweigerlich.

Sophie schloss die Augen, doch zu ihrer Verwunderung gab es auch jetzt weder Schmerz noch Unwohlsein, nur eine in ihr dieser Stärke unbekannte Erschöpfung. Sie schien sie wie ein unwiderstehlicher Sog in die Bewusstlosigkeit zu ziehen, und ihr zu widerstehen war unmöglich. Sophie gelang mit letzter Kraft ein Lächeln. Weil stimmte, was Gin'Sah über die Wirkung dieses Gebräus gesagt hatte. Und weil sie ihm für die Mühe, die er in die Komposition dieses Giftes investiert hatte, dankbar war – und weil sie froh war, nicht allein zu sein.

Ja, obwohl ihr Körper seltsam fern zu sein schien, vermochte es Na'Baos Wärme, Impulse von Geborgenheit an den noch wachen Rest ihres Bewusstsein zu schicken. Sie hörte wie durch Watte, wie er ihren Namen flüsterte, hätte ihm gern geantwortet, irgendwas, doch sie konnte ihre Lippen nicht mehr bewegen, zu fremd fühlten sie sich an. Dann übernahm die Schwere ihren ganzen Kopf, mit einer Selbstverständlichkeit, gegen die es keine Gegenwehr gab – und zusammen mit den langsamer und langsamer werdenden Tönen ihres Herzens schwand Sophies Bewusstsein.

– 10 –

Als Sophie erwachte, war das vorherrschende Gefühl Erleichterung. Nein, mehr: eine gewisse Freude sogar, hervorgerufen durch Nichtigkeiten. Etwa, dass sie ihre Augen aufschlagen und an die Decke blicken konnte. Dass sie ihren Körper als ausgestreckt liegend wahrnahm, dass sie einen schweren Gegenstand auf ihrem Bauch spürte: Willkommene Sinneseindrücke, klare Zeichen von Wahrnehmung, die sich nicht von selbst verstanden, wenn man zuvor gestorben war.

Abgesehen davon fühlte Sophie sich seltsam neutral – und war nicht in der Lage, dieses Gefühl angemessener zu beschreiben, es sei denn durch Dinge, die fehlten. So war sie zum Beispiel nicht schläfrig, wie man es so kurz nach dem Erwachen sein sollte. Sie war nicht durstig, nicht hungrig. Ihr war nicht kalt, nicht warm. Auch verspürte sie weder das Bedürfnis, sich herumzudrehen und weiter zu schlafen oder das Gegenteilige, nämlich die Decken zurückzuschlagen und mit Elan den neuen Tag anzugehen. Nein, Bedürfnisse gab es keine, nicht einmal den winzigsten Anflug davon – und so fühlte sie sich seltsam unentschlossen, wusste nicht recht, was sie tun sollte.

Ein Geräusch zu ihrer Linken motivierte sie, den Kopf zu drehen, und sie blickte aus geringer Entfernung in Na'Baos schlafendes Gesicht. Das Haupt auf dem Arm gebettet, lag er neben ihr und atmete leise. Er wirkte erschöpft, als wäre ihn selbst das Schlafen zu anstrengend oder als sei ihm erst vor kurzer Zeit der Kopf niedergesunken, ermüdet von überlangem Wachen. Dunkle Ringe unter den Augen, Bartstoppeln und zerwühlte, ohne die bändigenden Bürstenstriche wild gelockte Haare gaben ein deutliches Zeugnis davon, dass er in den vergangenen Tagen keine Zeit für die Art Körperpflege gehabt hatte, wie sie diese Welt wünschte. Doch wenn Sophie ehrlich war, gefiel ihr sein Aussehen so um einiges besser, weil es natürlicher war. Ja, es gefiel ihr, *er* gefiel ihr, und auch das nahm sie mit einer gewissen Freude wahr: Scheinbar bedeutete tot zu sein nicht, bar jeglicher Gefühle zu sein.

Ein Blick zeigte, dass der schwere Gegenstand auf Sophies Bauch Na'Baos anderer Arm war und dass dieser unter einer Decke lag, die sie nicht als wärmend empfand, obwohl sie verdammt dick aussah. Sophie verharrte in ihrer Position und sog tief die Luft ein, um Na'Baos mittlerweile so vertrauten Kräuterduft zu genießen – und realisierte, dass sie rein gar nichts roch. Und auch, dass ihre Brust sich nicht hob, keinen winzigen Millimeter, als sie die Luft in ihre Lungen presste. Sie erstarrte, stieß dann Luft aus, die sich fraglos irgendwo in ihr befand, was wiederum ihre Lunge völlig unbewegt ließ. Ein, aus, ein, aus. Nein, nichts – kein Gefühl von Füllung, keine Regung ihrer Brust, keine Bewegung im Körper: Sie mochte bei Bewusstsein sein, am Leben war sie deswegen noch lange nicht.

Machte ihr diese Erkenntnis Angst? Ja – aber bei weitem nicht so sehr, wie sie es erwartet hatte. Höchstens ein gewisses Unwohlsein kam auf, doch es schien sich in anderen Regionen abzuspielen, tiefer als Herz und Brust, den üblichen Bühnen für Furcht, Freude, Zorn. Wenn schon kein Gefühl, was war es dann? Ein Schmerz? Ja, es tat ein wenig weh, war jedoch viel zu diffus, um wirklich als Schmerz durchzugehen. Ein Drang vielleicht? Dieses Wort traf es am besten, wenn auch nicht optimal. Der Drang befand sich etwa auf Höhe des Bauches, hatte etwas Spitzes, Scharfes, Helles. Es ähnelte einem Funken, fand Sophie: Er war klein, besaß aber den spürbaren Willen, größer zu werden, zu einem Feuer anzuwachsen, das den gesamten Körper, den ganzen Geist beherrschen wollte. Und es schien, als habe ihr verschrecktes Erstarren angesichts der Leblosigkeit ihres Körpers diesen Funken entzündet. Konnte das sein? Vielleicht, was wusste sie schon vom tot sein.

Auf jeden Fall beendete der glimmende Funke Sophies Untätigkeit: Sie richtete sich auf, langsam und vorsichtig, um Na'Bao nicht zu wecken, fasste nach der Decke, wollte sie zurückschlagen – und hörte dann eine Stimme, die sie erneut erstarren ließ. Weil es ihre eigene war. In schrecklich ausgesprochenem Englisch, aber klar und kräftig im Umfang und leicht spöttisch im Ausdruck.

»Das würde ich lieber lassen, wenn ich du wäre. Was ich nicht bin. Oder etwa doch?«

Sophie wandte sich zur Seite: Ja, da war ihr Ebenbild. La'Isa saß auf einem Kissen an der Wand, auf den Lippen ein Lächeln, das überheblich aussah, vielleicht aber auch nur wissend war. Unübersehbar war indes der Triumph darin, und den musste Sophie ihr zähneknirschend zugestehen: La'Isas Plan war bislang aufgegangen, ein Punkt für ihren Spiegel.

»Was meinst du?«, fragte Sophie, und La'Isa deutete an ihrem Körper hinab.

»Du bist nackt. Ich weiß nicht, was mein lieber Bruder und du so alles getrieben habt, als ihr letzte Nacht eine Kammer geteilt habt, also musst du selbst beurteilen, ob du möchtest, dass er dich so sieht.«

Sophies starrte herunter auf Na'Baos Arm, der damit zweifellos auf ihrer bloßen Haut lag. Warum umschlang er ihren toten, kalten Körper? Wegen des Auftrages, den sie ihm gegeben hatte, bevor sie das Gift getrunken hatte – nämlich ihre gestorbenen Überreste zu bewachen?

»Er hat bis vor zwei Stunden durchgehalten, dann schlief er ein. Aber keine Sorge: Als ich dich entkleidete, hat er weggesehen.«

»Warum bin ich nackt?«, fragte Sophie, La'Isa seufzte.

»Was denkst du, wäre geschehen, wenn wir dich bekleidet in deine erste Nacht hätten gehen lassen?«

Sophie wusste es nicht, und ihr Achselzucken vertiefte La'Isas Lächeln. Dieses war nun definitiv überheblich, ihr Spiegel weidete sich an ihrer Unwissenheit und Verlegenheit.

»Dein toter Körper wäre bedeckt gewesen vom Stoff deiner Kleidung, diesen stinkenden Reitkleidern, die vor dir schon hundert andere getragen haben. Diese Kleidung hätte deine Seele ebenfalls tragen können, denn alles, was sie in der ersten Nacht berührt, kannst du bewegen. Der Stoff hätte also deinen Körper umfangen, aber auch deine Seele – er würde das eine an das andere fesseln, und es hätte einen Heidenspaß gemacht, dir zuzuschauen, wie du versuchst, dich da rauszuwinden.«

»Mit Seele meinst du diesen nebligen Teil von euch, der weiter lebt?«

»Natürlich. Und sprich nicht von 'euch', denn was auch immer uns trennte, existiert nicht mehr. Schau hinunter. Dorthin, wo du eben deinen Kopf gebettet hast.«

Sophie tat, wie ihr geheißen. Ein Laut des Erschreckens entrang sich ihrer Kehle, als sie sah, was nicht sein konnte: ihren Kopf, ihren Hals, ihren Oberkörper, in unveränderter Pose wie tot auf dem Lager ruhend. Mit geschlossenen Augen, leicht geöffnetem Mund, entspannt und dennoch zu starr, um noch natürlich auszusehen. Und als sie an sich hinunterblickte, an dem Körper, den sie gerade aufgerichtet hatte, sah sie das Gleiche noch einmal – als sei sie von der Hüfte aufwärts halbiert.

Sie strampelte die Decken von sich, sprang auf und wich vor sich selbst zurück, vor diesem toten Körper, einen Arm vor ihre nackte Brust gepresst, den Zweiten vor ihre Scham. La'Isa lachte dazu aus vollem Herzen, als verfolge sie eine sehr unterhaltsame Show, während Sophie fassungslos registrierte, dass sie ... nein: dass ihre *Leiche* nach wie vor neben Na'Bao auf diesem Lager ruhte. Und dass Na'Bao gar nicht mitbekommen hatte, wie sie aufgesprungen war – er regte sich kurz, schien etwas zu murmeln, schlief dann weiter. Ihr panisches Aufspringen war für ihn nicht mehr als ein Windhauch gewesen, maximal hatte er gespürt, wie die Decke bewegt worden war.

»Bist du dürr«, sagte La'Isa abfällig, Sophie wirbelte zu ihr herum. Sie spürte, wie die Luft durch ihre Haut drang, als würde der Wind ihrer eigenen Bewegung nicht über, sondern durch sie hindurch gleiten. Wenn sie noch einen Beweis dafür gebraucht hatte, dass sie zu den Nachtwindkühlen gehörte – nun, das war er gewesen.

Sophie funkelte ihren Spiegel an. »Halt du bloß die Klappe«, fauchte sie, »du bist schuld an diesem Scheiß. Bin ich tot? Gin'Sah meinte, ich würde ...«

La'Isa erhob sich und unterbrach Sophie.

»Er hat dich untersucht, und er war sehr zufrieden. Du siehst aus wie tot, aber du bist es nicht. Er sagte, dieser Zustand wäre ein Zauber, den er selbst kaum erklären könne.« Sie hielt inne, bemerkte Sophies zweifelndes Gesicht und fuhr fort. »Mein Vater mag naiv sein, doch sein Handwerk versteht er. Glaub mir, ich hätte dieses Gebräu nicht getrunken, wenn ich ihm nicht absolut vertrauen würde. So, nun haben wir genug Zeit vertan.«

Sie ging zu dem Lager, schlug die Decke weiter zurück und sammelte einige Kleidungsstücke auf, die auf Sophies Seite des Bettes auf der Matratze gelegen hatten. Zweifellos, damit sie in dieser ersten Nacht in Berührung mit Sophies Körper kamen.

»Zieh dich an und sag meinem Bruder auf Wiedersehen. Mein König wünscht, dass du dich auf den Weg machst, und er wartet nicht gern.«

Sophie sortierte die Sachen: Kleid und Umhang, beides aus schwarzem Samt. Wäsche, Schuhe, die Fibel des Rates, wer weiß wie hierher gekommen – und ein kleiner Dolch.

»Was soll ich mit einer Waffe?«, fragte Sophie, während sie rasch in Hemd und Höschen schlüpfte.

Das Ankleiden unterschied sich nur in einer Sache vom Anziehen eines lebenden Körpers, stellte sie fest: Ihre Haut reagierte völlig gleichgültig auf die Stoffe. Das Leinen war weder kühl noch glatt, der Samt nicht warm und weich – unter ihren Fingern fühlte Sophie lediglich eine unterschiedliche Dicke, eine andere Weichheit der Stoffe, mehr nicht. Sie wogen dasselbe, nämlich nichts – und sie bedeckten die Haut, ohne sie zu berühren. Als würden die Stoffe über der Haut schweben, dachte Sophie, und fand, dass diese Beschreibung ganz gut zu dem Eindruck der nachtwindkühlen Körper passte. Ein vergleichbares Gefühl hatte sie auch unter ihren Fußsohlen, wo der sicherlich kalte Steinboden des Zimmers keinerlei Gefühl hervorrief – als befände sich eine kleine, isolierende Luftschicht zwischen ihren Fußsohlen und dem Boden.

La'Isa hatte ihre Frage nach dem Sinn des Dolches noch nicht beantwortet, aber ebenso wenig war sie gegangen. Sie stand vor der Tür, schien unentschlossen.

»Die Waffe ist nur zur Sicherheit«, gab sie zurück, als Sophie ihr einen auffordernden Blick schenkte, während sie die Knöpfe des Kleides auf dem Rücken zu schließen versuchte – erfolglos.

»Ach herrje, bist du immer so ungeschickt?«, fauchte ihr Spiegel, trat mit den schnellen Schritten der Toten herbei und fädelte geschickt die Knöpfe in die winzigen Laschen – was Sophie verriet, dass es sich um eines ihrer Kleider handeln musste.

»Was soll mir passieren? Ich dachte, ich sei schon tot«, erkundigte sich Sophie, was La'Isa ein Seufzen entlockte.

»Natürlich bist du tot. Und schutzloser als ein Baby, denn niemand würde dich schreien hören, wenn dir jemand dein Geld, deinen Schmuck, deine Kleidung stiehlt. Also nimm den Dolch und verbirg ihn in deiner Tasche.«

Sie riss fester am Stoff des Kleides, als nötig gewesen wäre, Sophie musste über La'Isas Gereiztheit lächeln. Und auch über das, was der Dolch besagte.

»Du machst dir Sorgen um mich«, sagte sie, als La'Isa fertig war, doch ihr Spiegel schüttelte den Kopf.

»Ich sorge mich höchstens darüber, ob du schaffst, was wir von dir erwarten.«

Sophie hob die Waffe auf, fand sie ebenso gewichtslos wie die Kleider und fuhr mit dem Finger über die Klinge. Glänzend und hart, aber weder kalt noch scharf: Ihre Haut blieb unversehrt, als sie zunächst vorsichtig, danach geradezu mutwillig mit Kraft über die Schneide strich.

»Und warum sorgst du dich?«, erkundigte sie sich beiläufig. »Wirft er dich raus, wenn ich versage?«

La'Isa presste ihre Lippen zusammen, doch dann lächelte sie, erst verzagt, schließlich breiter – bis sie richtig lachte, was Sophie ziemlich ratlos machte. Und leicht schockierte, weil dieses Lachen klang wie ihr eigenes.

»Du denkst wirklich schlecht von mir, nicht wahr? Wie sollte es anders sein, wenn er« – La'Isa zeigte auf den schlafenden Na'Bao – »dir stundenlang ins Ohr gesäuselt hat, wie böse ich bin?«

»Das brauchte er gar nicht. Ich sehe selbst, was du hier für ein mieses Spiel spielst.«

»Ach ja?« La'Isa verschränkte die Arme vor der Brust. »Dann sag mir, was ich so Schlimmes getan habe.«

»Kannst du dir das nicht denken?«, fragte Sophie, während sie in die Ballerinas schlüpfte. »Okay, erstens: Dein Vater gibt sich die Schuld an deinem Tod, du lässt ihn in diesem Glauben. Das quält ihn, und es kann deine Familie zerstören.«

La'Isa zog zweifelnd eine Augenbraue hoch, doch Sophie war noch nicht fertig.

»Zweitens: Du nimmst in Kauf, dass ich in dieser Welt tatsächlich sterbe, dass ich nie wieder in meine zurückkehren kann, denn das Gift ist nie richtig getestet worden. Und drittens: Du hast allen eingeredet, ich wäre dankbar dafür, dass ihr mich umbringt, wegen Julian.« Sie hielt inne, nickte dann. »Ja, das ist das Schlimmste: Du benutzt Julian, und das nehme ich dir wirklich übel, denn er ist tot und kann sich nicht wehren. Du spielst mit den Lebenden und mit den Toten, dazu hast du kein Recht!«

Sophies Stimme war lauter geworden, als die Wut in ihr hochstieg – und es schien, als habe das dem kleinen Funken in ihrem Bauch ein wenig Futter gegeben: Er war größer geworden und wärmer auch, nun fast schon eine winzige Flamme.

»Ich habe nie mit Julian gespielt«, gab La'Isa zurück. »Als ich dich das letzte Mal in deiner Welt besuchte, saßt du an seinem Grab. Du hast geweint oder stundenlang ins Nichts gestarrt, ich hatte unsägliches Mitleid mit dir.«

Sophie schnaubte ungläubig. »Ach, Mitleid hattest du? Und die Lösung dafür war, mich ebenfalls umzubringen?«

»Ja. Du hattest nicht den Mut, es selbst zu tun, also war es der einzige Weg, um dir zu geben, was du begehrtest.«

Sophie schüttelte den Kopf, fassungslos – bis ihr aufging, dass La'Isa wahrscheinlich fest an dieses Jenseits glaubte, das die Toten aus Sophies Welt aufnahm. Wo man Menschen wiedersah, wo man nach dem Tod ein Zuhause fand, wo alles gut war.

»Und was meinen Vater angeht«, fuhr ihr Spiegel fort, »er weiß es doch längst. Er findet es nur einfacher zu glauben, er sei Schuld, als zu erkennen, dass ich es mit Absicht getan habe.«

»Aber er leidet, deine Mutter auch. So wie dein Bruder.«

La'Isa sah zu Na'Bao, und als sie nun nickte, geschah das sichtlich widerstrebend.

»Ja. Ich bin nicht glücklich darüber, das musst du mir glauben. Doch ich kann es nicht ändern. Nicht jetzt. Wenn es vorbei ist, wird sich alles klären.« Sie straffte sich und warf ihre nachdenkliche Haltung ab wie einen Umhang. »Wenn du einmal deine kleinlichen Einwände beiseitelassen würdest, wirst du an dem, was ich getan habe, nur Gutes finden. Wir erlösen die Toten. Wir wollen Wirklichkeit werden lassen, was meine Welt sich seit Jahrhunderten ersehnt. Meine Welt krankt an den Toten und wir werden sie von dieser Krankheit kurieren, auf dass das Leben wieder lebenswert wird!«

Sophie hörte die Leidenschaft in La'Isas Stimme, dennoch konnte sie die angeführten Gründe nicht ernst nehmen – nicht mit der Erinnerung daran, wie La'Isa an Renren'Kehs Hand zu diesem lächerlichen, goldenen Thron geschritten war.

»Na klar«, spottete sie, sich nur zu bewusst, dass sie dabei tatsächlich klang wie Na'Bao. »Du willst nur helfen. Vor allem dir selbst, oder?«

La'Isa schüttelte sofort den Kopf. »Ich weiß, was du meinst. Aber als ich von dem Plan erfuhr, hatte ich Renren'Keh nie zuvor gesehen.« Sie lachte erneut auf. »Ich dachte, er wäre viel älter – ich habe ihn für einen Diener gehalten, als er vor mir stand! Und ich war erstaunt, wie sehr ich mich nach der ersten Begegnung darauf freute, ihn wiederzusehen. Noch verblüffender war, dass er mich tatsächlich anhörte. Mich bat, wieder zu kommen. Dass er sich mit mir beriet, meine Meinung, meine Vorschläge hören wollte. Ein König, der er seit Jahrhunderten lebt!«

»Du behauptest doch nicht etwa, dass du ihn liebst?«, erkundigte Sophie sich ungläubig, und La'Isa nickte nachdrücklich.

»Genau das tue ich. Das habe ich nicht geplant, es ist einfach so passiert. Als ich zu ihm kam, verlangte ich keinen Lohn für das, was ich ihm anbot. Ich wollte nur helfen. Es ist Fügung, dass es so kam.«

Sophie schnaubte. »Klar, Fügung. Was seine Gefühle für dich angeht: Er hat dich total von oben herab behandelt, hast du das nicht gemerkt? Er hat sich über dich lustig gemacht.«

La'Isa zauberte wieder eine Augenbraue in Richtung Stirn. »Ach, nun sorgst *du* dich nun um *mich*?«

»Nein.« Sophie stockte nach dieser trotzigen Antwort, dann korrigierte sie sich. »Ja, vielleicht. Sein Ton dir gegenüber hat mir nicht gefallen.«

»Warum?«

»Du bist mein Spiegel, es hat sich angefühlt, als würde er sich auch über mich lustig machen. Wenn er dich für dumm hält, gilt das ebenso für mich.«

Sophie registrierte, wie La'Isas Augen über ihr Gesicht glitten. Scheinbar gefiel ihr, was sie da an Ausdruck sah, denn sie lächelte schließlich.

»Ich weiß zu schätzen, dass dir wichtig ist, wie man mich behandelt. Du hast ihn gereizt, das verträgt er nicht – und er hat es an mir ausgelassen, weil er dich nicht vergrämen wollte.

Sorge dich nicht, ich kann mit ihm umgehen.«

»Ich hätte mich nie so behandeln lassen«, gab Sophie zurück, La'Isa zuckte nur mit den Achseln.

»Aber du bist nicht ich.«

»Zum Glück!«

»Und ich bin nicht du. Wir schmieden unser eigenes Schicksal.«

»Ach ja? Du hast in meinem herumgepfuscht.«

Eine kurze Pause, dann nickte La'Isa. »Ja, das habe ich. Weil ich dachte, du würdest für diese Chance dankbar sein.«

»Das konntest du nur denken, weil du mich nicht kennst.«

Wieder ein Zögern, und das darauf folgende 'Ja' klang fast reumütig. Aber auch nur fast.

»Warum hast du mich nicht einfach gefragt, ob ich helfen würde?«, erkundigte sich Sophie, doch sie bekam keine Antwort: La'Isa verschränkte nur in einer trotzigen Geste erneut die Arme vor der Brust.

»Du bist also entweder feige«, fuhr Sophie fort, »oder du hast dir schon gedacht, dass ich ablehnen würde. Und ein Nein hätte dich verdammt weit von diesem Thron entfernt, nicht wahr?«

»Wir hätten jemand anderen gefunden.«

»Ja, aber dann hätte man *dich* nicht für dein selbstloses Opfer feiern können. Ihr habt gar nicht gesucht, gib es zu.«

»Es war nicht nötig.«

»Weil ich ja schon ausgewählt war, oder? Du drehst dich im Kreis mit deinen Erklärungen, denn du wolltest es selbst tun, unbedingt.«

La'Isa nickte. »Ja, ich wollte selbst etwas tun. Aber ich gestehe, dass ich es auch tat, weil ich nur so bei ihm sein kann. Wer weiß, wann du gestorben wärest – Renren'Keh hätte wohl kaum auf mich gewartet, bis ich achtzig und runzelig bin. Das Gift war meine Chance.«

Sie sah auf. Als ihre eigenen Augen Sophie nun ohne Falschheit und Taktieren ansahen, wie sie es allmorgendlich aus dem Spiegel taten, fühlte Sophie zum ersten Mal so etwas wie Sympathie für diese andere Version ihrer Selbst.

»Es schien alles zu passen, verstehst du? Das Leid der Toten, der Plan. Du, verzehrt vor Sehnsucht nach diesem toten Jungen. Ich, verzehrt vor Sehnsucht nach einem Toten meiner Welt.«

Sophie schüttelte den Kopf. »Nein, es passte nicht, weil ich nie sterben wollte. Dein Fehler war, dass du mich nicht gefragt hast. Du hast es selber gesagt: Du bist nicht ich, daher kannst du auch nicht für mich entscheiden.« Sie zögerte, fuhr dann jedoch fort. »Ich glaube dir, dass du mir nichts Böses wolltest, aber das mit deiner Familie musst du regeln. So schnell wie möglich. Das verlange ich von dir.«

La'Isas Gesicht wurde wieder hart, als Sophie diese Forderung mit fester Stimme vorbrachte: Der kurze Moment der Nähe und des Verständnisses war vorbei

»Kümmere du dich um deine Aufgaben, ich mich um meine«, gab sie scharf zurück. »Und wenn du noch eine Motivation brauchen solltest, hör dir das hier an.«

Sie brachte ein Glöckchen zum Schwingen, der Sekunden später eintretende Diener öffnete auf ihren Fingerzeig hin die doppelten, nein: dreifachen Läden der tief in den dicken Mauern liegenden Fenster. Sophie runzelte fragend die Stirn, doch als kurz darauf eine Melodie in ihr Ohr drang, wusste sie, was ihr Spiegel meinte: das Lied der Toten, das Renren'Keh an den Rand des Wahnsinns brachte.

Sophie zögerte, trat dann aber näher an das Fenster. Sie befanden sich in einem Bereich der Totenstadt, den sie noch nicht kannte, der Blick ging hinaus auf einen von Gebäuden umgebenen, verlassenen Platz, verziert mit mannshohen Vasen und Stelen wie ein in Stein verwandelter Garten. Die schiere Anzahl der von hier nicht sichtbaren toten Kehlen, die in dieses Lied einstimmten, erzeugte eine Schwingung wie einen weit entfernten Bass, dessen Stärke sich eher fühlen denn hören ließ: Ja, diese Melodie brachte die gesamte Totenburg zum Beben, Sophie glaubte fast, der Boden vibriere unter ihren Füßen. Und das Lied selbst? Es war schwer in Worte zu fassen. Langsam und getragen bewegten die Töne sich in ähnlichem Rhythmus auf und ab wie die Treppen der Totenstadt:

scheinbar stetig auf dem Weg nach oben, aber doch immer wieder umkehrend und rapide absteigend, so dass sie zweifelsohne niemals ankommen würden. Ein Lied, wie es Sisyphus singen könnte, während er seinen Stein den Berg hinaufrollte: In jeder Note schwang das Wissen mit, dass die Mühe vergebens war und der Stein in wenigen Schritten schon den Weg hinab finden würde, bedingt durch das böse Wollen ferner Götter. Hier waren es indes unzählige Kehlen, die ihr ewiges Schicksal beklagten, und sie wanden sich ineinander wie bei einem Choral, in den jeder einstimmte, wenn es für ihn oder sie Zeit geworden war. Doch wo in einem Choral die Zahl der Stimmen zunahm und dann wieder weniger wurde, bestand diese Hoffnung hier nicht: Es würden mehr Stimmen werden, mehr Wandernde, mehr Hoffnungslose, mehr Tote, dieses Lied wurde nie verstummen. Es war ein ewiger Trauermarsch, vorgetragen aus Kehlen, die keine andere Möglichkeit hatten, um Hilfe zu flehen.

Sophie hielt es eine Minute aus, zwei, drei, dann presste sie sich die Hände auf die Ohren: Wie eine hungrige Schlange bahnte die Klage sich einen Weg zu ihrem erstarrten Herzen, und Sophie wich wie in Trance Schritt für Schritt zurück, bis ihr watteweicher Rücken gegen die Wand stieß. Ihre nachtwindkühlen Finger vermochten es nicht, dieses Lied aus ihrem Kopf fernzuhalten, und es schien, als tropfte Ton für Ton wie Benzin in die Flamme in ihrem Bauch: Jeder zischte und prickelte, und durch ihre schiere Masse ließen sie die Flamme auflodern, bis Sophie sich vor Schmerzen krümmte.

»Bitte«, stieß sie hervor, auf einen erneuten Fingerzeig von La'Isa verrammelte der Diener das Fenster.

»Damit begreifst du vielleicht etwas besser, was uns antreibt«, sagte La'Isa kalt.

»Was singen sie? Ich verstehe den Text nicht«, presste Sophie heraus, als der Schmerz so weit nachgelassen hatte, dass sie sprechen konnte.

»Es gibt keinen Text, jeder singt sein eigenes Lied, wenn auch in der gleichen Melodie. Es geht meist um Schuld, um Dinge, die man im Leben falsch gemacht hat. Und jetzt mach dich fertig, deine Zeit läuft.«

Mit diesen Worten drehte ihr Abbild sich um und rauschte mit wehendem Kleid aus dem Zimmer.

***

Sophie sah ihr nach. Und während sie sich langsam erholte, stellte sie fest, dass sie nicht wusste, was sie von diesem Gespräch halten sollte: So ehrlich und offen es zwischendrin gewesen war, so scharf hatte La'Isa sich nun verabschiedet. Und es fühlte sich noch immer mies an, für den eigenen Spiegel nur eine Figur auf einem Schachbrett zu sein, die man hierhin und dahin verschob, bevor man sie opferte. Sophie griff dennoch nach dem Umhang, der in ihrem Kleiderbündel gelegen hatte, und warf ihn sich um die Schultern, dann ging sie langsam zurück zu Na'Bao. Eigentlich wollte sie vermeiden, ihren toten Körper neben ihm anzusehen, doch ihr eigenes regungsloses Gesicht zog ihre Augen geradezu magisch an. Die seit dem Lied der Toten munter flackernde Flamme in ihrem Bauch schien durch den Anblick der Leiche erneut frische Nahrung zu bekommen, wurde erneut heißer, deutlicher. Auch der Schmerz kehrte zurück – jedoch als nur mildes Stechen, eher unangenehm als quälend.

Sophie konzentrierte sich auf Na'Bao. Sein Gesichtsausdruck hatte sich gewandelt, er wirkte nicht mehr so angestrengt in seinem erschöpften Schlaf. Es widerstrebte ihr gerade deshalb, ihn zu wecken, um sich zu verabschieden, und sie entschied sich, es auch nicht zu tun. Was hätte sie ihm sagen sollen? Was zwischen ihnen war, war ausgesprochen worden, bevor sie den Pokal mit Gift geleert hatte. Nein, sie wollte nicht mit ihm sprechen: erst dann wieder, wenn sie getan hatte, was zu tun war und das Gegengift sie aus diesem nachtwindkühlen Zustand erlöst hatte.

Sie konnte jedoch nicht verhindern, dass in ihrer Brust die diversen Gefühle aufleuchteten, die sie in den letzten Tagen für Na'Bao empfunden hatte, wie Blitze in jener Gewitternacht: Ablehnung, Zuneigung, Freude, Freundlichkeit, Verletzlichkeit,

Hilfsbedürftigkeit. Und während die Gefühle kamen und gingen, wurde aus der Flamme in Sophies Bauch ein kleines, eifrig flackerndes Feuer. Es fraß die Gefühle, als wolle es alles abtöten, was ablenken konnte von dem, was die Flamme wollte: konzentrier dich auf mich, verlangte sie, ich bin alles, was dich nun zu interessieren hat. Vergiss diesen Jungen, er ist nicht mehr wichtig. Nein, fand Sophie, die gierige Flamme irrte – aber sie würde dennoch gehen, ohne Na'Bao Lebewohl zu sagen. Sie würde ihn wiedersehen, irgendwo, irgendwie, irgendwann, das war ihr genug. Denn auch, wenn sie wollte – wie hätte sie sich verabschieden sollen? Na'Bao vermochte ihre Stimme nicht zu hören, sprach sie doch nun auf der Frequenz der Toten. Und ein Notizbuch mit Stift hatte nicht zu den Dingen gehört, die La'Isa ihr in die erste Nacht gegeben hatte.

Sophie hob eine Hand und fuhr damit über Na'Baos Wange, bemüht, auf der Oberfläche, der weichen und festen Haut zu bleiben – und spürte überrascht, dass ihr dies gelang. Es gab keine Wärme, keine Weichheit, die Haut fühlte sich nicht anders an als der Stoff auf ihrer Haut oder der steinerne Fußboden, aber ihre Hand ging auch nicht durch Na'Baos Haut hindurch. Warum nicht? Weil er ihre nackte Haut berührt hatte in dieser alles entscheidenden ersten Nacht und damit Teil dieses Zaubers war? Vielleicht. Ihr war trotzdem nach Heulen zumute, doch weder schnürte sich ihr der Hals zusammen noch kitzelten sie Tränen in den Augen oder erschütterte ein Schluchzen ihre Brust: Weinen war etwas für die Lebenden, die Trauer der Toten blieb regungslos und stumm. Dennoch war die Traurigkeit ein dicker Scheit, der die Glut des Feuers in ihr anfachte: Aus dem eben noch so milden Drang war mittlerweile eine zitternde, schmerzliche Unruhe geworden, die wie ein eiliger Freund mit ernstem Gesicht auf die Uhr zeigte und Sophie riet, sich zu sputen.

Und so richtete sie sich auf, wandte sich von Na'Bao ab. Doch halt, sagte etwas in ihr, wenn du einfach gehst, wird er wissen, dass du auf dem Weg bist? Dass deine Seele sich erhoben hat, dass alles ist, wie es sein soll? Sie zögerte, nahm dann die Fibel von ihrem Umhang und schob sie unter

Na'Baos Hand, wandte sich dann ab und ging hinaus. Froh, diesem Anblick entkommen zu können und bereit, dem zu folgen, was mittlerweile lichterloh in ihrer Brust brannte: der Flamme, die nichts anderes war als die Notwendigkeit, den Eingang zum Jenseits zu finden – den Eingang zu der Welt, die ihr nun näher war als die der Lebenden.

***

Als Sophie hinaustrat ins helle Sonnenlicht vor der Totenburg, kniff sie instinktiv die Augen zusammen, merkte aber rasch, dass sie gar nicht geblendet wurde. Und dass es ebenfalls nicht nötig war, zu blinzeln, da ihre toten Augen keinerlei Befeuchtung mehr brauchten. Sie drehte sich zur Sonne und starrte auf den weißen Ball hoch am Himmel, fasziniert von seiner gleißenden Helligkeit, die es nicht vermochte, ihre Augen zu beißen oder ihre Haut zu wärmen. Sie verharrte in dieser Pose, bis unweit von ihr eine unbekannte männliche Stimme erklang, unverständlich, da in der Mundart dieser anderen Welt. Scharf und fordernd war sie, gefolgt von der Übersetzung durch den Übersetzer, den Sophie schon aus dem Thronsaal kannte.

»Es wäre schön, wenn du deine Aufmerksamkeit nun uns und deiner Aufgabe zuwenden könntest«, sagte er, was bedeutete, dass der Totenkönig höchstselbst sich hier draußen eingefunden hatte.

Sophie ignorierte ihn, starrte weiter mit offenen Augen in die Sonne, nur um zu sehen, ob er noch einmal gegen diese Verzögerung protestieren würde. Er tat es nicht, und das verschaffte ihr das Gefühl, die Dinge wieder in der Hand zu haben. Leider brachte sie das jedoch nicht voran – zumindest nicht dorthin, wohin sie ihre toten Füße nach den Plänen dieser Welt tragen sollten: Die Sonne mochte sie faszinieren, ein Wegweiser war sie nicht. Und auch das seltsame Feuer in ihr mochte sie zur Eile antreiben, aber eine Richtung gab es ihr nicht vor. Sophie stockte. Wirklich nicht? Sie konzentrierte sich nun auf *diesen* hellen Schein, den tief in ihr drin – eine

Richtung aus ihm herauszulesen, erwies sich indes als schwierig: Die Flammen leckten wie Lavastöße aus einem Vulkan mal nach links, mal nach rechts, nach oben und unten. Am häufigsten und größten war ein Flammenzweig gen Westen, aber war er eine Richtungsangabe? Sophie schloss die Augen, und erneut störte sie Renren'Kehs Stimme.

»Deine Ruhe in allen Ehren ...«, setzte der Übersetzer an, Sophie hob eine Hand und der Mann verstummte.

Sophie drehte sich um einen Viertelkreis, beobachtete dabei die Eruptionen, die vor ihren schwarzen Lidern in funkenumspielten Gelbgold ausschlugen, jede Einzelne wie der Schlag einer glühenden Klinge in ihren Bauch. Die, die nach Westen gewiesen hatte, tat das auch nach der Drehung, als wäre sie wie die Nadel eines Kompasses auf einen Punkt fixiert. Noch eine Drehung – es blieb bei Westen. Ob das jedoch eine Richtungsangabe war, konnte Sophie nur auf eine Art herausfinden: indem sie dem Weg folgte, den die Flamme ihr vorgab und schaute, was an dessen Ende auf sie wartete.

Sophie öffnete die Augen, wandte sich um und registrierte fast amüsiert, dass sich hinter ihr eine ganze Gesellschaft versammelt hatte. Sie erkannte Ken'Ket und seine berittenen Männer, natürlich Renren'Keh, flankiert von Na'Tenbeh und Mol'Kih sowie seinen Übersetzern – und etwas abseits Lan'The. Julians Spiegel hob schüchtern eine Hand zu einem Gruß, und als Sophie ihm aufmunternd zulächelte, eilte er heran. Er vollführte die steife Verbeugung seiner Welt, als er ihr gegenüberstand, und bevor er sprach, warf er einen scheuen Blick zu Renren'Keh, als wisse er nicht recht, ob er sprechen durfte.

»Ich würde es als Ehre betrachten, dich begleiten zu dürfen«, sagte er, und als nach Monaten erstmals wieder Julians Stimme in ihr Ohr drang, versetzte die Flamme Sophie einen Hieb wie mit einer glühenden Peitsche. Sie verzog den Mund, doch als der Schmerz ebenso plötzlich nachließ, wie er gekommen war, beeilte sie sich, Lan'Thes Überraschung zu lindern, bevor er sich verletzt fühlte.

»Verzeih«, sagte sie, »das war deine Stimme. Nicht das, was

du gesagt hast.«

Er nickte, mit traurig umschatteten Augen, die sie um Entschuldigung baten.

»Wie fühlst du dich?«, fragte er, Sophie zuckte mit den Achseln, nicht gewillt, ihre bodenlose Angst angesichts ihrer Leiche vor diesem Publikum mit ihm zu teilen.

»Durchlässig. Und in mir brennt etwas, wie ein Feuer.«

Der Übersetzer wisperte los, als Sophie das gesagt hatte, während er dem Totenkönig den banalen Rest der Unterhaltung vorenthalten hatte. Ein klares Zeichen dafür, dass Sophies innerer Schmerz nichts war, was alle Toten hier spürten? Ja, denn auch Lan'Thes Antwort bestätigte das.

»Tatsächlich?«, fragte er interessiert. »Das ist ungewöhnlich, denn wir spüren keinen Schmerz, ebenso wenig wie Hitze oder Kälte. Ist es das, was ...«

Er sprach nicht zu Ende, und sich der geballten Aufmerksamkeit des Rates und des Totenkönigs nur zu gewiss, bemühte Sophie erneut ihre Schultern.

»Vielleicht. Was machen die Leute hier?«, erkundigte sie sich.

»Nun, die Wachen sollen dich begleiten. Du vermagst kein Pferd zu führen, also werden Lebende dies tun.«

»Ich gehe zu Fuß«, gab Sophie zurück, und es war die Flamme in ihrem Inneren, die sie so antworten ließ: Sie mochte gierig und hungrig und unruhig sein, doch sie zu lesen, würde ihre ganze Aufmerksamkeit beanspruchen. Und sie hatte keine Lust, noch einmal so einen Ritt zu erleben wie den, der sie gestern in diese Totenburg geführt hatte.

»Aber ich würde mich freuen, wenn du mitkommen würdest.«

Lan'The nickte und bot ihr mit der Geste seine Hand, die auch der Totenkönig La'Isa hatte angedeihen lassen. Sophie lächelte, legte ihre watteweiche Hand auf seine – was eine Vermischung ihrer nachtwindkühlen Glieder ergab, die sich intimer und gleichzeitig kälter anfühlte, als wenn Haut auf Haut lag.

Sie gingen los, in die Richtung, die die größte Eruption

Sophie anzeigte, setzten Schritt vor Schritt, so schnell, dass die noch frische Luft des Morgens durch ihre durchlässige Haut strich. Ob dieser Weg lang oder kurz werden mochte, wusste sie nicht: Sie war tot, sie würde ewig gehen können – es war nur ihr langsam sterbender Körper dort oben bei Na'Bao, der die Zeit gnadenlos ticken ließ.

***

Auf den ersten paar Meilen blieb das Feuer in Sophies Brust unverändert, nur die Anzahl der herauszackenden Eruptionen wurde langsam weniger: Das machte die, der Sophie zu folgen glaubte, nicht größer, verlieh ihr aber dennoch mehr Bedeutung. Sophie hielt sich auf den schmalen Straßen, die sich zwischen Äckern, den Dörfern der Freien und den Totenburgen hindurchschlängelten, und sie kam ohne Probleme voran: Freie, die ihr begegneten, traten zur Seite und bedachten Sophie samt ihrem Gefolge mit einem Blick, der zwischen Erstaunen und Angst schwankte.

Wer alles dort hinter ihr mit auf die Reise gegangen war, hatte ihr ein schneller Blick über die Schulter gezeigt: Ken'Ket und ein gutes Dutzend seiner Männer sowie die beiden Übersetzer. Als Sophie an einer Wegkreuzung zögerte, stoppte der Tross hinter ihr, als habe er Anweisung, Abstand zu halten.

»Woher weißt du, wohin wir gehen müssen?«, fragte Lan'The, der bisher geschwiegen hatte, und seine Stimme – nein: *Julians* Stimme – erzeugte einen leisen Widerhall der bodenlosen Enttäuschung in Sophie, ein Gefühl, das dem Feuer in ihrem Inneren neues Futter gab: Der Zweig gen Westen schlug erneut aus, kräftiger und deutlicher als zuvor. Er ließ Sophie den Mund verziehen vor Schmerz – und den linken Weg nehmen, überzeugt, dass er der richtige war.

»Ich habe so eine Art Feuerkompass in meinem Bauch. Er ernährt sich von Gefühlen und wird immer klarer.«

»Von Gefühlen?«

»Ja. Als ich dich gerade gehört habe, war da so etwas wie freudige Überraschung, dann Enttäuschung.«

»Schon wieder«, erwiderte Lan'The traurig, was Sophie aber lachen ließ.

»Ja, ich werde es wohl nicht mehr lernen«, sagte sie leichthin, und schloss eine harmlose Frage an, um ihn von diesem Thema abzulenken. »Wo hast du eigentlich so gut Englisch gelernt? Bist du auch ab und zu in meiner Welt?«

Er schüttelte den Kopf.

»Nein, dort war ich zum ersten und einzigen Mal, als Gin'Sah dich holte. Ich beherrsche den Weltenwechsel nicht, Gin'Sah musste mich transportieren. Und was deine Sprache angeht: Sie suchten einen Lehrer, der sie mir beibrachte, nachdem feststand, dass sie dich holen würden.«

»Du sprichst perfekt«, lobte Sophie, was Lan'The eine wegwerfende Bewegung mit der Hand machen ließ, die wiederum Julian ganz ähnlich gemacht hätte. Und das gab den Ausschlag für die Bitte, die Sophie als Nächstes vorbrachte.

»Erzähl mir von dir. Damit ich weiß, wer Lan'The ist und dich nicht dauernd verwechsle.«

»Das darf ich nicht«, antwortete er mit einem verzagten Blick über die Schulter.

»Sie *wollen*, dass du mich immer an ihn erinnerst?«

»Ja.«

»Aber jetzt bin ich ja tot, oder nicht? Sie haben, was sie wollten.«

Lan'The schien das zu überdenken, nickte, dann begann er, bereitwillig von sich zu erzählen. Er sprach von der Familie, die ihn adoptiert hatte, von seinen drei Brüdern, der Schule und den Tests, vor denen er mindestens ebenso Angst gehabt hatte, wie die Schüler in Sophies Welt vor ihren Prüfungen. Davon, dass er gern gezeichnet hatte. Von Freunden, seiner Katze – und vielen anderen Dingen, wichtigen und unwichtigen.

***

Lan'Thes Geschichte erzeugte diverse Gefühle in Sophie: Mitgefühl, Interesse, Neugierde, Erheiterung – und auf jede stürzte sich die mittlerweile zu einem kräftigen Feuer angewachsene Flamme in ihrem Inneren mit Begeisterung. Jeder Satz, den Lan'The sprach, schien ihr neue Nahrung zu geben und machte den einen, weiterhin klar nach Westen zeigenden Zweig größer und wichtiger. Ja, das Brennen in Sophies Inneren hatte sich Schritt für Schritt in einen nicht nachlassenden Schmerz verwandelt: er beherrschte ihren nebelgleichen Körper, verlangte volle Aufmerksamkeit, machte jeden anderen Gedanken unmöglich – und ließ schließlich auch das Gespräch mit Lan'The einschlafen.

Es wurde Nachmittag, dann Abend und Nacht, doch noch immer spürte sie keinen Anflug von Erschöpfung. Durst, Hunger, Müdigkeit – all das schien nur etwas für Lebende zu sein. Irgendwann in der Dämmerung hatte der stetig beißender werdende Schmerz Sophies Blick mit Scheuklappen belegt: Er ließ sie ihren Weg wie einen perfekt ausgeleuchteten Korridor erkennen, während abseits davon alles nachtschwarz und unscharf war, weil unwichtig und ablenkend. Doch sie eilte voran, in unvermindertem Tempo. Folgte den Fingerzeigen des Feuers, bis nach der durchwanderten Nacht ein Morgen dämmerte, an dem Dunst in hüfthohen Schwaden über den Feldern lag und ungeduldige Vögel die Sonne herbeipfiffen. Der Saum ihres Kleides wurde im taufeuchten Gras nass und schwer, ebenso das Leder ihrer Schuhe, doch sie registrierte dies nur: Ihren nebelgleichen, windleichten Körper störten kalte Füße oder klamme Kleider nicht.

Im Morgengrauen ahnte Sophie auch erstmals, dass sie ihrem Ziel näher kam, einfach aufgrund der Tatsache, dass der Schmerz unmöglich noch größer werden konnte – und als sich am Horizont ein Wald aus dem Dunst schälte, war sie sich sicher, dass das, was sie suchte, sich darin verbarg. Es dauerte eine gute Stunde, bis Sophie den Waldrand erreichte, mit einer Hand, die sich wattig auf ihren weichen Bauch presste, um das, was nun regelrecht in ihr tobte, in Schach zu halten. Ihre Augen glitten über die Reihen riesiger Bäume, die wirkten wie Pfeiler einer enormen Säulenhalle, massiv und hoch und einschüchternd. Sie blieb stehen, auch ihr Tross verharrte: Die

Pferde schnaubten, die Rüstungen der Wachen knarrten, ein fragendes Murmeln kam auf, das Sophie kurzerhand abschnitt.

»Was wir suchen, befindet sich in diesem Wald«, sagte sie laut genug, damit man es auch hinten hören konnte. »Ich werde allein hineingehen, ihr wartet hier.«

Die Übersetzer gaben das an Ken'Ket weiter.

»Das kann ich nicht zulassen«, erwiderte der, wobei der Übersetzer es nicht vermochte, den kalten, befehlsgewohnten Tonfall des Mannes ebenfalls rüber zu bringen.

»Lan'The darf mich begleiten, niemand sonst«, sagte Sophie, ohne sich umzudrehen, und nach kurzer Bedenkzeit erklang die Stimme des jungen Mannes erneut.

»Nun gut. Meine Männer werden den Wald umstellen, also versuche nicht, uns zu täuschen.«

Sophie lachte auf, was das Feuer in ihr mit einem Peitschenhieb quittierte, der um einiges schärfer war als die, die sie vorher abbekommen hatte. Sie sog reflexartig Luft ein, die ihre Lungen nicht mehr brauchten, und lernte, besser alle Gefühle zu unterdrücken, wenn sie sich weiter auf den Beinen halten wollte: Jetzt, wo der Drang in ihr so kurz vor dem ersehnten Ziel war, erschien er reizbar wie eine Katze.

»Tu, was du nicht lassen kannst«, gab sie zurück. »Hauptsache, diese Meute betritt den Wald nicht.«

Ken'Ket bellte einige Sätze und die berittenen Wachen sprengten davon, dann erklang Lan'Thes ruhige Stimme neben Sophie.

»Was für ein seltsamer Wald. Er erscheint mir sehr alt zu sein«, sagte er sichtlich fasziniert. »Es soll Wälder geben, die die Freien nicht betreten, in denen sie weder Holz schlagen noch Beeren oder Pilze sammeln. Man munkelt, diese Haine wären verwunschen und beständen aus Bäumen, die älter seien als die Menschen. Hoch wie Türme, stark wie Felsen.«

Er legte den Kopf in den Nacken und blickte an einem enormen, flechtenbewachsenen Stamm herauf, der knorrig vor ihnen aufragte.

»Hast du Angst?«, fragte Sophie ihn, und Lan'The zögerte, bevor er antwortete.

»Wäre ich lebendig, würde ich mich schrecklich fürchten, denn dieser Wald ist düster und wild, gewiss voller Tiere. Nun er erinnert mich nur daran, wie es war, Angst zu haben. Vor der ganzen, weiten Welt jenseits der Stadtmauer.«

Sophie lächelte und nahm Julians Spiegel an der Hand. Um ihm beizustehen, aber auch nicht ohne Eigennutz: Der Schmerz krümmte ihren Rücken, benebelte ihren Kopf – sie brauchte auf dem folgenden Weg jeden Halt, den Lan'The ihr geben konnte.

»Wirf einen letzten Blick auf diese Welt. Es ist gut, dass du mitkommst, denn ich spüre, dass ich bald nicht mehr weiter kann.«

Lan'The unterließ den Abschiedsblick, als gäbe es nichts, was er an dieser Welt vermissen würde – dann ließen sie sich mit einem Schritt von der Dunkelheit des Waldes verschlucken.

– 11 –

Der Pfad, dem die beiden durch den Wald folgten, war nicht mehr als ein Wildwechsel, und dementsprechend schmal. Er schlängelte sich dicht an Büschen und Bäumen vorbei, verschwand streckenweise in undurchdringlichem Unterholz, was Sophie und Lan'The zu Umwegen zwang. Ihre Umhänge verhedderten sich immer wieder in vorwitzigen Ästen, ihre Füße versanken in Schichten aus jahrzehntealtem, spröde raschelndem Laub. Umgestürzte Baumstämme, verrottet und von Moos überwuchert, ragten in den Pfad, lange, filzige Flechten hingen von den Ästen und strichen ihnen wie Spinnweben über die Kapuzen. Der Wald war ursprünglicher als die, die Sophie in ihrer Welt bislang gesehen hatte, ein richtiger Urwald, und dass hier tatsächlich nie ein Mensch hineinging, war deutlich erkennbar: Bäusche, Bäume und meterhohe Farne wuchsen überall, wo ihre Wurzeln Halt gefunden hatten und nicht da, wo die ordnende menschliche Hand sie sehen wollte.

Das Brennen in Sophies Körper zeigte zielstrebig tiefer und tiefer in den Wald, dort, wo die Bäume immer älter wurden. Es waren fast ausnahmslos Eichen, mit verwitterter, narbiger

Borke und Ästen, die dicker waren als Sophies Oberschenkel, dazwischen Wäldchen von Birken, deren helle Blätter sich kaum von dem in dichten Schwaden über dem Boden treibenden Nebel abhoben. Ein ferner Specht hämmerte frenetisch auf einen Baum ein, hier und da raschelte Getier im Unterholz, dennoch begegnete ihnen kein lebendes Wesen.

Da es unmöglich war, auf dem schmalen Weg nebeneinander zu gehen, hielt sich Lan'The ein paar Schritte hinter Sophie. Er hatte besorgt in ihr Gesicht gespäht, als sie zu dieser letzten Etappe aufgebrochen waren, und Sophie ahnte, dass der Schmerz sich nur zu deutlich auf ihren Zügen widerspiegelte. Würde sie leben, hätte er sie längst in die Knie gezwungen, ihren toten Körper dagegen vermochte er zwar zu quälen, nicht jedoch zu besiegen.

Sie gingen langsam, nun, wo sie nicht mehr auf dem freien Feld unterwegs waren und das Ziel so nahe erschien. Und obwohl der Wald schön und mystisch war in seiner uralten Wildheit, nahm Sophie nur wahr, was der Tunnelblick des Schmerzes ihr zeigte: ein Baum mit seltsam verwundenen Ästen – rechts daran vorbei. Eine Senke, angefüllt mit Laub – durchqueren, dahinter erneut rechts. Eine Gruppe junger Eichen – links liegen lassen, wieder auf den Pfad einschwenken. Ein Brombeer-Gebüsch, dessen stachelige Ranken nach dem Stoff ihres Kleides bissen – ebenfalls umgehen, danach geradeaus. So ging es durch den Wald, in dessen Tiefen das Licht des Morgens noch lange brauchen würde, um den dichten Dunst zu verbrennen.

Nach fast einer Stunde im Wald veränderte sich der Schmerz in Sophie. Sie passierten gerade eine Gruppe Steine von enormer Größe, wie sie sie auf den letzten Metern schon mehrfach gesehen hatten, alt und grau und moosüberzogen, als der stets so getreulich gen Westen zeigende Flammenzweig wie ein Blitz zu Boden zuckte: Er schien Sophie zu erden, dort, wo sie gerade stand. Sie ließ den Blick umherschweifen, erkannte, dass der Scheuklappen-Korridor sich verbreitert hatte, dass sie nun einen größeren Bereich klar erkennen konnte. Er hatte in etwa die Ausmaße eines Fußballplatzes, von Bäumen und

Steinen ohne jede Ordnung bestanden. Sophie machte einen Schritt nach vorn, doch das gefiel dem Schmerz nicht: Er blitzte erneut durch ihren Körper, ließ sie mit einem gepeinigten Laut wie ein Taschenmesser zusammenklappen und Lan'The besorgt nach ihrem Arm greifen.

»Wir sind da«, presste Sophie mit Mühe heraus und richtete sich mit Lan'Thes Hilfe wieder auf.

Seine aufmerksamen Augen schossen umher, doch es dauerte nicht lang, bis sich Enttäuschung auf seinem Gesicht ausbreitete.

»Hier ist nichts«, sagte er. »Bist du dir sicher?«

»Es muss etwas da sein«, entgegnete Sophie, während sie sich schwer auf seinen Arm stützte. Der Schmerz klopfte in verstärktem Tempo gegen ihre Brust, nun, wo sie da war, wo er sie haben wollte, als hätte er Angst, sie würde sich ihm wiedersetzen und fliehen.

»Was auch immer es ist, es kann zerstört sein oder versteckt. Wir müssen uns umsehen. *Du* musst dich umsehen«, präzisierte sie, ahnend, dass sie keine große Hilfe mehr sein würde, jetzt, wo der Schmerz sie geradezu festnagelte.

»Such von da« – sie wies auf einen abgestorbenen Baum zu ihrer Rechten, der die eine Grenze ihres Blickfeldes bildete, dann auf eine Gruppe Steine zu ihrer Linken – »bis da hinten.«

»Aber nach was?«

»Ich weiß es nicht. Halte nach Durchgängen Ausschau, nach einem Portal, einer Tür, einem Tor. Einer Höhle, sich überkreuzenden Baumstämmen – einfach nach allem, wo man rein oder durchgehen kann. Erzähl mir, was du siehst. Ich muss mich hinsetzen, es tut zu weh.«

Lan'The griff ihr unter die Arme, mit seiner Hilfe ließ sie sich auf die laubweiche Erde nieder und lehnte den Rücken an einen der großen Steine. Lan'Thes Blick schweifte über das Gebiet, das ihm Sophie gezeigt hatte, dann sah er wieder zu ihr hinunter.

»Ich fühle absolut nichts«, sagte er mit unüberhörbarer Enttäuschung, sie schnaubte.

»Sei froh«, zischte sie zurück – nicht, weil sie ihn maßregeln wollte, sondern weil der Schmerz ein normales Sprechen so gut wie unmöglich machte.

»Es tut mir leid, was du durchmachen musst«, antwortete er, »und ich werde mich beeilen.«

Sophie nickte, schloss die Augen und lehnte erschöpft den Kopf an den Stein, während seine Schritte sich entfernten.

»Die Bäume sind wie im Rest des Waldes auch. Es gibt vor allem Eichen«, rief Lan'The nach ein oder zwei Minuten. »Sie sind sehr alt, manche stehen vielleicht schon Jahrhunderte. Dann noch Birken, doch die scheinen jünger zu sein.«

Es knirschte, als er auf einen morschen Ast trat, den sein leichter, toter Körper nicht zu brechen vermochte, danach raschelten seine Füße erneut in dem welken Laub.

»So etwas wie sich überkreuzende oder geborstene Stämme gibt es nicht. Hier ist ein umgestürzter Baum, aber darunter ist nichts. Zumindest nichts, was ich zu sehen vermag.«

»Ich glaube nicht, dass es so etwa ist«, gab Sophie mit schwacher Stimme zurück. »Gin'Sah sagte, der Durchgang wäre im Jahrtausend vor Christus verloren gegangen, ein Baum kann unmöglich seit dem herumliegen, er wäre verrottet. Achte auf den Boden, es könnte auch eine Spalte sein oder eine Höhle.«

Die in die Unterwelt hinabführte? Sophies Schmerz gestattete ihr einen Schauder angesichts dessen, was sie vielleicht finden würden, vielleicht *öffnen* würden, dann knallte er erneut mit unverminderter Härte durch ihren Körper und entlockte ihr ein mattes Stöhnen.

»Ich kann nirgends einen Durchgang oder Ähnliches entdecken. Eine Höhle gibt es auch nicht, der Boden ist eben und nur aus Erde. Weiß der Himmel, wo diese Steine herkommen«, ließ sich Lan'The wieder vernehmen. »Ich gehe jetzt nach links rüber.«

Er schwieg, Sophie konzentrierte sich mit ganzer Kraft auf seine Schritte und seine Stimme: Der Schmerz mochte ihr bis zu dieser Stelle ein hilfreicher Wegweiser gewesen sein, doch nun war er unerträglich und vernebelte ihren Kopf.

»Hier ist es dasselbe. Bäume und Steine.«

Knacksen und Knirschen, dann verharrten die Schritte für eine gute Minute, bis sie weiter gingen.

»Schau dir die Steine an«, presste Sophie heraus. »Du sagst, sie passen nicht her, vielleicht geht es um sie.«

Seine Schritte streiften nun längere Zeit umher.

»Sie liegen verstreut«, verkündete er, »aber sie sind alle fast gleich groß. Und es gibt nur Rechteckige. Ihre Kanten sind abgerundet, ganz gleichmäßig. Hier scheint einer zerbrochen zu sein.«

Er ging weiter, und als er sich das nächste Mal meldete, klang seine Stimme fern. Und aufgeregt.

»In diesem Bereich scheinen stets drei zusammenzuliegen. Mal aufeinander, mal nebeneinander, aber es sind immer drei. Hier sehe ich einen, der oben eine Art Zapfen hat.«

Zapfen? Sophie runzelte die Stirn, als in ihrer Erinnerung etwas wach wurde und versuchte, aus dem schmerzversiegelten Grund ihres Bewusstseins an die Oberfläche zu steigen. Die Erinnerung an einen Tag, an dem jemand dieses Wort ebenfalls im Bezug auf Steine gebraucht hatte. Lange war es her, und ihr viel erst das Eis ein, das sie an diesem Tag gegessen hatte, als wäre das wichtiger als diese Zapfen. Sie schob das Eis beiseite und konzentrierte sich: Gruppen von drei Steinen, davon hatte einer Zapfen ...

»Schau dir die beiden anderen Steine der Gruppe an«, bat sie Lan'The, während sie weiter in ihrem Gedächtnis kramte und den Schmerz verfluchte.

»Zwei haben diese Zapfen«, korrigierte er sich nach einigem Geraschel. »Der, der in der Mitte liegt, besitzt Löcher. Es sieht aus, als ...«

»Als hätten die beiden Steine mit den Zapfen aufrecht gestanden und der mit den Löchern darauf gelegen«, vervollständigte Sophie den Satz und lachte auf – denn nun wusste sie, wo sie waren. Sah es so klar vor ihrem inneren Auge, als wäre es gestern gewesen, dass sie diesen Ort schon einmal besucht hatte. Und es passte alles zusammen: der Weg von der Stadt nahe London aus nach Westen, ein Tag und eine Nacht Fußmarsch in raschem Tempo. Die Größe der Steine wie auch, dass sie zumeist in Dreiergruppen beieinanderlagen. Was Sophie verwirrt hatte, war nicht nur der Schmerz, sondern vor allem die Tatsache, dass es an diesem Ort in ihrer Welt völlig anders aussah: eine Schnellstraße zwischen Feldern, ein Parkplatz mit Eiswagen, der sie und ihre Mitschüler vor Jahren mehr interessiert hatte als die Worte des Lehrers über die Bedeutung des prähistorischen Bauwerkes, dass sie sich anschauen sollten. Wie hunderte, tausende, wahrscheinlich hunderttausende von Touristen vor ihnen.

»Wir sind in Stonehenge«, sagte Sophie, und der Schmerz gestattete ihr ein erleichtertes, geradezu befreiendes Auflachen, »wir sind in Stonehenge!«

***

Lan'Thes Schritte eilten heran.

»Was ist das? Stonehenge?«

»Ein Bauwerk. Sehr alt, prähistorisch, sagt meine Welt dazu. Vielleicht eine alte Kultstätte, vielleicht ein Versammlungsplatz oder ein Ort für Sternenbeobachtungen. Es passt einfach, verstehst du? Es ist Tausende von Jahre alt, und in meiner Welt steht es nach wie vor, während es in dieser zerfallen ist und vergessen wurde.«

Lan'The hockte sich neben Sophie und ließ mit gerunzelter Stirn den Blick über die scheinbar willkürlich verstreuten Steine wandern.

»Diese Felsbrocken waren ein Bauwerk? Aber wie konnte es so auseinandergesprengt werden? Sie sind riesengroß und liegen so weit auseinander!«

»Stonehenge ist kein Gebäude in dem Sinne. Kein Haus, sondern eine Anlage aus Toren, gebaut aus Monolithen. Was das genau heißt, habe ich vergessen – etwas in der Art, dass sie groß sind und einzeln stehen. Die Anlage besteht aus verschiedenen Kreisen mit solchen Toren, sie werden von der Mitte aus nach außen immer weiter.«

»Diese Steine haben Tore gebildet? Drei Stück eines?«

»Ja. Die mit den Zapfen standen auf der Erde, ein dritter

lag darüber. Du müsstest in einem pro Gruppe Löcher finden, in die die Zapfen hineinpassen.«

Lan'The sprang auf, kurz darauf erklang seine Stimme ganz aus der Nähe. Sophie schlug ihre Kapuze zurück und lehnte ihren Kopf an den Stein, als würde seine Aufregung sie zusätzlich ermüden.

»Du hast recht! Hier ist ein Loch ... hier auch!«

Erstaunen mischte sich mit einer nervösen Freude, als er sprach, doch dann gab er einen erschrockenen Laut von sich.

»Sophie – weißt du, was du da gerade tust?« Seine Schritte eilten heran, und sie hörte mehr, als dass sie sah, wie er erneut neben ihr niederkniete. »Du lehnst dich an diesen Stein!«

Ja, natürlich tat sie das, warum auch nicht?

»Mit dem Kopf! Dein *bloßer Kopf* lehnt an diesem Stein, du hast keine Kapuze auf!«

Sie realisierte, dass das stimmte, aber ihr schmerzbenebeltes Gehirn wollte nicht verstehen, was daran so ungewöhnlich war.

»Sophie, du bist tot, und alles, was in der letzten Nacht nicht deinen Körper berührte, ist wie Luft für dich. Verstehst du? Ich kann ihn nicht berühren, meine Hand geht ebenso hindurch wie durch alles andere. Das bedeutet etwas, nicht wahr? Es bedeutet, dass dieser Ort etwas Besonderes sein muss! Dass nur du ihn finden konntest! Für dich ist er da, für mich aber nicht!«

Sophie lächelte über die alles überstrahlende Freude in seinen Worten, was die Flamme mit einem frischen Blitz belohnte. Sophie keuchte und legte ihren Kopf auf die Knie, viel zu schwach, um ihn länger aufrecht zu halten.

»Ist es so schlimm?«, fragte Lan'The, Sophie nickte.

»Verzeih mir, ich war so überrascht, dass ich vergessen habe, wie schlecht es dir geht. Bitte sag mir, was wir nun tun müssten. Wenn diese Tore die Portale sind, sollten wir sie wieder aufstellen, nicht wahr?«

»Ja.« Zu mehr reichte Sophies Kraft nicht.

»Dann laufe ich jetzt und sage den Soldaten Bescheid. Wir brauchen sie.«

»Ja.«

»Dann lasse ich dich kurz allein.«

»Ich werde schon nicht sterben«, presste Sophie heraus und spürte, wie er ihr tröstend eine watteweiche Hand auf die Schulter legte.

»Ich beeile mich. Es ist bald vorbei.«

***

Lan'The hielt Wort: Seine Schritte raschelten totenschnell durch das Laub davon, kurz darauf wurde die Stille des Waldes zerstört von den Stimmen der Männer. Sophie hörte Julians Spiegel und Ken'Ket heraus, letzterer stellte Fragen, während Lan'The mit Hilfe der Übersetzer erklärte und erklärte. Dann kam Julians Spiegel wieder zu Sophie.

»Bitte, wir brauchen dich. Sie schicken nach einem Baumeister, aber du musst sagen, welches Tor sie als Erstes aufstellen sollen.«

Sophie schlug mit Mühe die Augen auf, doch sie sah nur verschwommene Gestalten, die sich mit ihrer dunklen Kleidung kaum von den Bäumen abhoben.

»Ich bin bis genau hier her geführt worden«, flüsterte sie. »Ich weiß nicht, ob die Tore alle Zugänge waren oder nur eines von ihnen.«

Die Übersetzer gaben das weiter, übersetzten dann die Gegenfrage Ken'Kets.

»Wenn dies eine kreisförmige Anlage ist, wo befinden wir uns jetzt?«

Er meinte zweifellos die Dreiergruppe Steine, an der Sophie lehnte.

»Ich weiß nicht«, stieß diese hervor, bekam jedoch Hilfe von Lan'The.

»Ziemlich genau in der Mitte. Ich bin die Steine ein paar Mal abgelaufen, und nachdem Sophie sagte, sie seien in Kreisen angeordnet gewesen, muss das hier eines der inneren Tore sein. Dazu gehören diese dort und die da hinten, aber die Hinteren sind kaputt.«

»Dann beginnen wir doch bei dem da vorn«, schlug der Hauptmann vor.

Sophie spürte die Blicke der Umstehenden auf sich, und ihr gelang ein schwaches Nicken.

»Ja, nehmt die. Und beeilt euch, ich habe einen Körper, den ich so schnell wie möglich abholen möchte.«

Ken'Ket lachte, dann bellte er eine rasche Folge von Befehlen, die die Wachen in Bewegung setzten. Sophie legte den Kopf wieder auf ihre Knie, Lan'The ließ sich neben ihr nieder und schilderte ihr das, was nun geschah.

Zunächst war es wenig aufregend: Ein Lager wurde errichtet, während man auf den Baumeister wartete. Der entpuppte sich als Frau, von der Sophie kaum mehr erblinzelte als eine kräftige, hochgewachsene Figur in grauen Kleidern. Sie stützte die Arme in die Hüften, ließ sich den Grundriss der Anlage erklären und musterte die Steine mit einem laut Lan'The sehr skeptischem Blick – dann begann eine Geschäftigkeit, wie der alte Wald sie nicht erlebt hatte, seit dem diese Steine vor Tausenden von Jahren hergeschafft worden waren.

Die Monolithen wurden mit Besen von Laub, Moos und Erde gereinigt, danach untersuchte die Frau ihre Lage. Sie identifizierte Zapfen und Löcher, dann schilderte Lan'The Sophie fasziniert, wie die Wachen zwei der umgestürzten Kolosse mit Seilen umwickelten, diese in einer komplizierten Technik verknüpften. Und die Steine dann mit purer Muskelkraft nach demselben Prinzip in Bewegung setzen, wie die Erbauer der Pyramiden ihre tonnenschweren Blöcke: mit in die Seile gespannten Männern und Holzrollen unter den Steinen, gewonnen aus jungen Birken, die mit gezielten Axtschlägen gefällt wurden.

Obwohl der Schmerz Sophie in einen Nebel hüllte, durch den außer Lan'Thes Stimme kaum etwas drang, war ihr bewusst, dass der Aufbau des Tores langsam von statten ging. Zu langsam? Sie versuchte, zu rechnen. Das Gift hatte sie an einem frühen Nachmittag getrunken. Am Morgen danach war sie aufgewacht, dann den Tag und die folgende Nacht bis hierher gelaufen. Jetzt mochte es erneut Nachmittag sein, somit war ihr Körper seit zwei Tagen tot. Wie lange würde das hier dauern? Gewiss bis in die Nacht, wenn nicht gar bis zum kommenden Morgen: Die Monolithen wogen Tonnen, und da es schon solch eine Mühe war, die Steine zur Seite zu schaffen, wie viel Zeit mochte es kosten, zwei aufzustellen und den Torstein oben draufzusetzen? Länger als einen Tag? Ab da würde es kritisch werden, denn dann würde der vierte Morgen dämmern, vor dem Gin'Sah sie so eindringlich gewarnt hatte.

Doch die Baumeisterin wusste wohl, dass Zeit die wichtigste Währung war, und ihre Stimme schien niemals zu verstummen. Als der erste Monolith stand, hochgezogen von der einen, mit Pfählen gestützt von der anderen Seite, vermaß sie den Torstein, markierte danach die Position für den zweiten Pfeiler. Als auch der aufgerichtet war, ließ sie die Männer eine Rampe aus Erde anhäufen. Sie schaufelten, ächzend und stöhnend, der Haufen wuchs und wuchs, es wurde Abend, schließlich Nacht. Die Dunkelheit machte die Flüche der Baumeisterin schärfer, das Murren der Wachen müder. Man rammte Fackeln in den Boden, die die Baustelle mit unruhigem Licht beleuchteten, und als nach einer ewig langen Finsternis irgendwann der Morgen dämmerte, war es geschafft: Ein Rumpeln, ein schauriges Knirschen, ein Ächzen der alten Felsblöcke – dann lag der Torstein auf den Pfeilern, und die Baumeisterin ließ die Soldaten den Erdhaufen abtragen.

Lan'The half Sophie auf. An ihren Stein gelehnt wartete sie, bis die letzten Krümel Erde hinausgefegt waren, bis die Männer, die Übersetzer und die Baumeisterin sich auf Befehl Ken'Kets zurückzogen. Und als die Sonne schwache Lichtpunkte auf den Waldboden malte, der frühmorgendliche Taunebel die Gestalten der sich entfernenden Lebenden verschluckte, schien der Durchgang, den das Tor bildete, ebenfalls von Schwaden verhangen zu sein. Erst war es nur ein feiner Schleier, dann wurde der Nebel zwischen den Steinen dichter und dichter. Er arbeitete sich von oben nach unten, wie ein Rollo, das hinuntergezogen wurde, formte sich zu einem Vorhang aus Dunst, von hinten beleuchtet, in sanfter

Bewegung in den uralten Steinen gefangen. Und als er den ganzen Rahmen ausfüllte, von links nach rechts und von oben nach unten reichte, hörte der Schmerz in Sophies Innerem so abrupt auf, als habe jemand den 'Aus'-Knopf gedrückt.

**

Sophie verharrte überrascht in der gekrümmten Haltung, in die der Schmerz sie nun für Stunden gefangen gehalten hatte, dann richtete sie sich vorsichtig auf. Machte den Rücken gerade, nahm den Kopf hoch – langsam, als befürchte sie, die Qual würde es sich anders überlegen und zurück eilen. Obwohl das, was sie als Linderung gebraucht hatte, doch nun seit mehr als zwei Jahrtausenden endlich wieder stand: das Portal zum Jenseits.

Lan'The schien von Sophies Genesung nichts mitbekommen zu haben: Er näherte sich dem Tor, so tastend wie ein Schlafwandler, hypnotisiert in den Nebel starrend. Seine Augen waren weit aufgerissen, seine Lippen bewegten sich, als wolle er etwas sagen und wüsste doch nicht, was angemessen war. Um das, was er da sah, in Worte zu fassen. Sophie beobachtete ihn mit zunehmendem Erstaunen, denn wo das aktivierte Tor auf ihn eine geradezu magische Wirkung zu haben schien, war bei ihr nichts davon zu spüren. Interesse? Ja. Neugierde? Natürlich! Aber der Drang, der sie an diese Stelle geführt hatte, war ganz und gar verschwunden.

Sie folgte Julians Spiegel trotzdem, und als sie neben ihm vor dem Dunstschleier stand, brauchte sie einige Zeit, bis sie erkannte, dass dieser zwar unglaublich dicht, fast schon greifbar erschien, aber dennoch durchsichtig war. Und dass das, was sie dahinter erblinzeln konnte, nicht der alte Wald mit seinen Eichen und Birken und Steinhaufen war, sondern eine Halle. Weit und hoch und licht, wie eine in Sonnenlicht gebadete Kathedrale – und abgesehen von einer fernen, menschlichen Gestalt gänzlich verlassen.

Sophie trat an das Tor und seinen Nebelschleier heran. Von letzterem ging Wärme aus, nein, eine glühende Hitze sogar, nicht unähnlich dem brodelnden Dampf, der über einem heftig kochenden Topf aufstieg. Sophie wich zurück, als die Hitze auf ihrer Haut zu schmerzen begann, beobachtete die einsame Gestalt auf der anderen Seite des Vorhangs aus sicherer Entfernung: Sie schien hin und her zu wandern, trug Hosen und war schlank, ob Mann oder Frau war nicht erkennbar.

»Siehst du das?«, flüsterte Lan'The, »diese Halle? Und diesen Menschen? Was tut er da? Was denkst du, ist es das? Ist das unser Jenseits?«

Sophie antwortete nicht. Was hätte sie auch sagen sollen? Klar, erkennst du es nicht? Doch Lan'The schien gar keine Antwort zu erwarten: In den Augen noch immer den Glanz fiebriger Faszination, streckte er eine Hand aus und näherte sie dem Nebel.

»Kühl, es ist ganz kühl!«, sagte er, als seine Fingerspitzen den Dunst streichelten, dann wurde seine Stimme schneller. »Ich kann Kälte spüren, ist das nicht unglaublich? Ich, ein Toter!«

Sophie stutzte, jedoch nicht darüber, dass die abgestorbenen Nerven von Lan'The auf den Dunst ansprachen.

»Kühl?« gab sie zurück. »Es ist brennend heiß, als wäre der Nebel Dampf von kochendem Wasser!«

Lan'The versenkte erst seine Hand, dann den halben Arm in diesem Nebel. Ohne Zögern, ohne jede Angst, ohne einen Laut des Schmerzes. Und scheinbar auch, ohne Sophies Worte vernommen zu haben.

»Was machst du da?«, fragte diese, aber Lan'The beachtete sie nicht: Er streckte die andere Hand ebenfalls aus, bis beide Arme bis über die Ellenbogen in diesem Nebel verschwunden waren, dessen Hitze Sophie selbst einen Schritt weiter hinten in Wellen auf sich einströmen spürte.

»Was machst du da?«, wiederholte sie, vernahm selbst die Angst in ihrer Stimme. »Du willst doch nicht etwa da durch?«

Lan'The machte einen weiteren Schritt auf den Vorhang zu, Sophie legte eine Hand auf seinen Arm, um diesen völlig abwesenden Jungen auf sich aufmerksam zu machen. Er wehrte sie unwillig ab – erst nur halbherzig, dann riss er die Hände aus dem Nebel heraus, packte Sophie an den Schultern und schüttelte sie.

»Geh weg«, zischte er ihr ins Gesicht, seine sonst so sanften Züge verzerrt. »Geh weg, lass mich! Wir haben es gefunden, wir haben es endlich gefunden! Ich muss da durch, begreifst du das nicht?«

Sophie erschrak vor dem Ausdruck in seinen Augen: Sie glänzten wie im Fieber, seine Lippen zitterten vor Aufregung, und seine Stimme war scharf, fast schon bösartig.

Sie nickte schließlich, wenn auch widerstrebend.

»Ja, ich verstehe dich. Aber ...«

Er schüttelte sie noch einmal. »Was aber? Es gibt kein aber! Wir haben es geschafft, haben es wirklich gefunden!«

Er sah auf den Nebel, dann erneut auf Sophie. Sein Gesicht wurde weich, sein Griff leichter, bis er sie eher zu umarmen denn festzuhalten schien.

»Verzeih, ich wollte dir nicht wehtun. Warte hier. Ich gehe hindurch und ich werde ihn suchen. Deinen Julian. Ich weiß nicht, ob du mit ihm wirst sprechen können, aber vielleicht kannst du ihn sehen. Und dich verabschieden.«

Sophie zögerte. Ja, dieses Tor war sehr wahrscheinlich wirklich die Pforte zum Jenseits, damit auch die Pforte zu einem Wiedersehen mit Julian. Wenn denn die Theorie stimmte und beide Welten sich ein Jenseits teilten. Und damit konnte dieses Tor mehr sein, oder nicht? Der Eingang zu einer Wiedervereinigung mit Julian, was so unendlich besser wäre als ein Wiedersehen!

»Ich könnte auch selbst ...«

»Nein.« Lan'The schüttelte bestimmt den Kopf, ließ sie nicht ausreden. »Das darfst du nicht. Das kannst du sicherlich auch nicht. Du siehst doch den Unterschied: Dich schmerzt der Nebel als heiß, für mich ist er kühl. Du bist nicht tot, das dort ist nicht deine Welt.«

Sophie zögerte. Sie war tot – und auch wieder nicht. Aber sie wollte Julian sehen, und dafür würde sie mit Freuden durch diesen Nebel gehen. Selbst auf die Gefahr hin, nie zurückzukommen? Nein, hatte sie entschieden gesagt, als das alles nur ein abwegiger Plan von La'Isa und Renren'Keh gewesen war. Jetzt war es real, war Julian nur einen Schritt entfernt, die Welten ohnehin seltsam vermischt: Ihre, diese, das Jenseits – irgendwie war alles eins, und wenn man glücklich war, war das doch das Wichtigste!

»Weißt du noch, was ich gesagt habe, als du mich gefragt hast, ob ich Julian sei«, riss Lan'Thes warme Stimme sie aus ihrer Grübelei. »Dass ich dich nicht kennen würde, dass ich nichts für dich empfände?«

Sophie nickte.

»Nun, beides hat sich geändert. Ich freue mich, dass ich dich kennenlernen durfte, ich fühle große Achtung für dich, Zuneigung auch. Du bist ein ganz besonderes Mädchen.«

Sophie fühlte sich ebenso geschmeichelt wie peinlich berührt.

»Und du redest immer noch, als wärst du fünfzig und würdest auf einer Bühne Shakespeare vortragen«, gab sie zurück, was Lan'The verständnislos die Stirn runzeln ließ.

Sophie schüttelte den Kopf. »Vergiss es. Ich mag dich auch. Du bist nicht Julian, sondern Lan'The, das habe ich in den letzten Stunden gelernt. Und ich werde es nie vergessen.«

Lan'The wirkte ehrlich erfreut. »Danke«, antwortete er, sah dann auf den Nebelvorhang und wieder zurück zu Sophie. »Ich werde gehen. Ich muss einfach. Ich ahne jetzt, welcher Drang dich hergeführt hat, denn in mir verlangt alles danach, durch dieses Tor zu schreiten – so sehr, dass es schmerzt.« Seine grünen Augen konnten nicht mehr weinen, dennoch schienen sie nun so satt zu glänzen, als wären sie von Tränen erfüllt. »Ich wünsche dir ein wunderbares Leben, werde wahrhaft glücklich. Und wenn deine Zeit gekommen ist, freue ich mich darauf, dich wieder zu sehen.«

Sophie hatte in ihrem ganzen Leben noch nie so schlichte wie auch ehrliche Abschiedsworte gehört.

»Du bist der erste deiner Welt, der diese Pforte seit länger als zweitausend Jahren durchschreitet«, antwortete sie ernst. »Ich weiß, dass dort dein Zuhause ist und dass du mehr als nur willkommen sein wirst. Wir sehen uns.«

Lan'The ergriff Sophies Hand und schlang seine Finger um ihre, verband ein letztes Mal ihre nachtwindkühlen Glieder. »Lebe wohl, Mädchen aus der anderen Welt. Und – bitte hab Geduld. Ich weiß nicht, wie lange es dauern wird, bis ich Julian finde.«

»Ich werde warten, solange ich kann«, antwortete Sophie. »Pass auf dich auf.«

»Das werde ich«, sagte er.

Ein Lächeln für Sophie, das sie erwiderte, dann drehte Lan'The sich um. Er zögerte nicht, zeigte nicht den leisesten Anflug von Zweifel oder Angst, sondern trat mit einem einzigen Schritt in den Nebel und verschwand. Nicht gänzlich, nein: Seine Silhouette erschien in der anderen Welt, kaum, dass er aus dieser verschwunden war, Sophie registrierte es mit Erleichterung. Er drehte sich um und hob grüßend eine Hand, dann wurde seine Aufmerksamkeit von der fernen Gestalt beansprucht, die den Neuankömmling bemerkt hatte und ihm entgegen eilte. Nun beide zu fernen Umrissen reduziert, schienen sie miteinander zu sprechen, bevor sie in dieser endlosen Halle kleiner und kleiner wurden: Striche, Punkte, weg.

– 12 –

Als die Halle jenseits des Nebels verlassen dalag, wandte Sophie sich mit einem plötzlichen Gefühl der Einsamkeit ab und kauerte sich neben das Nebeltor. Die schwache Morgensonne war wolkenverhangen, ein frischer Wind strich durch die Bäume, brachte die Blätter zum Rascheln – Sophie zog den Umhang fester um sich, obwohl das völlig unnötig war, denn sie spürte die Kälte nicht.

Die Frühnebel über dem Waldboden hatten sich aufgelöst, die Wachen waren verschwunden, der Wald schwieg. Sophie hatte keine Uhr, aber irgendwann wurde es Mittag, und die im Zenit stehende Sonne blitzte immer öfter durch die dünner werdende Wolkendecke hindurch. Sophie fühlte sich allein – und sie machte sich Sorgen. Um ihren Körper, der schon gefährlich lang in diesem scheintoten Zustand verharrte. Um Na'Bao, der ihn bewachte und garantiert zerfressen war von Angst, der nicht wusste, wo sie steckte, was mit ihr geschah. Und um Lan'The, den ersten Menschen, der seit Jahrhunderten aus dieser Welt durch den Nebelvorhang getreten war, wie ein Eroberer, der den Fuß auf unbekanntes Land setzt.

Das Gebüsch vor ihr raschelte, Sophie schreckte hoch,

doch es krabbelte nur ein kleiner Waschbär daraus hervor: Er schien ebenso überrascht über Sophie zu sein wie sie über ihn, schnüffelte kurz mit zitternder, schwarzer Nase in ihre Richtung und schob dann mit wackelndem, pelzigem Hinterteil wieder ab. Sophie sah zu dem Nebelportal hinauf – und japste erschrocken auf, als sie auf der anderen Seite eine menschliche Figur ausmachte, ganz nah vor dem Dunst. Sie sprang auf, spürte, wie ihr eigentlich doch totes Herz urplötzlich in irrwitzigem Tempo losraste. Und ihr wurde für eine Sekunde schwarz vor Augen, als sie erkannte, dass es tatsächlich Julian war, der dort stand, jenseits dieses Nebeltores. Ja, kein Zweifel!

Die Gestalt trat nah an den Rauch heran, so nah, dass Sophie diese Haare erkennen konnte, die bei Julian so viel kürzer waren als bei Lan'The, diese Augen, die immer zu lachen schienen. Und er lächelte. Ja, er lächelte! Auch sein Mund bewegte sich, er sprach, aber Sophie hörte nichts, keine Worte, keinen noch so leisen Ton. Sie sagte seinen Namen, rief 'Ich verstehe dich nicht!', so oft und so laut, wie sie konnte – doch er zuckte hilflos mit den Schultern, wies auf seine Ohren und hob schließlich in einfacher Geste grüßend eine Hand.

Sophie brachte ihr Gesicht so nah an den Dampf, dass die Hitze ihre Haut erglühen ließ: Sie wollte durch diesen Vorhang durchfassen, Julian berühren, ihn endlich wieder spüren! Ihre Fingerspitzen betasteten den Dunst, doch sie zuckte zurück, als ein Schmerz wie von Nadelstichen in ihre Haut fuhr. Wie konnte das sein, warum war dieser Nebel für sie so brühend heiß und für Lan'The kühl gewesen? Sie wickelte sich ihren Umhang um die Hand und näherte sich erneut dem wabernden Schleier, streckte erst die Finger hindurch, dann die Hand, schob, bis der Arm fast zum Ellenbogen darin steckte. Julian machte eine abwehrende Geste und schüttelte den Kopf, wieder öffnete sich sein Mund, sagte er Worte, die Sophie nicht verstehen konnte, und die trotzdem deutlich waren: Bist du verrückt, lass das! Doch Sophie wollte es nicht lassen, *konnte* nicht. Der Stoff dampfte, Julian gestikulierte – dann ging der Stoff in Flammen auf und Sophie schrie vor Schmerz, als die Hitze ihre Haut versengte.

Sie riss den Arm zurück, streifte panisch den brennenden Umhang ab und schleuderte ihn weg, was ihn zu einem qualmenden Bündel auf den Waldboden reduzierte. Sie presste den Arm an den Körper, krümmte sich darum zusammen – es tat höllisch weh, als hätte sie ihn in kochendes Wasser gesteckt. Verdammt, verdammt, verdammt!

Tränen liefen ihr über die Wangen, sie weinte vor Wut, vor Sehnsucht, weil Julian so nah war und doch so fern – und sie starrte weiter in den Nebel. Julians Gesicht war nun voller Besorgnis, deine Lippen formten Fragen danach, wie es ihr ginge, ob sie sich wehgetan habe, aber das war jetzt nicht wichtig – *sie* war jetzt nicht wichtig. Also lächelte sie schmerzverzehrt und trat wieder näher an das Tor. Benutzte ihre unversehrte Hand, um erst auf sich, anschließend auf die Welt Jenseits des Tores zu zeigen: Ich wäre so gern da drüben, bei dir. Julian schüttelte den Kopf. Er hob seine Hände und bildete mit ihnen ein kleines Herz, dann tippte er mit dem rechten Finger auf sein linkes Handgelenk, wo er immer seine Uhr getragen hatte. Ich liebe dich und ich warte, übersetzte Sophie das, und aus den Tränen, die ihr der verbrannte Arm in die Augen getrieben hatte, war jetzt ein wahrer Sturzbach geworden. Sie wunderte sich nicht darüber, dass tote Augen weinen konnten oder dass ihr Arm schmerzte wie bei einem Lebenden, ihr ganzes Denken und Sehnen galt dieser nahen und doch so fernen Gestalt jenseits des Vorhangs.

»Nein, ich kann nicht warten«, flüsterte sie. »Ich will jetzt bei dir sein.«

Julian schien sie zu verstehen: Er machte mit dem Zeigefinger eine Nein, Nein-Geste und tippte noch einmal auf sein Handgelenk: Hab Geduld.

»Wie geht es dir?«, fragte Sophie. »Wie ist es da, wo du bist?«

Sie deutete mit der einen Hand auf Julian und bog sie mit hochgerecktem Daumen nach oben und nach unten. Gut oder schlecht?, sollte das heißen. Julian runzelte die Stirn, hob aber schließlich seinen Daumen auf eine halb-gut Position. Er zeigte auf Sophie, auf die Uhr – dann wanderte der Daumen ganz hoch: Geht so, richtig gut, wenn du auch hier bist.

Sophie lächelte, und als Julian das erkannte, hellte sich sein Gesicht auf. Er machte eine Husch, Husch-Geste: Geh wieder, komm später zurück, Sophie nickte. Ja, gleich. Sie drückte einen Kuss auf ihre heile Hand und pustete ihn zu dem Nebel hinüber, Julian tat, als würde er ihn fangen. Sophie lachte über seine ungelenke Vorstellung, sah ihn zu ihrem Entsetzen dann wie zum Abschied winken und einen Schritt nach hinten machen, als wollte er gehen. Doch bevor sie protestieren und ihm zurufen konnte, dass er bleiben musste, dass dieses Wiedersehen viel zu kurz gewesen war, erklang eine Stimme neben ihr.

»Sophie? Sophie, was tust du da?«

Es war Gin'Sah. Julian winkte noch einmal, dann verschwand seine Gestalt, wie schon Lan'The in dieser riesigen Halle verschwunden war: Strich, Punkt, weg. Sophie schrie zwei, drei Mal seinen Namen, voller Verzweiflung, doch er war weg. Für immer. Nein, nicht für immer – nur bis zu ihrem richtigen Tod, irgendwann.

***

Sophie trat zurück und wandte sich um. Gin'Sah stand neben ihr, und auch der Rest des Waldes war nicht mehr verlassen: Sie konnte ferne Gestalten zwischen den Stämmen der Bäume ausmachen, gewandet in Umhänge, die Gesichter verborgen unter Kapuzen. Sie bewegten sich leise: Tote, vermutete sie, aus den nahegelegenen Totenburgen. Hatte das Aufstellen des Tores etwas in ihren wachgerufen, sie aus den Totenstädten hervorgelockt? Ähnlich dem Schmerz, der Sophie an diesen Ort geführt hatte, ähnlich der fiebrigen Freude, die Lan'The dazu gebracht hatte, durch diesen Nebel zu treten? Mit einem Gesichtsausdruck, als käme er nach einer viel zu langen Reise endlich nach Hause? Wahrscheinlich.

Aber noch hielten die Toten Abstand, wagten nicht, zwischen den Bäumen hervorzutreten und sich dem Tor zu nähern. Was sie davon abhielt, wusste Sophie nicht, doch sie registrierte mit Erleichterung, dass diese Toten nicht sangen, dass die schreckliche Melodie ihres Trauerliedes die Stille des Waldes nicht störte.

»Was ist geschehen?« Gin'Sahs Stimme war drängend. »Dein Arm ... Wo ist Lan'The? Was sind das für Steine?«

Sophie war nicht in der Lage, Gin'Sah sofort zu antworten, zu aufgewühlt war sie von dem Wiedersehen mit Julian. Doch als sie in sein Gesicht sah, schien es, als wäre es nicht mehr so alterslos, wie es noch vor wenigen Tagen auf sie gewirkt hatte – müde war es nun, und besorgt.

»Die Steine sind das Tor«, stieß sie hervor, als sie ihre Stimme wieder im Griff hatte. »Es sind mehrere, eines wurde diese Nacht wieder aufgebaut. Lan'The ist durchgegangen.«

Gin'Sah nickte, er hatte verstanden. Er hatte sie *verstanden*?!

»Kannst du meine Stimme hören?«, fragte Sophie, Na'Baos Vater stutzte – dann lächelte er und verlor damit die Jahre, die die letzten, anstrengenden Tage auf seine elbischen Züge gemalt hatten.

»Ja, ich höre deine Stimme, klar und deutlich. Aber sage mir ... Wo gehen die Toten hin, wenn sie durch diese Steine treten?«

»In diese Halle. Was dahinter liegt, weiß ich nicht.«

»Halle?«

Gin'Sah warf einen seltsam unbestimmten Blick zum Tor – und Sophie begriff, dass er den Nebelschleier gar nicht sehen konnte, ebenso wenig die Welt dahinter.

»Zwischen den Pfeilern hängt ein Vorhang aus Nebel. Für Lan'The war er kühl, für mich kochend heiß. Auf der anderen Seite erkenne ich eine Halle, ewig lang, so dass ihr Ende nicht erkennbar ist.« Sophie wandte sich zum Tor, und ein Laut der Überraschung entfuhr ihr, als sie nun durch den Dampf sah. »Der Saal war leer, als der Nebel erschien, nur ein einzelner Mensch war zu sehen. Jetzt füllt er sich!«

Ja, so war es: Die riesige Halle war voller Menschen. Sie hielten Abstand von dem Tor, so weit, dass nicht erkennbar war, wer dort wartete, Mann, Frau, Kind – aber es waren viele. Hatte sich herumgesprochen, dass die Pforte aus dieser Welt wieder geöffnet worden war? Hatten sich die Menschen dort versammelt, um die Toten aus dieser Welt zu begrüßen?

Gin'Sah starrte auf das Tor, dann schüttelte er den Kopf. Streckte eine Hand aus, griff in den Nebel – und hindurch.

»Ich sehe das Tor, aber nichts weiter. Keinen Nebel, keine Halle, keine Menschen. Du sagst, Lan'The sei darin verschwunden?«

»Ja«, sagte Sophie. »Vor Stunden schon. Er hat Julian für mich gefunden.«

Gin'Sah merkte auf, und sein Lächeln zeigte Sophie, wie sehr er sich für sie freute, dann nickte er gedankenverloren.

»Lan'The ging hinein, dennoch konntest du mit Julian sprechen. Also teilen sich unsere Welten ein Jenseits, aber die Persönlichkeit eines jeden Spiegels bleibt erhalten. Wie interessant. Und wie überaus tröstlich!« Er verzog den Mund. »Ich gestehe, dass ich etwas Angst davor hatte, mit meinem Spiegel vereinigt zu werden. Und mein Ich zu verlieren.«

Sophie antwortete nicht, Gin'Sahs amüsiertes Lächeln erstarb recht schnell wieder.

»Ich möchte jetzt gehen«, sagte sie, so fest und entschlossen sie konnte. »Ich brauche das Antidot und will zurück in meine Welt.«

Gin'Sah zog eine Uhr aus seinem Beutel: Eine arg zerkratze Herrenuhr ohne Armband, die er zweifelsohne aus Sophies Welt herübergebracht hatte.

»Schon geschehen: Na'Bao hat es dir vor etwa einer Stunde eingeflößt. Es war mir sicherer, dich nicht in den vierten Tag gehen zu lassen. Dass es wirkt, dass du auf dem Rückweg vom Tod ins Leben bist, ist offensichtlich: Ich kann dich sprechen hören, du weinst, dein Arm bereitet dir Schmerzen.«

»Danke«, erwiderte Sophie, müde und gleichzeitig schrecklich erleichtert. »Dass du mir das Gegengift gegeben hast. Was soll ich tun? Muss ich in die Totenstadt?«

»Nein. Dein Körper ist in meinem Haus, Na'Bao hält Wache. Ich kehre umgehend zurück, wir werden uns sehen, wenn du die Augen aufschlägst. Es wird ein paar Stunden dauern, bis du dich erholt hast, dann bringe ich dich in deine

Welt.«

»Warum soll ich hier bleiben?«

Gin'Sah machte eine Geste, die den Wald umfasste – vor allem aber die zwischen den Bäumen wartenden, stummen Gestalten meinte.

»Dies ist dein Werk. Du hast gefunden, wonach wir Jahrhunderte gesucht haben, und niemand weiß, was die Wiederentdeckung des Tores mit meiner Welt machen wird. Bleib hier, schau dir an, was geschieht. Was die Toten tun. Gehst du jetzt, hast du keinen Eindruck von der Auswirkung, die dieses hat. Es sind nur ein paar Stunden, ich denke, vor der Dunkelheit wirst du das Bewusstsein verlieren und in meinem Haus die Augen aufschlagen.«

»Ich wäre auch durchgegangen, wenn ich gekonnt hätte«, flüsterte Sophie, und die Sehnsucht in ihrer Stimme ließ Gin'Sahs Gesicht streng werden.

»Dein Platz ist weder dort noch hier. Wir müssen die Welten wieder ordnen, so schnell wie möglich.«

Sophie nickte, Gin'Sah warf einen Blick auf ihren Arm, dessen Haut leuchtend rot war und brannte wie die Hölle, doch mitten im Wald konnte er nicht viel für sie tun. Er las Moos von einem Baumstamm, befeuchtete es mit Wasser und schlang es mit Hilfe eines Tuches um die entflammte Haut. Es fühlte sich an, als würde es durch ihre nachtwindkühle Haut direkt auf das Feuer gedrückt, das darin loderte, und die Kühlung war wunderbar. Der Heiler half Sophie, sich neben dem Tor niederzulassen, dann verschwand seine weißgewandete Gestalt zwischen denen der Toten.

Diese hatten sich in der Zwischenzeit so nah herangeschoben, dass Sophie ihre Gesichter sehen konnte – und zu ihrem Erstaunen waren es ausschließlich Kinder und Jugendliche. Sie hielten nach wie vor einen gewissen Abstand, schienen sich nicht zu trauen, das Tor anzusehen, geschweige denn hindurchzugehen. Und sie waren stumm: Weder erklang diese traurige Melodie aus ihren Kehlen, noch redeten sie miteinander. Sophie wusste nicht, ob sie selbst etwas tun sollte oder musste, ob sie die Toten abschreckte, weil sie wie eine

Wache neben dem Durchgang kauerte – doch selbst wenn, in welcher Sprache hätte sie mit ihnen sprechen sollen? Von den Erwachsenen beherrschten nur wenige ihre Sprache, da war es unwahrscheinlich, dass die Kinder Englisch konnten.

Und es war auch eine gewisse Erschöpfung, die Sophie schweigen und abwarten ließ: vom Wiedersehen mit Julian, vom Schmerz ihres Armes. Ihr war, als würde die Wirkung des Antidots mit jeder Minute stärker werden, ihre nebelige Totengestalt dementsprechend schwächer. Ja, sie war müde und die Toten standen nur da, so senkte sie die Stirn auf die Knie und wartete – bis eine helle Stimme sie ansprach, in der Mundart dieser Welt.

Sophie öffnete die Augen, vor ihr stand Ka'Han: In der einen Hand hatte seinen roten Ball, die andere zeigte auf das Nebeltor. Er hatte eine Frage gestellt, wenn Sophie den Tonfall denn richtig deutete, und er war nicht allein. Die Kinder, die eben noch so scheu zwischen den Bäumen gewartet hatten, standen nun dicht an dicht um sie herum, und ihrer aller Augen hingen an Sophies Mund, wanderten jedoch immer wieder ab zum Tor. Sehnsüchtig, nervös, aufgeregt – es lag eine vibrierende Unruhe über dieser Gruppe.

»Ich verstehe deine Sprache nicht«, antwortete Sophie Ka'Han, deutete dabei auf ihre Ohren und schüttelte den Kopf. »Aber falls du gefragt hast, ob ihr durchgehen könnt« – eine Geste zum Tor begleitet von einem Nicken – »lautet die Antwort: ja. Geht hindurch, wenn ihr wollt.«

Ka'Han legte den Kopf schief. Sophie zeigte noch einmal auf das Portal und nickte kräftiger, was sein Gesicht erstrahlen ließ. Er ging mit der Nase nah heran an den Nebelschleier, und wie schon Lan'The schien auch er keine Hitze zu spüren, als sein Händchen prüfend durch den Nebel drang, beobachtet von tausenden toter Augenpaare. Der Kleine sagte etwas in seiner Sprache, zwei, drei Worte nur, die die Kinder weiter gaben: eifrig flüsternd, von einem kapuzenbedeckten Kopf zum anderen. Dann wandte sich Ka'Han zu Sophie, legte ihr seinen Ball in den Schoß, vollführte eine niedliche Version der steifen Begrüßungsverbeugung – und sprang mit einem Satz durch das Tor. Er verharrte dahinter, eine schmale, plötzlich so fern erscheinende Gestalt, dann lief er durch die Halle, bis er mit der Masse der hinter dem Portal Wartenden verschmolz.

Als habe sie nun jede Scheu verlassen, rückten die anderen Toten näher an das Tor heran, die größeren Kinder spähten über die Schultern derer, die vor ihnen waren. Die Zweite, die hindurchging, war ein Mädchen von vielleicht zwölf Jahren. Sie trat selbstbewusst vor, musterte das Tor, dann Sophie, löste schließlich die Fibel, die ihren oftmals geflickten Umhang zusammenhielt, und legte sie neben Ka'Hans Ball in Sophies Schoß. Diese machte eine abwehrende Geste – glaubte dieses Kind, es müsse für das Passieren des Tores bezahlen? Die Kleine nickte nachdrücklich, sagte Unverständliches in ihrer Sprache – und trat hindurch. Es folgte ein Junge von dreizehn oder vierzehn, ein Mädchen von höchstens acht. Und so ging es in endloser Prozession: Fast alle legten Sophie etwas hin wie einen Wegezoll, von Broschen über Ringe und farbigen Bändern bis hin zu Münzen mit exotischer Prägung und Spielzeug. Sophie protestierte bei jedem Stück, bis ihre Nebellippen ihr nicht weiter gehorchen wollten und sie registrierte, dass ihre Hände nicht mehr länger nur nebelschwach waren, sondern auch so aussahen: durchsichtig, als würde ihre Seele langsam verblassen. Ein beängstigender Anblick, aber Sophie beruhigte sich mit dem Gedanken, das würde nur bedeuten, dass Gin'Sah Antidot wirke: Sie löste sich hier auf, um später dann in seinem Haus zu erwachen. Wenn so etwas denn möglich war.

Sie versuchte dennoch, wach zu bleiben, jedes freundliche Nicken zu erwidern, für jedes Geschenk 'Tank' zu sagen, doch als sie in der Masse der Kinder und Jugendlichen eine absurd hochgetürmte Frisur ausmachte, gefror ihr Lächeln zu Eis. Ja, es war Mol'Kih, auf dem Arm ein Mädchen. Die Sekretaris wartete geduldig, bis sie an der Reihe war, dann setzte sie das Kind auf den Boden, beugte sich zu der Kleinen hinunter, drückte ihr einen Kuss auf die watteweiche Stirn und sah mit tränennassen Augen zu, wie das Kind fröhlich hopsend durch das Nebeltor verschwand.

»Sie stand heute Morgen auf und ging los«, sagte Mol'Kih zu Sophie, und ihre belegte Stimme sprach deutlicher von Rührung und Dankbarkeit als ihre Worte. »Ich nahm sie auf ein Pferd, wir folgten den Strömen von Menschen, die sich aus den Totenburgen hierher bewegten. Ich hoffe, dass du mehr Lohn für deine Mühen erhalten hast als diese Geschenke«, fügte sie mit Blick auf die in Sophies Schoß versammelten Kostbarkeiten hinzu, diese wusste, was alte Frau meinte und nickte.

»Dann ist es gut. Der Weg mag steinig gewesen sein, doch so, wie es ist, ist es gut.«

Sophie öffnete den Mund, um Mol'Kih zu antworten, um ihr zu sagen, dass 'steinig' die Untertreibung des Jahrhunderts sei, aber es kam kein Laut über ihre Lippen. Das faltige Gesicht der Sekretaris verschwamm vor ihren Augen, ihre Kehle verengte sich, als plage plötzliche Atemnot ihre doch so tote Brust, ihr Herz durchzuckte ein scharfer, kalter Schmerz wie ein Stromschlag – dann sackte Sophie in sich zusammen. Und außer einem Bündel Kleider und den Geschenken der Kinder blieb nichts von ihr vor den Torsteinen zurück.

– 13 –

Ein Atemzug durchfuhr Sophies Brust, so gierig, als durchbreche sie nach viel zu langer, schwarzverzweifelter Zeit unter Wasser die Oberfläche. Es tat verteufelt weh, als ihre Lungen sich nach der tagelangen Starre zum ersten Mal füllten: Als würde mehr Luft in sie hinein gepumpt, als sie aufnehmen konnten, als presse sich dieses doch so dehnbare Organ an gläserne Rippen, zermalme das zum Zerreißen gespannte Zwergfell. Ein krächzender Laut begleitete dieses Einatmen, Sophies Oberkörper bäumte sich darunter auf, als würde sie mit Seilen nach oben gerissen – mit haltlos nach hinten geworfenen Kopf und weit vorgewölbter Brust. Sie verkrampfte in dieser grotesken Stellung, länger, als sie es durch Kraft oder Willen vermocht hätte, mit aufgerissenen Augen, als sei sie entsetzt über das, was da mit ihr passierte. Dann stieß sie die eben so gefräßig inhalierte Luft mit einem nicht minder qualvollen Stoß aus und fiel kraftlos zurück in die Kissen. Steif und ihrer Glieder nicht Herr, als wäre ihr Bewusstsein in einen Körper zurückgekehrt, der ihr nicht mehr gehorchen wollte.

»Sophie?«

Eine Stimme, nah und sanft und bekannt, doch Sophie reagierte nicht. *Konnte* nicht reagieren. Sie stierte ins Nichts, mit starren Augen und erneut so schrecklich lebloser Brust, als sei sie gerade nicht auferstanden, sondern zum zweiten Mal gestorben.

***

Wilde Gedanken jagten durch ihren Kopf, der erwachen wollte, es aber nicht konnte, weil er wie gelähmt war. Der sich noch nicht einmal schütteln konnte, um das abzuwehren, was ihm Albträume bereitete. Scheußliche Bilder, in denen Gestalten in einen See aus glutroter Lava taumelten, die sie schmolz, als wären sie aus Wachs. Die aus den zahllosen, gesichtslosen Menschen einen graubraunen Brei kochte, in dem der Einzelne war und doch nicht war: wichtig oder unwichtig wie der eine Wassertropfen im Meer, der eine Fisch im Schwarm, der eine Halm auf der Wiese. Der Albtraum wurde angetrieben von einem erbarmungslosen Takt aus hohlem Klappern – das Schlimmste an ihm aber war, dass Sophie nicht wusste, ob Tote träumten. Dass sie nicht schliefen, hatte man ihr versichert, doch das hier war kein Schlaf. Es war eine ungebremste Fahrt ihrer Seele durch eine Geisterbahn der Angst, sie handelte von Toten und vom Sterben – und so war es nur wahrscheinlich, dass sie weiterhin tot war.

»Sophie?«

Die Stimme schien ferner zu sein als beim ersten Mal. Vielleicht, weil sie über den wabernden, von den letzten Zuckungen der untergehenden Leiber bewegten Menschensee hinüberschallen und das anhaltende, stakkatoartige Klappern übertönen musste, das Sophies Kopf geradezu vibrieren ließ.

»Spürst du das? Ich drücke deine Hand, sie ist wieder fest. Dein Herz schlägt, deine Lunge atmet. Du bist noch kühl, aber das geht vorbei. Ich bringe dir eine Decke, du zitterst ja so.«

Sophie realisierte, dass das Klappern in ihrem Kopf von ihren Zähnen kam, die im Schüttelfrost derart aufeinander hämmerten, dass ihr gesamter Körper unkontrolliert zuckte und bebte. Dann versank sie selbst in dem heiß auf ihrer Haut prickelnden, zähflüssigen Menschenbrei: so plötzlich, als habe man ihr die Füße weggetreten.

***

»Sophie? Hörst du mich?«

Sie nickte. Nein, falsch: Sie versuchte zu nicken, aber ihr Kopf schien ihr nach wie vor nicht gehorchen zu wollen, bewegte er sich doch um keinen Millimeter.

»Kannst du sprechen?«

Sie probierte auch das, ebenso vergeblich: Nicht der kleinste Laut entrang sich ihrer Kehle, nicht einmal ihre Lippen zuckten.

»Versuch, die Augen zu öffnen.«

Sie hob die Lider. Als scharfe Lichtblitze in ihren nun endlich mit erholsamer, weil gänzlich leerer Dunkelheit gefüllten Kopf drangen, ahnte sie, dass sie immerhin ein Flattern der Augendeckel hinbekommen hatte. Und die Stimme lobte sie dafür, als habe sie Herausragendes geleistet.

»Sehr gut, Sophie, das war ausgezeichnet. Das Blut zirkuliert durch deine Glieder, sie sind bereits wieder warm. Spürst du das? Meine Hand liegt auf deiner Stirn.«

Sophie konzentrierte sich auf das, was sie für ihren Kopf hielt, und entdeckte nach unendlich langen, bangen Sekunden etwas, das weich war, vielleicht auch einen milden Druck ausübte. Mehr aber noch war es Sorge und Zuneigung, was dieses Ding ihr übermittelte, als vermöchte sie in ihrem jetzigen Zustand eher Gefühle zu verspüren als Berührungen.

Sie ließ ihre Lider erneut flattern, die Hand signalisierte ihr dafür Erleichterung.

»Schlaf ein wenig, in ein paar Stunden geht es dir so gut, dass du nach Hause kannst.«

Sophie hegte leisen Zweifel an dieser Behauptung, war ihr der eigene Körper doch so fremd und fern, dass sie ihn kaum wahrnahm. Wenn überhaupt vorhanden, dann war er eine tonnenschwere Last, die sie in die Kissen drückte, als sei er mit Beton ausgegossen. So, wie er schon gewesen war, als sie mit dem frischen Gift in ihrem Magen neben Na'Bao gesunken war. Na'Bao ... Dieser Name schien etwas in ihr zu erwecken, eine erste Regung in ihrem Herzen, warm und kalt zugleich. Wie Sehnsucht und zudem die Furcht, mit dieser allein zurückzubleiben.

Sophie hieß dieses Gefühlschaos willkommen, und bevor sie erneut das Bewusstsein verlor, durchströmte sie eine unglaubliche Erleichterung darüber, ihren Körper wieder zu haben und dem Tod entkommen zu sein.

***

Als sie das nächste Mal wach wurde, schlug sie ihre Augen auf, als sei es das Selbstverständlichste auf der Welt. La'Isas Zimmer in Gin'Sah Haus, erblinzelte sie, dem hellen Licht nach zu urteilen am Morgen. Und sie war nicht allein: Na'Bao blickte auf sie herunter, wahrscheinlich hatte er seinen Vater von der Wache an Sophies Krankenbett abgelöst. Er sah erholt aus, fand sie, als sein zunächst leicht verwaschener Umriss sich langsam scharf stellte: kein Vergleich mit diesem erschöpften Schlaf, in dem sie ihn in der Totenburg zurückgelassen hatte. Seine Haare waren geglättet, die Augenringe verschwunden. Er trug diese hellbraune Kleidung, roch nach Seife und hielt eine Schale in der Hand, aus der es heiß dampfte.

»Gut geschlafen?«, fragte er, als wäre es ein ganz normaler Morgen an einem ganz normalen Tag, und nicht der, an dem Sophie von den Toten auferstanden war.

Diese nickte. Als das abgesehen von einem leichten Kopfschmerz problemlos funktionierte, bewegte sie ihre Füße, ihre Hände, ihre Arme, streckte sich schließlich wie eine Katze: ausgiebig, geradezu genüsslich.

Na'Bao sah ihr zu, und als sie mit erleichtertem Seufzen zurück in die Kissen sank, lachte er auf.

»Wie lange ...«

Ihre Stimme klang rau und kratzig, als wäre sie im

Totenreich zurückgeblieben, nach diesen wenigen Worten schon musste sie husten. Ihr Mund war ausgetrocknet, ihre Lippen spröde und rissig, ausgedörrt geradezu. Und: Herrgott, hatte sie Durst!

»Trink erst mal was«, schlug Na'Bao vor, als könne er Gedanken lesen, Sophie rappelte sich auf.

Ein scharfer Schmerz zuckte durch ihren rechten Arm, als sie sich darauf stützte, sie gab ein ungehaltenes Zischen von sich. Ein sauberer Verband bedeckte die Haut, umfing die ganze Hand und zog sich bis hinauf zum Ellenbogen. Frischer Kräutergeruch stieg daraus hervor, wahrscheinlich von einer Creme. Sie kühlte, dennoch prickelte der Arm nun von innen heraus heiß und schmerzhaft, als sei er verspätet nun ebenfalls erwacht: Die Verbrennung, die sie sich bei dem unbedachten Griff durch den Nebelvorhang zugezogen hatte.

»Khui?«, krächzte sie, den Blick auf die noch immer dampfende Schale in Na'Baos Hände gerichtet.

Er nickte. »Ich kann dir auch etwas anderes holen. Wasser, Apfelsaft, Milch – Gin'Sah sagte, du dürftest haben, was du möchtest. Nur nicht zu viel auf einmal.«

Sophie streckte wortlos die gesunde Hand aus, Na'Bao lachte erneut auf.

»Kannst du das halten?«

Sie hatte nicht vor, sich von ihm füttern zu lassen, also nickte sie und schlürfte kurz darauf gierig kleine Schlückchen ab. Sie hätte die Schale am liebsten in einem Zug geleert, aber dafür war das Getränk zu heiß. Sie seufzte auf, als der Honig ihre abgestorbenen Geschmacksnerven mit einer wahren Explosion der Süße wiederbelebte und die Flüssigkeit ihren belegten Hals freispülte – wunderbar!

»Danke«, sagte sie, als ihr drängendster Durst gelöscht war und hoffte, dass das so aufrichtig und dankbar klang, wie es gemeint war.

Na'Bao nahm ihr die leere Schale ab. »Mehr?«

»Später.«

Sophie lehnte sich an die Kissen und folgte dem Strom der Wärme, die das Getränk in ihrem Körper hinterließ: Hals,

Brust, Bauch, Beine, überall.

»Wie lange war ich weg?«, brachte sie die Frage zu Ende, die sie eben nicht hatte stellen können, Na'Bao runzelte in Unverständnis die Stirn.

»Weg?«

»Weggetreten. Bewusstlos.«

»Ah. Eine Nacht. Ich flößte dir das Gegengift gestern zur Mittagsstunde ein, nach Einbruch der Dunkelheit registrierte Gin'Sah das erste Lebenszeichen. Wie geht es dir? Okay?«

Schon wieder dieses Wort, scheinbar gefiel es ihm.

»Ja, okay trifft es. Es könnte schlimmer sein. Ich fühle mich ... schlapp. Habe Kopfschmerzen. Und der Arm brennt höllisch.«

»Er sieht auch so aus«, bestätigte Na'Bao, »wie ein Hummer so rot. Aber Vater hat eine Salbe angerührt, die die Hitze herausziehen wird. Sie enthält Lavendel und die Flüssigkeit einer harten Pflanze, die in heißen Gegenden wächst.«

Er zog den Stuhl vom Schreibtisch ans Bett. »Möchtest du mir erzählen, was du erlebt hast?«, fragte er, Sophie fuhr sich mit der Hand über die Stirn, hinter der es nun stärker pochte, als wäre ihr Kopf nicht bereit zu denken.

»Ich kann noch nicht so viel reden«, erwiderte sie müde, Na'Bao senkte schuldbewusst den Blick.

»Verzeih. Vater hat mir auch schon berichtet, wo er dich gefunden hat.«

»Entschuldige dich nicht«, sagte Sophie. »Ich erzähl dir alles, lass mir nur ein wenig Zeit. Und ... ich möchte dir noch danke sagen. Dafür, dass du das Gegengift besorgt hast. Und auf mich aufgepasst.«

»Gern geschehen. Und ich danke dir, dass du die Fibel dagelassen hast. Ohne sie hätte ich niemals gemerkt, dass deine Seele sich tatsächlich erhoben hat, denn du lagst vorher und nachher gleich da. Es tut mir leid, dass ich eingeschlafen bin.«

»Ach, quatsch. Du sahst schlimmer aus als ich«, witzelte Sophie, aber Na'Bao blieb ernst.

»Das glaube ich kaum. Du warst wirklich wie tot. Ich habe deinen Puls gefühlt, dir ein Stück Glas vor den Mund gehalten, doch es war nichts zu merken. Wachen stand vor der Tür, und ich musste ewig lang auf diesen Ken'Ket einreden, bis er mir erlaubte, Gin'Sah rufen zu lassen. Sie schickten mir Thi'Dan und Thi'Sha, erinnerst du dich an die beiden?

Sophie nickte und lächelte, als die rothaarigen Mädchenköpfe vor ihrem inneren Auge auftauchten.

»Sie liefen zur Stadt, wo die Wachen sie natürlich nicht einließen, aber ein Kaufmann hatte Mitleid und gab die Nachricht weiter. Gin'Sah kam und untersuchte dich, doch es gelang ihm ebenso wenig, ein Lebenszeichen zu entdecken. Er sagte jedoch, es gäbe auch nicht die typischen Anzeichen des Todes, wie eine Steifheit der Glieder oder Flecken an den Stellen, wo der Körper den Boden berühre. Und das sei gut.«

Sophie schauderte.

»Verzeih«, flüsterte Na'Bao, »das möchtest du jetzt sicher nicht hören.«

Sophie schüttelte den Kopf, was den Kopfschmerz verstärkte und sie milde schwindeln ließ. Ihr Magen grummelte, der Durst kehrte zurück.

»Kann ich etwas Wasser haben?«, bat sie, Na'Bao huschte aus dem Raum. Keine Minute später hielt sie einen kühlen Becher in der Hand und forderte ihn auf, weiter zu erzählen.

»Als Vater sagte, er wolle dich mitnehmen in die Stadt, wurde uns dies verweigert. Wir verlangten, den Totenkönig zu sprechen, Ken'Ket lachte uns aus. Es tat sich erst etwas, als Gin'Sah in die Stadt zurückkehrte und Na'Tenbeh Bescheid gab, was geschehen war. Er bat ihn, auf Renren'Keh einzuwirken und uns deinen Körper zu überlassen. Wir durften gehen und dich mit uns nehmen, Stunden, nachdem deine Seele sich erhoben hatte.«

Er nahm Sophie den leeren Becher ab.

»Die Zwillinge holten einen Wagen, mit dem brachten wir dich her. Sie waren besorgt um dich«, fügte er hinzu, »und ich empfand es als schändlich, dass die Wachen am Tor ihnen den Eintritt in die Stadt verweigerten. Sie wollten nur helfen, stattdessen wurden sie weggescheucht wie streunende Katzen.«

Furchen in seiner Stirn und ein harter Zug um seinen

Mund: Die alte Wut war wieder da.

»Weißt du noch, was Fat'Wan sagte, als wir im Dorf der Freien waren? Ihr seid Kinder, was könnt ihr uns Böses. Und sie ließen uns ein, gaben uns zu essen – nur eine kleine Freundlichkeit, aber wir versagen den Freien selbst diese. Wir behandeln sie wie Vieh, bluten sie aus, bauen auf ihrer Arbeit unsere Städte.«

Sophie legte eine Hand auf seine: Ich denke ähnlich wie du, sollte das heißen. Aussprechen konnte sie das nicht, denn ein dumpfer Schmerz zuckte nun durch ihren Bauch, sie verzog den Mund – es war, als kehre ein alter Feind zurück.

»Das muss sich ändern«, fuhr Na'Bao fort, mit entschlossener Stimme. »Die Freien sind unzufrieden, du hast die Waffen mit eigenen Augen gesehen. Und nun, wo die Toten zum Portal streben, wird diese Welt eine andere werden.«

Sophie horchte auf.

»Oh ja, die Toten gehen«, sagte Na'Bao, »sie strömen geradezu aus den Totenburgen, in einer gespenstischen Karawane, wie Zugvögel so zielgerichtet. Die Bürger versammelten sich auf der Stadtmauer, als sich herumsprach, was da geschah, und Na'Tenbeh ließ sich von ihnen feiern, als sei er derjenige, der dies vollbracht habe.«

»Dann wird er also oberster Rat werden?«, erkundigte sich Sophie gepresst und mit schmerzverzogenem Mund.

Na'Bao nickte. »Ja, so sagt man. Er wird zweifellos seinen Sohn zum nächsten Rat ausrufen, aber Na'Tan ist zu jung, gerade elf Jahre. Bis er das richtige Alter erreicht, wird gewiss Mol'Kih die Geschäfte führen. Und weder Na'Tan noch Mol'Kih werden auch nur einen Gedanken an die Freien verschwenden. Du hast recht mit dem, was du mir in der Gewitternacht sagtest: Lange wird das nicht so weiter gehen. Die Freien besitzen Waffen, sie sind so viele ...«

Er versank in brütendem Schweigen, aus dem er erst erwachte, als Sophie sich erneut aufrichtete, angetrieben von ihrem Magen, der sich zusammenkrampfte und Schmerzwellen durch ihren Körper schickte. Und von dem Gefühl einer in ihrer Speiseröhre hochsteigenden, ätzenden Flüssigkeit.

»Ich glaube, ich muss kotzen«, stieß sie hervor. Und als sie an Na'Baos Arm zum Bad wankte, krümmte der scharfe Schmerz bereits ihren Rücken, bevor er kurz darauf ihren Kopf demütig über das Waschbecken beugte.

***

»Sorge dich nicht. In deinem Magen lag altes Essen, es musste einfach heraus. Warst du auch auf der Toilette?«

Sophie nickte schnell zu dieser Frage von Gin'Sah und war dankbar, dass er es dabei bewenden ließ: Sie hatte sich heute nicht zum ersten Mal in ihrem Leben übergeben, aber ganz bestimmt noch nie so eine ekelhafte, schwarze Masse herausgewürgt. Sie hatte danach Wasser getrunken, gierig und direkt aus den Hahn – das hatte sie ebenfalls wieder ausgespuckt, als habe sie sich innerlich ausspülen müssen. Jetzt hockte sie gewaschen und in ein großes Handtuch gewickelt auf dem Rand der Badewanne, während Gin'Sah den Verband ablöste, der ihre verbrannte Haut schützte.

»Es kann sein, dass du die Fingernägel verlierst«, sagte er, derweil er eine mit angetrockneter, grünlicher Paste bestrichene, glutrote Haut freilegte. »Aber sie wachsen nach. Ich gebe dir gleich noch etwas gegen die Schmerzen.«

»Geht schon«, antwortete Sophie, die sich jetzt um einiges besser fühlte: Ihr Magen signalisierte eine angenehme Leere, der Kopfschmerz war verschwunden, abgesehen von dem verbrannten Arm ging es ihr gut. Der Arm erinnerte sie an das Portal – und das wiederum an etwas, was sie Gin'Sah noch erzählen wollte.

»Ich glaube, dass es nicht nur ein Portal gibt«, sagte sie, während er mit einem feuchten Tuch die eingetrocknete Salbe entfernte. »Ich habe mehrere Richtungen gespürt, als ich in der Totenburg wach geworden bin, und bin dem deutlichsten Hinweis gefolgt. Wahrscheinlich sind es andere Monolithen oder Dolmen. Sie stehen überall ... zumindest in meiner Welt. Überirdisch, in Form dieser Tore, aber ebenso in die Erde gesetzt, als Gräber.«

»Gibt es sie auch jenseits dieser Insel?«

Sophie nickte. »In ganz Europa. Und bestimmt findet ihr in anderen Ländern ähnlich alte Bauwerke.«

Gin'Sah öffnete einen Tiegel, ein frischer Duft nach Kräutern verbreitete sich im Raum.

»Wir werden danach suchen, das verspreche ich dir.«

Er sah auf, und seine schwarzen Augen glänzten wie Kohlestücke, als sie nun auf Sophie lagen.

»Hast du überhaupt eine Ahnung, was du für uns getan hast? Wie nur dieses eine Tor unsere Welt verändern kann?«

In seinen Worten war nichts von der Düsterkeit, die in Na'Baos Stimme lag, wenn er von der Zukunft sprach – nur reine Freude. Sie war unkomplizierter als der Pessimismus seines Sohnes, aber war sie gerechtfertigt? Dachte man an die Toten, die dem Tor entgegenstrebten, dann ja, fand Sophie – und gewiss würde auch für die Lebenden nun einiges einfacher. Den Unterschied zwischen Leben und Tod zu erkennen. Das Leben zu schätzen, den Tod zu respektieren, sogar zu fürchten. Um das Leben zu kämpfen, es nicht wegzuwerfen, wie es die Menschen taten, die in diesem Viertel hinter dem Palast feierten, als gäbe es kein Morgen. Ja, es gab Gutes, und ganz sicher stand diese Welt vor einer Veränderung, deren Ausmaß jetzt noch nicht abzusehen war. Aber mit den Freien, die begannen, Wälle zu errichten und ihre Waffen zu schärfen, war die rosarote Brille des Heilers gefährlich.

»Sprich mit Na'Bao«, bat sie Gin'Sah. »Das Portal ist nur eine Sache – dort draußen geht einiges vor, von dem du wissen solltest.«

Er sah auf, und als sie den wissenden Blick in seinen Augen sah, ahnte sie, dass vieles von dem, was er gerade gesagt hatte, eher eine Aufmunterung für sie gewesen war denn seine wahre Meinung über diese seine Welt.

»Ja, das verspreche ich dir. Wir haben einiges zu besprechen, über uns, diese Familie, unsere Welt, ihre Zukunft. Aber zunächst kümmern wir uns um dich.«

»Bringst du mich zurück?«, fragte Sophie, während Gin'Sah

ihre Haut dick mit der grünen Salbe einstrich.

Er nickte.

»Kann Na'Bao mitkommen?«

»Er begleitet uns bis zu der Stelle, die ich für den Übertritt ausgewählt habe, jedoch nicht bis in deine Welt. Ihr müsst euch hier Lebewohl sagen. «

»Auf Wiedersehen«, korrigierte Sophie und spürte erneut die klugen Augen des Heilers auf sich – prüfend diesmal.

»Ich verstehe den Unterschied«, sagte er, »und ich kann ihm nicht verbieten, dich zu besuchen. Aber gutheißen werde ich es ebenso wenig. Bitte denke auch du daran. Er ist beim Rat nicht wohlgelitten, noch ein Fehltritt, und wir alle geraten in Gefahr.«

Als Sophie gerade den Mund geöffnet hatte, um zu versichern, dass ihr die Risiken bewusst seien, störte ein Pochen an der Haustür die friedliche Stille des Hauses. Gefolgt von erregten Stimmen mehrerer Personen: La'Shi, Na'Bao, dazwischen eine männliche, die Sophie dumpf bekannt vorkam. Schritte trampelten durch den Flur und die Zimmer – Gin'Sah zog Sophie hoch und hinter seinen Rücken, dann flog die Tür zum Badezimmer auf und krachte an die Wand.

»Was hast du getan? Was um alles in der Welt hast du getan?«

Renren'Kehs Übersetzter bemühte sich, genügend Schärfe in seine Stimme zu legen, dennoch gelang es ihm nicht, die Wut auszudrücken, die aus den Augen des Totenkönigs sprühte. Der stürzte in das Badezimmer wie ein leibhaftiger Racheengel: Mit zerwühlten Haaren, fiebrigen Augen, einem hassverzerrten Gesicht – und begleitet von einer Gruppe von sechs Wachen unter Führung Ken'Kets, deren blanke Schwerter La'Shi die Hände ringen ließen.

»Hinaus!«, zischte Gin'Sah, der Sophie noch immer schützend hinter seinem Rücken hielt, »hinaus aus meinem Haus! Was erlaubt ihr euch? Ihr habt hier keine Rechte, dies ist eine Stadt des Rates!«

Renren'Keh lachte, als die Übersetzung seine toten Ohren erreichte.

»Natürlich, natürlich. Und ich gehe gern, sobald dieses Mädchen mir verraten hat, *warum es mich in den Wahnsinn treiben will*.«

Die ersten Worte hatte er ruhig gesprochen, mit besänftigender Geste zu Gin'Sah – die Letzten jedoch mit voller Kraft seiner toten Lungen geschrien, wie sein verzehrtes Gesicht und seine wütende Gestik nahe legten.

»Ich wiederhole mich nur ungern ...«, setzte Gin'Sah an, während Na'Bao Fäuste zuckten: Was hatte er vor, damit gegen sechs Schwerter antreten? Ken'Kets Augen lagen auf La'Isas Bruder, als wünsche er sich, er würde auf ihn losgehen, glitzernd und gleichzeitig so kalt wie Eis.

»Ich spreche mit ihm«, sagte Sophie schnell, bevor die Situation außer Kontrolle geriet. »Gin'Sah soll nur meinen Arm verbinden. Und die Wachen müssen aus dem Haus.«

Der Übersetzer beeilte sich, seinem Herrn diese Nachricht zukommen zu lassen, und Renren'Keh machte nach einer Sekunde, in der er kurz vor der Explosion zu stehen schien, blitzschnell auf dem Absatz kehrt. Die Wachen folgten ihm, Ken'Ket leicht verzögert, was Na'Bao ein geringschätziges Schnauben entlockte.

»Bring ihn ins Speisezimmer und deine Mutter ins Schlafzimmer«, wies Gin'Sah seinen Sohn an, der nickte knapp und fasste die todesbleiche La'Shi am Arm. Mit gleicher Geste ließ Gin'Sah Sophie wieder auf der Wanne Platz nehmen und fuhr mit der Behandlung ihres Armes fort, als sei nichts geschehen – nur seine blutleeren, zusammengepressten Lippen zeigten, wie angespannt er war. Sophie ging es ähnlich. Vor allem aber hatte sie keinen blassen Schimmer, was den Totenkönig so aufgebracht hatte, dass er in der Stadt des Rates auftauchte, mit Wachen und Waffen.

***

Als Gin'Sah Sophie zum Speisezimmer geleitete, klackten die Sohlen ihrer Stiefel überlaut durch das nun wieder stille Haus. Ja, sie hatte ihre Schuhe zurück – ebenso ihre Jeans, ihren Pulli, die geliebte Lederjacke: ein Zeichen dafür, dass ihre Stunden in dieser Welt gezählt waren. Die Kleidung machte Sophie größer, zumindest empfand sie es so. Sie hatte was von 'du kannst mich mal, ich bin eh bald weg', verwandelte sie von der in dieser Welt Gefangenen in eine Reisende, die in Kürze zuhause sein würde.

Renren'Keh saß auf einem der hochlehnigen Stühle, den Kopf in die Hände gestützt, die schlanken Finger in den Haaren vergraben, brütend. Seine beiden Dolmetscher standen an der Wand, während Na'Bao im Türrahmen lehnte und den ungebetenen Gast genauestens im Auge zu behalten schien.

Gin'Sah zog Sophie einen Stuhl zurück.

»Sind die Wachen draußen?«, fragte er seinen Sohn, der nickte, und Gin'Sah wandte sich an Renren'Keh.

»Du kannst mit Sophie sprechen. Aber ich erwarte Höflichkeit in meinem Hause, gewährst du sie nicht, werde auch ich sie dir versagen.«

Renren'Keh hob den Kopf und starrte Gin'Sah aus Augen an, die unsäglich müde waren und zugleich vor Zorn funkelten.

»Ach, und was willst du tun? Mir nichts zu trinken anbieten?«, wurde seine höhnische Antwort übersetzt, doch das entlockte Gin'Sah nur ein Lächeln.

»Schlimmer, ich könnte dir etwas zu trinken anrühren«, gab er zurück, mit einem leisen Lächeln.

Renren'Keh runzelte die Stirn, straffte sich dann.

»Gut gedroht, Heiler, aber wenn du es vermöchtest, die Toten zu töten, hätten wir dieses ganze Spiel nicht veranstalten müssen.« Seine Augen fixierten Sophie. »Und es war ohnehin sinnlos. Ich wiederhole meine Frage von eben: Was um alles in der Welt hast du da getan?«

»Ich habe das gefunden, was der Drang in mir mich finden lassen wollte«, gab sie zurück. »Es ist ein Tor, alt und mystisch und nebelverhangen. Was gefällt dir daran nicht?«

»Nun, was auch immer es ist, es tut nicht, was es soll.«

»Tut es doch. Ich habe selbst gesehen, wie die Toten hindurchgegangen sind. Sie strömten zu dem Tor, und allein, während ich dort gesessen habe, sind Unzählige hindurchgegangen. Jeder hat etwas zurückgelassen – geh hin und schau dir diese Dinge an, dann hast du den Beweis.«

»Ich war da«, knurrte er, »und ich habe es gesehen. Oh ja, es ist hübsch und eindrucksvoll, dein Tor. Aber dennoch: Es tut nicht, was es soll!«

Er hieb mit einer behandschuhten Hand auf die Tischplatte, was in etwa das Geräusch eines niederfallenden Wollknäuels ergab – und diese Unfähigkeit, seinem Zorn angemessen Ausdruck verleihen zu können, schien den Totenkönig noch wütender zu machen. Er sprang auf, kurz davor, sich auf Sophie zu stürzen – doch dann wirbelte er so schnell wie eine Windhose herum und starrte aus dem Fenster.

»Wenn du in meine Burgen kommen würdest, könntest du sehen, dass diese weitaus leerer sind«, fuhr er fort, und die Stimme des Dolmetschers ließ ihn nun wieder ganz ruhig klingen. »Die Kinder sind bereits alle gegangen, auch der zweite Ring ist so gut wie verlassen.«

Er drehte sich um, war mit schnellen Schritten zurück am Tisch, starrte auf die sitzende Sophie hinunter.

»Ja, *diese* Toten sind fort. Aber weißt du, wer nicht geht? Wer scheinbar nichts verspürt von dem Drang, den du in so vielen meines Volkes entzündet hast?«

»Die Wandernden«, riet Sophie, Renren'Keh nickte.

»Ja, schönes Mädchen, genau so ist es. Und jetzt sage mir, warum das so ist. Sage mir, warum das Lied nicht verstummt ist, warum der Drang nicht mein gesamtes Volk erfasst, sondern nur die, die wach waren. Die, die bleiben sollten. Es ist falsch, verstehst du? *Völlig falsch*!«

»Es gibt weitere Portale«, bot Sophie an, nachdem sie diese Information halbwegs verdaut hatte. Und verstanden, was das für Renren'Keh bedeutete: Die, die ihn in den Wahnsinn trieben, blieben, das Volk, das er hatte regieren wollen, verließ ihn. Dumm gelaufen, hätte sie fast gesagt, doch das wäre nicht klug gewesen – er mochte nachtwindkühl sein, aber er hatte eine Armee, die ihre Schwerter mit Händen aus Fleisch und Blut zu benutzen wusste.

Ihre Worte ließen ihn aufmerken.

»Weitere Portale?«

»Ja. Ihr könnt sie finden, wenn ihr nach alten Steinen sucht. Schaut euch an, wie sie in meiner Welt aussehen, und stellt sie wieder auf. Vielleicht können die Wandernden durch eines der anderen Tore gehen.«

Renren'Keh starrte auf Sophie hinunter, über sein Gesicht liefen im Schnellvorlauf diverse Gefühle: Erstaunen, Hoffnung, Zweifel.

»Glaubst du das?«, fragte er, doch Sophie konnte nur mit den Schultern zucken.

»Dass es weitere Portale gibt? Ja. Dass eines davon die Wandernden aufnehmen wird? Ich weiß es nicht. Es wäre *eine* Möglichkeit.«

»Und was sind die anderen Möglichkeiten?«

Sophie zögerte. »Nun ... als ich am Stein saß, waren es als Erstes Kinder, die kamen. Als hätten sie den Ruf am Deutlichsten gehört. Und du erzähltest, die zweite Ebene sei auch schon fast leer.«

»Du sollst erklären, nicht wiederholen, was ich sagte.«

»Ich weiß es selbst noch nicht«, erwiderte Sophie. »Hilf mir und sag, wann ein Toter wandert.«

Renren'Keh sah sie an, als habe sie etwas Ungeheuerliches gefordert, dann glitten seine Augen zu Gin'Sah und Na'Bao, als würde er die Antwort ungern in ihrem Beisein geben. Gin'Sah blickte ihn indes nur kühl an, während Na'Bao die Hände vor der Brust verschränkte – klares Zeichen, dass keiner von beiden gehen würde.

»Nun, abgesehen von den Kindern kommen alle Toten zunächst in den zweiten Ring, für eine gewisse Zeit. Wir nennen das die Findung, sie dauert etwa einen Monat. Einige bleiben oben, andere gehen nach unten.«

»Entscheiden sie sich aktiv?«

Renren'Keh schüttelte entschieden den Kopf. »Du hast sie gesehen, du hast sie gehört. Niemand geht freiwillig dort hinunter. Alle Toten sind überzeugt, dass sie oben bleiben, weil die Wandernden ihnen Angst machen. Aber einige werden schwermütig, und man sieht es schon, bevor sie es selbst wissen: an ihren leeren Blicken, ihren unsteten Schritten. Sie sind verloren.«

Sophie nickte – und brachte das, was der Totenkönig gesagt hatte, mit dem in Verbindung, was man in ihrer Welt über das Jenseits dachte.

»Es gibt bei uns Menschen, die glauben, dass man nach dem Tod beurteilt wird.«

»Erzähl mir was Neues«, schnappte der Totenkönig, Sophie blieb jedoch hartnäckig.

»Nein, denk darüber nach. Ersetze 'Findung' mit 'Beurteilung', und du hast eventuell eine Erklärung.«

Renren'Keh schien ihr erneut widersprechen zu wollen, doch dann schwieg er und trat wieder an das Fenster.

»Du behauptest, das Wandern wäre eine Strafe für ein schlechtes Leben«, sagte er nach einiger Zeit.

»Ja. Vielleicht.«

»Aber wenn die Wandernden nun nicht gehen, wo das Portal geöffnet ist ...« Er drehte sich um. »Was dann? Sprich, Mädchen, was hast du dir da zusammengereimt?«

Ja, zusammengereimt trifft es, dachte Sophie, die nur einen Gedankenblitz gehabt hatte, und keine hochphilosophische Erklärung für das, was da geschah. Aber der Gedankenblitz erschien ihr logisch, und so versuchte sie nun, ihn in Worte zu fassen. Das, was sie da instinktiv begriffen hatte, diesem noch immer brodelnden Jungen begreiflich zu machen, der seine Pläne gelungen und seine Welt dadurch in Scherben vorgefunden hatte.

»Nun, solange es kein Jenseits gab, begannen manche Tote zu wandern, andere nicht. Nun, wo sich ein Portal geöffnet hat, gehen erst die hindurch, die die reinsten Seelen haben, nämlich Kinder. Ihnen folgen all die, die ihr Leben nach dem Tod ohne Wandern verbracht haben – und zurück bleiben die, die leiden. Vielleicht weil sie selbst Leid über diese Welt gebracht haben? Weil sie es nicht verdient haben, dieses Portal zu durchschreiten? Weil sie längst sind, wo sie hingehören?«

Renren'Keh starrte sie an.

»Das ist nicht dein Ernst«, sagte er, und sein Übersetzer

schaffte es nicht, seine eigene Fassungslosigkeit zu verbergen.

Doch Sophie konnte nur nicken, denn es war ihr völlig ernst.

»Es ist die einzig logische Erklärung. Was ich da gefunden habe, war nicht die Tür zum Jenseits, sondern die zum Paradies – oder wie auch immer du es nennen willst.«

»Und was ist dann das hier? Was ist meine Welt?«, zischte Renren'Keh, und als sie antwortete, war Sophies Stimme so kühl, dass sie selbst erstaunt war.

»Der Platz, an den die Wandernden gehören und immer gehört haben. Die Hölle. Willkommen in der ewigen Verdammnis.«

***

Stille herrschte nach diesen Worten in Gin'Sahs Speisezimmer, und als sie unterbrochen wurde, geschah dies durch eine Stimme, die das Englisch nur gebrochen sprach und ihr ganzes Wissen zusammenzusammeln schien, um diese drei Worte auszusprechen.

»Wo ... ist ... La'Isa?«

Sophie sah zur Tür: La'Shi stand dort neben Na'Bao, in ihrem schönen Gesicht lag nichts als Angst. So unübersehbar, dass selbst Renren'Keh antwortete, wenn auch unwillig und ungehalten über diese Ablenkung.

»In meiner Burg. Sie verspürt den Ruf des Tores ebenso wenig wie ich.«

Sophie sah, wie diese Worte Entsetzen auf La'Shis Züge malten.

»Aber sie ist auch nicht so lange tot wie du«, schaltete Sophie sich ein. »Ihre Findung – so nanntest du das doch, oder? – dürfte noch dauern.«

Renren'Keh nickte widerstrebend, während Na'Bao seine Mutter zum Tisch führte und ihr einen Stuhl neben Sophie herauszog.

»La'Isa wird sicher ...«, setzte Sophie an, um La'Shi zu sagen, dass ihre Tochter doch nur hatte helfen wollen, aber

Renren'Keh hob eine Hand.

»Schweig, Mädchen, lass mich nachdenken. Ich suche noch den Sinn in dem, was du sagtest.«

Und so lag wieder eine Stille über dem Raum, bis der Totenkönig Sophie eine Frage stellte.

»Du sahst unsere Toten durch das Tor treten, nicht wahr? Wie etwa Lan'The.«

»Ja.«

»Und du nahmst Abschied von deinem Geliebten, der sich bereits hinter dem Nebenvorhang befand.«

War Na'Bao bei dieser Bezeichnung Julians zusammengezuckt? Sophie wagte es nicht, den Kopf zu wenden und ihn anzuschauen, also nickte sie nur als Antwort.

»Nun, dann erkläre mir, wo eure schlechten Menschen enden, wenn die guten aus deiner und meiner Welt in die Welt hinter dem Tor eingehen. Meine wandern hier umher in ihrer Pein – wo sind die euren?«

»Ich weiß es nicht.«

»Oder erkläre mir, warum es in dieser unserer Welt, die du gerade zur Hölle erklärt hast, Menschen aus Fleisch und Blut gibt. Wenn das, was deine Welt die Hölle nennt, den Toten vorbehalten ist.«

Auch bei dieser Frage musste Sophie passen. Obwohl ...

»Nun, vielleicht ist es komplizierter«, gab sie zurück, was Renren'Keh schnauben ließ, als reiche es ihm so schon.

»In dem Glauben, den viele bei uns haben, gab es ein Paradies, aus dem die Menschen vertrieben wurden. Adam und Eva«, fügte sie hinzu, was dem Totenkönig tatsächlich etwas zu sagen schien, denn er wedelte mit der Hand, sie möge fortfahren, als sie pausierte. »Also: ein Paradies, eine Menschheit. Sie wird rausgeschmissen und landet in meiner Welt. Dort werden die Menschen geboren, dort sterben sie – all das gab es im Paradies nicht, wie es das auch hier nicht gibt. Aber vielleicht bleiben sie ja auch hier, als Spiegel, und haben die Chance, es besser zu machen? Nach dem Tod werden die, die sich in ihrer jeweiligen Welt als gut bewiesen haben, ins Jenseits befördert, die anderen bleiben in ihrer Welt.«

Renren'Keh schien das zu überdenken, doch dann schüttelte er den Kopf.

»Nochmal meine Frage von eben: Wandern bei euch Tote umher?«

»Nein.«

»Daran krankt deine Erklärung, oder nicht?«

»Ja.«

»Und ist das hier nun die Hölle oder das Paradies, in dem Adam und Eva lebten?«

»Ich weiß es nicht«, antwortete Sophie, und als jetzt ein scharfes Pochen hinter ihren Schläfen einsetzte, spürte sie, wie müde sie war, geistig wie körperlich. Also stand sie auf, um anzuzeigen, dass das Gespräch beendet war.

»Ich kann nicht mal eben eine Erklärung finden, die alles erfasst und dir gefällt. Das hier ist deine Welt. Denk selbst nach, wofür bist du König?«

Renren'Kehs Gesicht verfinsterte sich, als die von seinem Übersetzer zögernd wiedergegebenen Worte sein Ohr erreichten.

»Ja, du bist nur ein kleines Mädchen, da hast du recht. Geh zurück in deine Welt und ...«

»Genug!«

Gin'Sah erhob sich, wies mit ausgestrecktem Arm auf die Tür.

»Du kannst Fragen stellen, aber du wirst niemanden beleidigen. Verlasse mein Haus, kehre nie wieder.«

Renren'Keh lächelte, stand jedoch auf, scheuchte mit einer Geste seine beiden Dolmetscher hinaus, dann wandte er sich noch einmal zu Sophie. Seine kalten Augen glitzerten weiterhin vor Wut, dennoch wirkte er nun jünger, als er es seinem Todesalter nach sein musste, verletzlicher auch – hilflos und überfordert angesichts dessen, was da mit seiner Welt passierte. Doch Sophie konnte nichts für ihn tun, hatte keine Erklärung, die die beiden Welten und das Jenseits in eine hübsche Theorie packte.

Also schwieg sie, ließ Renren'Kehs Augen über ihr Gesicht wandern, und erwiderte sein kaum merkliches Nicken, das von

Abschied bis Dank oder Anerkennung alles hätte sein können. Dann entschwanden seine schattenschnellen Schritte, und sie seufzte erleichtert auf.

***

Gin'Sah zog ein arg zerknittertes Stück Papier aus seiner Gürteltasche, Sophie beugte sich darüber. Es war ein Stadtplan von London, am Rand umgeben von Werbung diverser Restaurants und Taxi-Unternehmen, beschriftet in Französisch: eine Karte für Touristen, wie man sie an Info-Schaltern bekam. Darauf war mit schwarzer Tinte ein Kreis gestrichelt, der im Süden den Hyde Park und im Norden Parliament Hill bedeckte – die Umrisse der Ratsstadt in der anderen Welt, um einiges kleiner als ihr London.

»Dein Elternhaus befindet sich hier, richtig?« Gin'Sah tippte auf Belgravia, Sophie nickte. »Dann werden wir uns aus der Stadt begeben und etwa eine Meile gen Süden gehen, bis auf halbem Wege zum Fluss. Das verkürzt den Weg in deiner Welt.«

Gin'Sah schien es nun eilig zu haben, und kurze Zeit später war Sophie wieder unterwegs in den Straßen der Stadt – angetan mit ihrer Londoner Kleidung und sich der fragenden Blicke der Bürger nur zu bewusst. Und noch etwas war anders: Na'Bao schwieg zwar auch auf diesem Marsch, doch seine Hand hatte Sophies umfasst, kaum, dass sie aus dem Haus getreten waren, als wäre dies das Selbstverständlichste der Welt. Dass sie mit jedem Schritt dem Abschied näher kam, war Sophie klar – und dass sie den großen, sommersprossigen Jungen irgendwann wiedersehen würde, war nur eine geringe Hoffnung. Die Zeit, in der sie ihn täglich sehen würde, war vorbei, die Zeit, in der er ein wichtiger, wenn nicht gar der wichtigste Teil ihres Lebens gewesen war – die Zeit in der anderen Welt.

Als sie die Stadtmauer erreichten, registrierte Sophie, dass sich tatsächlich zahllose Bürger auf dem Wandelgang versammelt hatten und hinaussahen in das Land der Freien und Toten. Das zu betreten sie sich nicht trauten, auch wenn sie seinen Besitz und seine Erträge so selbstverständlich für sich beanspruchten. Warum geht ihr nicht einfach raus?, hätte Sophie, den gelben, braunen, roten, violetten, weißen und blauen Rücken am liebsten zugerufen, doch dann ließ der Anblick, der nach dem Durchschreiten des Stadttores auf sie wartete, ihr den Atem stocken.

Es waren hunderte, tausende, vielleicht sogar zehntausende von Toten, die sie erblickte. Sie strömten aus dem Wald, hinter dem die Totenburgen in die Höhe ragten, traten auf Pfaden, aber auch zwischen den Bäumen heraus aus dem Gehölz. Sie alle schwenkten nach Westen, kaum, dass sie die freie Fläche erreichten, reihten sich ein in den scheinbar endlosen Strom aus Menschen, bedächtig und geduldig, doch so gezielt wie ein Fluss. Ja, das war ein Fluss aus Seelen, auf dem Weg zum Portal.

Na'Bao drückte Sophies Hand, und als sie ihn ansah, erkannte sie Stolz in seinem Gesicht.

»Was du getan hast, war das Richtige. Es ist gut, wie es ist«, sagte er – mehr nicht. Auf dem ganzen Weg nicht, der noch vor ihnen lag, weg von der Stadt und weg von den Toten, nach Süden, durch Gärten und Äcker. Als Gin'Sah Sophie schließlich bat, zu warten, während er sich auf den Übertritt vorbereitete, zog Na'Bao sie ein Stück zur Seite. Er küsste Sophie, strich ihr wie schon so oft eine störrische Haarsträhne hinter die Ohren.

»Sag bitte nicht Lebewohl«, flüsterte diese.

»Was habt ihr für eine komplizierte Sprache«, antwortete er mit leisem Lachen, das dennoch traurig wirkte. »Bei uns sagt man zum Abschied immer etwas, das bedeutet, dass man sich auf das Wiedersehen freut, also geht es gar nicht anders.« Das Lächeln erstarb, seine Veilchenaugen wurden fordernd. »Ich möchte, dass du mir einen Gefallen tust.«

Sophie nickte. »Ja, klar. Was denn?«

»Es gibt in deiner Stadt Orte, an denen diese großen, roten Fahrzeuge halten, die zwei Stockwerke haben und in denen man von hier nach da fahren kann.«

»Du meinst eine Bushaltestelle.«

»Ja. Ich spreche von der, die an einem Park liegt, in dem ein seltsames Gebäude steht. Es sieht aus wie der Turm einer eurer Kirchen, nur ohne Kirche darunter. Der Turm ruht auf Säulen, darunter sitzt ein goldener Mann auf einem Podest.«

Sophie brauchte ein paar Sekunden, bis sie nickte.

»Ist gegenüber ein großes, rundes Gebäude aus Backstein, mit gelblichen Steinrahmen um die Fenster?«

»Ja.«

»Dann meinst du das Albert Memorial. So heißt das Denkmal.«

»Kannst du dorthin gelangen?«

»Sicher.«

»Sei dort am Donnerstag, drei Stunden nach der Mittagszeit. Auf der Seite der Straße, wo dieses Denkmal steht, an dem Unterstand, an dem die großen Fahrzeuge anhalten.«

»Warum ...«, setzte sie an, doch Na'Bao schüttelte den Kopf.

»Bitte, frage nicht, versprich es mir nur. Es wird nicht das sein, was du dir erwartest, aber eine Möglichkeit. Eine Chance. Du brauchst jemanden, der auf dich Acht gibt.«

»Wirst du jemals so reden, dass ich dich verstehe?«, seufzte Sophie, Na'Bao lachte.

»Also, merke es dir: an dem Tag, den ihr Donnerstag nennt, um drei nach der Mittagsstunde. Und nun: Froit Retart, Mädchen aus der anderen Welt, pass auf dich auf.«

Sophie spürte noch einmal seine Lippen auf ihrer Stirn, dann wandte er sich so abrupt ab, als ertrüge er es nicht eine weitere Sekunde, sie anzusehen. Sein hellbraunes Gewand bauschte sich um seine langen Beine, als er über den Weg zurückeilte, und Sophie blieb mit Gin'Sah allein zurück.

**

Da sie den ersten Übertritt von einer Welt in die andere ohnmächtig verbracht hatte, war Sophie gespannt, was ihr bevorstand – gemischt mit der Vorfreude, wieder nach Hause zu kommen, und der Trauer, Na'Bao zurücklassen zu müssen.

Was sie sich erwartete, hätte sie gar nicht genau sagen können. Ein weißes Kaninchen und ein Loch im Boden? Die Wahl zwischen einer roten und einer blauen Pille? Nun, es war nichts dergleichen, zunächst nur Sitzen und Warten. Im noch morgenfeuchten Gras, im Ohr das Rascheln des Windes im reifen Weizen, vor Augen den jetzt fernen Wald mit den unaufhörlich herausströmenden Toten.

Eine gute Viertelstunde saß Sophie so da, ihre Augen ruhten auf Gin'Sah: Der hatte seine Lider geschlossen und lag auf dem Rücken, die langen Glieder ausgestreckt, völlig reglos. Als er sich dann plötzlich aufrichtete und eine Hand ausstreckte, ohne ein Wort zu sagen und ohne die Augen zu öffnen, legte Sophie ihre gesunden, unverbundenen Finger hinein. Und gab ein erschrockenes Japsen von sich, als die friedliche Natur vor ihrem Auge von einer Sekunde zur anderen ersetzt wurde durch das Bild einer Straße: Autos zischten an ihr vorbei, Menschen hasteten von rechts nach links und links nach rechts. An den Rändern war dieses Bild verwaschen, auch schien es seltsam distanziert, als sehe sie durch ein altes, blind gewordenes Fernglas – dennoch war der Kontrast zwischen dem Morgen in ihrer Welt und der von Gin'Sah schockierend.

»Kannst du sagen, wo wir sind?«, fragte Gin'Sah, und als Sophie den Kopf wandte, saß er immer noch auf der stillen Wiese im Gras. Sie sah wieder nach vorn – und hatte erneut die Bilder ihrer Welt vor Augen. Sie konzentrierte sich auf die Gebäude, die in ihrem engen, verschwommenen Blickfeld lagen, nickte schließlich, als sie den gepflasterten, von Bänken und Bäumen gesäumten Platz erkannte.

»Ja, das ist der Sloane Square. Wir müssen die Straße rechts hinunter, keine halbe Meile.«

»Zu auffällig«, schnitt Gin'Sah ihr das Wort ab. »Ich kann mich geistig ein gewisses Stück weiter bewegen, ohne dass wir unseren Platz hier verlassen müssten, warte bitte.«

Er löste seine Hand aus ihrer und legte sich zurück auf den Rücken. Es folgten stumme Minuten, in denen sein Gesicht vor Anspannung leer blieb, dann streckte er erneut die Hand aus – und diesmal war Sophie auf das vorbereitet, was sie erwartete. Sie orientierte sich rasch: Eine Kreuzung in einer ruhigeren Gegend, Wohnhäuser erstreckten sich in alle vier Himmelsrichtungen, auf der Straßenseite gegenüber lag ein Pub, der in der Hoffnung auf frischluftbegeisterte Gäste ein paar Holztische vor seine Butzenfenster gestellt hatte.

»Das ist die Kreuzung Chester Row und Eaton Terrace. Ich wohne eine Querstraße weiter.«

»Näher geht es nicht von hier aus«, sagte Gin'Sah. »Mach dich bereit.«

Wie?, wollte Sophie fragen, doch als ihr plötzlich der Boden unter den Füßen weggerissen wurde, blieb ihr dieses kleine Wort im Hals stecken. Ähnlich konnte es sich höchstens anfühlen, wenn man in der Tür eines Flugzeuges stand, einen kräftigen Tritt in den Rücken bekam – und dann ohne Fallschirm zur Erde raste. Die Haut überzogen mit einem prickelnden Kälteschauer, geschuldet der schneidenden Luft, die die Tränen aus ihren Augen presste und das Atmen so gut wie unmöglich machte, der Magen eine einzige Revolte. So etwas wie Wolken wischten Sophie durch das Gesicht, kühl und feucht, vor ihren Augen flimmerte es wie im Schneebild eines alten Fernsehers. Doch bevor sie schreien oder sich ihrer Angst wirklich bewusst werden konnte, trafen ihre Füße plötzlich auf festen Boden – und aus dem kleinen Stück Straße, dass sie aus der anderen Welt verschwommen hatte einsehen können, war die Straße selbst geworden. Es hatte nicht eine Sekunde gedauert, einen Wimpernschlag höchstens, schon war der Übertritt vollbracht. Sophie schwankte, als balanciere sie auf einem Seil, spürte dann Gin'Sahs kräftige Hand an ihrem Arm: Er hielt sie fest, hätte er es nicht getan, wäre sie zweifellos herumgetorkelt oder umgefallen wie eine Betrunkene.

Sophie lachte verschämt und sah hoch: Ja, da war sie wieder, ihre Welt, mit all ihren Gerüchen und Geräuschen. Sie stand neben dem Weltenwanderer auf dem Fußweg vor dem Pub, den sie eben noch durch dieses Fernglas aus der anderen

Welt gesehen hatte. Nun drang ihr der Duft von Frittenfett in die Nase, gemischt mit dem Rauch der Zigarette, die ein früher Gast zu seinem Kaffee qualmte, während seine Finger über die Tastatur seines Handys flogen. Dann mischten sich die Abgase eines Motorrads dazu, gefolgt von einem herben Parfum, getragen von einer Frau im schwarzen Kostüm.

»Wahnsinn«, presste sie heraus, und ihr war nur zu bewusst, dass sie gerade völlig verdutzt in die Welt starrte, in der sie sechzehn Jahre lang gelebt hatte.

Gin'Sah zog Sophie in eine schattige Einfahrt, die zum Hinterhof des Pubs führte, als die Frau ihm und seiner Aufmachung eine hochgezogene Augenbraue gönnte: So, wie Sophies Punklook in der anderen Welt für Blicke sorgte, war hier der Heiler derjenige, der mindestens so aussah, als käme er gerade vom Dreh eines Fantasy-Films.

»Ich muss dich nun allein lassen. Versprichst du mir, dass du sofort nach Hause gehst? Deine Eltern werden ganz krank sein vor Sorge.«

Sophie verzog den Mund: oh ja, das würden sie. Wie lange war sie weg gewesen? Fünf, sechs Tage – oder gar mehr? Dazu noch die, die sie in Johnnys Kinderasyl verbracht hatte ... Zweifelsohne war diese kleine Lektion für ihre Eltern härter ausgefallen, als sie es geplant hatte.

»Mach dir keine Sorgen. Ich bekomme sicher Ärger, aber sie werden auch froh sein, mich heil wieder zu kriegen.« Ihre Augen fielen auf den Verband an ihrer Hand, sie lächelte. »Na ja, *halbwegs* heil.«

Gin'Sah nickte. »Es tut mir leid, dass dein Besuch in unserer Welt so verlaufen ist. Ich habe niemals gedacht, dass man dir dergleichen antun würde. Hätte ich das gewusst oder auch nur geahnt, hätte ich dich nicht geholt.«

»Schon gut. Du hast getan, was du konntest. Und dieses Gift ist wirklich ... ein Teufelszeug.«

Gin'Sah lachte über das, was eigentlich ein Kompliment hatte werden sollen, dann langte er in seinen Gürtelbeutel und zog das Töpfchen mit der grünen Creme daraus hervor.

»Geh zu einem eurer Ärzte, aber benutze weiterhin die

Salbe. Zweimal am Tag.«

»Danke.«

»Und du solltest auch das hier nehmen.«

Er legte zwei Fibeln auf Sophies ausgestreckte Hand: die Kriegerische, die sie aus dem Kasten des Rates gewählt hatte, und eine kleinere, schlichtere aus Silber, die Sophie noch nie gesehen hatte. Sie runzelte die Stirn, musterte die kühnen Schlängellinien der fremden Schrift.

»Was steht da?«

»Dein Name. Sophie, aber in unserer Schrift. Ich dachte, du würdest dich darüber freuen. Trage die mit dem Sternenstein, falls du unsere Hilfe benötigst. Ich werde nach dir sehen, wenn ich in deine Welt wechsle, so oft ich kann und solange ich lebe. La'Isa ist tot und wird uns verlassen, um zu wandern oder um ins Jenseits einzukehren, aber nun habe ich in dir wieder eine Tochter, auf die ich achtgeben darf.«

Sophie sah auf die beiden Schmuckstücke und schluckte die Tränen hinunter, die sie im Hals kratzten, schon wieder.

»Danke«, erwiderte sie, »das ist ein schönes Geschenk. Und ... mach dir keine Sorgen um La'Isa. Sie wird nie wandern. Es war auch Mitleid, das sie dazu gebracht hat, dieses Gift zu trinken. Sie war ... sie ist ein guter Mensch. Eine egoistische Zicke, aber auch ein guter Mensch.«

Gin'Sah nickte, dann drückte er einen Kuss auf Sophies Stirn und trat in den Schatten zurück – keine Sekunde später war dort, wo gerade noch seine weiße Kutte geleuchtet hatte, nichts als Schwärze.

Sophie schob die beiden Fibeln in ihre Jackentasche, starrte für ein oder zwei Minuten gedankenverloren in die Dunkelheit und machte sich schließlich auf den Weg nach Hause. Ihr stand eine saftige Standpauke bevor – und wenn sie aus ihrer Reise in die andere Welt etwas gelernt hatte, dann, dass man sich Herausforderungen am besten sofort stellte, denn sie holten einen unweigerlich wieder ein.

– Epilog –

Sophie warf einen Blick auf die Uhr: Es war zwölf vor drei, und bislang war sie allein an der Bushaltestelle, hinter der sich der prachtvolle Turm des Albert Memorials erhob.

Ein Touristen-Paar schlenderte herbei, bewaffnet mit Fotoapparat und Reiseführer, doch nach kurzem Studium des Fahrplans gingen sie weiter. Um acht vor drei kamen zwei Mädchen, durch einen geteilten Kopfhörer aneinander gekettet. Sie stellten sich in den Schatten einer der mächtigen Kastanien, die aus dem hinter ihnen gelegenen Park hinüberragten, und wippten synchron mit den Füßen. Es folgte ein Mann im Anzug, der wiederholt auf seine Uhr sah, als habe der Bus Stunden Verspätung. Als noch fünf Minuten verblieben, schlenderte derjenige heran, auf den Sophie hier auf Bitte Na'Baos wartete – und obwohl sie vorher nicht gewusst hatte, wer kommen würde, genügte ihr ein Blick, um ihn zu erkennen. Sophie lächelte in sich hinein, als sie ihre milde Überraschung überwunden hatte – milde, weil sie sich dergleichen erwartet hatte, aber dennoch Überraschung, weil diese Ähnlichkeit immer wieder verblüffend war.

Die Gitarre in einem mit Stickern verzierten Kasten auf

dem Rücken, die Hände mit den geballten Fäusten tief in den Taschen seiner Jeans versenkt, war der Neuankömmling an der Haltestelle nicht in seiner Kleidung, wohl aber in seiner Körperhaltung tatsächlich die perfekte Kopie seines Spiegels. Und ein kurzer Blick in sein Gesicht genügte, um in Sophie mehr auszulösen als eine harmlose Erinnerung: Es weckte Sehnsucht und Freude, machte jene Nacht lebendig, in der diese Veilchenaugen aus nächster Nähe in ihre geblickt hatten, voller Zuneigung und Freundschaft, vielleicht auch mehr. Ja, der Anblick dieses Gesichts brachte Gefühle an die Oberfläche, die so frisch waren, dass sie schmerzten. Vor allem aber den Drang verstärkten, denjenigen wiederzusehen, nach dem sie sich wirklich sehnte. Dem sie ihre Freude und ihren Schmerz zeigen durfte, weil er sie kannte: das Original, nicht die Kopie. Na'Bao, nicht seinen Spiegel aus dieser Welt, denn niemand anderer war dieser Junge.

Ja, irgendwie hatte Sophie gehofft, dass er selbst kommen würde. Die Haare unter eine Mütze gestopft, die Schritte ungelenk in Turnschuhen, die langen Beine in Hosen, die Augen blitzend angesichts der Überraschung, die er ihr mit seinem Auftauchen in dieser fremden Welt bereitete. Aber das war nie sein Plan gewesen, erkannte Sophie nun, und das schmerzte sie. Auch, wenn es Sorge und Zuneigung waren, die ihn dazu bewegt hatten, sie hierher zu schicken. 'Du brauchst jemand, der auf dich aufpasst, wo ich es nicht kann', hatte Na'Bao gesagt, ebendies erhoffte er sich nun scheinbar von seinem Abbild. Und verließ sich dabei darauf, dass dieser Junge Sophie ebenso gern haben würde wie er. Obwohl er genau wusste, dass die Gleichartigkeit der beiden Hälften des Spiegels eine rein äußerliche war – was Sophie und La'Isa auf die harte Tour hatten lernen müssen.

Und noch etwas machte diese Situation verdammt kompliziert: Sophie mochte angesichts des vertrauten Gesichtes das Gefühl haben, diesen Jungen zu kennen, ihn sogar zu mögen, aber das war falsch. Er war ein Fremder, so wie Lan'The ein Fremder gewesen war, trotz seiner Ähnlichkeit mit Julian. Sophie wusste nichts von Na'Baos Spiegel, rein gar nichts! Der Junge, der da auf die Haltestelle zuschlenderte, konnte der netteste Typ der Welt sein – oder das größte Arschloch, denn er war er, nicht Na'Bao.

War er dennoch einen Versuch wert? Seine Schritte kamen näher, und als seine Turnschuhe in ihrem Blickfeld auftauchten, traf Sophie eine Entscheidung. Er konnte ein Fremder bleiben oder ein Freund werden – somit würde sie ihm die gleiche Chance geben wie jedem anderen auch. Sie bemerkte, wie er den Gitarrenkoffer schwer von seiner Schulter wuchtete und rückte ein Stück zur Seite, damit der Junge Platz hatte. Dann sah sie auf und registrierte, dass er lächelte – als wäre er erfreut darüber, sie genau hier und jetzt zu treffen.

+++ ENDE +++

DAS BUCH

»Bedenke, dass es für dich keine Möglichkeit gibt, in deine Welt zurückzukehren – ohne unsere Hilfe. Und falls du in unserer Welt bleibst, dann hast du die Wahl, dich bei jeder Speise, die deine Zunge berührt, zu fragen, ob sie wohl vergiftet ist. Wenn du das verhindern willst, bleibt dir nur der Hungertod, und damit ist dein Ende hier auf die eine oder andere Weise unabdingbar.« Ein Becher Gift und der Auftrag, die vergessene Pforte zum Jenseits zu finden: Die 16-jährige Sophie stürzt in ein Abenteuer - in einer Welt, deren Tote seit Jahrhunderten auf Erlösung hoffen und in der sie nicht einmal ihrem eigenen Spiegelbild trauen kann.

DIE AUTORIN

Tina Sabalat, geboren 1973 in Nordrhein-Westfalen, studierte Germanistik und Philosophie und lebt in München.

AUSSERDEM ERSCHIENEN:

Tödliches Orakel, ISBN-10: 3-8476-9458-8
Die Schlucht, ISBN-10: 3-8476-7939-2
Die Ewigen, ISBN-10: 3-8476-6941-9